民国世界文学经典译著·文献版（第六辑：德国及俄苏等国小说）

◆长篇小说◆

胆怯的人

［俄］高尔基（Gorky Maxim）著
李 兰 译

SJPC
上海三联书店

图书在版编目(CIP)数据

胆怯的人 / [俄] 高尔基著；李兰译 .
—上海：上海三联书店，2018.4
ISBN 978-7-5426-6149-4

Ⅰ . ①胆…　Ⅱ . ①高…②李…　Ⅲ . ①长篇小说—苏联
Ⅳ . ① I512.45

中国版本图书馆 CIP 数据核字（2017）第 296809 号

胆怯的人

著　　者 / [俄] 高尔基（Gorky Maxim）
译　　者 / 李　兰

责任编辑 / 陈启甸
封面设计 / 清　风
责任校对 / 江　岩
策　　划 / 嘎　拉
执　　行 / 取映文化
监　　制 / 姚　军

出版发行 / 上海三联书店
（201199）中国上海市闵行区都市路 4855 号 2 座 10 楼
电　　话 / 021-22895557
印　　刷 / 常熟市人民印刷有限公司

版　　次 / 2018 年 4 月第 1 版
印　　次 / 2018 年 4 月第 1 次印刷
开　　本 / 650×900　1/16
字　　数 / 680 千字
印　　张 / 42
书　　号 / ISBN 978-7-5426-6149-4 / I · 1351
定　　价 / 188.00 元

出版人的话

中国现代书面语言的表述方法和体裁样式的形成，是与20世纪上半叶兴起的大量翻译外国作品的影响分不开的。那个时期对于外国作品的翻译，逐渐朝着更为白话的方面发展，使语言的通俗性、叙述的完整性、描写的生动性、刻画的可感性以及句子的逻辑性……都逐渐摆脱了文言文不可避免的局限，影响着文学或其他著述朝着翻译的语言样式发展。这种日趋成熟的翻译语言，推动了白话文运动的兴起，同时也助推了中国现代文学创作的生成。

中国几千年来的文学一直是以文言文为主体的。传统的文言文用词简练、韵律有致，清末民初还盛行桐城派的义法，讲究“神、理、气、味、格、律、声、色”。但这也在一定程度上限制了情感、叙事和论述的表达，特别是面对西式的多有铺陈性的语境。在西方著作大量涌入的民国初期，文言文开始显得力不从心。取而代之的是在新文化运动中兴起的用白话文的句式、文法、词汇等构建的翻译作品。这样的翻译推动了“白话文革命”。白话文的语句应用，正是通过直接借用西方的语言表述方式的翻译和著述，逐渐演进为现代汉语的语法和形式逻辑。

著译不分家，著译合一。这是当时的独特现象。这套丛书所选的译著，其译者大多是翻译与创作合一的文章大家，是中国现代书面语言表述和中国现代文学创作的实践者。如林纾、耿济之、伍光建、戴望舒、曾朴、芳信、李劼人、李葆贞、郑振铎、洪灵菲、洪深、李兰、钟宪民、鲁迅、刘半农、朱生豪、王维克、傅雷等。还有一些重要的翻译与创作合一的大家，因丛书选入的译著不涉及未提。

梳理并出版这样一套丛书，是在还原中国现代文学史上的重要文献。迄今为止，国人对于世界文学经典的认同，大体没有超出那时的翻译范围。

当今的翻译可以更加成熟地运用现代汉语的句式、语法及逻辑接轨于外文，有能力超越那时的水准。但也有不及那时译者对中国传统语言精当运用的情形，使译述的语句相对冗长。当今的翻译大多是在著译明确分工的情形下进行，译者就更需要从著译合一的大家那里汲取借鉴。遗憾的是当初的译本已难寻觅，后来重编的版本也难免在经历社会变迁中或多或少失去原本意蕴。特别是那些把原译作为参照力求摆脱原译文字的重译，难免会用同义或相近词句改变当初更恰当的语义。当然，先入为主的翻译可能会让后译者不易企及。原始地再现初时的翻译本貌，也是为当今的翻译提供值得借鉴的蓝本。

搜寻查找并编辑出版这样一套丛书并非易事。

首先确定这些译本在中国是否首译。

其次是这些首译曾经的影响。丛书拾回了许多因种种原因被后来丢弃的不曾重版的当时译著，今天的许多读者不知道有所发生，但在当时确是产生过一定的影响。

再次是翻译的文学体裁尽可能齐全，包括小说、戏剧、传记、诗歌等，展现那时面对世界文学的海纳百川。特别是当时出现了对外国戏剧的大量翻译，这是与在新文化运动影响下兴起的模仿西方戏剧样式的新剧热潮分不开的。

困难的是，大多原译著，因当时的战乱或条件所限，完好保存下来极难，多有缺页残页或字迹模糊难辨的情况，能以现在这样的面貌呈现，在技术上、编辑校勘上作了十足的努力，达到了完整并清楚阅读的效果，很不容易。

“民国世界文学经典译著 · 文献版”首编为九辑：一至六辑为长篇小说，61种73卷本；七辑为中短篇小说，11种（集）；八、九辑为戏剧，27种32卷本。总计99种116卷本。其中有些译著当时出版为多卷本，根据容量合订为一卷本。

总之，编辑出版这样一套规模不小的丛书，把世界文学经典译著发生的初始版本再为呈现，对于研究界、翻译界以及感兴趣的读者无疑是件好事，对于文化的积累更是具有延续传承的重要意义。

2018年3月1日

膽怯的人

[蘇聯]高爾基(Gorky Maxim)著 李蘭譯

中華民國三十五年七月初版

譯者序

本書原名『福瑪・哥蒂耶夫』(Foma Gordy'eeff)但英譯本已改名爲『膽怯的人』(The man who was afraid)。本譯本因主要地是依據英譯本重譯出，所以譯名也就採用了『膽怯的人』。以我手頭的英、法、日、三種譯本比較起來，這本英譯本（Ernest Benn公司出版的）是三者中最完全的本子，餘二者每章中都有刪削處，而且兩者所刪削的地方又各有不同。我的意見，以爲譯書既是作的移植工夫，頂好是將原作者的作品，儘量地依原樣擺在讀者的面前爲好。因此，我沒有採用法、日兩譯本爲台本，只在必要時，用作參考而已。

高爾基在此書中，舉凡一切社會層的人，他幾乎全部描寫到了，例如貴族、官吏、商人、勞工、知識勞動者、婦女、以及妓女等的生活，無不應有盡有。然而最着重的，是他在這張大佈景中，展開了沙皇制下，代貴族階級而起，正在那兒漸次抬頭，漸次發展爲搾取工農，剝削工農的商人資產階級。雖然這商人資產階級還正在欣欣向榮，但其中早已伏有危機，早已現有窒息沒出路的死徵。同時，作者也非常輕巧地將勞資兩階級的對立深深刻劃出來了。

偉大的高爾基在三十多年前（此書寫於一八九九年）已經看清楚了將來的世界，和人們的唯一的出路是什麼。

此書的大特點，是在作者的取材實際，這種與實生活肉搏的場面，尤以上册中爲多而簡易明白。高爾基因此書，一躍而登世界文壇的最高峯決非偶然幸遇的事。

一

距今六十年前，當商人們在伏爾加(Volga)河上，幾乎有如神仙故事中所說的那般速度，賺得無數百萬之富的時代，有一個名叫伊格拉·哥蒂耶夫(Ignat Gordyeeff)的年輕人。此人在富商扎意夫(Zayev)的一隻駁船上司御水的職務。

長得像個巨人一般，又美貌，加之一點也不傻的他，乃是在無論何處皆爲好運所愚臨的人們之中的一個——這些人之所以如此，並不是因爲他們有才能而又勤勉的原故，乃是因爲他們貯有無限的精力，當他們向着目的進行的時候，他們沒有而且也不能夠停止着以選擇進行的手段方法。除了自己的意志以外，他們是不知道法律的。有時候他們很害怕地談到他們的良心，有時候他們眞個狠命地與良心作戰。但是良心這個東西，只有對於軟弱的人纔是一種不可克制的強力，強者却立時征服了良心，將牠作了自己目的的奴隸。因爲他們是不自覺地感覺着牠，如果說出地位與自由來給牠，良心就會將生命扯碎的。他們也爲良心一犧牲好幾天，而且如果偶然良心征服了他們的靈魂，他們也决不頹挫，卽或是在失敗之中——他們在良心的支配之下生活着，二如無良心地生活着的時候一樣健全剛強。

在四十歲的時候，伊格拉。哥蒂耶夫自己就有了三隻汽船十隻駁船。在伏爾加河上，他是被人尊爲富翁尊爲聰明人的。但是人們却替他取了一個綽號叫『瘋狂者』(Frantic)。這是因爲他的生涯，正如其他的人一樣，不是沿着一直的水路坦坦而流，乃是亂暴地沸騰着，冲出軌道以外，離開了他生存的主要目的「蓄積」的原故。看起來，彷彿在他內面有三個哥蒂耶夫，或者彷彿在伊格拉的肉體之中有三個靈魂一樣。其中之一，最有權威的，就只是貪慾而已。當伊格拉遵照此貪慾的命令生活着的時候，他只不過是一個爲對於工作所發出的無限的慾望所攫握着的人而已。這種慾望在他的內面日夜燃燒着，他完全爲其所吞噬了。他在這兒撈幾百盧布，在那兒撈幾千盧布，好像他永不會倦於金錢的玎璫之聲一般。他在伏爾加河上下勤勞着，安置了許多網以便好尋錢。他在鄉村中收買麥子，將麥子裝在他的駁船上運到利賓司基（Rybinsk）去。他強奪別人的物品，欺騙人，有時是無心的，但有時是有心的。他欣然得勝的樣子，公然地嘲笑那些被他所欺騙的人們。在他的金錢狂的失了知覺之中，他是昇到了詩一般的高度。然而雖然他是這般用盡精力來尋錢，但他却不是狹意的貪婪，有時候對於他的財產，他竟流露了一種思料不到的但是誠實的漠不關心。有一次，正當伏爾加河的流冰期，他站在河岸上，看見冰塊冲破了他的新駁船，將它打到河岸的絕壁上的時候，他叫歎道：

『好呀。再來一次。壓碎它！現在，再來一次！幹罷！』

『啊，伊格拉，』他的朋友馬亞金（Mayakin）走近他身旁問道，『冰塊豈不是毀壞了你的一萬多財產嗎，唉？』

『那算得什麽！我要再賺十萬來。你看伏爾加哦！啊？眞偉大吧？它能夠使全世界成爲粉碎，好像刀切凝乳一樣。看哪，看哪！那是我的「波亞永利亞」號！它只航行過一次。算了，我們來替死者們唸彌撒罷。』

駁船已經都碎為細片了。伊格拉與教父(Godfather)坐在河岸上的酒店中一面飲着vodka，一面從窗中看出去，眺望着「波亞永利亞」號的碎片偕同冰塊一道流下河去了。

『伊格拉，你很為你的船可惜嗎？』馬亞金問道。

『我何故要為它可惜呢？伏爾加將它賜給我，伏爾加又將它取回去了。它並不會扯掉我的手臂。』

『但是。』

『有什麼——但是？至少我已經看見了它的整個是如何完了的，這一點是有益的。這是將來的一個教訓。但是當我的「伏爾加亞」號被燒掉了的時候——我是眞的難過——我不會看見它燒。那樣一大堆木材，當黑夜的時分，在水面上燒起來了是多麼好看呀！唉？那是一隻很大的汽船。』

『你也不曾為那隻汽船可惜吧？』

『為那隻汽船麼？是眞的，為那隻汽船我曾感覺很難過的。但是感覺難過只是蠢笨罷了！有什麼用處呢？我也可以哭了，但眼淚是不能夠滅火的。讓汽船去燒罷。而且就是一切的東西都被燒掉了，那又算得什麼呢！如果心靈中是爲工作熱所燃燒着的，一切皆可以再建設起來。你說是的麼？」

『是的，』馬亞金微笑地回答說。『你所說的這些乃是偉大之言。任何人這樣談吐，縱令他喪失了一切所有，他也依然是富有的。』

將上千的盧布之損失這般哲學地淡然視之的伊格拉，他是知道每一個哥貝喀(ko-peika俄小錢——)的價值的。他很少給錢與貧窮人，但只賙濟那些眞正不能夠工作的人們。當一個多少還健康的人向他求施捨的時候，伊格拉就很嚴厲地對他說：

『走開些！你仍可以工作哩。到我的園丁那裏去，幫助他拾取肥料。我給你工錢的。』

每當他埋頭於事業中去了的時候，他對待人是很粗暴殘酷的，而且當他追逐盧布的時候，他自己也不給自己休息。但是突然的——每當地上的一切皆變成蠱惑般的美麗，從明朗的空中有些令人含羞的恣肆吹進了心靈中的春日——伊格拉·哥蒂耶夫就覺得了他並不是他事業的主人，而乃是其卑賤的奴隸。他就會沈入自己的思想之中，從他那厚密深瑣着的眉毛之下好奇地眺望自己的四周，又很惱怒粗暴地日夜漫步着，好像私竊地詢問一件他不敢大聲發問出來的什麽事一樣。如此就將他其他的另一靈魂，一隻餓狂了的野獸底騷動淫恣的靈魂，喚醒過來了。傲慢憤世嫉俗的他，此時也就飲起酒來，過一種放縱的生活，而且也要引別人飲酒。他成了一種狂態，好像他內面有一座汚穢的噴火山在沸騰一般。看起來，彷彿他是在將他自身所鍛冶出來而又自己帶着的鎖鏈瘋狂般的扯裂，却又無力將它們扯斷似的。他成了毫無着落的非常汚穢的樣子，他的臉因爲飲酒與失眠而腫起，他的眼睛瘋狂地東張西望。如此他嘶聲怒號着從城中的這一家酒店跑到那一家酒店。並且他將錢數也不數就撒出去，唱着哀傷的俗謠調子又欷歔又舞蹈着，或者與旁的人打起架來，但是無論在何處無論做何事，他都尋不着安息。

有一天，一個革了職的牧師，是個矮小禿頭的人，穿着一件破爛的袈裟，碰着了伊格拉。這牧師緊緊地跟着他，正像一塊濕泥粘在鞋子上一般。無人格，形體毀壞，骯髒醜覦的他就演起丑角來了。酒店中的人們將芥末塗在他的禿頭上，叫他用四肢在地上爬，喝各種不同的白蘭地的混合物，又叫他跳些滑稽舞。這一切吩咐，他都默然遵行了，在他打縐的臉上有一種癡呆的微笑。當他做完了人們所命他做的動作以後，他就伸出手來，將手掌朝上，無改變地說道：

『給我一個盧布。』

人們都嘲笑他，有時給他二十個哥貝咯，有時什麼也沒有給他的。但是有時候人們給他十個盧布的紙幣，或是比這更多些。

『你這個可惡的東西，』有一天伊格拉如此對他叫喊說。『你是什麼人，你說呀？』

那個牧師被這一唬嚇倒了，只是深深地向伊格拉鞠躬而不作聲。

『是什麼人？說出來呀！』伊格拉怒吼着。

『我是一個——應受唾駡的人。』那個牧師回答說。全堂的人們聽着這一句話都哄笑起來了。

『你是一個痞棍麼？』伊格拉嚴厲地問道。

『一個痞棍麼？因爲需要以及我心靈軟弱的原故麼？』

『到這兒來！』伊格拉吩咐他說。『來，來坐在我的旁邊。』

因恐怖而顫慄着的牧師很懼怯地走到了這位吃醉了的商人的近旁，但只走到他的對面就站住了脚。

『在我的旁邊坐下！』伊格拉一面拉着那個驚懼的牧師的手使他坐在自己的身旁一面說着。『你是與我很相似的一個人。我也是一個痞棍！你，是因爲需要的原故；我呢，是因爲放蕩的原故。我成了一個痞棍是因爲憂鬱而來的！你懂得麼？』

『我懂得，』那個牧師柔和地說。

全堂的人都在嗤嗤地笑。

『現在你知道了我是個什麼嗎？』

『知道了。』

『那末，就說出來「伊格拉，你是一個痞棍！」』

但是那個牧師、能夠這麼辦。他只很懼怯地照着伊格拉底高大的身軀否定地搖着頭。現在全堂的哄笑聲好像雷鳴一般。伊格拉終竟不能夠使那個牧師侮辱他。以後他問那個牧師道。

『你要我給錢你麽？』

『是的，』那個牧師迷急地回答說。

『但你要錢作什麽用呢？』

他懶答應得，直到伊格拉將他的衣領扯着，他纔將以下的話語從他那骯髒的唇內搖拽出來了。但這些話語，他依然是顫兢兢用極細微的小聲說出來的。

『我有一個十六歲的姑娘在修道院裏。錢我是為她蓄積着的。因為她將來從院中出來的時候，連遮身的破片也沒有。』

『唉，』伊格拉如此歎着便將那個牧師的衣領放了手。以後他沉悶地坐了很久忘形於自己的思想中去了，但他不時地又向那個牧師望望。突然之間，他的眼睛開始帶有笑意，他說道：

『你是在撒謊麽，酒醉老？』

那個牧師靜靜地畫了一個十字，就將頭垂到了胸膛上去了。

『是眞事！』人們中的一個如此說着將那個牧師的說話證實了。

『是眞事嗎？很好！』伊格拉一面喊着，一面用拳頭擊着棹子又與那個牧師對話起來。

『啊，你！把你的姑娘賣給我！你要多少錢？』

那個牧師搖着頭又畏縮起來了。

『一千盧布！』

全堂的人都格格地笑起來，因爲他們看見那個牧師縮瑟得彷彿有涼水在他身上澆一樣。

『兩千！』伊格拉狂吼着，眼睛裏閃着光。

『你瘋了麼？怎樣了？』那個牧師一雙手伸向伊格拉的面前喃喃地說。

『三千。』

『伊格拉，馬非伊咯！』那個牧師用微弱的顫慄的聲音喊道。『爲上帝的原故！

爲耶穌的原故！夠了！我要將她賣掉！爲她自身的好處，我要將她賣掉！』

在他那帶急而尖銳的聲音之中，有的人可以聽得出，其中含有一些恫吓之勢，而且他的眼睛，以前不會有人注意過的，閃燦得像煤塊一般發亮。然而那些沉醉的人們只是凝愚地向着他笑。

『不要鬧！』伊格拉嚴厲地喊着，一面將他的身子伸得直直的，眼中又閃着光。『惡魔們，現在在此處所進行的是件怎樣的事，你們懂得吧？這足夠令人大哭起來，而你們還在那裏嘆嗤嘆嗤地笑。』

他走到那個牧師近旁，在他的面前跪下，堅决地說道：

『父親，現在你明白了我是怎樣的一個痞棍。好罷，你向我的臉上唾吐罷！——件醜惡奇特的事經過了。那個牧師也跪倒在伊格拉的面前，像隻大鳥龜一般繞着他的脚爬，親吻了他的膝頭，喃喃地不知說了些什麼，他又嗚咽起來了。伊格拉彎下身去，將他從地上舉起來，命令式又哀求式的向他喊道：

『吐唾呀！筆直吐進這無恥的眼睛中去！』

全堂的人因爲伊格拉底嚴厲的聲調，一時大家都呆住了，但，不一會又都哄笑起來，以致酒店中窗上的玻璃皆震震作聲。

『我給你一百個盧布。你吐唾呀！』

那個牧師在地上爬行着，因爲恐怖或者因爲歡喜的原故而嘶噓，因爲他聽着這樣一個人在哀求他，作點侮辱他的事。

終久伊格拉從地上立起來，將那個牧師踢開了，又向着他投了一包錢，帶點微笑很粗暴地對他說：

『暴徒！一個人在這種人面前能夠懺悔麽？有的人很懼怕聽人懺悔，其他的人譏笑一個罪人。我是打算將自己從重負之下解放出來；心靈已經顫動了。我曾經想到，讓我。不，我一點也不曾思想過。就只這麽樣！滾出去！當心再不要跑到我面前來了。你聽着沒有？』

『哦，一個奇怪的人！』衆人有些感動的樣子這樣說了。

關於他的狂飲，城鎮中已編出了許多逸話；人人都嚴格地非難他，但當他邀請這些人去參加他的宴飲之時，又沒有一個推辭不到的。他好幾個星期都如此地過活着。

有時他也突然回到家中去。在這種時候，雖是還不曾完全脫掉酒氣，但却已經是垂頭喪氣很安靜的神情了。現在他眼中燃着羞恥之光，謙順地將兩眼望着地上，靜悄悄聽着他妻子的責罵。完全謙馴溫柔得像一隻羔羊一般了，他就跑到自己的房中，將自己鎖在房內。他好幾個鐘頭繼續地跪在十字架的前面，將頭垂到胸膛上，兩隻手無力地垂下，背彎曲着，默然地一聲也不響，彷彿他竟連祈禱也不敢作了。他的妻子每每愛用脚尖走到他的房門前來竊聽。在門背後可以聽着深長的嘆息聲——像一匹有病的疲乏了的馬的呼吸聲一般。

『上帝！你知道，』伊格拉將他的兩隻手掌緊緊地壓在他寬闊的胸膛上，用一種幾乎聽不清的含糊之音如此低語着。

在懺悔的那幾天，他除了清水與黑麥麵包之外，什麼也不喫。

清晨他的妻子就將一大瓶清水，一磅半麵包和鹽，放在他的房門外。他把門打開，將這些食物拿進去，又將自己鎖起來。在這個時期內，他是毫不被打擾的，一切人都努力遠避他。這幾天過了以後，他又在商場上出現了，依然閒談說笑　訂定運送穀物的契約等，眼光的銳利正像鷙鳥一般，關於他事業的一切，他都具有絕妙的手腕。

然而通過伊格拉之一生的一切性情中，却有一種熱烈的慾望不曾離開過他——就是想得一個兒子的慾望。並且他愈年老，這個慾望就愈增大。在他與他的妻子之間，像以下的這種談話是時常有的。清晨在她吃茶的時間，或者在吃午飯的時候，他很沉鬱地凝視着他的妻子——一個強壯肥胖的婦人，一副紅臉皮，兩隻欲眠的睡眼——而發問道：

『唯，妳不感覺什麼嗎？』

她明知道他的心意，但是她只漠不介意地答道：

『我怎麼能夠不感覺什麼呢？你的拳頭是像啞鈴一樣。』

『妳知道我是在談什麼，妳個傻子。』

『嵗你的那些拳頭打得來，未必一個人就能夠懷孕麼？』

『並不是因為我的拳頭打得妳不養小孩子；是因為妳吃得太多了。妳將各種食物把妳的肚皮裝滿了——以致小孩子沒有空處可以生長起來。』

『未必我不會替你養過小孩子嗎？』

『那些是女孩子，』伊格拉諾責地說。『我要一個兒子。妳懂得了麼？一個兒子，一個後嗣！我死了之後，將財產把給誰？誰會為我的罪惡祈禱？未必叫我將財產都捐到寺院裏去？那些人我已經把得有多的了！或者我把財產都留給妳嗎？妳是幾好的一位信徒呀！就是身在教堂裏，妳也只會專想到魚肉饅頭罷了。如果我死了，妳定會改嫁，那末我的錢就會落到別的雜種手裏去。妳以為這就是我所以勞碌的目的嗎？』

他此時被一種憎恨的忿怒所捉住了，因為他感覺到如果他沒有兒子來承繼他，他的生活就是毫無目的了。

在他們的九年結婚生活之中，他的妻子替他養了四個女兒，但都已經死掉了。當她們要生下來的時候，伊格拉雖是戰兢兢地等待着，但當她們死去了的時候，他也不大悲傷——總之，她們對於他是不需要的罷了。在他們結婚生活的第二年中，他就開你自身的魂靈一般地愛你的妻子，又像梨樹般地搖撼着她』；以後，在每個產期後，因爲他的妻負了他所期待的，所以他對於妻子的忿恨也就更加強烈了，而開始打着她來取樂，以報復她沒有替他生一個兒子的怨憤。

有一次當他正因事務停留在撒馬司基(Samarsk)縣的時候，他從家中的親戚們收到了一通報告他妻子的死的電報。他畫了一個十字，暫時想了一下，就如次地打電給他的朋友馬亞金：

『乘我不在家的時候將她埋葬了罷；請你照管我的財產。』

他就走進教堂裏，去參加爲死者所舉行的彌撒。當他爲死去了的亞綺琳娜禱求了靈魂的安息以後，他開始想到他必須要盡力地趕快續絃才是。

他此時已經有四十三歲了，長得很高，寬肩膊，一個沉重而低的聲音，講起話來像個副僧正一般；他的一對大眼睛在他那黝黑的眉毛之下現得勇敢而聰明；在他那爲日光所曬黑的臉上，滿長着厚密而黑的鬍鬚。他整個魁偉的身軀之中，含有不少眞正俄國式的，粗野而健康的美。在他那隨便的動作以及緩慢而傲然的步伐中，現有一種強力的自覺——一種堅決的自信力。婦人們很歡喜他的，他也不特別地迴避她們。

他的妻子死後六個月的時候，他就向一個烏拉地方的哥薩克人底女兒求婚。新娘的父親，雖然知道在烏拉地方人人都曉得伊格拉是有些『瘋狂』的人，但依然將女兒許配他了。快到秋天的時候，伊格拉．哥蒂耶夫帶着一個年紀輕的哥薩克妻子回到家中來了。她的名字叫納塔亞（Natalya）。身段很高，全身長得很勻整，大而帶天藍色的眼睛，一條長而帶栗色的辮髮的她，對於美貌的伊格拉正是很相稱的一對。他覺得幸福而且很以妻子為榮的。他以一個健全男子底熱烈的愛去愛她，但是不到好久，他又開始非常謹慎地來注意她了。

他妻子底橢圓而嚴肅的臉上很少露點笑容——她總在思索一些不關乎生活以內的什麼事，並且在她那肅靜藍色的眼睛之中，間或有些陰闇而厭世的東西在閃爍。每當她作完了家務事，空閑下來的時候，她就在一間最空洞的房間內靠着窗子坐着，並且默然地一坐兩三個鐘頭。她的臉向着街道上，但是她目中的視線對於窗子外面的那些地方上所生存着所活着的一切是完全漠然不關心的，並且同時她目中的視線又是那般固定地深沈，好像她是在凝視她自身的靈魂一般。加之她走起路來的步伐也是奇特與衆不同的。納搭亞被慢地十分小心地，彷彿有什麼目不可見之物束縛了她行動底自由一般地在那間空洞的房間內緩步着。他們的屋內擺滿了沉重而低級地誇耀的器具，每件物品都是燦爛發光的，在那裏呼喊着主人的富有。但是這位哥薩克的妻子却是膽怯着顫慄着走過這些貴重的家具與銀器皿之旁，彷彿恐怕它們要將她捉着而將她的喉頭扼住似的。很明顯的，這個大商業都市中的喧譁生活，這位安靜的女子是一點也不歡喜的，並且每當她與她的丈夫一同乘馬車出去的時候，她的眼睛總只是死釘在那個馬車夫的背上。當她的丈夫領她去拜訪別人的時候，她在外面的態度也正如她在家中的一樣奇怪。當客人們來到她家中的時候，她非常慇懃地將肴饌款待他們，但關於客人們所談論的一切，她却毫不感有興趣，而且對於任何人也都沒有特別喜好或憎惡的表現。只有那位富於機智而詼諧的馬亞金有時候可以在她臉上喚起一點微笑，而這點微笑也只是漠然得有如陰影一般。他時常這樣談論她說：

『那是一株樹，並不是一個女人！但是生活正像一堆不滅的焚火一般，我們每一個人有時候都發亮起來。她也會燃燒起來的；等着罷，多給她一點時間。那時我們就可以看見她如何開花出來。』

『唉！』伊格拉每每取笑她說。『妳在想些什麼？妳思戀妳的故鄉麽？放高興一點罷。』

她依然沉默着，靜靜地望着他。

『妳到教堂去的次數實在是太多了。妳頂好等等罷。妳還有許多時間可以爲妳的罪惡作祈禱哩。先要犯罪才好。妳曉得，如果妳不犯罪，妳就不會懺悔；如果妳不懺悔，妳就不會得救。頂好當妳還年輕的時候先犯罪罷。我們一道乘馬車出去跑跑好麽？』

『我覺得不想出去。』

他每每在她的旁邊坐下而擁抱她，但她總是冷淡淡的很少應和他的愛撫。他筆直地望進她的眼睛裏說道：

『納塔亞！告訴我——妳為什麼這樣憂鬱？在此處同我在一路，妳覺得很無聊嗎？』

『不，』她簡單地回答說。

『那末，是為什麼呢？妳是在想念妳家鄉的人們麼？』

『不，毫沒有什麼。』

『妳是在思索些什麼呢？』

『我不是在思索。』

『那末，是什麼呢？』

『哦，沒有什麼！』

有一次，他竟用方法使她吐出一個較完全的答覆：

『我的心裏有些什麼很混淆的樣子。我的眼睛中也是這樣。並且我時常感覺得這一切都不是真實的。』

她將手在她的四周繞動着，指着牆壁，傢具，以及一切的東西。伊格拉沒有深忠她所說出的話，只笑着對她說：

『那是錯誤的。此處的一切東西皆是眞的。這一切都是貴重的牢實的物品。如果妳不要這些，我就將它們燒掉，我將它們賣掉，我將它們盡丟掉——再買一些新的來！妳要我這樣做麼？』

『爲什麼呢？』她靜靜地說。

最後他希奇了，這樣年輕健康的一個人，何以能夠過活得好像她總在睡眠一般，什麼欲求也沒有，除了教堂以外什麼地方也不去，並且遠避一切的人。他時常如此安慰她說：

『稍等一些時罷。妳將要生一個兒子，到那時候一種完全不同的生活就會開始，妳這樣憂鬱，是因爲妳很少有煩惱的原故。有了小孩子，他就會給妳煩惱的。妳爲我生一個兒子，妳可以麼？』

『如果神的旨意是如此，』她低下頭來回答。

以後她的態度就開始令他焦燥起來了。

『唯，爲什麼妳做出這樣一副難看的臉嘴？妳走起路來彷彿是在玻璃上走一般。妳看起人來，好像妳已經毀壞了什麼人的靈魂似的！唉！妳是這樣一個強健的女子，却對於無論什麼都不感有興趣。眞是傻子！』

一天他吃醉了回來，開始用愛撫的樣子與她糾纏，但她把背轉過來對着他。他就大怒起來，高聲喊道：

『納塔亞！妳不要裝獃，小心一點！』

她將臉轉過來對着他鎭靜地問道：

『那末怎樣？』

伊格拉聽着這些話又看着那毫無畏懼的神色就更加觸怒起來了。

『什麼？』他一面怒吼着，一面向她身邊走去。

『你想將我殺掉了嗎？』她身也不動眼也不眨地如此詢問着。

伊格拉是看慣了別人在他面前戰兢兢的，現在她的這種鎭靜的態度使他覺得希奇而觸怒。

『就是這，』他吼叫着，將手舉起去打她。她緩慢地但也正來得及閃避了那一拳頭。她把他的手捉住幷將牠推開了，而且依然用那種聲調說道：

『你敢摸我一下嗎。我決不讓你走近我的身邊來！』

她的眼睛漸漸變小了，其中所發出的銳利射人的光輝使伊格拉渃醒過來了。從她的臉色看來他懂得了，她也是一隻強狠的猛獸，而且如果她如此下了決心 就是縱令她要失去了生命，她也決不會讓他挨近她的。

『哦，』他恨恨地說着就出去了。

但是已經讓步了一次，他決不再作第二次了。他不能夠忍受，一個婦人而且是他的妻子，竟在他面前不低頭，這簡直是侮辱他的事。從這回事以後，他開始覺得，今後他的妻子在任何事上皆不會屈服於他了，並且在他們之間爲爭誰佔優勢必有一個頑強的鬬爭要開始。

『好罷！我們來看誰會得勝，』第二天他一面懷着惡意的好奇心望着他的妻子，一面想着，並且在他的靈魂之中一種強有力的欲望已經在沸騰着要開始這回鬬爭，以便他好快些享得勝利的快樂。

然而過了差不多四天以後，納塔亞·蒂明麗夕娜就對他的丈夫說明，她已經有孕了。

伊格拉因快樂而顫慄了，他緊緊地擁抱着他的妻低聲說道：

『妳是個很好的人，納塔亞！納塔亞，如果是一個兒子！如果妳爲我生了一個兒子，我要使妳富有起來！我明白地對妳說，我要替妳作奴僕！有上帝作證！我要跪在妳的脚前，而且假使妳願意，妳可以踐踏我！』

『這並不是我們的力量所能作得到的；乃是上帝的旨意，』她低聲地說。

『是的，是上帝的旨意！』伊格拉悲痛地說着，很沉鬱地將頭垂下了。

從這時候起，他開始看護照管他的妻，好像她是一個小小的孩子一樣。

『妳爲什麼靠近窗子坐着呢？當心一點哪。妳的腹部會受寒的；妳或會生病的，』他每每嚴厲地而又溫和地這樣對她說。『妳爲什麼在樓梯上跳？妳會受傷的。而且妳頂好是多吃些，吃兩份，使「他」可以有够足的。』

妊娠使納塔亞變得更性更多癖怪沉靜起來了，彷彿她更深沈地看進了自己的內心，她的心已爲她內面的新生命之鼓動所奪了一般。但是她嘴唇上的微笑變得更明顯了，而且她的兩眼中有時閃爍着如黎明的最初之光一般的微弱而新奇的東西。

不久，產期到了。那是在一個秋天的早上。當她發出呼痛的第一聲之時，伊格拉臉上變白了。他本開始預備講什麼的，但只搖着他的手，離開他的妻正在內面痙攣地呼喊着的臥室，跑到曾爲他死了的母親作過祈禱所的樓下的一間小房中去了。

他吩咐人拿了vodka來，自己坐在棹旁一面嚴肅地飮着，一面傾聽着室內的騷擾之音以及從樓上傳下來的妻底呻吟聲。室內的一隅，在神燈的微弱光中半明半暗地照出來，有許多聖像漠然地黑暗地參差不齊地現露着。在他的頭上，有一種脚的頓踏與磨擦的聲音，什麼笨重之物從地板的這一頭拖到那一頭去了，又有杯盤相觸的聲音，人們忙亂地樓上跑到樓下樓下跑到樓上。一切的事皆在急速地進行，但是時間却走得很慢。伊格拉可以聽着樓上的一種不大明白的聲音：

「好像她是難以產下的樣子。我們頂好打發人到教堂裏去，將天門求開。」

他家中的一個寄食者法蘇卡走進了伊格拉間壁的一間房內，用可以聽得淸的低聲祈禱說：

『上帝，我們的主，他曾發慈悲從天上降下由聖母而生。你知道人們的無力。求你赦免你的僕人罷。』

突然之間，一切的聲響皆消沈了，一種超人類的，震人心靈的喊叫聲發出來了，繼續着就是一種不斷絕的呻吟輕微地在室內浮盪，旣而卽向着爲黃昏之薄暗所充滿的角隅中消逝了。伊格拉向着聖像投射出陰鬱的視線，一面深長地嘆了一口氣一面想道：

『未必又是一個女孩子麼？』

有時候他立起身來，呆呆地站在房間當中默然地畫十字，又在諸聖像前鞠躬；如此作了以後，他又回到棹子前飲Vodka。雖然他繼續飲了這幾個鐘頭的Vodka，但他此時依然還沒沈醉。以後他就漸次昏昏地微睡過去了，如此地他度過了那一整夜以及次日早上一直到中午。

終久那個收生婆慌忙地跑下樓來了，用細微而歡喜的聲音對伊格拉賊道：

『伊格拉。馬菲犇支，恭賀你生了一個兒子！』

『妳撒謊！』他沉鬱地說。

『你怎樣了？』

伊格拉使盡他那寬大的胸部所有的氣力來嘆了一口氣以後，就跪倒在地上，將兩手緊緊地交在胸前顫聲地喃喃道：

『感謝上帝！明顯的你是不曾願我的血族斷絕！我的罪惡在你面前決不會不懺悔的。我感謝你，哦上帝……！』他一面站起身來，一面即立時開始大聲吩咐道：

『唯！把一個人到聖尼可拉教堂去請一位牧師來！告訴他伊格拉．馬菲犇支請他來。讓他來替產婦作一次禱告。』

此時臥房的使女進來了，她很驚惶地對他說：

『伊格拉。馬菲犇支，納塔亞．茀明西娜請你去。她覺得身子很不舒適。』

『何以不舒適呢？那立刻就會好的！』他怒吼着，兩眼中閃着愉快之光。『告訴一下。給牧師預備點食物。打發一個人到馬亞金那裏去！』

他底龐大的身軀現得好像是更長大了些，他爲快樂所陶醉了，只是在室內茫然地漫步着。他微笑了，又磨擦着雙手，並且對聖像也投射以熱烈的視線，他在自己胸前畫十字，又將手儘量地搖擺着。最後他纔跑到他妻子房中去。

他的眼睛最初所看到的，就是收生婆正在桶內洗浴的那個小小的紅色嬰兒。一旦看見了他，伊格拉就用足尖站立着，將手又在背後很小心地將脚移動着又滑稽地將嘴唇突出來向着他那方走去。那個小東西正在水中啜泣並苦悶得手足亂動——赤裸裸的，毫無氣力，很可憐的。

『唯，當心一點！更要小心地抱着他！他的骨頭還沒長硬哩，』伊格拉柔和地對收生婆說。

收生婆張開她那牙齒都已脫落了的口開始笑起來了，並且一面又很靈巧地將嬰兒從這一隻手上拋到那一隻手上。

『你頂好到你夫人那裏去。』

他就很順從地立時向着臥床那面走，並且一面走一面問道：

『啊，納塔亞，妳覺得怎樣？』

當他走近了她旁邊，他便將使臥床上留有陰影的床帷子收攏了。

『我不會再活下去了，』她用低而嘶的聲音說。

伊格拉沒有作聲，他只定著地凝視着沈在白枕頭上的他妻子的臉。枕上她的黑髮披散着好像死蛇一般。她的臉——黃色，無生氣，在她那大而圓圓地睜着的兩眼周圍，又繞有黑色的圓圈，這是他從前不曾看見過的。而且那些可怖的眼中的視線又是死死地像釘在牆壁以外的什麼遙遠之地一般的毫不轉動——這也是伊格拉不曾看慣的。他的心，爲一種苦重的預兆所抑壓，已將其中歡喜的怔忡瓦解了。

『那不要緊的。一點也不要緊。生產總是像這樣的，』他一面將頭伸到妻子面前想親吻她，一面溫柔地說着。然而他的妻正當着他的臉呻吟道：

『我不會再活下去了。』

她的嘴唇是灰色而冰冷的，當他用自己的嘴唇接觸着它們的時候，他明白了死神已經臨到她了。

『哦，上帝！』他一面覺得這種恐怖塞住了他的咽喉，窒息了他的呼吸，一面又如此驚惶地喊着。

『納塔亞！他怎樣辦呢？必定要有人扶養他才行！妳爲什麽說出那樣的話來了？』

他差不多要向着他的妻哭泣起來了。收生婆在他的周圍忙亂着；將啜泣的嬰兒在空中盪來盪去。她反覆着很認眞地與他談論，但他什麽也不曾聽入耳內——因爲他完全不能夠將眼睛離開他妻子底可怖的臉。她的嘴唇微動起來了，他也聽見了一種很低的聲音在講話，但所講的是些什麽他却理解不透。他坐在床綠上，低聲膽怯地說道：『妳只想想看！他還是一個嬰兒，怎能夠離掉妳呢！振作起來罷！將這種思想從妳心中趕出去！妳將它趕出去。』

他這樣說着，並且他也明白自己所說的都是無用的話。熱淚湧滿了他的兩眼，他心中突起了一種重如石冷如冰的感覺。

『請恕我罷。再見！當心你的身體。留意，不要飲酒。』納塔亞言不成聲地低語着。

牧師已經來到了。他將她的臉遮蓋着，一面嘆息地就開始讀起柔和的祈禱文來了：

『哦，治癒一切疾病的全能的上帝，現在求你醫治剛產下嬰兒的你的婢女納塔亞，使她從她現在所躺臥的床上好起來，因爲我們是正如大衛所說的，「我們沈於不法之中，在你眼前是有罪的。」』

這個老人的聲音不時停頓，他瘦弱的臉是很嚴肅的，從他的衣服上有焚香的香味發出。

『求你保護她所生的嬰兒，保護他脫離一切試探，一切兇惡，一切災害，求你日夜保護他脫離一切惡靈的手。』

伊格拉傾聽着牧師的祈禱，並且悄悄地在那裏哭泣。他的一粒粒的大熱淚珠落在他妻底裸露的手上。明顯的她的手是不曾感覺有淚珠在上面滴，因爲它擱在那裏毫不動彈，而且皮膚也不曾因淚之落而起顫動。祈禱完畢以後，納塔亞就完全失了知覺，一天以後她就死去了，不曾再說一句話——正如她生存時一樣，靜悄悄地死去了。伊格拉舉辦了一個華麗的葬式之後，就使他的兒子受了洗，替他取名爲福瑪，並且很不願意地將他寄養在他的老朋友又是孩子的教父（Godfat:er）的馬亞金家中，因爲馬亞金的妻也正在不久以前養了一個孩子。 妻之傷逝使伊格拉底黑髮中生出了不少的白髮，但他那眼之嚴肅的視線中却現出了一種柔和，明顯，慈悲的新表情。

二

馬亞金所住的，是一棟很大的二層樓的房子，靠近一個大庭園。這個庭園內有許多牢固的老的菩提樹很繁茂地長着。樹上繁茂的枝椏好像密緻黑色的刺繡品將窗遮蔽着，太陽的光線只能斷片地射到那些小房間內去。這些房間內堆滿了傢俱與大箱櫃，所以其中總是爲一種嚴肅的陰鬱的半明半暗的雰圍氣所支配。這一家都是很敬虔的人們——蠟燭，焚香，點神燈的油等底氣味充滿了屋內，而且懺悔的嘆息與祈禱的聲音時常在空氣中飄浮着。宗教的儀式決不怠慢而且很樂意地舉行着，全家人精神上的空暇盡注於其上。家中的女人們幾乎是毫無聲息地蒙着那薄暗，嚴肅，苦重的雰圍氣在室內移動着。她們穿的是黑色的衣服，脚上又套有柔軟的拖鞋，而且她們臉上總是現有懺悔的神色。

亞可夫・塔拉斯維支・馬亞金家中的人員，除他自己以外，還有他的妻子，一個女兒，以及五位女親戚。其中最年輕的一位已經有三十四歲了。這些女人都是同樣敬虔的，無個性的，從屬於主婦安多琳娜・伊芳羅弗納。主婦是一個身高而瘦弱的婦人，臉帶黑色，嚴格灰色的眼中含有傲然與伶俐的表情。馬亞金也有一個名叫塔拉斯的兒子，但是他的名字在這家內從來沒有人提過。熟識的人們都知道塔拉斯十九歲的時候就到莫司科去讀書——去了三年以後，他在那裏結了婚，這是違反他父親底意見的——亞可夫就與他脫離了父子關係。以後塔拉斯就完全失了蹤。有人傳說，他是爲點什麽事件，被送到西伯利亞去了吧。

亞可夫・馬亞金長得很奇怪的。矮小，瘦弱，但很有精神，少少幾根赤鬚，綠色機敏的眼睛，看起來，好像他是對每個人說：

『唯，不要耽心。我很明白你的。如果你不干涉我，我也決不會害你的。』

他的頭活像一個雞蛋的形式而且又大得異乎尋常。他那滿帶縐紋的高高的額一直與他底禿腦天相連，看起來彷彿他眞有兩個面孔一般——一個就是有一隻長軟骨的鼻子而且人人看來都覺聰明俐伶的面孔，在這個面孔之上就是其他一個面孔了，那是無嘴無眼滿爲縐紋所蔽的，在這些縐紋的後面，彷彿馬亞金是將他的眼與嘴唇藏匿起來直到某一定的時間；而且常逼種時間來到了，他就要用別樣的眼來觀看這個世界，也要同別樣的唇來微笑的。

他是一個製繩工場的主人，在靠近埠頭的街上開有一家店鋪。在這家店鋪內從地板一直到天花板，皆是堆滿了的繩，索，大麻，以及蔴屑等，他自己另外佔有一間開時發有軋軋聲的玻璃門的小房。這間房內放有一張大而古舊破爛的棹子，靠近棹子有一把很深的靠臂椅，椅上罩有漆布，馬亞金整天就坐在那椅子上啜着茶閱讀他一生中一年到頭都定閱的『莫司科報紙』。在商人中，他享有『知數者』的美名與尊敬，並且他也很歡喜誇耀他自己門第的古舊。他啞聲地說：

『我們馬亞金家中的人，在嘉德林女王的時候就是爲商人的，所以我是一個血統純正的人。』

伊格拉·哥蒂耶夫底兒子在此家庭內住了六年的時光。待到七歲的時候，福瑪已經是一個大頭寬肩膊的少年了，並且從他的身材以及他那扁桃形黑色的眼中所射出的莊重的眼光看來，他都要現着較長於他的年齡。他很安靜少言笑，在兒童的欲望上是很頑固的。他每天就與馬亞金的女兒祿寶在一路弄着玩具，女戚中一位強壯而麻的老孀靜靜地守着他。這位老孀不知因爲什麼原故別人替她取了一個綽號叫『布幾雅』。她是一個遲鈍膽小的人，就是與小孩們講話，她也是很低的聲音，說的是一些單綴音的字。因爲她將時間全用在學習祈禱去了，所以她一個故事也沒有講給福瑪聽過。

福瑪與馬亞金的小姑娘玩得很要好的，但是當她觸怒或挪揄了他的時候，他的臉色就變灰白了，鼻子也膨脹起來，眼睛很滑稽地圓睜着，他便毫無忌憚地打起她來。祿寶哭了並跑到她母親那裏去投訴，但是安多林娜很愛福瑪，她並不十分留意女兒的訴辭。這種行動反使孩子們之間的友誼更加增起來了。福瑪每天過的時日是悠長而單調。從臥床上起來洗了臉以後，他總是站在聖像之前，隨着那麻面布幾雅底低微的聲音，背誦着很長的祈禱文。以後他們就喝茶，並吃許多餅乾，糕團，與饅頭。吃了茶點以後——在夏天——孩子們就跑到那個大庭園中去玩。此庭園的盡頭就是一個壑，壑的底總是現着暗而濕，使他們充滿了恐怖。孩子們即走到壑的邊緣上也是被禁止的，因此更引起了他們一層畏懼的心。在冬天，如果外面寒冷，從吃茶到吃午飯的時間內，他們就在室內玩，或者跑到中庭的大冰山上去滑冰玩。

到了正午就如馬亞金所說的，吃『俄羅斯式的』午餐。最初是一大盤有油的蔬菜湯，內中放有小麥餅乾只是沒有肉，其次仍是這同樣的湯，但有切碎的肉片和着一起吃；再次就是烤肉——豚肉，鵝肉，犢肉，或者是與粥相混和的凝結乳——以後又是一盤有麵的湯，在這以後總只是尾食品糕點水果乾果糖果之類了。他們飲些由紅山桑子，杜松漿果，或是由麵包做的 Kvass（甜飲料）——安多林娜。伊芳羅弗納常時積有許多各種不同的 Kvass。大家都是默然地吃着，只不時發出幾聲疲乏的歎息聲。孩子們一人另用一個盌，大人們都在一個盌中吃。這樣飽餐了之後，他們就去睡覺；兩三個鐘頭之久馬亞金底家中都是充滿了鼾聲以及欲眠的太息聲。

睡醒了以後，他們就又吃茶，一面也談論着地方新聞——如聖歌班，教會中的執事，婚嫁之事，或者是某商人不名譽的行爲等等。吃過茶後，馬亞金就對他妻子說：

『啊，母親，將聖書遞給我罷。』

亞可夫·塔拉數維支時常最愛的就是約伯記。將他那一副沉重的銀邊眼鏡戴在他底大而粗發的鼻子上以後，他就向四周察視一回看他底聽衆是否都到齊了。他們都已坐在他看慣了的他們所常坐的地方，並且在他們的臉上都有一種看慣了的，鈍而膽怯的敬虔表情。

『在烏玆地方有一個人，』馬亞金嗄聲地開始講着。此時在屋角的沙發椅上與祿寶並坐着的福瑪，老早就知道了不一會他的教文定是默然不作聲而用手去撫摩他的禿頭的。福瑪坐在那裏一面傾聽着，一面就在自己心中想像這個從烏玆地方來的人。這個人長得很高，身體是赤裸着的，眼睛非常的大就像救世主的聖像中底那一對大眼睛一般，而且他的聲音正像兵士們在營寨中吹的大黃銅喇叭。這個人不斷地愈變愈大了，一直接觸了天，他就將他的黑手伸到雲中，將雲撕散，用可憐的聲音喊道：

『一個道路已經閉塞了，而且上帝又使他被包圍於黑闇中的人，何以被給與了光明呢？」

福瑪大大地恐怖起來，他顫慄了，睡眠從他的眼上飛走了，他聽着了他教父的聲音。馬亞金此時面帶微笑，一面不時地捻捻他的鬍鬚，一面說道：

「啊，我們看他是多麼大膽！」

少年知道了他的教父所講論的是烏茲地方來的那個人，並且教父臉上的微笑也使少年安了心。那個人決不會將天衡破，也決不會用他那可怕的膀臂將天破爲碎片。以後福瑪又看見那個人了——他坐在地上，「身體上爲蛆與泥塊所蔽，皮膚也是破爛的。」然而這一次他的身體却是小而可憐的，好像站在教堂門口的乞丐一樣。

他說道：

「人是什麼東西，他何以要成爲潔淨的呢？由婦人產生出來的，何以要成爲義的呢？」

「他如此對上帝說，」馬亞金感動地解釋着。

「他說，我是由肉體而生的，如何能成爲義呢？這也是訊問上帝的一個問題。你們說怎樣？』

讀者做出得勝的疑問的樣子向四周望着他的聽衆。

『他値得如此，那個正義的人。』他們嘆息地回答出。

亞可夫·馬亞金微笑地望着他們說道：

『傻子們！你們頂好把孩子們送去睡吧。』

伊格拉每天到馬亞金家中去，送玩具給他的兒子，將他緊緊抱在懷中撫摩着，但有時覺得不滿意，他就毫不隱藏自己底不安對福瑪說道：

『你何以是這樣的一個怪物？唯！你爲什麽這樣不愛笑呢？』

他也要向孩子底教父訴苦道：

『我怕他會變得像他母親一樣。他底眼睛很陰氣的。』

『你就心得太早了，』馬亞金微笑地回答他。

馬亞金也很愛這個教子（Go son）。有一天當伊格拉向他聲明說，要將福瑪領回自己家中去的時候，他是非常不快活的。

『把他留在此地，』他請求着。『他已經同我們住慣了。你看，他哭起來了。』『一下就會不哭了的。我又不是為你生的他。此地的空氣太不適宜了，陰沉得像寺院一般。這與小孩子有害的。而且沒有他，我也非常寂寞。我回到家中——家中是空的。我一點什麽也看不到。如果因爲他的原故，叫我搬到你家中來，那是不行的。我並不是爲他而生存着，他乃是爲我的。正是如此。並且現在我的姐姐已到我家中來了，又有人可以看管他。』

少年終被帶回他父親家中去了。

一回到家中，他就會見了一個好笑的老婦人——一個長的像鉤子樣的鼻子，一張牙齒全都脫落了的大嘴。身高，背駝，穿一身灰色衣服，灰白頭髮，戴一頂黑絹帽子的這個老婦人，在最初不但不使少年歡喜，她反而驚駭了他。然而當他注意到了她那縐紋臉上底黑眼睛是在很柔和地望着他的時候，少年就立時安心地將頭靠着她的膝頭。

『我可憐的孤兒！』她用那充盈而震顫着的天鵝絨似的聲音如此說着，一面靜靜在此愛撫之中，有一種特別甜蜜溫柔的趣味。這對於福瑪是完全新奇的，所以他臉上滿浮出好奇心與期待心凝視着這位老婦人。她將他引入了直到於今他仍是一無所知的一種新世界中去了。最初第一天，將他送上了床之後，她就在他旁邊坐下將身子凭過去問道：

「福模西克，我講一個故事給你聽好麼？」

以後福瑪總是在將一個不可思議的世界在他眼前描繪出來的那位老婦人底天鵝絨似的聲音之中，漸漸睡覺了。在少年底受了魔術似的想像中，總有巨人克服妖怪，聰明的公主，傻子變成了聰明人，以及成羣結隊的新奇古怪的人們浮現出來，並且他的靈魂亦爲國民的創造力之健全的美所培養。這位老婦人的幻想與記憶之寶庫是無盡藏的。她在少年的夢中，一時現爲一個妖怪——但只是一個仁慈溫柔的老妖怪——一時又彷彿像那個美麗聰明的 Vasilisa。少年圓睜着兩眼屏息地凝視充滿他房間內的黑闇，並且望着此黑闇在聖像前所燃着的微薄燈光之下緩緩地顫動。福瑪將神話中的不可思議的世界充滿了此黑闇。默然的但是有生命的影子從牆壁上一直走到地板上來了。凝視着這個影子的世界，並給它們以各種的形式與色彩，而且在其中創造出生活來，然而一旦只要眼睛一眨就將它們全都毀滅了，這種事少年感覺得有興趣而又是可怖的。在他的黑眼睛中，有點新奇的，赤裸的，更孩子似的，而且也不是那般嚴肅的東西出現了，孤寂與黑闇在他的內面喚醒了一種期待的痛苦感覺，攪動了他的好奇心，使他不能不走到黑暗的屋角內，去探明在黑闇的密幕後面究竟是藏着的一些什麼。他跑去，什麼也不會尋見，但是他找尋的希望仍沒失掉。

他懼怯他的父親但也很尊敬他。格伊拉龎大的身軀，粗魯像喇叭一般的聲音，滿長有鬚髯的臉，灰白頭髮的頭，強有力的長臂膊，以及放亮的眼睛——這一切都使他很像神話故事中的山賊。

當福瑪聽着了他父親講話的聲音或者是他那沈重而牢實的脚步聲時，他都會駭得發抖；但當伊格拉溫和地微笑了，好玩地大聲講話，將他放在自己膝頭上坐着或者用他的大手將他高舉到空中，在這種時候少年的恐怖就完全消滅了。

有一次，少年已經到八歲了的時候，伊格拉剛由遠途旅行囘來，少年就如此地訊問他道：

『爸爸，你到那兒去了的？』

『到伏爾加河去了的。』

『你是在那兒搶人家的東西麼？』福瑪柔和地問。

『什麼呀？』伊格拉將話的語尾拖長着說，同時眉頭也縐起來了。

『爸爸，你豈不是一個山賊麼？我知道的。』福瑪一面狡猾地眨着眼睛一面說。

他覺得很滿足，因爲他以爲他已經察出了他父親生活的祕密。

『我是一個商人！』伊格拉嚴厲地說道，但是稍思索了一下，他就慈祥地又說道：『你是一個小孩子！我做的是麥子生意。我還有幾隻汽船。你看見過『耶馬克』號沒有？那就是我的汽船。而且也是你的。』

『啊，那隻汽船大得很哩，』福瑪嘆息地說。

『是的呀，但你還是一個小人，我明日就買一隻小汽船給你，你要不要？』

『要的，』福瑪答道。但是沈默地想了一會之後，他又懊惱地囁嚅着說：『我以爲你是一個山賊或是一個巨人哪。』

『我告訴你的我是一個商人！』伊格拉討好的樣子反覆說着，但是他那注視着他兒子的臉的視線中却帶有幾分不滿足與懼怯之意。

『好像Kalatch烤麵包的Fedor爺爺一樣麼？』福瑪思索了一會如此問着。

『啊，是的，是像他。只是我比他富得多。我比Fedor有錢得多。』

『你有很多的錢麼？』

『但也有人比我更有錢些。』

『你有多少筐子呢？』

『多少筐子什麼？』

『多少筐子錢。』

『傻子！錢是用筐子來計算的麼？』

『不用筐子，用什麼來計算呢？』福瑪熱烈地喊着，並且一面將臉轉向着他的父親，開始急促地講道：『山賊馬克西姆加有一次到一個城裏去將某富人的錢裝了十二筐子走了。他還拿了各種的銀器皿，搶了一個教堂。有一個人要喊叫捉賊，他就用刀殺了那個人，將他從禮拜堂的塔頂上扔下去了。』

『這是不是你姑母講給你聽的？』伊格拉問，一面又很歎服他兒子底熱烈。

『是的！怎麽樣？』

『沒有什麽！』伊格拉說着笑起來了。『所以你想到你的父親是一個山賊。』

『恐怕你許久以前就是一個山賊呢？』福瑪又回到他底題目上去了，而且在他臉上很可以看得出，如果他父親底答案是肯定的他定會非常歡喜。

『我從來就不是一個山賊。你再不要那樣說了。』

『從來就不是的麽？』

『我對你講過了我不是的！你眞是一個奇怪的孩子！作山賊未必是很好的事嗎。山賊們都是些罪人。他們不信上帝——他們规掠教堂。他們在教堂裏都是被咒詛的。唯，孩子，不久我就要你發蒙讀書。這正是要讀書的時候；你快到九歲了。冬天的時候你就讀書，到了春天，我就帶你同我一路到伏爾加河上去旅行。」

「我要進學校去麼？」福瑪膽怯地問。

「首先你就在家中從姑母讀。」

沒過好久，每天清晨少年都是坐在棹子前，手指頭指點着斯拉夫語的綴字教科書，依照他姑母所讀的又跟着反復讀道：

「Az, Buky, Vedy.」

當他們讀到了「bra, vra, gra, dra」的時候，許久的時間少年仍不能讀着不發笑。福瑪很容易地就學會了綴字，差不多毫不費力。不久他已經讀的是詩篇第一章底第一段了：「不行惡人底道路的，這人是有福的。」

「對的，我的寶貝！啊，福模西加，你讀的對呀！」因他底進步而非常歡喜的姑母如此感和着說。

「福瑪，你眞是不錯！」當伊格拉聽着講他兒子底進步的時候，他就如此誇奬福瑪。「到了春天我們就到Astrakhan去打魚，秋天到了我就送你上學！」

他底玩伴。祿寶•馬亞金時常來玩，與他們在一道的時候，這位老婦人也就立卽變成了他們之中的一個。

他們玩『捉迷藏』與『盲人』等遊戲。當安妃薇底眼睛上蒙了一塊手帕子，她的兩手便向外直伸着，小心地繞着室內走，然而她却一時觸着了棹子，一時又打翻了椅子，或者是當她一面在便當的屋角裏摸索他們，一面又喊着：『唉，小鬼們。唉，惡作劇的孩子們。你們藏在那兒去了？唉？』在這種時候，孩子就覺得好笑又好玩了。

太陽柔和地愉快地照着這個老而衰弱了，但是仍保有一個年輕的靈魂的肉體，照着這個應自己的力量與才能培植這兩個孩子底生命之道的老生命。

伊格拉每每總是清晨一大早就到交易所去，有時候直到傍晚纔回；在傍晚的時候，他就到市鎭廳去，或去拜訪別的人，或是到其他的地方去。有時候他是吃醉了回來的。最初福瑪在這種時候就遠避他的父親去藏匿着，以後他也看慣了，並且也曉得了他的父親酒醉時是比平常要好些，他會更慈祥，更爽直，而且更有趣些。如果他是在夜間吃醉了回來，少年則常時爲他底喇叭似的聲音所喚醒了：

「安妃霞！好姐姐！讓我到我兒子身旁去；讓我到我底承繼者身旁去！」

於是姑母就以欲泣帶罵的聲音答覆道：

「滾開。你頂好去睡罷，你這個要死的鬼！又吃醉了吧？唉！你的頭髮豈不是已經灰白了嗎？」

「安妃霞！我可以看看我底兒子麼？只用一隻眼睛看看……」

福瑪知道安妃霞決不會讓他父親進來的，所以雖然他們在那裏擾嚷不休，他依然又睡熟了。然而伊格拉如果是白日裏吃醉了回來，那他就會馬上用他底粗大的兩手將他兒子握住，而抱着他一面繞着室內慢步，一面用一種醉淡的歡笑聲問道：

「福瑪！你要什麼？說呀！要我買東西給你麼？要玩具麼？你說呀！你應該曉得，世界上沒有一件物品，是你父親不願意買給你的。我有一百萬的財產！哈，哈，哈！我還會有更多的！你懂得麼？一切都是你的！哈，哈！」

突然之間，他的熱情好像蠟燭被一股猛風吹滅了一般的消散了。他底漲紅了的臉開始震顫起來，他那燒得紅熱熱的眼睛湧滿了眼淚，他的嘴唇歪成了一個慘淡的恐怖的微笑。

『安妃霞，假若他死掉了，那我怎樣辦呢？』

說了這樣兩句話之後，他就立時狂怒起來了。

『那我要將一切的東西都燒掉！』他一面發狂似的凝視着黑暗的屋隅，一面如此怒吼着。『我要將無論什麼都毀掉！我要用炸藥來將一切都炸爲灰塵！』

『夠了，這樣一個傻東西！你想駭着孩子麼？或者是你想要他生病呢？』安妃霞如此插嘴說，而且這也夠使伊格拉趕快地跑開並低聲說着。

『好，好，懂得了！我走，我馬上就走，但你不要哭！不要喚。免得駭着了他。』

如果福瑪稍有了一點小病，他底父親就將一切的事務拋開，一分鐘也不離開室內，專只用些呆戇的質問和忠告來麻煩他底姐姐與福瑪。他自己則終日沉鬱歎息，滿帶恐怖的神色，而且手足不知所措地在室內緩步。

『你何以要觸怒上帝呢？』安妃霞說道。『當心，恐怕你的怨言達到了上帝而前，他就要因爲你對於他底恩惠還抱不平來懲罰你。』

『唉，妞妞！』伊格拉歎息說。『如果萬一不幸，這種事發生了怎樣辦呢？那我整個的生涯就會一旦成爲粉碎！我爲什麽而活着的呢！誰也不知道。』

與此相似的場面以及他父親之氣分底激烈變化等等，少年最初感覺得很是可怖的，但不久他對這一切也都習慣了。當他從窗戶裏看見他父親回來了，幾乎不能夠跳下擡車的時候，福瑪仍然平氣地說道：

『姑媽；爸爸又是吃醉了回的。』

到了春天，爲實行他的應許，伊格拉就將兒子帶着一路上了他底一隻汽船。如是一個充滿了印象的新生活就在福瑪眼前展開了。

哥蒂耶夫底拖船汽船那個美麗雄壯的『耶馬克』號，正在迅速地向下流駛去。船的兩旁則是伏爾加雄偉的美麗的河岸緩緩地移動——左岸盡浴於日光之中，一帶平地直延天際，正像一床華麗的綠色絨氈一般；右岸呢，其滿爲茂林所密佈的高高崖岸直向天空聳立，沈入了荒涼的寂靜中。

胸部很寬的河在此兩岸間堂堂地展開，默然地莊重悠暢地向前流着，並且也自知其不可目睹之強力。多山的右岸在水面反映出黑色的陰影，左岸則爲砂州之隈以及廣闊的草原飾以金色與綠色的天鵝絨。此處彼處在山腹中在草原上都有村落現蹤，太陽閃爍地照在農家底窗格上照在藁草屋底黃色房頂上，教堂底十字架閃爛於森林底綠色間，灰白風車底車輪怠惰地在空中迴轉，由工場煙突中發出來的煙成黑緣而捲山的雲霧向空際昇騰。穿着青，赤或白色短衫的孩子們成羣結隊地站在河岸上，目送着汽船大聲喊叫，汽船則打破了河底安靜向前駛進。由汽船外輪車下所激出的愉快的波浪已沖到了孩子們底脚上而濺濕了河岸。此時一羣乘着一隻小船的孩子們則迅急地向河心划去，好在波浪中顛搖着像坐搖床一般。從水中也有樹梢冒出，有時爲滿水所淹了的森林，則在波浪中浮露出像海島一樣。此時由河岸上傳來了一聲憂鬱之歌：

「哦——哦——哦，再來一次！」

汽船經過了許多木排，波浪沖到木排之上，材木因浪之打來而不斷地振搖。木排上的人們穿着青色短衫，踹跚得幾乎要跌下去了。他們望着汽船發笑，並且大聲怒吼些什麽。那大而美麗的船橫斷河面而行，它所裝載的黃色木板像黃金閃耀一般，並暗淡地反映於泥濁的春水上。一隻客船由對面駛來而鳴汽笛了——汽笛的回音消散於森林中和山岸的峽谷間而漸次聽不着了。河的中央，由兩條船所振起的波浪自身互相毆打着，將水濺到了船的兩邊，船身亦在河上搖盪起來了。河右岸的山坡斜面，則有如綠色絨毯的冬蒔穀，成褐色條子的空曠地，以及耕掘出來了以待春蒔的黑色條子的地土在眼前展開來。雀鳥像小點一樣在這上面翱翔，但在天空的青色帷幕之中仍可以將它們看得清楚。疏不遠的地方有一羣家畜在牧放，但在相離很遠的地方看起來，它們只顯得像小兒的玩具一般。短小的牧者正凭着手杖站立凝視着河面。

從水面上看來，到處都是自由自在的。草原是暢快的青翠，碧空是柔和地開朗；在水之靜靜的動盪中可以感覺出一種優裕之力；其上則有寬裕的五月陽光高照着，空氣中充滿了松杉與清新樹葉之綿密的香氣。而且河岸不斷地迎送着，以它們底美麗來娛樂人們底眼與心，將新的情景在前面展開。

圍繞他們的一切都帶有一種緩慢情態：一切——自然也與人類一樣——都在那兒呆笨地怠惰地生存着；然而在這怠惰中却有一種奇特的從容，看起來彷彿在這怠惰之後藏有一種巨大的力量，一種目不可見的力量，然而，仍是沒有自覺的，仍是沒有何種決定的欲求與目的的。這種半眠的生活中因爲缺少了自覺的原故，所以在全體的美麗上就投射有一種哀鬱的陰影。退服的忍耐，對於新而更活的某物之無言的期待等，就是在由風從岸上傳到河而來的杜鵑的悲鳴中也可以聽得出來。憂鬱之歌響着好似呼救一般，有時並含有絕望之音，河流也嘆息着與牠願和。樹梢顫搖，忘形於沈思中了……寂靜……

福瑪終日在船橋上在他父親旁邊度日。一句話也不說，他只圓睜着兩眼凝視兩岸的望不斷的全景，他覺得此時他乃是在他所熟知的神話故事中的那些魔法師與巨人們底不可思議的國境內走着一條寬闊的銀大道。有時他將凡所寓目的一切事物，都來訊問他的父親。伊格拉欣然地簡明地答覆他，但是少年毫不歡喜他底答案。因爲這些答案之中不曾含有少年感有興趣的以及少年所明瞭的事件，而且福瑪也不曾懸着他所希望聽見的。」時他歎息地向他父親明白說道：

『安妃霞姑母比你更知道的多。』

『她知道些什麼呢？』伊格拉笑着問。

『她什麼都知道，』少年滿有確信地回答說。

在他眼前並沒有不可思議的國現出來，在河岸上時常只是一些與福瑪所住的同樣的城去了一個又來一個。有的較大有的較小，但是人物應舍教堂——一切都是與他所住的城內相同的。福瑪與他的父親一同去觀察，但他依然覺得不能滿足，沈鬱疲倦地又回到船上去了。

『明天我們就到Astrakhan了，』一日伊格拉如此說。

『那地方是與別的城一樣的麼？』

『當然的，不一樣怎樣呢？』

『從Astrakhan再往前走是什麼地方呢？』

『那就是海了。叫作喀司便海(Caspian Sea)。』

「在海裏有些什麼呢？」

「有魚啊，呆孩子！水裏除了魚以外還會有什麼呢？」

「但Kitezh城是聳立在水面上的。」

「那又不同了！那是Kitezh城。只有義人纔住在那裏。」

「在海上未必沒有人的城麼？」

「沒有，」伊格拉冋答說，但稍沈默了一會他又說道：「海水是鹹苦的，誰也不能夠吃海水。」

「在海那邊，還有陸地麼？」

「自然的，海不能不有一個止境。它是像個茶杯樣。」

「在那兒也有城鎮麼？」

「也有城鎮。當然的！只是那個地方不是我們的，是屬於波斯的。波斯人在市場上賣杏子與胡桃你看見過麼？」

「是的，我看見過的。」福瑪答道。他臉上頓呈有悲寂之色。

一日福瑪訊問他父親說：

「還有很多的陸地麼？」

「我的寶貝，地球大得很哩！若是你步行起來，十年也不能夠繞着它走一週。」

伊格拉對他底兒子談了許久，講論地球有多少大，到最後他說道：

「到現在仍然沒有人確實知道地球到底有多大，到底盡頭在那兒。」

「地球上的一切都是相同的麼？」

「你問什麽是相同的呢？」

「城鎮以及所有的東西……」

「那末，當然的，城鎮與城鎮總是相同的。其中有房屋街道——還有一切必需品。」

如此相類的會話有過了好幾次以後，少年底黑眼睛中再也不帶着疑問的神情去時常凝視遙遙的彼方了。

汽船上的船員們很愛這個少年，他也愛那些歡笑地與他玩着的受日晒風吹的好人們。他們作釣魚鈎給他玩，又用樹皮作小船，如在一個地方停泊着，伊格拉上岸去游事去了的時候，他們就將他帶在一路繞着停泊的地方划船玩。少年時常聽見船員們講論他的父親，然而他毫不注意他們所講的是些什麽，也從來不曾將所聽見的告訴他的父親。但是有一天，在Astrakhan船正在裝載燃料的時候，福瑪聽見了機器匠皮得洛維支底聲音說：

『他硬吩咐要搬這許多柴上來。眞是個混蛋！他首先將柴一直堆到甲板上都是的，但他却叱別人。「你總是將機器弄壞了，」他說。「你倒油，」他說，「簡直隨意亂倒。」』

白髮的嚴肅的領港底聲音回答說：

『那都是因爲他太過於貪吝了的原故。燃料在此地很便宜，所以他就盡他所能裝的多多地裝些。王八蛋，眞是貪吝！』

『哦，眞是貪得要命！』

連續不斷地反覆說了許多次的貪吝二字，便在少年的記憶上釘住了。到傍晚吃晚飯的時候，他突然問他父親道：

『爸爸！』

『什麼事？』

『你很貪吝麼？』

爲答覆他父親的訊問，福瑪就將領港與機器匠之間的談話告訴了他父親。伊格拉底臉色立時變陰鬱了，他底眼睛也開始怒狠狠地閃着光。

『好，記着罷，』伊格拉搖頭歎道。『好罷，你——你不要聽他們的話。他們不是與你相等的人；不要多與他們來往。你是他們底主人，他們是你底用人，好好的記着。如果我們喜歡，我們可以將他們一齊都趕上岸去。他們的工價賤得很，隨在什麼地方都可以像狗子一樣尋得着的。你懂得了吧？他們可以講我許多壞話。但是他們說我的壞話，是因爲我是他們底主人。整個事情的發生，是因爲我是幸運的有錢的，有錢的人總是被人嫉妬的？一個幸福人是一切人的仇敵。』

兩天以後，船上就換來了一個新領港與另一個機器匠。

『亞可夫那兒去了呢？』少年訊問說。

『我辭退了他。我打發他走了。』

『因爲那件事麽？』福瑪問道。

『是的，正是因那件事。』

『皮得洛維支也走了麽？』

『是的，我同樣地打發他走了。』

福瑪看見他父親能夠這麽迅速地更變船上的人員，他覺得非常歡喜。他望着他父親笑了，就跑到甲板上，向着一個水手身邊走去。這水手正坐在地上解繩子作線帶。

『我們有了一個新領港了，』福瑪告訴他道。

『我知道。你好嗎，福瑪·伊格拉提支！你夜間睡得好麽？』

『並且我們也有了一個新機器匠。』

『是的，也有一個新機器匠。你很捨不得皮得洛維支麽？』

『不。』

「是眞的麽？他待你那樣好咧。」

「但是他爲什麽駡我父親呢？」

「哦？他駡了你父親的麽？」

「當然他駡過的。我親自聽着的。」

「嗯——並且你父親也聽着了的？」

「他不曾聽着。是我告訴他的。」

「你——嗯」——那個水手囁嚅着又拿起自己的工作來而默然了。

「爸爸對我說：『你，』他說，『你在此地是主人——如果你願意，可以將他們都趕走。』」

「當然，」水手一面沈鬱地凝視着在他面前得意洋洋地誇示自己主人權威的少年，一面如此說。從這一天起，福瑪覺得了船員們再也不像從前那般看待他了。有些人變得更有禮貌更和藹了，其他的人簡直話也不高興與他講，卽或講起來，也都是怒氣冲冲，一點也不像從前那般客氣。福瑪最歡喜看冲洗甲板：在這種時候，船員們將褲脚捲到膝頭上來，有時候竟全都脫掉，手中拿着線帚與刷子一面很巧妙地繞着甲板亂跑，一面將一桶桶的水傾在甲板上，又彼此互相洒着水。笑着，喊着，有的竟跌在甲板上去了。一股一股的水向各方傾流，船員們活潑的聲音與灰白的水的飛沫相混合了。以前，少年在這種有趣輕巧的工作上，從來不曾打擾那些水手們，不，他並且也活動起來，將水洒在他們身上，當他們裝作要將水傾在他身上以恐嚇他的時候，他就大笑着跑開了。但是自從亞可夫與皮得洛維支被解雇了以後，他覺得他對於每個人都是有妨礙的，誰也不高興與他玩，誰也不像從前那般好意地看待他了。他很覺得希奇又感有幾分悲意，因此就離開了甲板跑到舵輪旁坐下了。他覺得受了侮辱似的，就很沈思地眺望遠遠的青色河岸以及岸上長着的鋸齒狀的森林。在下面，在甲板上水正有趣地飛濺。水手們正愉快地歡笑。他渴望下到他們那兒去，但卻有點什麼將他阻止住了。

『儘量地與他們遠離些，』他回憶起了他父親的話，『你是他們的主人。』他就覺得很想要向着水手們大聲喊叫——喊叫些暴戾的有權威的話，使他父親好來責罵他們。他想了許久，但是想不出什麼話來。又過了兩三天以後，他全然明白了船員們再也不歡喜他了。他開始感覺在船上很寂寞。在那些新印象之半塗了色的霧中，那位慈祥溫柔的安妃霞姑毋的姿影，以及使少年心靈中充滿了愉快的暖意的她的那些故事，微笑，與溫軟琅瓓的笑聲，都時常現於福瑪眼前。他仍然是住在神話世界中的，然而不可見的無慈悲的現實之手，早已在從事於撕碎少年所由之而觀看四周的那種不可思議的世界的美麗的蛛網。關於機器匠與領港的那件事已將少年的注意力引到他的環境上去了。福瑪的眼光變得更銳利了。他的眼中起了一種有意識的穿鑿，在他向着他父親所提出的質問之中，響有一種要理解是何種線綢與原動力在主持人們之行爲的渴望聲。

一天在他眼前就演出了如此的一場面：水手們正在搬運柴薪，他們之中的一個年輕，鬆髮，愉快的葉非門正一面推着手車往甲板上過，一面忿怒地大聲說：

『不，無論如何他是沒有良心的！我與他又不曾定下擔柴的契約。一個水手——那末從名目上就可以明瞭他的職務——但是又要我擔柴——眞是領當不起！這簡直是要我剝下我不會賣掉的皮來。他是沒有良心的。他覺得將我們的生命都搾出來，那總聰明極了。』

少年聽着了這些怨言，並且也明白是說他父親的。同時他也看到了，雖然葉非門在發怨言，但他所擔的柴比別人多，而且走也較別人走得快。對於葉非門的鳴不平，水手中誰也沒有與他打合櫬，就是與他一路工作的那個人也是默然不響，只有當葉非門太熱心地將柴一堆又一堆地向柴擔上加的時候，他就反對兩句。

『唯，夠了吧！』他含怒地說，『你又不是去裝載在馬背上的哩。』

『你頂好不要作聲。將它縛上罷——縛好不要弄翻了——如果你的血被人吸了，依然不要作聲。他能夠說什麼呢？』

突然之間伊格拉出現了。他走向那個水手身旁，站在他面前惡狠狠地問道：

『唯，你在講些什麼？』

『我講的——我知道，』葉非門訥訥地答道。『在契約中——並沒訂有我不能夠發話的條件。』

『要吸血的是什麼人？』伊格拉一面撫摩着自己的鬚髯，一面問。

那個水手明白了他已於不知之中被人捉住了錯。看看沒有方法可以逃脫，他就讓手中的柴薪盡落在地上，手掌在褲子上磨擦，爽快地直面着伊格拉就大膽地說道：

『未必我不對嗎？你要吸血麼？』

『我麼？』

『你。』

福瑪看見他的父親揮起手來——拍的一聲，這個水手就沈重地倒在柴堆上去了。他立時爬起來，又默然去工作。鮮血由他受了創傷的臉上滴到樺木的白皮上，他用襯衣的袖將血從臉上拭去，當他再看看衣袖的時候，他歎了一口氣，但依然沒作聲。他推着手車走過少年身旁的時候，兩滴大而渾濁的淚珠在他鼻樑上震搖，少年看見了道……

午餐時福瑪現着很沉鬱，並且不時地眼中含有恐怖望着他的父親。

『你爲什麼蹙着眉？』他父親柔和地問他。

『蹙眉麽？』

『或者你不好過嗎？』

『不是。』

『當心。如果有什麽事就告訴我。』

『你很強壯，』福瑪一時深思了一下說。

『我麽？對的。上帝賜給我的力量。』

『你打他打得多麽厲害呀！』少年垂着頭低聲感嘆。

伊格拉本是預備將一片麵包與魚子醬送進口中去的，但是他的手停頓了，被他兒子的感嘆聲阻轉來了；他就疑問似的看着福瑪低垂的頭問道：

『你是說葉非門麽？』

『是的，他出血了。以後他走時又哭了的，』少年低聲地說。

『嗯，』伊格拉嚙了一口麵包吼道。『你爲他難過麽？』

『可憐得很！』福瑪帶哭聲說。

『是的呀，你就是那種人，』伊格拉說。稍沈默了一會，伊格拉傾滿了一酒盃Vodka，又舉盃來飲乾了，他於是嚴厲地稍帶叱責之聲地說道：

『你沒有應當可憐他的理由。他任意亂爭吵，所以被毆打乃是當然的。我知道他：他是一個很好的人，耐勞，身體又強壯，而且一點也不傻。然而來爭論並不是他所當作的事。我可以爭論，因爲我是主人。作主人並不是簡單容易的事。一拳頭決打不死他，反可以使他變聰明點。實在是這樣，唉，福瑪！你尙是一個小孩子，還不懂得這些事。我要教知你怎樣生活。但我在世的日子也不多了。』

伊格拉沈默了一會，又飲了些Vodka，就不知不覺地又繼續說起來：

『憐恤人的心是不可不有的。你可憐人這是對的。但是你要做得有意義才是。最初看着一個人，你就要弄淸楚看他有什麼長處，能夠有什麼用處。如果你察明了他很強壯又能夠作事——那末就憐恤他幫助他。如果他身體軟弱又不願意勞動——那末你只管唾棄他不理他好了。你將這種道理牢牢記在心中——對於什麼都鳴不平的人，無論何時都是歎息悲傷的人——這種人一個錢也不值；他不配受人憐憫，你無論爲他作什麼都是無用的，就是你幫助他也是枉然。憐恤這些人，反愈使他們狠起來了，愈毀壞了他們。在你教父家中，你看見了各種各樣的人——不幸的行路人，寄食者，以及種種惡漢。你將他們盡都忘掉罷。他們不是人，只不過是貝殼而已，毫沒有用處的。他們好像蚤蝨以及別種不潔淨的東西一樣。並且他們也不是爲上帝而生存的——他們沒有上帝。他們徒然呼上帝的名，爲的是騙些傻子們來可憐他們，把點東西給他們塡塡肚腹。他們只不過是爲他們的肚腹而生活着，除了吃，喝，睡覺，以及悲歎之外，他們什麼也作不來。他們所成就的，只是靈魂的滅亡而已。他們阻礙了你的路，你反會因他們而跌倒。好人在他們中——正像新鮮蘋果在壞蘋果中一樣——不久也會腐爛的，而且誰也不能因之得一點好處。你還年輕，所以你難得了解我所說的話。「窮而益堅」的人，這種人你要幫助他。他或者不會來求你幫助，但是你自己應當先想到，不待他來求你，你就先幫助他。而且假使他是很傲岸的人，或者會因你的幫助而腦怒的，那末你就不要使他知道你是在幫助他。從常識想來，就是應該那麼幹的！譬如在此地有兩塊板子掉在泥中去了——一塊板子是壞的，其餘一塊是很好的板子。如此你怎麼辦呢？那一塊壞板子有什麼用處？你不如丟了它，讓它就在泥中，你可以從它上面走過而不致汚了你的脚。㈢至於那塊好板子呢，將它拿起來，放在太陽中曬乾；即或你用不着它，它對於別的人或者會有用處。誠然是如此，我的孩子！你將我所說的話記着。葉菲門決沒有應當受人憐憫的理由。他是一個能幹人，他自己也知道他的價値。你一耳光去決不會將他的魂敲出來的。你注意他一星期看，以後我將他調到舵機那邊去工作。我敢斷定，他定可以成功一個好領港。而且如果他要被昇為船長，他也決不會喪失勇氣的——他還可以成為一個很伶俐的船長咧！　人們就是那樣發展起來的。孩子，我自身也是由這種學校卒業過來的。我當他那大年紀的時候，所挨的耳光還不只一個哩。我的孩子，人生對於我們一切的人，並不都是一位親愛的母親。它乃是我們的嚴厲的女主人。」

伊格拉與他的兒子講了兩個多鐘頭的話。講到他自身的少年時代，他的勞苦，以及人類的事，講到人類之可怖的强力，他們的軟弱；他們如何生活；並且人們有時是裝作不幸以便用他人的金錢來生活等話。以後他又回到他自己身上去了，他告訴他的兒子，他是如何由一個平常的工人出身，而發展到成爲這大事業的主人。少年傾聽他父親的講話，睇視着他的父親，感覺得他父親好像是與他一層一層地更相接近了。雖然他父親的故事中不曾含得有如安妃霞姑母的神話故事所充滿的那種材料，但其中却有些新的，有些較諸安妃霞姑母的神話故事更明白更易於了解，而且也是與之同樣有趣的東西。有些強有力的溫暖的什物已開始在少年的小心中鼓動起來了，而且他也爲他父親所吸引。伊格拉明顯地由他兒子眼中的神色，已推測着了他心中的感情。於是他迅急站起身來，將他抱在懷中緊緊地壓在自己的胸膛上。福瑪也擁抱着他父親的頸項，將自己的頰貼近他父親的，靜默着很急促地呼吸。

『我的孩子，』伊格拉以沈鬱之聲低語道，『我的寶貝！我的快樂！當我還活着的時候，你好好學習罷。唉！活着並不是一件容易的事。』

少年的心因這種低聲而顫慄了；他將牙關咬緊，一時熱淚從他眼中湧了出來。

直到現在，伊格拉在他兒子心中還不曾引起何處特別的感情。少年已經與他過慣了，他再懶凝視得他父親的那高大的身軀，而且也不大懼怯他，然而同時他知道如果他要什麼，他父親無有不替他辦到的。有時伊格拉也曾一天，兩天，一個星期，或者差不多一整個夏天都在外而不回家來。然而福瑪依然不曾感覺得他是不在家，因爲他是那般深切地依戀安妮霞姑母去了。伊格拉轉家來時，少年也覺得很歡喜，然而這種歡喜少年差不多講不出來，究竟是他父親回來了使他如此，或者是他父親所帶回的那些玩具使他如此。但是現在呢，只要一看見了伊格拉，少年就跑去迎接他，將他的手握着笑，並凝望到他的眼中去了，就是兩三個鐘頭不看見他，少年也會感到乏味。他父親在他眼前已變成了一個有趣的人物，而且引起他的好奇心，伊格拉很巧妙地爲他自身養起了愛與尊敬。每次他們在一路的時候，福瑪就懇求他父親說：

「爸爸，將你自身的事講給我聽。」

汽船現在正溯伏爾加河而上。七月中的一個令人窒息的晚上，天空已爲密而黑的雲所滿佈，伏爾加河上的一切都現着有些陰慘的寂靜，他們到了Kazan地方，就在靠近Uslon的近旁在一大連船隊的末端下碇了。錨鏈的響音以及船員們的喊叫聲就使瑪由夢中驚醒過來了。他從窗口眺望出去，看見了在遙遙的遠方渺小的燈火幻奇地微閃着，船四周的水黝黑而濃厚，好像煤油一般——除此以外，什麼也看不見。少年的心起了痛苦的震顫，他就開始留意地傾聽。一種悲而單調好似愁嘆的歌聲送進了他的耳門，船上的水夫正在呼喚，船亦憤怒似的發出嘶嘶之聲以吐出蒸氣，烏黑的河水悲愁寂靜地濺打船的四周。緊緊地凝視着黑闇中直到他的眼睛發痛，少年才發見了在好幾個黑堆上有微弱的小光高高地暗淡地閃爍。他知道那些是駁船，但是這種知識依然不能使他安靜，他的心頭亂跳，在他的幻想中可怖的黑色幻像都出現了。

『哦——哦——哦，』從遠處傳來的一種拖長的聲音，尾音很似哀泣一般。

一個人從甲板上經過走到船邊去了。

『哦——哦——哦，』這種聲音又聽見了，但是這一次較近些。

『葉非門！』一個人低聲地在甲板上呼喚。『葉非門克！』

『啊？』

『王八蛋！起來！把鈎竿拿來。』

『哦——哦——哦——哦，』一個人在近處呻吟。福瑪打了個寒噤，將身子離開了窗口。

那個奇異的聲音益發愈來愈近而且呼聲也漸大起來了，不一時已成了嗚咽聲而消逝於黑闇中去了。甲板上有人恐怖地低聲說：

『葉非門克！起來！一個客人在水面上飄浮着的！』

『在那兒？』一個急促的聲音問，繼續着就是一陣跳足拍扒聲在甲板上開始響起來，以後又是一陣忙亂，兩個鈎竿經過少年的臉而滑下去了，而且幾乎毫無音響地就早已投入了水中。

『一個客——客人呀！』不知誰人在近處嗚咽起來了。一種寂靜的但是非常奇特的潑水聲響了。

少年聽着這種悲慘的哭聲恐怖地顫慄了，但是他却不敢將手離開窗口，也不敢將眼離開水面。

『將燈點來。什麼也看不見哩。』

『快些。』

一點微弱的光照在水面了。福瑪看見水靜靜地搖蕩着，漣波經過其上，好似水又很惱而痛苦地顫慄了。

『看哪！看哪！』人們恐怖地在甲板上低聲說。

同時一個大而可怕的人臉，白牙齒咬得緊緊的，在有亮的地方現出來了。它在水中飄浮搖盪着，牙齒似乎在凝視福瑪而微笑地說：

『唉，孩子，孩子，冷得很。再會了！』

鉤竿震搖着一旦舉到空中去了，一旦又投下水中去開始小心地推什麼東西。

『將他推上前！推呀！當心，恐怕將他拋在舵輪上去了。』

『那末，你自己來推罷。』

鉤竿由船邊滑過而碰着了船邊，發出了一種好像牙齒相磋的聲音。福瑪不能夠閉上眼睛不看。在他頭上面踏着甲板的腳聲已漸漸向船尾在移動。那種為死者所發出的悲慘哭聲又可以聽得見了：

『一個客——客人呀！』

『爸爸！』福瑪顫聲喊道。『爸爸！』

他父親跳下床來跑近他身旁。

『那是件什麼事？他們在那兒作些什麼？』福瑪喊道。

伊格拉粗暴地怒吼着，大踏步地跳到房外去了。還不等到福瑪跳望了四周，蹣跚地離開窗走到他父親床前的時候，伊格拉已經轉來了。

『他們駭着你了吧？沒有什麼事！』伊格拉一面將他抱起來一面說。『和我一同睡下罷。』

『那是什麼事呢？』福瑪靜靜地問。

『我的孩子，什麼事也沒有。只是一個淹死了的人。一個人淹死了在水面上飄浮着。那算不得什麼事！不要害怕，他已經流得我們看不見了。』

『他們為什麼推他呢？』少年問道，一面將身子緊緊地靠近他的父親，又因害怕將眼睛也閉上了。

『是必須要那麼做。水或者會將他拋到舵輪下面去。譬如拋到我們的舵輪下去了。明天警察就會發見出來，那末就要出事了，詢問咧，而且我們也會被留在此地受審察。因此我們總將他向前面推。這樣做與他有什麼分別呢？他是已經死了的，這不會使他疼痛，也不會觸怒他。活人因他的原故反要受麻煩。唾，我的孩子！』

『他就是那麼向前漂流麼？』

『他是向前漂流。以後或者到一處地方就有人將他撈起來埋葬的。』

『魚不要吃他麼？』

『魚不吃人肉的。螃蟹吃。它們喜歡吃人肉。』

福瑪的恐怖因他父親身上的熱度已漸次在融化了，但是在他眼前，那個可怖的冷笑面孔好像依然是在烏黑的水上搖盪的樣子。

『他是誰？』

『上帝曉得！你在上帝面前替他祈禱：「哦，上帝，求你賜他靈魂安息！」』

『上帝，求你賜他靈魂安息！』瑪瑪低聲地唸了又唸。

『那樣做才對。現在睡，不要怕。他現在已經去得很遠很遠了。還在向前流。所以你走到船邊去的時候要當心。恐怕你跌下水去了。決不會的！而且——』

『他是跌下水去了的麼？』

『當然的。或者他是吃醉了酒，所以那就是他的結局！或者他是自己跳下水去的也說不定。有人幹那種事。他們跑去投水，因之就淹死了。人生，我的寶貝，是那麼安排着的，死有時對於一個人是樂事，有時因一人之死而使大衆幸福。』

『爸爸。』

『睡，睡，寶貝。』

三

學校生活的第一日，爲誘引人的惡戲之活潑的痛快的呼聲以及亂暴的小孩似的遊戲之騷擾所弄得呆頭呆腦的福瑪，已經由衆人中選擇了他一見而覺得較其他的人更有趣的兩個少年。一個就是坐在他前面的。福瑪側目而視，看見了一個寬背心，滿長着雀斑的粗頸子，大耳朵，後腦殼平平地剪着，滿生着豎立得像刷子一樣的淡紅色頭髮

當那個禿頭的教員將下唇往下一垂就喊出了：『斯莫林・亞弗利肯！』的時候，紅頭髮的少年就緩緩地站起身來，走到教員面前，沉着地望着他的臉上。聽完了問題之後，他就小心地開始用粉筆在黑板上寫起大而圓的數字來了。

『很好……歸位！』教員說。『亞覺夫・尼可拉接着他的做！』

在福瑪鄰近坐着的一個有黑色小鼠眼的性急矮小的少年就由坐位上跳將起來了。他由桌子間走過去的時候，率性亂闖，並且掉轉頭來東張西望。走到了黑板前，他拾着了一條粉筆便墊起脚尖來，開始騷擾地用粉筆在板上畫起來，鬧得十分嘩然，粉沫也飛散得到處都是，於是黑板上才散有一些小而看不清的記號。

『不要鬧得這麼響！』教員皺起他那黃色的臉收縮他那疲倦的眼說。亞覺夫以震顫之聲速急說道：

『第一個負販人賺了十七個哥貝喀。』

『好了！哥蒂耶夫！你告訴我，如果我們要知道第二個負販人賺了多少，就應該怎樣做呢？』

正在眺望同學們的各各相異的行動而望得出神的福瑪，在毫無準備之中就被這一問問住了，所以他只有緘默不開口。

『你不知道麼？應當怎樣做，斯莫林你講給他聽。』

已經將手指上的粉沫用破布過細地拭淨了的斯莫林，現在就將破布放下，眼睛也沒瞧瞧福瑪早將問題作好了在開始用破布拭手了。同時亞覺夫且笑且跳地也走回他坐位上去了。

『唯，你！』亞覺夫一面低聲說，一面就在福瑪旁邊坐下了，此時他的拳頭正剛剛碰着了福瑪的身體。『你爲什麼不知道呢？一共賺了多少錢？三十個哥貝咯……而且只有兩個負販人。他們之中有一個賺了十七個哥貝咯。那末，其他的一人賺了多少呢？』

『我曉得，』福瑪一面省視那個沈着地回到自己位上去的斯莫林的面孔，一面摸不着頭腦地低聲回答。他很不歡喜那個圓圓團滿臉雀斑的面孔，又加上一對多脂肪的藍眼睛。亞覺夫將福瑪的腿捻一把問道：

『你是誰的兒子？是那個『瘋狂者』的兒子麼？』

『是的。』

『啊！你願意我總是暗地裏提你的書麼？』

『願意。』

『那末，你給我些什麼作報酬呢？』

福瑪思索了一會問道。

『未必你自己一切都知道麼？』

『我麼？我是第一個括括叫的學生。你不久就會曉得的。』

『亞覺夫你又在那兒談話麼？』教員無元氣地喊道。

亞覺夫跳起來大膽說道：

『不是我，伊仿・安得利維支——是哥蒂耶夫。』

『他們兩個人都在談話，』斯莫林冷靜地報告說。

很悲慘地將臉一縐又好笑地動着他的一張大嘴，教員將他們一並斥責了一頓。然而他的責言依然不能禁住亞覺夫的口，他立時又低聲說道：

『好得很，斯莫林！記着，你告訴先生啊。』

『但你爲什麼都推在別人新學生身上呢？』斯莫林頭也不轉過來向着他們，只低聲如此詢問。

『好能，好能，』亞覺夫喃喃地答道。

福瑪默然沒作聲，只側目凝視着他旁邊的這位英勇的少年。他覺得很歡喜這位少年，同時他心中又起了一種要與這位少年愈離遠愈好的欲求。在休息的時間內，福瑪從亞覺夫那兒得知了，斯莫林也是有錢的人，他是一個製革場主的兒子，亞覺夫自身則是裁判廳內的一個看門人的兒子，非常窮苦的。後者只要看看那個靈巧少年身上所穿的灰色粗絨布，膝頭與肘節上都滿飾着縫補的服裝；他的慘白帶菜色的面孔；矮小，多角，而且全身是骨的身軀，就可以完全明白他是窮苦無疑了。這少年講起話來，他的聲音好似金屬的中音一般，並且他還是一面講一面擠顏弄手勢。他時常用些只有他自己明白其意義的字句。

『我們作朋友，』他對福瑪聲明說。

『你爲什麽在先生面前說我的壞話呢？』哥蒂耶夫訝怪地望着他，又將剛纔的事提出來了。

『那嗎！那於你有什麽妨害呢？你是一個新學生，又是有錢的。先生並不嚴待有錢的人。但是我是一個窮的依賴人家吃飯的人；先生不歡喜我，因爲我很大膽，而且我從來不曾送過他禮物。若是我的功課不行，他老早就將我趕走了。你知道，我要由此處升學到中學去的。讀完了二年級我就走。現在我已經在一個大學生面前補習，預備好進二年級。到了中學，我就要發憤用心讀。你有幾匹馬？』

『三匹。你爲什麽定要那麽用心讀書呢？』福瑪問道。

『因爲我很窮。窮人不得不發憤讀書，以期可以變爲富有。有的窮人成了醫生，官吏，或將軍。我將來要作一位「帶刀的軍人」。腰上掛一把刀，靴上套起踢馬刺，走起路來「克林，克林」地響。你將來要作怎樣的一個人呢？』

『我不知道，』福瑪煩悶地說，一面凝視着他的同伴。

『你也不須得成爲什麽。你歡喜鴿子麽？』

『我歡喜。』

『你眞是一個獃子！哦！啊！』亞覺夫效做福瑪講話的那種慢吞吞的樣子說。

『你有多少鴿子？』

『我一個也沒有。』

『呀，你－幸得你還是有錢的人，你連一個鴿子都沒有。就是我也有三個哩。若是我的父親是有錢的，我定要有一百個，一天到晚將它們追着玩。斯莫林也有鴿子－很好的鴿子－他有十四個。他送了我一個。但是他很吝嗇的。一切有錢的人都很吝嗇。你——你也很吝嗇麼？』

『我不知道，』福瑪逡巡地答道。

『到斯莫林家中去，我們三個人一路來追鴿子玩。』

『好嗎。如果我家裏允我去。』

『未必你父親不愛你麼？』

『他愛我。』

『那末他會允你去的。只是不要告訴他說我也去。恐怕他不會允你與我在一道。你只說你要到斯莫林家中去。斯莫林－』

一個肥胖的少年走到他們面前來了，亞覺夫就與他打招呼，一面輕蔑似的搖着頭說：

『啊，你這個紅毛誹謗人的鬼！與你作朋友是毫無價值的，笨漢！』

『你爲什麽駡我呢？』斯莫林鎭靜地訊問，同時又將眼光牢牢釘着福瑪。

『我並不是在駡你，我是說眞實話，』亞覺夫一面用力將身子站直一面解釋說。

『聽着！雖然你是一個弱蟲，但是——算了罷！星期日我們做過彌撒（Mass）以後來看你。』

『你們來罷，』斯莫林點頭說。

『我們一定來的。就要敲鐘了，我要快些跑去買金雀，』亞覺夫說着就從他腰包裏摸出來一個紙盒子，盒中有什麽生物在內蠕動。立時好像水銀珠脫落了手掌似的，亞覺夫的姿影巳從校庭中消失不見了。

『他眞是一個奇怪人物！』因亞覺夫的敏捷而致呆然的福瑪訊問似的看着斯莫林如此說。

『他總是這樣，他很聰敏的。』紅毛少年解釋說。

『而且也很有精神的，』福瑪附言道。

『是的，也很有精神的，』斯莫林同意說。以後他們默然地互相望着。

『你可以同他一路到我家裏去麽？』紅毛少年問道。

『可以。』

『來。我家裏很好玩的。』

福瑪對這一句話沒作答罷。以後斯莫林問他說：

『你有很多朋友麽？』

『我一個也沒有。』

『我未上學以前，也是一個朋友也沒有。只是一些從弟兄。現在你一下就有了兩個朋友。』

『是的，』福瑪說。

『你歡喜麽？』

『我歡喜。』

「有了許多朋友的時候，纔很快活。而且也容易讀書些——他們可以將地裏提你的書。」

「你是一個好學生麽？」

「當然的！我門門功課都做得很好，」斯莫林鎮靜地說。

鐘聲好像受了驚駭般的響了，又好像慌忙逃遁似的消逝了。

坐在教室中，福瑪開始覺得較爲自由些，他將他的朋友與其餘的同學相比較起來。不一會他看出了他們兩人皆是校中最優秀的份子，而且也是最先引起人注意的，正像黑板上還不會拭去的5與7兩個數字一般。福瑪覺得非常歡喜，因爲他的朋友較諸其他的任何同學都好些。

他們三人一路由學校走回家去，但是亞覺夫不一會就轉入了一條狹窄的橫街，斯莫林卻與福瑪一路一直走到福瑪屋門口，臨別時他說道：

「你看我們兩個人回家都是同路的。」

回到家來，福瑪被人很熱鬧地歡迎着。他的父親給他一隻刻有精巧花紋很重的銀調羹爲禮物，他的姑母則送他一條她親自織的領帶。他們正在等他吃午飯，也已經爲他預備了他所喜歡吃的菜。當他一脫去了外衣坐到餐棹前的時候，他們就開始不絕地詢問他。

『啊，怎麼樣？你還歡喜學校麼？』伊格拉痛愛地望着他兒子的生氣勃勃紅潤的臉如此訊問。

『很好。非常好的！』福瑪答道。

『啊，我的寶貝！』他姑母感動地嘆一口氣說，『不要受朋友們的欺負。要是他們得罪了你，你馬上就去告訴先生。』

『說罷！看妳還教示他些什麼？』伊格　微笑了。『總不要像那樣做！誰個得罪了你，你應當自己與他交涉，以你自己的手去懲治他，並不要藉助於別人。同學中有很好的麼？』

『有兩個，』福瑪想起了范覺夫因而微笑起來了。『其中的一個很大膽——簡直形容不出！』

『他是誰？』

『一個看門人的兒子。』

『嗯！你是說他很大膽麼？』

『大膽得令人可怕。』

『眞的！其他的一個呢？』

『那一個是長有紅頭髮的。呼斯莫林。』

『啊！顯然是米特利•伊凡洛維支的兒子。你同他好好在一路玩，那是一個益友。米特利是一個很聰明的農人。如果那個孩子像他父親，那就很不錯。但是，其他的一個——你知道的，福瑪，你頂好請他們星期日到我們家裏來玩。我買點禮物同來，你好款待他們。我們來看看他們是怎樣的孩子們。』

『斯莫林已經請我這個星期日到他家中去的，』福瑪望着他的父親好似徵求同意般的說。

『是那麼樣。好罷，你去就是！去不妨事的。觀察觀察世間上有些怎樣的人們。

你不能夠無朋友孤獨地過一生。譬如你的教父與我，我們兩人作了二十多年的朋友，我因他的智能得了很不少的益處。所以你也要與那些比你更好更聰明的人作朋友。與一個好人一路相磋磨，就好像一個銅錢磨擦一個銀錢一般，使你自己可以變成一個銀錢。』

伊格拉因自己的比喻而哄笑起來了，他立時又嚴重地附言道：

『我不過是在講笑話。要做一個本色的人才是。無論怎樣少也不要緊，總要是自身有點智能。你有很多門功課麼？』

『很不少！』少年嘆氣道。好似此嘆息之回音似的，他姑母也應以深深的嘆息。

『那末，用功好了。在學校裏不要不如別人。然而，我告訴你，雖然你學校中有二十五級，但是除了讀、寫、計算以外，他們再不會教知你什麼。或者你也會學習一些不正當的事情，但是上帝保佑你！如果你學着幹那種事，我就要好好收拾你。你若是吸煙，我就要將你的嘴唇割下來。』

『記着上帝，福模西加，』他姑母說。『記着，不要忘掉了上帝。』

『真的！尊敬上帝與你的父親。但我要告訴你知道，學校的教科書是算不得什麽的。它們對於你，只好像斧與鉋之對於木匠一般。它們只是工具而已。工具决不會教知你怎樣去利用他的。你懂得嗎？譬如將一把斧頭遞給一個木匠，叫他去將一木樑斫成方形。只是手與斧頭是不夠用的；也必須要他知道怎樣去斫材木，而不至於斫材木反把脚打着的。讀與寫的知識是給了你的，但你要以這種知識來治理你的生活。因此單只有書在這種意義上是算不得什麽的；必須要能夠利用它們才行。這種會利用的才能較諸任何書本都更爲巧妙，而且在書中也不會有絲毫的記載。這，福瑪，你是應當由實生活才能夠學習得來的。書是一件死的東西，你可以任意將它怎樣處置，你可以將它撕碎，或將它毁掉——它决不會賊叫起來的。然而只要你在實生活中走錯了一步，或者是在其中佔錯了地方，它就要開始以千百個聲音來向你咆哮；它要飛拳來打你，將你摔倒在地上。』

福瑪將肱遝在食棹上熱心地傾聽他父親的談話，而且在他父親的强有力的聲音之下，他一時幻想着那個木匠是在斫木樑，一時他自己又是伸着兩臂留心地竊竊地在接近什麽大而活活的東西，而且很想握住這個可怖的什麽東西。

『一個人應當爲自己的工作而培養自己，也應當完全知道達到自己的工作的路途。孩子，一個人是正像船上的領港一般。在年紀輕的時代，就正像滿湖的時候一樣，要一直向前駛進！無論在何處，你都有路可走的。然而你不能不知道什麽時候總是應該把舵的時候。湖水退了——這兒一塊淺灘，那兒一堆暗礁！對於這一切，你都必須要曉得，而且駛行起來，也要按時機而動，那才能夠平安無事地達到港口。』

『我定能夠達到的！』少年傲然地滿懷自信力地看着他父親如此說。

『啊，你倒說得勇敢得很！』伊格拉大笑起來了。老姑母也開始溫和地笑了。

自從與他父親一路到伏爾加河旅行轉來以後，福瑪在家中變得稍活潑些，與他父親，姑母，以及馬亞金談講起來說的話也稍多了一點。然而在街上，在一個生地方，在客人面前，他却總是沉鬱的，總是怪訝地眺望他的四周，彷彿他感覺得無論在何處總有什麽仇敵似的，總有隱藏着不給他看見而又偵察他的什麽東西存在一般。

在夜間他時常突然地驚醒過來，很久傾聽着他四周的寂靜，圓睜着一對大眼目不轉睛望着黑闇中。那時他父親的故事在他眼前就變成了影像與圖畫了。不知不覺之中，他已將這些故事與他姑母的神話故事混合起來，因此就爲他自己創造出一種含有明耀的幻想色彩而又奇妙地雜以嚴酷的現實之陰影的混雜事件。這些又集合成一些巨大的難以明瞭的東西。少年把他的眼睛閉上，將這一些都驅逐開了，他努力要制止使他害怕的那些幻想。但依然是徒然的，任他怎樣也睡不着，房內愈變愈充滿了那些黑暗的陰影。以後他只好悄悄地喚醒他的姑母。

『姑母！姑母！』

『作什麽？睡呀。』

『我要到妳那兒來，』福瑪低聲說。

『爲什麽呢？睡，寶貝，睡。』

『我怕得很，』少年明言道。

『你頂好自己心中唸，「主要復活，」那你就不會害怕了的。

福瑪睡在床上睜着眼睛唸祈禱文。夜之寂靜在他眼前現成了一遍茫無際涯十分安靜的黑水。此黑水非常滿溢，全部皆已凍結了，其上漣波全無，動搖的影兒一個也沒有，雖然它是無底之深但其中什麼也沒有。在黑闇中向下望着這一遍死水是非常可怕的。但是此時守夜人的更梆響了，少年看見水面上開始震顫起來，水面上也爲漣波所佈滿，明亮的小圓珠在上面舞蹈起來了。鐘樓上鐘的響聲，一陣雄偉地盪來，全體的水都震動了，水面也因鐘聲而稍起震顫。一大塊光也震顫起來了，將光散布水面，其中心照到遠遠的黑闇之處，在那兒漸變爲灰白而消逝了。以後在此黑暗沙漠中又是令人生厭的死一般的寂靜。

『姑母，』穪瑪哀求似的低聲呼喚。

『寶貝？』

『我要到妳那兒來。』

『來，那末來罷，我的寶貝。』

到了他姑母床上，他就緊緊地靠着他姑母哀求道：

『妳講點什麼給我聽。』

『半夜深更哩？』姑母睡意沈沈地反對說。

『我求妳。』

他也不須得多請求。一面打呵欠，一面仍將眼睛閉着，那位老婦人就慢慢地開始她的因睡眠而變啞的聲音講道：

『啊，小少爺，古時候，在某國裏住着一個男子與他的妻子，他們是很貧窮的。他們非常不幸福，連吃的東西都沒有。他們就到外面去討飯，有的人給他們一點壞麵包皮，這兩夫婦每日就靠這來度命。如此地他的妻子生了一個孩子——生了一個小孩子——因此就不能不把他受洗禮，但是呀，因爲窮得很的原故，他們請不起教父教母與客人，所以沒有一個人來給他們的孩子行洗禮。他們想出這種辦法，又想出那種辦法——然而依舊沒有一個人來。所以他們就開始祈禱上帝說，『哦，上帝！哦，上帝！』

福瑪知道這是講論上帝的教子的一個可怕的故事。他聽此故事早已不止一次兩次了。他現在正在想像這位上帝的教子是乘着一匹白馬到他教父教母那兒去的；他是乘他也聽見了他們的微弱的呻吟與哀求聲：

『哦！唯！請你問問上帝，我們還要在此受好久的苦！』

此時福瑪覺得，好像是他自己在黑夜中乘着白馬似的，並且這些呻吟與哀求聲都是同着他而發出來的。他的心臟因一種解釋不透的欲求收縮起來了；憂愁壓住他的胸頭，熱淚已湧滿了他所緊緊地閉着到現在仍不敢睜開的兩眼。

他不休止地在床上輾轉。

『睡，我的孩子。耶穌與你同在！』那位老婦人停止她的人們因罪而受痛苦的故事說。

次日清晨福瑪起來很健康愉快的。他趕忙洗了臉，速急吃過茶，將香甜餅揣在腰包內就趕急往學校裏跑。這些香甜餅乃是那個靠有錢朋友們的仁慈而過活總是飢餓不堪的小亞覺夫所等待着的。

『帶了點吃的東西來沒有？』亞覺夫將他的尖鼻子轉過來如此招呼福瑪說。『拿出來給我吃罷，因爲我從家裏出來一點東西也沒有吃的。我太起來晚了，什麼吃的鬼東西都沒有了！我昨晚上，一直讀到兩點鐘纔睡。你的算題作好了沒有？』

『還沒有。』

『唉，你這個懶東西！好罷，我卽刻替你趕做起來！』

他將他那小而尖的牙齒咬着香甜餅，口中發出如貓在安樂時所發出的那一種嗚嗚聲，他的左脚又在地上踏出節拍來，一面就做着算題；並且不時地向着福瑪投射幾句短句子；

『你懂得啊？一個鐘頭漏出八斗。共漏了幾個鐘頭——六個鐘頭吧？啊，你們家裏吃多少好東西呀！所以我們就應當用六來乘八。你歡不歡喜餅子內放有靑葱的？哦，我眞是歡喜得要命！因此，在六個鐘頭之內，從第一個貯水槽內就漏出了四十八斗。槽內一共貯有九十斗。從此以下的。你都懂得麼？』

福瑪歡喜亞覺夫比較斯莫林爲甚，但他却下斯莫林更相友善。他非常詫異這個小人物的才能與敏捷。他看見亞覺夫比他自己更聰明更好；他很嫉妒他，而且因此就惱惡他，同時他也憐恤他，但只是一個滿足人對於空腹者所抱的一種哀憐之感而已。他之所以與那個不大有趣的紅髮少年斯莫林更相友善，而不與此聰明的少年相友善的緣因，恐怕正是這種哀憐之感在中作祟罷。喜歡取笑他的飽腹朋友的亞覺夫，也時常對他們說：『唉，你們簡直是裝餅的小箱子！』

福瑪很憎恨亞覺夫更這種譏誚。有一天觸動了福瑪的脾氣，他惡意而帶輕蔑地說道：

『你是一個乞丐——一個靠別人賙濟的！』

亞覺夫瘦黃的臉上立時罩上了一層陰影，他緩慢地答道：

『好罷，就這麽樣！我再總不提你的書了——那末，你就會變成一筒木料！』

這兩個少年大約有三天不曾彼此交談一句話。最不好的是，先生覺得很可惜在這數日中，不能不以最低的分數給與那高貴的伊格拉。馬非維支的兒子。

亞覺夫對於一切消息都非常靈通。他在學校中講論，檢事家中的使女如何生了一個孩子，因爲這個原故檢事的妻子又如何將熱咖啡傾在她丈夫身上。他知這在什麽時候而且在什麼地方最好捉鱸魚；他知道如何作鳥的係蹄與鳥籠；他能夠講得非常詳細，一個士兵如何在兵舍的頂樓上吊死了；他知道那一天某學生的父母送了先生一件禮物，並且很詳細地知道此禮物究竟是什麼東西。

斯莫林的知識與興趣的範圍，只限於商人的生活圈內　而且在一切之上，這個紅毛少年最喜歡評價他人的住屋，船隻與馬以判斷某人較某人更富。關於這些事，他知道的非常詳細，而且講起來津津有味的。

如福瑪一樣，這紅毛少年對於亞覺夫也是抱的同樣的哀憐之感，但是稍像一朋友和同等人而已。無論何時哥蒂耶夫與亞覺夫爭吵了以後，斯莫林總是趕快地與他們和解。有一天他們一路回家的時候，斯莫林問福瑪道：

『你為什麼時常與亞覺夫爭吵？』

『但他為什麼那樣自恃呢？』福瑪惱怒地說。

『他所以驕傲的，是因為你總不熟悉你的功課，他時常幫你的忙。他很聰敏。但因為他很窮——然而這豈是他的錯呢？他要學什麼，就能夠學得熟什麼，他將來也可以變成有錢的人。』

『他像一個蚊子，』福瑪輕蔑地說；『他嚶嚶地叫着突然之間就要來咬你一口。』

然而在這些少年們的生活之中，仍有點什麼將他們牽繫着；有時候他們的性質與地位間的差異的自覺完全消滅了。星期日他們三人則一同聚集在斯莫林家中，攀到翠尾頂上一間很大的藏鴿屋前，將鴿子全都放出來。

美麗的，飼養得非常好的一羣鴿子，展張它們那白如雪的羽翼，一個一個由鴿室中飛出來，在屋頂的脊上成為一排休憩着。這些鳥兒一面浴於日光之中，一面鳩鳩地鳴着在少年前誇示它們的美麗。

『我們來吼嚇它們罷！』等得非常急燥的亞覺夫如此請求說。

斯莫林舉起一根尖端上繫有用樹的內皮作成鞭的竿子來揮得呼呼的響。受了驚的鴿子都振翅飛來飛向空中去了。繞成大的圓圈，它們輕快地向着青空之底飛去；它們愈高愈高地飛着，如銀似雪的羽毛不斷地閃光。有些鴿子將兩翼闊闊地伸張着毫不動彈，好像鳶一般地翺翔着直欲達到天底；其餘的鴿鳥嬉戲着在空中翻轉地飛，一時如雪塊似的落下來，一時又如矢一般的升上去。不一時全羣的鴿鳥，彷彿靜止地懸在空之荒漠一般，而且愈變愈小，又好似沈於空中去了。頭臉仰向天空，三個少年目不轉睛地凝視翺翔的鴿羣，默然豔羨不已——他們疲乏的眼中，那般滿含寂靜的悅怡，對於這些自由自在地飛離地面而昇至陽光滿射的沈淸安靜的空氣中去的有翼的生物，仍不免稍懷妒意。幾乎成了看不淸的細點的小鴿羣，此時只不過時碧空的小沫點，仍誘引着少年道的想像。亞覺夫好似代白他們三人的共通感情，深思地低聲說道：

「朋友們，我們要像這樣高飛才行。」

被同樣的歡待連繫着，注意地默然地等待他們的鴿羣由靑空之底飛囘，三個少年的身體緊緊地互相挨近，他們的思想正如鴿羣離開了地面般的遠遠地離開了生活之繼息。在此瞬間他們完全成了小孩子，不知嫉妒也不知憤怒，與一切都斷了交涉的他們，在彼此之間乃互相接近了，三人默無聲息，由他們的目光中斷定他們的感情——

他們正如在空中翺翔的鴿鳥同樣幸福。

現在鴿羣已飛回屋脊上了。在此翺翔後已經疲乏的它們，少年們毫不費力的就將它們趕入鴿屋中去了。

『朋友們，我們去摘蘋果去吧？』爲一切遊戲與冒險中之主動者的亞覺夫如此提議。

他的這一聲提議，卽將鴿羣在少年們心中所留下的平和驅逐出去了。此時，好像強盜一般，小心靜聽一切聲響，他們悄悄地偷着走過後園向着鄰家的果園進行。怕被人捕獲了的恐怖，已由要安全地盜着之期望所緩和了。但是盜竊仍是勞働，而且是危險的勞働，由自己的勞働所得來的東西又是那般愉快的！愈費力不小，則愈加愉快。少年們小心翼翼地攀過了果園的圍牆，彎着腰，非常恐怖地一面愼重注視四周，一面向着蘋果樹徐徐走來。卽是最微小的沙沙之聲，他們的心臟也會因之而起顫動，胸中的怔忡也會因之停止。少年們對於不幸而被捕獲了，以及如果被看淸了認明了是誰人等事，對他們都是同樣地恐怖，然而只要被人看見了怒吼起來，少年們也就感覺滿足了。如此他們便立時分開，各人向着不同的方向逃跑。過不一會，卻又聚在一起，眼中閃出愉快大勝之光，互相嬉笑地談論各人聽着有人在追逐時的感覺，以及他們在果園中跑得那般快，好似足下的土在燃燒般時所遭遇的事等。

這種山賊式的襲擊，比較任何理冒險與遊戲更能惹動福瑪的歡心。當幹這種襲擊的時候，福瑪的態度之大膽，每使他的同伴們驚奇而憤怒。在他人的果園中，他是有意做出毫無顧忌的樣子：他高聲談笑，嘩然地將蘋果樹的枝椏折斷，並且將蟲食了的爛蘋果摘下來，摔在園主的住屋那方。怕被捕獲了的這種危險毫不能使他恐怖，反轉激起了他的勇氣——他的眼睛變得更黑，牙關緊閉，臉上浮現一種傲慢與憤怒的表情。

斯莫林就歪着他的那張大嘴說道：

『你自己簡直太大驚小怪做作起來了！』

『無論如何，我總不是一個膽怯者！』福瑪答道。

『我知道你不是一個膽怯者，但爲什麼那樣大驚小怪地做作呢？不那樣做作起來，也可以幹得成事的。』

亞覺夫又從另一觀點來非難他說：

『你若願意自己投到他們的手中，那末你一人可以隨便幹好了。我不是你的朋友。他們捉住了你，就會將你送到你父親那裏去——你父親决不會怎樣處罰你，但假使是我被捉住了，那我全身的骨都會被人打斷。』

『膽怯者！』福瑪倔強地固執己意。

以後有一天，福瑪真的被一個瘦而小的老年人，二等大佐朱馬可夫捉住了。悄悄地走近正在將偸摘的蘋果揣在懷中的少年身旁，此老人就一手抓住少年的肩膊。用恫嚇的吼聲喊道：

『啊！這一回我捉住你了，小強盜！』

福瑪此時尙只十五歲，他很巧妙地扭脫了老人的手。然而他依然不逃跑，只縐着眉頭將拳握得緊緊地威嚇地說道：

『你敢摸我一下吧！』

『我决不會摸你。我只將你交給警察！你到底是誰家的子弟？』

福瑪不曾想到老年人會說出這一句話來的，他的勇敢與傲然的態度立時消去了。福瑪覺得由此處到警察署，這樣在街上走着是他父親決不會饒恕他的事。所以他戰慄了，很困惱地說道：

『是哥蒂耶夫的。』

『是伊格拉。哥蒂耶夫的兒子麼？』

『是的。』

現在那位二等大佐聽了不禁驚惶失措了。他把胸突起來將身子站得筆直的，而且不知何故又特意咳嗽一聲將自己的喉頭弄清。然後又將兩肩低垂，以父親似的聲調對少年講道：

『這是一件可恥的事！那般有名而被人尊敬的人的兒子做這種事！這與你的地位是不相襯的。你可以回去，但是如果你下一次又來幹這種事！嘿！那我就不得不告知你的父親了……但是請你代我致意令尊大人。』

福瑪看着老年人面容上的改變，因而懂得了他是懼怯他父親的。好像一隻小狼一樣，少年斜視着朱馬可夫；但是老年人此時却帶着滑稽的嚴重態度捻着他的髭鬚在少年之前躊躇不安，因爲少年雖然得了能走的許可，但是依然是站着不動。

『你可以囘去，』老年人指着通到他家的那條路又反覆地說。

『對於交結警察的事怎樣辦法呢？』福瑪嚴重地問道，但是聽了那必然會發出的答案又立時驚駭住了。

『我說笑話的，』老年人微笑答道。『我不過想嚇你一下的。』

『你自己懼怯我的父親罷了，』福瑪說了這句話就將背轉向老年人，走向果園深處去了。

『我懼怯嗎？啊！好罷！』朱馬可夫在他的後面如此喊着。福瑪由老年人說這幾句話的聲音中聽來，他知道已經觸怒老年人了。他覺得憂愁而可恥的。一整個下午，他將它全消磨於散步上去了。囘到了家中所遇見的，就是他父親的嚴重的質問；

『福瑪！你跑到朱馬可夫的果園中去了的嗎？』

『是的，我去過的，』少年望着他父親的眼睛鎮靜地說。

很明顯的，伊格拉不會想到會有這樣的一個答案，他一時默然無聲只將手撫摸着頭髮。

『傻子！你爲什麼幹那種事？自己有那麼多蘋果末必還不夠嗎？』福瑪將眼睛望着地上，站在他父親面前一聲也不響。

『看，你害羞不過吧！定是亞覺西加叫你幹的這種事。他來了，我要好好地對付他，或者我就總不再許你同他一路玩了。』

『是我自己幹的』福瑪堅決地說。

『那就更糟了！』伊格拉喊道。『但你爲什麼要幹那種事？』

『因爲……』

『因爲！』他的父親模倣他的口吻譏誚他。『好罷，既然自己做出來了，就應當能夠對自己對別人都可以講得出所以如此做的理由來。到我這裏來。』福瑪走近了他父親的身旁。此時伊格拉正坐在椅子上，於是將兒子挾在自己的兩膝間，將手搭在他的肩上，看看他的眼睛微笑。

『你覺得可恥麼？』

『我覺得可恥，』福瑪歎息說。

『那纔是對的，傻子！你不但羞辱了你自己，並且也羞辱了我。』將兒子的頭緊緊靠在自己懷中，他撫摸他的頭髮又詢問道：

『你爲什麽要做這種事呢——去偷別人的蘋果？』

『我——我自己也不明白哩，』福瑪有些困惱地說。『恐怕因爲是太寂寞了。我天天所玩的都是同樣的事。我已經感覺厭倦了！但是這件事乃是危險的。』

『使你興奮的麼？』父親微笑地問。

『是的。』

『嗯，恐怕是這樣。但是，無論如何，福瑪，你要當心——再不要幹這種事了、不然，我就要嚴格地處治你。』

『我決不再幹這種事了，』少年滿懷自信地說。

『你自己做的事，自己完全負責——這是很好的。雖然你將來會成功怎樣的一個人是不可知道的，但是目今——這一切都很好。如果一個人對於他自己所做的事，願意自己負責，這並不是一件容易的事。假使是旁的人處在你這種地位，他定會將錯處推到朋友們的身上，但你却說：「是我自己做的。」正應當這樣幹，福瑪。你作了錯事，你自己償消。朱馬可夫打過你沒有？』伊格拉稍停一會問道。

『我幾乎要打他哩，』福瑪沉着地聲明說。

『，嗯』他的父親有意地吼道。

『我對他說他懼怯你。所以他纔跑來將這件事告訴你。不然，他决不會來說的。』

『是那種情形麼？』

『他說：「請你確實代我致意介尊大人。」』

『他說過這種話麼？』

『他說過。』

『啊！那個狗東西！你看，人類就是這樣的一些東西：他被了盜，反轉來鞠躬請人代他致敬意！哈，哈！實在的，或者是値得一哥貝咯而已，但是對於他是哥貝咯的對於我乃是一塊布了。並不是哥貝喀的關係，只是我的東西在我自己不曾摔掉以前，誰也不敢來摸一下。嘿！那些王八蛋的東西！好罷，你告訴我——你到那兒去了，看見了一些什麼事？』

少年如是在他父親旁邊坐下，將他那天的一切印象都詳細地講給他父親聽。伊格拉一面傾聽着，一面目不轉睛地望着他兒子的生氣勃勃的面孔，這大淡的眉頭不覺愁煩地深蹙起來了。

『我的孩子，你不過只是在表面浮着而已。你尙是一個小孩子。唉！唉！』

『我們在一山谷中追逐一隻梟，』少年講道。『眞是有趣極了！它開始飛將起來，但是砰的一聲就碰着了一株樹。它啼叫得那般可憐的。我們又去追它，它又振起翅來飛到這兒飛到那兒，但又碰着了別的東西，以至它的羽毛紛紛落下。它在谷中四周亂飛，最後沒辦法地藏起來了。我們也沒有再去追它，因爲我們覺得它很可憐，滿身都有了傷痕。爸爸，未必梟在白晝是完全瞎的麼？』

『瞎的麼？』伊格拉說道；『有的人就如晝間的梟一樣一生中都是這樣飄盪着。

他努力又努力地總在尋找地位——但只不過是羽毛由他身上落下而已，毫沒用處。渾身有了傷痕，疾病，什麼也都失掉了，以後他用盡全力將自己投到一個地方，在此奔波之後只想尋點安歇而已。哀哉這些人。孩子，他們可悲得很！』

『他們是多麼痛苦！』福瑪低聲說。

『正如梟一樣痛苦。』

『爲什麼這些人成了這樣呢？』

『爲什麼嗎？那難說得很。有的人是因爲被自己的驕傲弄昏了眼——他的慾望很大，但他所有的能力太小。有的人是因爲自己的愚昧。但還有許許多多數不盡的其他的原因，那是不能夠了解的。』

『進來吃點茶罷，』安妮霞如此招呼他們說。

她在門口已站了很久。這老婦人將兩手合着，慈藹地羨慕此時正非常和顏悅色地將臉向着福瑪的他兄弟的高大的身材，以及緊依着他父親肩膊的少年的沈思的姿態。

福瑪的生活如此一天一天地慢慢展開——一個安靜而平和毫無大波瀾的生活。強而有力的印象使少年的心靈在一個鐘頭或是一整天之內都是警醒着的，有時也非常明顯地在他那單調的生活背境之中現露出來，但是這些印象不久也就消逝沒有了。少年的靈魂倘是一安靜的湖水——避開了浮世之激浪的湖水一般。凡與這湖水之表面相接觸的，或是稍稍擾動了這平靜的水而沈入湖底去了，或者是由平滑的水面滑過而分開成了大圓圈就完全消逝了。

在地方的學校中住了五年，福瑪中等程度將四學年修完了，並且也長成了一個黑髮，櫻黑色臉，濃眉，上唇長有黑髭的勇敢少年。他的一雙大而黑的眼睛帶一種純朴沈思的神情，嘴唇像小孩子的唇一樣半開着；但是當他的希望受了阻礙或是他被什麼事件觸怒了的時候，他眼中的瞳子就變大了，嘴唇閉得緊緊的，他的臉的全體就有一種頑固與堅決的表情。他的教父每每臉上浮着怪訝的微笑對他說。

『福瑪，你對於婦人，她們一定覺得你比蜜更甜，然而直到於今，你還不曾見有多大的智慧。』

伊格拉聽着這兩句話時，他總是嘆氣的。

『你頂好早些使你的　子學習事業罷，愈早愈好。』

『還早得很，等些時再說。』

『爲什麼要等些時呢？讓他在伏爾加河上往復兩三年，我們就替他將婚事辦了。我的祿寶福也長成人了哩。』

祿寶福。馬亞金此時正在某私塾的五年級中修業。福瑪在街上時常碰見她。每當這種會見的時候，祿寶福那戴有一頂很時髦帽子的美麗的頭總是深深地一鞠躬。福瑪喜歡她，但是她那薔薇色的兩頰，愉快的褐色眼睛與深紅色的嘴唇，仍不能將由於她那深深的一鞠躬所給與福瑪的不愉快的印象除掉。她接識了好幾個中學生，福瑪的舊友亞費夫也在內。福瑪很不願意與他們接近，而且與他們在一路使他自己非常拮据的。他覺得他們似乎都是在他面前誇示他們的學識，而譏誚他的無知。這些中學生在祿寶福家中聚集看書，無論何時福瑪尋着了他們正在高聲唸書或是討論，他們一見着了他來時，大家就都默然無聲了。這種情形更使他與他們疏遠起來。一日福瑪在馬亞金家中的時候，祿寶請他一路到花園中去散步。與福瑪並肩走着，少女的臉上帶着輕蔑神情問道：

『你爲什麼這樣不愛與人交際？你從來不講論什麼事？』

『叫我講什麼呢；我一點什麼事也不知道！』福瑪坦白地說。

『你要用心求學——看書呀。』

『我覺得不歡喜幹這些事。』

『你看那些中學生什麼都知道，而且什麼也會談論。就像亞覺夫……』

『我知道亞覺夫——一個饒舌漢。』

『你只是嫉妬他罷了。他很聰明……是的。他不久就要由中學畢業——以後他

就要到莫斯科進大學去。』

『你講這些話有什麼意思呢？』福瑪漠不關心地說。

『但你依然是一個無學的人。』

『那末，讓我無學罷。』

『那眞好得很！』祿寶諷刺地喊道。

『我不要學問來造成我的地位，』福瑪嘲諷似的說。『我要玩弄一切有學問的人。讓飢餓的人用功罷。我是不需要學問的。』

『呸，你眞是好愚蠢，壞而令人生厭！』少女很輕蔑地說着就走了，將他一人留在花園中。氣憤而沈悶，他目送着少女的背影，動着眉頭把頭垂下，慢慢走向花園深處去了。

他已經開始知道了孤獨的美與沈思的甘毒。每每在夏日薄暮之時，地上的一切為一種引起幻想的落日之餘暉染了色的時候，他對於某種不可解的事所懷抱的一種不爽快的渴慕之情就刺透了他的心胸。有時當他坐在花園中的一個黑角內或者是躺在床上的時候，他就想像出神話故事中的那些公主的姿影來——如是這些公主就以祿寶或者福瑪所認識的其他的年輕婦女們的面容而出現了。這些公主在黃昏的薄暗中無聲地在他面前浮漾，以隱謎似的目光凝視着他的眼睛。有時這些幻影在他心中，引起了一種使他沈醉的偉大的精力——在這種時候，他就站起身來，將兩肩聳得直直的，以整個擴大的胸部來呼吸這芬芳的空氣。但是有時這些同一的幻影又會引起他一種悲哀的感覺——他覺得好像要哭一樣，然而又怕流出眼淚來了，他抑制着自身不在暗中哭泣。有時突然之間，他的心因要在上帝面前表示出感謝之意，要向他鞠躬而開始顫振起來了，此時禱告文中的句子就在他的記憶上閃爍，眼睛望着天，他很久的時間就一句復一句地喃喃背誦不絕。如此將他的過剩的力呼在祈禱中，他心中方感覺稍爲舒適。

福瑪的父親非常忍耐小心地將他導入商業圈內。他將福瑪帶到交易所，將契約與營業以及同行人等事講給他聽，並且也說明這些人的出身，所有財產以及他們的性格。福瑪對於一切的事都是嚴重而深思的，他不久即將這些事學習會了。

『我們的花蕊已經開出了鮮紅的罌粟般的花了！』馬亞金一面向着伊格拉丟眼色，一面微笑。

然而，福馬到了十九歲的時候，他仍帶有一種使他與同年輩的青年相異的小孩似的純朴之處。因之，人們覺得他很傻而譏笑他；他也憎惡這些人對於他的態度而總與他們落落不相合。但對於精細地注意他的伊格拉與馬亞金，則福瑪性格上的這種令人解不透的地方引起了他們嚴重的杞憂。

『我眞懂不透他！』伊格拉每每悲痛地說。『他並不怎樣放蕩，也不見得他追逐女人，待我與你都很有禮，無論何事也都肯用心聽——他並不像一個少年，却更像一個美麗的女郎！…然而他也並不是怎樣傻！』

『不，他全然沒有什麼特別傻的地力，』馬亞金說。

『看起來好像他是在期待點什麼事一樣——好像有某種掩蔽物遮住了他的眼睛一樣。他死了的母親在生時，也是這一樣暗中摸索地過活着。』

『你看，亞非利肯加。斯莫林只比我的淘氣大兩歲——他竟長成大人了！在事業上，他們父子兩人之間是誰替誰作主，簡直分辨不出。他要到工廠中去研究。他責備他父親說：

『「唉，爸爸，你所教給我的太不夠用了。」……但是，我的淘氣簡直不曾表現過他的思想。我，上帝呀！』

『啊，你何不這樣做呢，』馬亞金勸他道，『你頂好是使他的頭腦突入一種有活氣的事業中！是眞實的！黃金在火中纔能試煉得出來。我們要看看，他在自由行事的時候，他的志向如何。你可以打發他到加馬河上去——只讓他一人獨去。』

『去試試他嗎？』

『雖然他或者會做出點不好的事來——使你稍受點損失——但是我們却可以因之明白他的素質。』

『這倒實在不錯——我定打發他出去試一試，』伊格拉如此下了决心。

到了春天，於是伊格拉就將兩隻滿載穀物的駁船交給福瑪統轄之下，而打發他上了加馬河的旅途。這兩隻駁船是由哥蒂耶夫的汽船『勤勉號』拖着的，而這隻汽船的指揮者又是福瑪的舊相識，前者稱為葉非門的水手——現在却是葉非門•伊利支；一個年約三十歲長得很強壯的男子，生有一副山貓似的明銳的眼睛。他乃是一個心地清醒，有主見而又嚴格的船長。

因為大家都很滿足，所以船航行得迅速而愉快。最初福瑪對于委任於他的這種有責任的任務，感覺得很傲然的。葉非門與少主人在一路也覺非常歡喜，因為他有了什麼錯誤，福瑪並不非難他責駡他。汽船上這兩個最重要人物的愉快心情因此成直線地映射到全船員身上。四月間的時候他們離開了裝載穀物的地方，在五月初汽船便駛到了目的地，於是兩隻駁船就在靠近岸旁不遠與汽船相並着下碇了。福瑪的任務，就是趕緊將穀交卸了把錢收進來，就向着柏門地方出發。在柏門地方已有伊格拉所要運到市場中的大宗的鐵在等着他。

駁船正對着一個靠近松林的大村莊停着，大約離岸有兩俄里。在他們到後的第二日，一清早就有一大羣喧噪的婦女和農人們，有的步行有的騎馬，都來到了河的岸旁。他們一面喊叫並歌唱着，一面就散在滿甲板上都是人了，而且瞬時之間工作已飛快地開始起來。人們下到了船艙以後，婦女們則用袋子裝黑麥，農人則將裝好了的口袋背在肩背上跑過跳板運到岸上去，從岸上則又由載重馬車將這久所等待的穀物載得滿滿地緩緩送到村中去。婦女們唱歌；農人們講笑話互相遊戲地漫駡；船員們監督着他們，不時地吼駡那些工作的人；跳板被運麥的人們去去來來壓彎着，重重地擊打水面；在岸上則有馬兒嘶叫，載重車與車輪下的砂礫軋軋的響。

太陽剛昇起來，空氣清鮮而爽快並且綿密地充滿了松樹的香氣。安靜的河水反映着清朗的天空，打在船腹與鐵錨鏈上，發出柔和的潺潺之音。愉快而騷擾的勞働聲，悅然落於日光中的大自然之春的美麗——這一切都充滿一種善意的，有些粗的健全之力，此力欣然地激動了福瑪的心靈，在他心中喚醒了新而困惱的感觸與欲望。他此時正在汽船的天幕下面向着棹子坐着，與葉非門以及接收穀物的那個人一路在吃茶。這個接收穀物的人，乃是此地方的官吏——一個紅頭髮，戴有眼鏡的近視眼的紳士。此接收穀物的人一面神經質地聳着肩；一面啞聲地談論農人們的飢餓情形，但是福瑪却沒大注意他的談話，他只一時望望下面人們的工作，一時又眺望河的那一岸——一條高而帶黃色的多砂的斷崖河岸，邊緣上長滿了松樹。這裏一個人也沒有，非常安靜的。

『我定要到那邊去看看，』福瑪想道。那個接收穀物的人毫無精彩的不愉快的啞聲，彷彿是從遙遙的遠方傳來落在他的耳上：

『你不會相信那是眞事的——但最後成爲很可怕了！這樣的一件事發生起來了！

一個農人將一個只有十六歲的女子帶到俄沙地方的某一有學問人的面前去。

『「你要什麼？」

『「這兒，」他說道，「我將我的女兒帶到老爺面前。」

『「爲什麼事呢？」

『「或者，」他說，「你會收留她——因爲你還是一個沒有娶親的人。」

『「怎樣收留她呢？你的意思何指？」

『「我將她帶到城裏去走了一圈，」他說。「我想將她雇出去替別人作婢女——然而誰都不肯雇用她——請你將她至少收作你的夫人罷！」

『「懂得了麼？只想想——他將自己的女兒獻上！一個女兒——作爲夫人！天曉得這是什麼意義！啊？當然那個人大怒起來，責駡那農人。然而那個農人很有道理地對他講道：

『「老爺！當這種年節她對於我有什麼用處呢？完全毫無用處。我有，」他說，「三個男孩子——他們都將成爲能勞動的人了；所以必須要將他們留着。爲這個女孩子，」他說，「請你給我十個盧布，這可以幫助我與我的男孩子們。」

「怎樣？唉？我對你說，簡直是可怕得很。」

「這是不應當的事！」葉非門嘆息了。「正如人們常說的——飢餓能使人突破石頭牆壁。肚腹也有肚腹之規則的。」

這個故事在福瑪心中引起了他對於那個女子的命運懷一種大不可解的興趣，因此少年就趕急詢問接收穀物的人說：

「那末，那個人買了那個女子沒有呢？」

「當然沒有買！」接收穀物的人谷責似的說。

「那末，以後那個女子怎樣了呢？」

「有些仁慈的好人可憐她——爲她想了辦法。」

「唉……唉！」福瑪拖長着聲調說，但他突然之間又很堅強忿怒地說：「要是我的話，我定要這樣痛打他一回！我定會打破他的頭！」他在接收穀物的人面前露示了他的握得牢牢的大拳頭。

『唉！爲什麽呢？』接收穀物的人一面以不舒暢的大聲喊着，一面將眼鏡從眼上取下來。『你不懂得這其中的動機。』

『我懂得！』福瑪固執地搖着頭說。

『但是他有什麽辦法呢？這種思想已到他心中來了。』

『一個人怎能容許他自身將一個有靈的人拿來出賣呢？』

『唉！這件事是殘酷的，我與你同感。』

『而且是那般年輕的一個女子！如果是我，我定給他十個盧布！』

接收穀物的人沒辦法似的搖着他的手默然不作聲了。他的姿勢使福瑪感覺困惑。於是福瑪立起身來，走到欄干前去眺望滿佈着正在勤勉工作的人羣的駁船甲板。喧噪的聲音使他沈醉了，而且在他心靈中彷徨着的那種不舒適的東西現在却結成了要工作的強有力的欲望——要有巨人那般的大氣力，有無限大的肩膊可以一次擔得起一百袋黑麥，使凡看見他的人都驚奇。

『唯，你們都趕快做呀！』他向下高聲喊道。有幾個人揚起頭來望着他，有幾個面孔在他眼前出現了，其中的一個——一個黑眼睛的女人的面孔——向着他溫柔誘惑地笑了。因這一笑，在他胸中不知有什麼東西燃燒起來，開始像熱波一樣充滿了他的血管。他忙從欄干前退轉來，又回到茶桌旁邊，因爲他覺得他的兩頰已在發熱了。

『我對你講！』接收穀物的人與福瑪打招呼說道，『請你打電報給令尊大人，請他答應我們幾何損失了的穀粒數。你只看在此地損失了多少。並且此地一磅穀都是可貴的！你應當懂得這種事實！你有那好的一位父親。』他做出一種譏刺輕蔑的臉色而閉口不言了。

『要我答應多少呢？』福瑪大膽地輕蔑地詢問說。『你要一百Puds麼？要兩百麼？』（註一：Pud等於四十俄磅）

『我——我感謝你！』接收穀物的人太過於歡喜而困惑地喊道，『如果你有這種權力。』

『我就是主人！』福瑪堅強地說。『而且你不應當那樣地議論我的父親——也不應當做出這種臉色。』

『請饒恕我！——我毫不疑惑你是握有全權的。我從心底感謝你。也感謝令尊大人——我代替這一切的人——代替此地的民衆致謝！』

華非門一面很小心地注視他的少主人，一面將嘴唇突出來又啜啜嘴，但福瑪却滿臉浮着傲然的神情，傾聽着正牢牢握住他手的接收穀物的人之機敏的言辭。

『兩百Puds！那才像俄羅斯式的咧，少爺！我卽刻就將你的厚意通知農人們，你就可以知道他們是何等的感激——何等的歡欣。』於是他向着下面大聲喊道：

『唯，各位！老爺答應減少兩百Puds。』

『三百！』福瑪插在中間喊道。

『三百Puds。哦！感謝你！各位，三百Puds穀粒。』

但是衆人的反應却很微弱。農人們揚起他們的頭來，但又默然地垂下了，依然繼續工作。有兩三個聲音遲疑不決地好像不願意似的說道：

『感謝，感謝。願上帝賜福與你。我們深深地感謝你。』

有些人愉快地輕蔑地大聲喊道：

『那有什麼用處呢？如果他們給我們每人一杯 Vodka ——那才眞是應當感謝的。穀物對於我們是毫無分的，那是爲鄉村委事會中用的。』

『唉！他們毫不明白！』接收穀物的人困惑似的喊道。『我下去解釋他們聽。』

這人的姿影已消逝了。但農人們對於這贈與的態度使福瑪覺得不大高興。他看見那個薔薇色頰的婦人底一對黑眼睛非常奇特地令人感覺愉快地望着他。這一對眼睛好像是在感謝他，是在愛撫地招呼他一樣。除這眼睛以外，他什麼也不曾看見。這婦人的服裝，像都市中婦人們的服裝一樣。她穿着鞋，一件棉布短衫，並且在她頭髮上也有一條特別的頭巾。高而嫵媚的身材的她，正坐在一堆積木之上，迅速地動着她那裸及肘節的手臂在縫補口袋。

『福瑪．伊格拉銻支！』他聽着葉非門非雖的聲音了，『你未免太大方了。如果只給五十 puds ，豈不很好！爲什麼要給那麼多呢？恐怕我們因此要受大大的責罵。』

『不要管我的事！』福瑪簡單地說。

『這與我有什麼關係呢？我不開口就是了。但是你是這樣年輕，而且我又被吩咐了要看視你的，假使有什不注意的事，我也會還打罵的。』

『我親自將這件事告訴父親。你不要講了！』福瑪說。

『對於我——無論怎樣都好——在此處你是主人哩。』

『算了罷。』

『我說這，福瑪。伊格拉繇支，是爲你的好處——因爲你尙是這般年輕而心地簡單的。』

『不要管我的事，葉菲門！』

葉菲門嘆了一口氣卽默然不作聲了。福瑪凝視着那個婦人心中想道：

『我盼望人們將這樣一個女子帶到我這兒來賣就好了。』

他的心臟激烈地跳個不住。雖然肉體上是純潔的，但他由人們的各種會話中，早已知道了男女親密關係的秘密。他由粗野的可恥的種種名目知道了這回事，而且這些名目在他心中燃起了一種不愉快的燃燒着的好奇心的害羞之念。他的想像力仍執拗地活動着，因爲他不能夠清晰地將這囘事描形出來。在他心中，他並不相信，男女的關係是眞像人所講的那般簡單粗野。當人們譏笑他，而向他確言是如此而決不會是另一樣的時候，他就呆然困惑地微笑，並且想到與婦人們的關係，並不應當對於每個人均是這同樣令人害羞的形式，人類大約總可以有更純潔不像這樣粗野無禮的事。

現在豔羨地凝視着那個勞動的黑眼睛婦人，福瑪本能地感覺了對於她也起了正正同樣粗野的衝動，而且他又覺得對於某種事在害羞而恐怖。站在他旁邊的榮非門忠告似的說道：

『你又在那兒凝視那個婦人，所以我再不能夠默然不開口了。你不認識她，但當她一旦向你丟丟眼風的時候，你就會，因爲你年紀輕的原故——而且因爲你又是那種性格的原故——你就會做出這麽一件事來，以致我們都不得不沿着河岸步行囘家。如果我們尚能剩有褲子在身上，那都是應當感謝上帝的事。』

『你要什麽？』福瑪因困惑而漲紅了臉說。

『我什麼也不要。你頂好聽一聽我的話。論到與婦人們的關係，我總可以爲你的老師。你應當淡然地與婦人交接——最初給她一瓶 Vodka，以後給她對東西喫，再後給她兩三瓶麥酒，最後就給她二十個哥貝咯現金。有了這麼一種代價，她就會盡情地向你表示她的愛。』

『你撒謊。』禰瑪柔和地說。

『我撒謊麼？我自身依那種政策實行了百次以上，我爲什麼要向着你撒謊呢？只賭一賭，我與她幹給你看看。唉？我立時使你接識她罷。』

『那好得很，』禰瑪說。此時他覺得幾乎不能夠呼吸了，彷彿有什麼塞住了他的咽喉一樣。

『那末，到傍晚的時候我領她來。』

葉非門望着禰瑪臉上稱心似地笑着走開了。一直到傍晚之前，禰瑪到處漫步着好像迷失於雲霧中去了一般，他對於農人們因接收穀物的人的示唆而向他表示之非敬的懇求的視線，也不曾注意到。恐怖臨到了他身上，他感覺得好似他自身在某人之前犯罪一般。到了傍晚，有些勞働者回家去了，其餘的人就聚集在河岸上，靠近一個大而明亮的焚火開始燒晚飯。他們會話中之言語的斷片飄浮於傍晚的寂靜中。焚火的反射成了赤色與黃色的條紋落在河面上，這些條紋映在安靜的水面上與福瑪所坐的甲板室的玻璃窗上振顫不已。福瑪此時正坐在甲板室的一隅中之蒙有漆布的長椅上——等待着。他面前的桌上，放有幾瓶 Vodka 與啤酒以及盛有麵包與尾食品的碟子。他將窗上的帷幔放下，但是不曾點燈。外面的焚火所射進來的微弱光線，透過了帷幔落在桌上瓶上與牆壁上振顫着，一時稍亮一時又變微弱了。汽船與駁船上全然寂靜無聲，只有由岸上傳來的清晰的談話聲，以及幾乎聽不分明的河水濺打汽船兩側的聲音。福瑪感覺得，好像有什麼人藏於附近的黑暗中，在傾聽他偵伺他一樣。此時有迅速而沈重的脚步由駁船的跳板上走過——跳板忿怒似地打着水而發出鏜鎝之聲。福瑪聽見了船長的含糊的談話聲，以及他的有意放低了的音調。葉非門站在甲板室的人口柔和地但是做戒地好像指教似地低語。福瑪立時覺得好像要呼喊說：

『不須得！』

於是他由長椅上立起身來——但是正在此時甲板室的門打開了，一個身材很高的婦人姿影在門閾上出現了。她無聲響地將背後的門關上了以後，就低聲說道：

『啊！好黑呀！在這近旁一個人都沒有麼？』

『有人，』福瑪柔和地答道。

『那末，晚安。』

那個婦人小心地向前進。

『我來點燈，』福瑪以斷續的聲音說，但他却深深坐在寢椅上縮到角落上去了。

『就這麼樣很好。在黑暗中過慣了，暗中的一切也都可以同樣看得淸楚。』

『請坐，』福瑪說。

『我坐。』

她在寢椅上離福瑪有兩步的地方坐下了。福瑪看見了她眼睛中的閃光以及她唇上所表現的微笑。依福瑪看來，她這次的微笑完全不像她以前所表示過的微笑——這次的微笑是淡然而憂鬱的。但這微笑却鼓勵了福瑪；他望着她眼睛的時候，覺得輕鬆多了。但這婦人眼中的視線剛與福瑪的視線相對着的時候，卽又立刻轉向着地下去了。福瑪不知道與這婦人談什麼才好，大約有兩分鐘之久，他們兩人都是默然的。這是一種拙笨苦重的緘默。不一會她開始說道：

『你獨自一人在此處，一定是很寂寞的？』

『是的，』福瑪答道。

『你歡喜我們這地方麼？』婦人低聲問。

『這地方很好。有不少的森林。』

兩人又沈默起來了。

『這條河似乎比伏爾加河還更美麗，』福瑪用了一次努力後，方說出了這一句話。

『我也曾經在伏爾加河上待過的。』

『在什麼地方？』

『在星百爾斯克城。』

『星百爾斯克嗎？』爾瑪回音似的反覆着說，因爲他覺得他又沒有話可講了。

但她明顯地已懂得了對方的性格，於是突然之間她以大膽的低語問道：

『你爲什麼不拿點東西出來招待我呢？』

『這里！』爾瑪慌張起來了。『實在的，我好呆呀！那末，請到棹前來罷。』

他在黑闇中十分忙亂，將棹子推推，一時取這一個瓶，一時又拿那一個瓶，但立時又將它們放在原地方。他一面如此動作，一面又困惑咎戾似地出聲笑了。她緊緊貼近他，站在他身旁，且笑且凝視他的臉與他那戰慄的兩手。

『你害羞麼？』她突然低語道。

他感覺得她的呼吸已到他臉上來了，但他依然溫柔地答道：

『是。』

於是她將兩手放在他的肩上，靜靜地將他拉到自己胸前，以諂媚的細聲說道：

『一點什麼也沒有，不要害羞，我的年輕而美麗的小寶貝。我是何等的可憐你呀！』

爾瑪因爲她的這種耳語，感動得好像要痛哭起來，他的心已消融於甜蜜的疲之中去了。將酥緊緊壓在她的胸膛上，爾瑪用手擁抱着她，向她喃喃地說出了他自己也不明白是什麼意義的含糊話。

「妳走罷！」爾瑪眼睛睜得大大的凝視着牆壁，以沈重的聲音如此說。

她吻了他的頰以後，即一面走出甲板室一面說道：

「好罷，再見。」

在她面前，爾瑪覺得自己害羞到了不可忍受的地步：但當她一消逝於門後去了，他就立刻跳起來坐上寢椅上去。不一會他立起身來踹踹着，但立時一種喪失了或種貴重東西似的感覺將他攫擄住了，而且這種東西的存在，是直到它已經喪失了的時候，他纔感覺着的。但是突然間一種新的，男性的矜持之感佔據了他的全身。這種新感覺吞沒了他的害羞之念，代此害羞之念就有一種憐惜那個婦人——獨自一人走到這清涼的五月之夜的闇中去的半裸體的婦人——的感情油然生起來了。他急促地跑到甲板上來——此時正是一無月的晨空之夜；夜的寒涼與黑闇將他擁抱着了。河岸上的帶金紅色的半燒焦的木柴堆，仍在閃灼放光。福瑪傾耳靜聽——一種苦重的寂靜充滿了空氣中，只有水打着錨鏈的潺潺之音。怎樣也聽不着一步脚步聲來。福瑪此時非常想呼喚那個婦人，但他不知道她的名字。熱切地將這新鮮空氣吸入他那廣闊的胸膛中，他在甲板上呆立了好幾分鐘。不意由甲板室彼方的船頭上，驟然傳來了幾近乎嗚咽的一聲沈重大聲的歎息。他戰慄了。於是他就分外小心地向着那方走，因爲他明白了她是在那兒。

她正坐在靠船舷的甲板處，將頭伏在一堆繩索上哭泣。福瑪看見她那裸露着的兩肩在戰慄，他聽着她的悲痛的歎息，自己心中也感覺沉鬱起來了。他屈伏於她身上，膽怯地詢問道：

「妳作什麽？」

她搖着頭一句話也不回答。

「我得罪了妳麽？」

「走開，」她說。

『但是，怎樣呢？』福瑪一面以手接近她的頭，一面恐怖困惑地說。『不要動怒……妳自己願意來的。』

『我沒有怒！』她以沈重的低聲回答說。『我爲什麼要向你發怒呢？你又不是一個誘姦者。你乃是一純潔的靈魂！唉，我的親愛的！到這兒來坐在我旁邊。』

她執着福瑪的手，好像待小孩子一般使他坐在自己膝頭上，將他的頭緊緊地壓在自己胸上，將身子凭過去；很長的時間內將自己的唇兒與福瑪的唇貼合着。

『妳爲什麼哭泣呢？』福瑪一面以一隻手撫摸她的頰，一隻手擁抱她的頸項，一面如此問。

『我是爲我自己哭泣。你爲什麼打發我走呢？』她悲傷地詢問說。

『我自己感覺很慚愧的，』福瑪說着便將頭垂下去了。

『我的親愛的！你對我講實話——你是不是很歡喜我？』她微笑着詢問，但是她的大滴的熱淚依然繼續地落在福瑪胸膛上。

『妳爲什麼要這樣講呢？』少年吃驚似的喊道。於是他就熱烈地開始喃喃地對她講述，她的美麗與仁慈，以及他如何感覺爲她難過，並在她面前是如何地害羞。她一面傾聽着，一面不斷地吻他的頰，頸，頭與他那裸露着的胸膛。

他又沈默下去了——不一會她開始講道——但是講得柔和而悲哀，好像講述已死的人的事一樣：

『我以爲是有什麼旁的原故。當你說「走罷！」的時候，我就站起身來走了。你的這句話，使我感覺難過，非常難過。我記得，有一個時期，人們那般無間斷地愛撫我喜歡我，從來不生厭倦；爲得着我的一笑，他們每每替我無論作什麼都可以只要是我所歡喜的。我回憶起這些事，所以我開始哭了！想到自己的青春，我覺得過得很，因爲現在我已三十歲了，是女子最後的時日了！唉，𡡉瑪·伊格拉蘇支！』她將嗓子提高，並重覆着她和諧的話語之節拍喊叫，這話語的音調之上昇下降，正與流水潺潺的佳曲相調和了。

「你聽我的話——好好保守你的青春！世界上再沒有什麼比青春更好的。也再沒有什麼比青春更寶貴的。青春之時就如有金錢一樣，你可以成功你願意幹的任何事件。好好地過活，使你到了年老的時候，仍能回憶到你的青春。現在我追念了我的青春，雖然我哭泣了，但當這追念的時候我的心是燃燒着的。並且我又返少了，好像飲了青春之泉一般！我甜蜜的孩子，如果你歡喜我，我與你可以一同好好玩耍，儘量地享樂自身。唉！我要燒爲灰燼了，現在我已經燃燒起來了！』

將少年緊緊地抱着。她開始饕餮似的在他唇上狂吻。

『當……心……！』駁船上的當直悲愁似地吼道，並且將最後的一音很短地切斷着，就開始以他的木槌叩在鐵板上去了……所發出的尖銳震顫的聲音，辛澀地擊破了夜之蕭然的寂靜。

數日以後，當駁船上的貨已卸完了，汽船準備開往柏門（Perm）地方去的時候，使柰非門非常難過的，就是他看見一輛馬車馳驅到河岸旁來了，車中坐有帶着一口箱子與幾個包袱的黑眼睛的培納革亞。

『打發一個水手去將她的東西搬上來，』福瑪一面向岸上點着，一面如此吩咐。

將頭非難似地一搖，葉非門忿怒地將這命令傳出去了。但他又低下聲來問道：

『所以她也與我們一路走麼？』

『她是與我一路走，』麗瑪簡單地聲明說。

『當然的，她並不是與我們一路。哦，上帝！』

『你爲什麼歎氣？』

『是。麗瑪·伊格拉蘇支！我們現在是開往一個大城去。未必在那兒，像她這種婦人沒有許許多多嗎？』

『好罷，請你不要開口！』麗瑪嚴格地說。

『我不開口可以，但這是不對的！』

『什麼？』

『我們的這種旅行。我們的汽船本是完全的，淸潔的——但突然有了一個婦人！如果她至少是一個正常婦人，也還情有可說！但實際上，她只不過徒有婦人的名而已。』

福瑪諷示地縐着眉頭，威嚇地加強自己的語句對船長講道：

『葉非門，我請你牢記在心裏，也要告知此處的每一個人——如果任何人說了她一句不好的話，我就要用木棒打他的頭！』

『好厲害呀！』葉非門一面懷着好奇心凝視他主人的臉，一面懷疑地說。然而他立即向後退了一步。伊格拉的兒子，像狼一樣將牙齒露出來了，他眼中的瞳仁也變大了，於是他怒吼道：

『笑罷！我要指示你當怎樣笑！』

雖然葉非門喪失了膽量，但他仍然莊嚴地說道：

『不錯，你，福瑪・伊格拉森支是主人，然而我是受了「葉非門，你當心他，」這種吩咐的，而且在此處我是船長。』

『船長嗎？』福瑪全身戰慄起來了，臉也變蒼白了喊道。『我是什麼呢？』

『好罷，不要喊叫！因爲一個婦人這一點點小事。』

福瑪蒼白的臉上現有紅色斑點了，他一時用左脚立着，一時用右脚立着，以痙攣的動作將兩手插入上衣的口袋內，用平靜凜然的聲調說：

『唯！船長！如果你再說我一句話——你就算完了。我要將你趕上岸去！我與領港一路依然可以將船開行得一樣好。明白了麼？你不能夠命令我。懂得了麼？』

葉非門不禁愕然了。他凝視着他的主人，自己無話可答只滑稽地眨了眨眼睛。

『你懂得了麼？』

『是，我懂得了！』葉非門喃喃地說。『但是這樣騷擾起來是爲什麼呢？只不過是——』

『不許說！』

福瑪的兇狠地閃光的兩眼，與他那因怒而氣歪的臉，使船長一槩印起了愈快離開他的主人愈好的念頭，於是他急忙將身子轉過去就走開了。

『呸！好厲害呀！看起來，好像蘋果並不曾落得離樹太遠哩。』他一面在甲板上走，一面譏誚地喃喃着。他對福瑪很懷憤慨，又感覺自身無故受了侮辱，並且同時他開始覺着了，眞實而強固的主人的手是在他身上抑壓着的。長年來服從慣了的他，勿寧更喜歡這種抑壓自己的力的表現。他走進了老領港的船室之後，於是聲音中浮着滿足的調子，將他與主人之間所演的這一幕敍述出來了。

『怎麼樣？』他收結自己的談話說。『一個出自好種的狗仔，在最初一次狩獵之時，已經是一隻豪勢的獵犬了。由外表看來，他是如此——如此。但確是一個強狠的人哩。好罷，也不打緊，讓他去享受他的娛樂罷。照現在看起來，彷彿也不會鬧出什麼大不了的事情出來。像他那種性格，決不會的。他如何地向我怒吼呀！我對你說，真像喇叭一樣！並且他立時自命爲主人了。好像他是由杓子中將權力與威嚴吸進去了似的。』

葉非門諦的話並不是虛言。在這幾天之內，羅瑪有了驚人的改變。現在在他心中燃燒着的情熱，使他成了一個婦人的靈與肉的支配者。他貪切地吸吸了這支配力之燃燒着的甘味。於是這甘味將他胸中的一切拙笨之處，與一切使他的外貌成爲有幾分恐怖陰沈之處，盡都燃燒毀滅了，而使他的心中充滿了青春之矜持，與人間的個性之自覺。對於女性的戀愛總是與男子有益的，無論這是何種戀愛，即使是只單會引起痛苦而已的，但在此中每每含有不少豐富之點。對於精神上煩惱的人雖是一種強烈的毒，但對於健康者，則好似鐵遇着了火一般，能使之變而爲鋼。

福瑪對於那個在他擁抱中悲歎她自身的青春的年約三十歲的婦人所懷的情熱，並不曾使他荒棄自己的事務。他無論在愛撫中或在事業上，都不曾昏迷過，並且在兩者之中都是將他的整個自我放進去的。那個婦人，像美酒一樣，在他心中激起了對於工作與戀愛兩者相等的渴望，並且由於青春之吻，她自身也變得更年輕了。

到了柏門地方，已經有一封信等着福瑪了。這是由他的教父寫來的。信中講道，伊格拉因爲思念兒子的原故，已開始放量飲起酒來了，並且在他那種年紀，像這樣豪飲是有害的。信上結末寫的是，叫福瑪趕快將事件辦完，好早日歸家。福瑪讀了這種忠告，心中很是恐惶的，而且也使他那爽朗的心境起了陰晴。然而這種暗影在忙碌的事務上，以及培納革亞的愛撫中，不久也便消融去了。他的生活就如河浪一樣的迅速向前流着，每天帶有新的感覺來，而在他心中喚醒了新的思想。培納革亞對於他的態度，含有一個情婦所能有的一切情熱。其強度，乃是她那大年紀的婦人，飲盡人生之盃的最後一滴時，以全心力注入其情熱中的那種樣兒。然而有時候，她心中又起了不劣於戀愛，而且更能吸引福瑪於她的一種感情——即是與慈母之欲使愛子免有錯失，而教之以人生智慧的母愛有些相似的一種感情。時常當夜晚的時候，在甲板上坐於他的擁抱之中，她就溫柔而沈鬱地對福瑪講道：

『將我想着是你的一位姐姐罷，我說的話你好好聽着。我已有這大年紀了，我明白各種的人。在我的生涯中，我已見過了許許多多的事。留心選擇朋友，因為有的人好像疾病一樣，能夠傳染人。最初一個人如何，你分辨不出來，雖然你親眼看見了他們。他外表看起來，是與其他的人一樣的，但是突然間，你自己尚不曾覺察的時候，你已經在生活中開始模倣他了。你細心一觀察——你就會發現出來你已經感染了他的豬痂了。我自己曾經因一個朋友的原故，將一切都喪失了的。我有個丈夫，並有兩個小孩子。我們一路住得也很好。我的丈夫在裁判所的書記課裏作錄事。』她默然了，好半天都是只凝視着那因船所激盪的水面。以後她深深歎了一口氣又向他說道：

『願聖母保護你脫離像我這種婦人——你要當心。你尚是純潔的，你的心還不曾十分強固，婦人們最歡喜像你這類的人——強壯，美貌，有錢。最緊要的，是要當心緘默恬靜的婦人。她們附着一個男子就像吸血鬼一樣，吸了又吸。而且同時她們又總是那般柔和溫順。她們要繼續不斷地吸你的血，但她們自身却保守得好好的。她們只徒然傷你的心而已。你頂好與像我這樣豪爽的女子交往。像我這樣的女子並不是專爲貪慾而生活着的。』

確實的，她自己幾乎好像無貪慾似的。到了柏門地方，福瑪爲她買了許多新衣服以及各種各類的東西。她覺得很歡喜，但以後當她檢察了物品的時候，她憂鬱地說：『不要過於濫用錢了……當心恐怕你父親會發怒的。即沒有這些東西，我無論如何都是愛你的。』

她已經對福瑪講過了，她只與他一路走到卡開地方爲止，因爲她有一個已經結婚了的妹妹住在那兒。福瑪不能夠相信她會離開他，但在他們要到卡開地方的前一夜，她又重申前言的時候，福瑪即顏色變爲慘淡，而開始哀求她不要離開他。

『不要預先就難過着，』她說。『我們尙有一整夜擺在我們面前的。如果你會感覺難過，那末當我與你告別的時候，你那時再難過罷。』

但是他依然努力想勸止她不與他分離，並且最後——這是必然的事——聲明了他願與她結婚。

『唉呀，如此，如此！』她開始大笑起來了。『我的丈夫還活着的時候，我能夠與你結婚嗎？我的親愛的，我的可笑的人兒！你想結婚嗎，唉？但是豈會與像我這樣的女子結婚呢？你定會有許多許多愛人。到那個時候　結婚。當你已經充位了，已經遊樂夠了，並且感覺喜歡黑麥麵包了……到那時，你就可以結婚了！我覺得，一個身體強壯的男子，爲他自身的平安計，不應當結婚太早了。一個婦人決不會令他滿足，因之他就會找其他的女子去。所以爲你自身的幸福計，你應當到了那時，你覺得那一個女子可以使你滿足的，那末就與她結婚罷。』

但是她愈講得多，福瑪之不願意與她分離的要求則愈變固執。

『你好好聽着我對你講的話罷，』那個婦人鎮靜地說。『有一片木是在你手中燃燒着的，即或沒有它上面發出來的光，你也可以看得清楚——你頂好是將它丟在水中，這樣可以消滅煩氣，而且你的手也不至於燒着。」

「我不懂得你說的話。」

「好好聽着，你懂得的。你不會對我不住，我也要不作對不住你的事。因此我就要走開。」

如果不曾有另外的一件事來打擾，這種爭論將會怎樣結束是很難說的。在卡間地方，福瑪收着了馬亞金打來的一通電報，電報上簡單地寫着：『乘客船速急歸來。』福瑪的心臟神經質地收縮起來了。過了幾個鐘頭以後，臉色陰沈而蒼白，牙齒咬得緊緊的，福瑪已經站在正離開埠頭的汽船的甲板上，手扶着欄干身子一動也不動地凝視着，此時正離開他，埠頭，以及河岸而遠遠流去的他的戀人臉上。培納革亞飄搖她的手帕笑着，然而他知道她是在哭，在灑不少的悲慟的眼淚。因爲她的眼淚，福瑪的襯衫的前部已完全浸濕透了；因爲她的眼淚，福瑪的充滿了陰鬱恐怖的心是愁苦而冰冷的。那個婦人的姿影，好像融化了似的愈變愈小；福瑪眼睛也不轉地凝視着她，而且在對於他父親所懷的就要與對於此婦人所感的悲歎而外，他覺得他的心靈中，有一種新的，強有力而刺激的感覺甦醒起來了。這種感覺究竟是什麼，他可說不出來，但是他覺得，這好似對於某人懷的一種憤懣一樣。

在埠頭的人羣，擠成了無顏無形無動靜的一團密結的黑暗的，死去了似的一塊。福瑪離開了欄干，開始在甲板上沈鬱地漫步起來了。

乘客們一面高聲談論，一面坐下飲茶；侍者們則正預備開飯在走廊中去來地忙過不停；在下面船尾上三等艙內，一個小孩在哭，一個口琴的音調在悲痛地鳴奏，並有廚夫用刀切物的聲音，盤碟相碰的辛澀聲。切斷波浪，激起飛沫，因緊張過度而震顫並深深地歎息着的那隻龐大的汽船，衝破逆流迅速地向前。福瑪凝視着船尾上的荒狂急流而破裂的浪之關係，他開始感覺有一種強烈的慾望，像要擊破或撕碎什麼東西纔好，同時又想逆着急流游泳，以自己的胸部與肩部來抵抗這急流的襲擊。

『命運！』在他旁邊的一個人，以疲乏的嗄聲如此說。

這兩個字是福瑪聽慣了的；她的姑母安妃霞每每以這兩個字來答覆他的質問，而且他自 又在這短短的兩字之中，封入了與上帝相匹敵的權威的觀念。他將談話的人們望了一眼：一個是有一仁慈面容，頭髮已灰白了的矮小老人；其他一個，則較爲年輕，一對大而沒精神的眼，並稍長有幾根黑色楔形的鬚髯。他的大而帶軟骨性的鼻，黃色凹入的頰，使福瑪一見即想起他的教父來了。

『命運！』那個老年人深信不疑地將對手的絕叫反覆念着而開始出聲笑了。『命運之於人生，就像漁翁坐在河岸上一般。它將有餌的釣鈎投在人間的生活中，於是人們就以貪慾的口向着釣鈎走去。但命運却將釣竿舉起來了——人們就在地上掙扎撲擊，你看他的心都破裂了。正是這種情形，伙計。』

福瑪將眼睛閉上，好像日光直直地射入他眼中去了一樣，他一面搖着頭，一面高聲說：

『不錯！確是如此！』

談話的兩人目不轉睛地望着他：老年人露了輕微的聰明的一笑；大眼睛的人，則給以惡意的一斜視。這種情形，使福瑪起了困惑。於是他漲紅了臉走開，一面却考慮着命運，很懷疑地想道，何以它最初那般仁慈地賜他一個女子，而後來又那般簡單殘酷地將她從他手中奪回去了。現在他明白了，他心中所抱的那種漠然刺激的感情，乃是對於這般玩弄他的命運所懷的憤懣。他是太爲生活所寵壞了的，吮吸這剛上嘴的毒杯之最初的一滴時，也很難爲他了。在船上的幾晝夜，他不曾安眠，只考慮着老年人所講的話，重溫着自己的憤懣。然而這種憤懣之情，不曾引起他的落膽與悲哀，反使他起了忿怒與報復的念頭。

來迎接福瑪的，乃是他的教父馬亞金。對於福瑪所發出的急促而慌張的疑問，馬亞金，當他在馬車中在他教子之旁坐下了的時候，他那帶青色的小眼睛閃耀着興奮之光說：

『你的父親變得像小孩樣了。』

『飲酒麼？』

『比飲酒更壞——他簡直瘋狂了。』

『眞的麼？哦……他是怎樣，你告訴我。』

『你不懂得麼？有一個女子時常糾纏着你父親的。』

『那個女子怎樣？』福瑪一面回憶起了他的培納革亞一面如此叫喊着，而且不知何故，他心中充滿了喜悅之感。

『他緊隨着你父親——吸他的血。』

『她是一個溫順的女子麼？』

『她嗎？溫順得像火一樣。她從你父親腰包裏取去了七萬五千盧布好像拔一根毛似的。』

『哦！她是誰？』

『就是建築技師的夫人，淑嘉·馬丁斯克亞。』

『哦天！這豈是可能的嗎，她…………未必我的父親……豈能以她作自己的情婦嗎？』福瑪驚奇地低聲如此詢問着。

於是他的教父將身子向後一退，一面滑稽地將眼睛睜得大大的，一面辯服似地說：

『你也瘋狂起來了！眞實的，你也瘋狂起來了！回復你的意識罷！六十三歲了，還有情婦！而且還要這大的代價。你在說些什麼？好罷，我定要告訴伊格拉。』

馬亞金的戰慄而急促的笑聲充滿了空氣中，他每一笑時，他那山羊似的鬚髯就很難看地震動起來。福瑪費了好久的時光纔得着了一個要領的答覆。因爲這老人今日與他的習性相反，完全變得暴躁而憤怒了；他的談話，平時是流暢的，現在却不時起了間斷；他一面談話，一面咳吐漫駡，因此福瑪費了不少的氣力纔得知了事實的眞相。

在城中因致力於種種慈善事業的計畫而出名的，那位有錢的建築技師之妻淑緋亞．帕弗洛菲納．馬丁斯克亞，已經勸動了伊格拉對於市中建築一免費宿泊所與一附有閱覽室的公共圖書館捐助七萬五千盧布。伊格拉已經將這筆款子交出來了，新聞紙上也已經在大大地頌揚他的博施。福瑪曾經不只一次地在街上碰見過她；她的身材矮小；福瑪也知道她是被認爲市中的最美麗的婦人之一，而且關於她的行爲，也已經有了不少的壞謠言。

『就是這些麼？』當他的教父將話終結了的時候，福瑪如此䠶叫。『我想到還有許多哩！』

『你？你想嗎？』馬亞金突然大怒起來說。『你什麼也想不到，你一個還是滿乳臭的小傢伙！』

『你爲什麼駡我呢？』福瑪說。

『你告訴我，依你的意見，七萬五千盧布是不是很大的數目？』

『是的，是很大的數目，』福瑪思索了一會說。

『啊，哈！』

『但我父親有不少的財產。你爲什麼因那一點數目而這般大嚷起來了？』

亞可夫・搭拉數彝支不禁失驚了。他輕蔑地凝視着少年的臉上，以微弱的聲調詢問說：

『是你像這樣說嗎？』

『我？不是我是誰？』

『你撒謊！這乃是你那還帶乳臭的愚昧在如此說。是的！我的老年愚昧——已經在人生中積有百萬次經驗的——說你尙是一隻小狗子，你這樣大聲狂吠起來，未免太早了。』

在此以前，福瑪也時常被他教父的過於栩栩欲生的言辭所激怒過。馬亞金平素對他講話，總比較他的父親更爲亂暴，但是這一次，少年覺得他太激怒他了，於是他就胸有成府地凜然說道：

『你頂好不要這樣無理地亂罵我，我已經不是一個小孩子了。』

『啊，了不得了！』馬亞金嘲笑地豎起他的眉毛並以眼睛睨視地賊吽着。

這種樣子使福瑪大怒起來了。他的兩眼緊緊地釘住老人的眼睛，而使勁地說：

『我以後再不要聽你那種無理的漫罵，已經夠了！』

『嘿！如此！那你原諒我罷！』

亞可夫·塔拉數彝支將眼睛閉上，稍稍嚙着嘴唇，就將臉轉過去沈默了一會。馬車駛入了一條狹窄的街道中。從老遠望見了自家的屋頂的時候，福瑪不自覺地將身子移向前了些。同時馬亞金臉上浮出詭譎而柔和的微笑問他說：

『福瑪！你告我——你的牙齒是在誰人身上磨得這般銳利了的？唔？』

『它們銳利嗎？』因教父現在對於他的態度很覺歡喜的福瑪如此詢問着。

『很好。不錯，孩子。很不錯！你父親與我很躭心，恐怕你會成一個不能自動的人哩。怎樣，你已經學會了飲 Vodka 麼？』

『我飲 Vodka 。』

『未免太早得一點！你飲得很多嗎？』

『不見多。』

『味很美麼？』

『並不見得。』

『是如此嗎。不打緊，這一切並不怎樣壞。只是你太直言無忌了。你差不多在一切任何教士前，都可以將你的罪懺悔出來似的。你應當想想，並不是時常都要如此。有的時候，你緘默不作聲，不但不犯罪，並可令別人歡喜。不錯。人的舌頭很少時是有節制的。啊，我們到了家。你的父親還不知道你已經回來啦。他未必在家吧。』

伊格拉在家中：他的高吭而稍帶啞音的笑聲，由屋內敞開的窗戶中已傳到外面來了。在門前停下的馬車之音，伊格拉將頭探出窗來望。一瞥見了他兒子的姿影時，他就歡悅地喊出聲來：

『啊！你回來了。』

沒過一會，他以一隻手將爾瑪拖到自己胸前，用另一隻手的手掌推着他兒子的額頭，如此使爾瑪的頭向後仰着，他以閃光的兩眼凝視着他的面孔而感覺滿足似的說：

『你曬黑了。長強壯了些。你還很不錯！夫人！我的孩子如何？很好嗎？』

『長得很不錯，』一種溫柔似緞的聲音吐出來了。

爾瑪由他父親的肩頭望過去，看見了在屋內的前隅中，坐着一個長有非常美麗的頭髮和苗條身材的女子，她的兩肱伸在棹上；她那烏黑的兩眼，細長的眉毛與肥圓的嘴唇，在她那青白色的臉上很明顯地浮露出來。在她所坐的學士椅背後，立有一株很大的緋綠鄧得洛（Pilodendron）植物，此植物的大而美麗的葉直垂到她的金髮上。

『妳好嗎，淑緋亞。帕弗洛菲納，』馬亞金一面伸一隻手出來向着她的近旁步去，一面柔和地如此說。『怎樣，妳依然在我們這些窮人處，收集捐資麽？』

福瑪默然地向着她點了點頭，不曾聽見她對馬亞金的答覆，也不曾聽見他父親對馬亞金說了些什麽。那個女子也目不轉睛地望着福瑪，並且向他和藹恬然地微笑了。穿着黑色衣服的她那小孩似的姿影，與學士椅上的赤色質料幾乎相融合了，而且她那波捲的金色髮與青白的臉色，也在這黑色背景中顯映出來。在屋隅內坐在綠葉之下，她簡直像一朵花或像聖像一般。

『妳看，淑緋亞。帕弗洛菲納，他是如何地在凝視妳呀。像鷹一般咧？』伊格拉說。

她的眼睛更變細小了，頰上呈現了微紅色，她嗤的一聲大笑起來。這種笑聲，就像一個小銀鈴的玎璫之聲。她立時站起身來說道：

『我不攪擾你們了。再見罷！』

當她靜悄悄地走過福瑪身邊的時候，一陣香氣漂浮而來，並且他看清了，她的眼睛是紺碧色，眉毛則幾乎是漆黑的。

『狡猾的騙子走了，』馬亞金憤怒地目送着她的背影低聲說。

『啊，將你這回的旅行講給我們聽聽罷。你浪費了不少的錢麼？』伊格拉一面喊着，一面將他的兒子推到剛纔馬丁斯克亞所坐的那把學士椅上去。福瑪側目望着他的父親，而在另一把椅子上坐下了。

『她是一個美麗的年輕婦人吧？』馬亞金一面微笑着，一面以他那狡猾的目光去探索福瑪的心情。『假使你不斷地張着嘴望她，她就會將你內面的一切都替你食盡。』

福瑪不知何故身子起了戰慄。對於他的教父沒作答辭，他就以事務的口調向他父親敍述旅途上的事。

『等一下，等我喊他們拿點 Cognac 來。』

『他們說，父親一天到晚都是浸在酒裏的，』福瑪帶着非難的神情說。

伊格拉驚異而好奇地望了他兒子一眼便發問道：

『你與你父親講話，是這樣講的麼？』

福瑪覺得有些困惑，於是將頭垂下了。

『應當如此才好！』伊格拉和靄地如此說後，卽吩咐人去取 Cognac 來。馬亞金眨眨眼睛，望着哥蒂耶夫父子們嘆了一口氣，就向他們告辭。他在說明了請他們父子兩人傍晚時到他的苺園中去吃茶後，就揚長而去了。

『安妃霞姑母呢？』現在獨自一人與他父親在一處，福瑪感覺有些不舒快，所以如此問了。

『她到修道院去了。你現在講罷，我一面聽，一面喝Cognac。』

福瑪幾分鐘之內將事務向他父親報告完了以後，卽率直地結束他的談話說：

『我自己用了很不少的錢。』

『用了好多？』

『大約六百盧布。』

『在六星期內！這確是用得很不少。如果你是我的一個店員，那我眞屛不了你。這些錢你是在那兒浪費去了的呢？』

『我捐去了三百 Puds 的穀。』

『給誰？爲什麼捐去的呢？』

福瑪就將事件的源源本本都講給他聽了。

『嗯！很好，很好，很不錯！』伊格拉表示贊同之意。『這可以證明我們是怎樣的人。這很顯然的——是你父親的光榮——也是商號的光榮。而且也毫沒有損失，因爲這樣一行，就可以得着很好的名譽。並且這乃是，商業上最好的一種招牌。此外，你還有些什麼用項呢？』

『此外，我作了種種旁的用途。』

『明白地說罷。我並不是要問你的錢——我只要知道你在外面的行動如何。』伊格拉注意而嚴格地望着他的兒子，如此加緊地問着。

『我在外吃喝呀……飲酒呀。』福瑪並不曾讓步，他只困惑惱怒地將頭低垂着。

『你在飲 vodka 麼？』

『vodka，我也喝。』

『唉！這樣，未免太早得一點吧？』

『你問葉非門，看我從來喝醉過沒有。』

『爲什麼要問葉非門呢？你應當親自將一切事都告訴我。你在飲酒嗎？我不歡喜。』

『但是我不飲酒，也依然可以過得去。』

『夠了，夠了！你要飲點 Cognac 麼？』

福瑪望着他的父親，於是坦白地笑起來了。他的父親也答之以微笑。

『唉，你飲酒也不打緊，但是要當心——要明白你的事務。你能夠作些什麼呢？一個醉漢總要醒來纔是淸醒的，但傻子却不然。我們至少要懂得這個道理，爲你自己的慰藉。你也與女子們在一路玩麼？坦白地說！你怕我要打你嗎？』

『是。有一個女子到汽船上來的。她與我一路由柏門走到卡開。』

『如此，』伊格拉長歎一聲，縐着眉頭說：『你未免沾汚得太早了罷。』

『我已經二十歲了。父親不是曾經講過，在你那種時代中，人們十五歲就結婚了嗎？』福瑪困惑地回答他的父親。

『他們結他們的婚。算了罷，我們不談這個問題了。你與女人發生了關係，這又算得什麼大事呢？女人就正像種牛痘一樣，人一生中决不能不種的。我自己也不能假充僞善者。我比你現在還更年輕時，就開始與女子們發生糾纏的。然而你與女人們交往，就應當小心。』

伊格拉沈鬱起來了，許久緘默不言，身子一動也不動地坐着，頭低垂於胸膛之上。

『福瑪，你好好地聽着，』他嚴肅而毅然地又開始講起來了。『我是不久就要死了。我已經老了。似乎有什麼東西在我胸上壓着一般。我呼吸很困難。我會死去的。以後，我的事務就要全部落到你的肩上。最初你的教父可以幫你的忙——當心他！你在事業上開始的第一步，還十分不錯；你所支配的一切事務都很適當；你是將韁繩牢固地握在自己手中的。雖然你浪費了一大宗錢，但很顯明的，你還不曾胡鬧。惟願你以後都是如此。你應當明白：事業就是一隻活活的強猛獸；你應當有才能地操縱它；

在它上面加以強固的鑽頭，不然，它就會克服你了。努力站在你的事業之上。將你自己位置得使事業是在你的脚下，每一小釘都不能漏過你的眼瞼。』

福瑪聽着他父親的寬闊的胸膛，聆着他的沉重的聲音，自己心中想道。

「哦，你不會這快就死的！」

這種思想使福瑪感覺稍稍寬心，並且在他心中喚起了對他父親的一種柔和溫暖的感情。

『信賴你的教父。他的智慧，足夠佐理此全城。他只是缺少膽量而已。不然，他已成了很大的人物。是的，我對你講，我在世的日子已不多了。實在的，現在正是我好準備死的時候；將一切的事情拋開；去祈禱懺悔，並好好地在人間留下紀念。』

『人們會記念你的！』福瑪堅信不疑地說。

『如果人們會記念我，那只有一個原因。』

『是建築免費宿泊所那件事麽？』

伊格拉聽着他的兒子，於是開始笑起來了。

『亞可夫已經來得及將那件事都告訴你了？老吝貨！他一定說了我的壞話的。』

『說了一點。』福瑪微笑了。

『當然的！我知道他啊！』

『教父談諦起來，好像是他自己的錢一樣。』

伊格拉將身子向椅後一倒，更高聲地大笑起來。

『那個老烏鴉，唉！實在不錯。無論是他的錢或是我的錢，對於他都是一樣的。因爲這件事，他已經在戰慄了。那個禿頭漢，他懷有一種心思的。你知道是什麼心思？』

福瑪思索了一回說：

『我不知道。』

『唉，你傻得很。他想將財產聚而爲一。』

『那是什麼意思呢？』

『你猜猜看！』

福瑪凝視着他的父親——一會就猜着了。他的臉陰沈了下來，他一面從學士椅上將身子微微抬起，一面決然地說：

『不，我不願意。我不與她結婚！』

『哦？爲什麽原故呢？她是一個很強壯的女子；而且又不傻。她是他的獨生女兒。』

『還有塔拉斯呢？那個失了踪的？但是我——我一點也不願意！』

『已經失了踪的那個，就算已經完了，因此也就沒有談到他的必要。我的孩子，他已經有了一張遺囑，遺囑上寫着：「余之一切動產與不動產，盡歸諸余之女兒祿寶福」，而且事實上，她就是你教父的女兒，我們可以將此事辦理好。』

『怎樣講，都是一樣的，』福瑪堅強地說。『我不與她結婚！』

『好罷，現在談論這件事，未免早得一點！但是你爲什麽這樣不歡喜她呢？』

『我不歡喜她那種人。』

『這——樣嗎！那末，究竟怎樣的女子你纔歡喜呢，我的少爺？』

『更單純些的女子。她總是在與那些中學生一路忙，或是忙着看書。她已經是有學識的人了。她會取笑我的。』福瑪憤慨地說。

『這也是十分對的。她有些太膽大了。但那却是細微的問題。只要你肯下力，無論何種銹皆可以去得掉的。那是將來的問題。但你的教父是一個伶巧的老人，他的生活是平和而穩定的；坐在一個地方，他什麼都會想到。他的談話很值得傾聽的，因爲他對於世上的任何事的反面，都看得到。他乃是我們之間的貴族——是葉嘉德林娜女王的後裔——哈哈哈！他很淸白他自身的事。因爲他的血統被搭拉斯截斷了，所以他決定以你來代替搭拉斯的位置。現在你懂得了麼？』

『不，我寧願我自身來選擇我的位置，』福瑪頑強地說。

『你現在還傻得很。』伊格拉微笑着答覆他兒子所說的話。

他們兩人的談話，因安妃霞的囘來而被打斷了。

『福瑪，你囘來了！』她在門後的蔭處喊着。於是福瑪站起身來，臉上浮着柔和的微笑跑去迎接她。

……此後福瑪的生活，依然是緩慢地安靜而單調地向前流。依然是交易所以及他父親的訓誨。伊格拉對於他兒子的關係，仍舊是繼續那種慈愛的譏刺與勉勵的調子，但待他却比較以前嚴厲多了。每遇一點小事，也都要責駡他，並且時常提及他是怎樣寬厚地將他養育大的；他是怎樣從來不曾壓迫他，而且他從來也不曾打過他。

「別的父親對待你這樣的兒子，拿起木棒來打。但我從來指頭都不曾挨過你。」

「很明顯的我是不曾做出要遭打的事，」有一天福瑪鎮靜地如此說。

伊格拉因爲這種言語與聲調，就向他的兒子大怒起來。

「不要講得太多了！」他吼道。「因爲我手軟不打你，你就膽子大起來了。我每一個字，你都要答辯的。放小心一點；雖然我的手軟，但依然能夠扭得你的脚踵中流出泥水來的。你像菌一樣，長得太快了。剛剛出土，就已經有一種難聞的氣味了。」

「你爲什麽這樣向我發怒呢？」有時逢到伊格拉心氣和平的時候，福瑪就爲難而不悅地詢問他的父親。

「因爲當你父親責駡你的時候，你不能夠忍受。你立時就要吵鬧起來。」

『然而確是氣惱的事。我又不會比較以前更變壞了。未必我沒有看見旁的像我這大的人是如何生活嗎？』

『你的頭決不會因我駡你而落下。我駡你，是因爲我覺得，你有點地方完全不像我。這究竟是什麽，我也不明白，我只知道，是有點不同之處。而且那就是與你有害的。』

伊格拉的這些話，使他的兒子深思起來了。福瑪自身也覺得，是有一種使他與他的同年輩相區別的奇特之處，然而他也不明白這究竟是什麽。因此他也以懷疑的眼光凝視他自身了。

福瑪很歡喜到交易所去，混在那些動輒作幾千盧布之交易的莊嚴人物的談笑忙碌中。那些趕不上他那般富有的小商人，對他——百萬的富翁之子，福瑪——招呼講話時的恭敬態度，是非常諂媚他的。當他負全責任地替他父親處理了一部分事務，並且因之得着了他父親之稱贊的微笑時，他就覺得很愉快而驕傲。他心中有很大的慾望，要自己顯得是商業上的一個有手腕的人，他是——依然如他未到柏門地方去之前一樣

——他仍是一人孤獨地過活着。雖然他現今每天都可以會見與他的年齡相差不遠的商人們的兒子，但他仍不願意有特別的朋友。他們曾經不祗一次地請他與他們一同去宴樂，但他却不但粗暴而輕蔑地謝絕他們，並且還嘲笑他們說：

『危險得很。你們的父親如果知道了你們這種放蕩行爲，定會責打你們，到那時恐怕我也要分着受點責打哩。』

他所以不歡喜他們的，是因爲他們背着他們的父親度一種放蕩敗壞的生活，而且他們所用的錢，不是從他們的雙親之處盜來的，便是借的期限很長利息特高的期票。因爲這個原故他們也不歡喜福瑪，因爲他這種謹愼與反對的態度中，含有令他們惱怒的傲氣。他很懼怯不敢與那些比他年紀較長的人談話，因爲他怕自身在那些人眼前，會現得呆板愚笨。

他時常想起了柏納革亞。最初每當她的姿影在他想像中浮現出來的時候，他就感覺得悲愁。然而時間過久了，這婦人的明顯之色也就日漸消逝去；而且他還不曾覺察這種事實的時候，他的心思已經被那個苗條天使似的馬丁斯克亞佔據了。她幾乎每逢星期日都到伊格拉家中來討論種種事件，但這些討論之中大約只有一個目的——卽是催促迅卽動工建築碇泊所的事。每在她面前的時候，福瑪就感覺笨拙，龐大，苦重。這種感覺令他非常難過，而且在淑緋亞．帕弗洛菲納的大眼睛中所射出的示愛的視線之下，他的滿臉就立時漲紅了。他覺察了，每一次當她注視他的時候，她的眼睛就變得更黑，輕微地將那震顫着的上唇提起，於是露出了潔白的小牙齒。這種情形時常使他起了恐怖。他父親看見了他那般目不轉睛地凝看着馬丁斯克亞，於是他有一日就對福瑪說道：

『不要那般太過於凝視那個面孔了。要當心，她好像赤陽的餘燼一般：從外面看起來，是那般溫順，平滑而黯黑——全然是冰冷的——然而如果你把它拿在手中，就會燒傷你的手。』

馬丁斯克亞並不曾引起這青年的肉感的衝動，因爲她毫沒有像帕納革亞之處，而且也全然不像旁的女子。他知道關於她，外面已有了種種可恥的謠言，但他却完全不相信那是眞實的。有一天，他看見了她與一個戴灰色帽子長髮披滿兩肩的肥壯男子並肩坐在一輛馬車之內。從這以後，他對於她的看法就改變了。這個男子的臉就像魚泡一般——紅而脹腫着的；他沒有口髭也沒有頤鬚，而且他很像一個化爲男裝的女子。福瑪聽人講，這就是她的丈夫。以後他心中卽起了陰晴而矛盾的感覺：他覺得要侮辱那個建築技師，同時他又嫉妒他尊敬他。現在他感覺得馬丁斯克亞沒有以前那般美麗，但是易於接近些；他開始替她感覺難過，但他依然懷着惡意想道：

「當他親吻她的時候，她定是感覺很厭惡的。」

在此一切之外，他有時感覺得在他內面，有一種深得不知淵底而抑壓的空虛，這種空虛什麼也不能將它塡滿——無論是每日中的印象，或過去的回憶；而且交易所，他父親的事務，他對於馬丁斯克亞的種種考慮——全都爲這種空虛所吞噬了。這使福瑪很恐怖。因爲在此空虛之黑暗的淵底，他揣摩着是有一種尙是無形，但是已經在小心地繼續努力變成一具有形體的反抗力隱匿着的。

同時，伊格拉在外觀上很少改變，但是更變得不休息而焦燥，並且更是不斷地訴說他失掉了健康。

『我夜晚睡不着了，以往我是睡得多麼酣甜，人將我的皮剝了我都不會知道的。但是於今，我睡在床上由這邊翻身到那邊，由那邊翻身到這邊，直鬧到天明纔睡得一下。而且不時又會醒來。我的心臟跳得一點也不勻整，現在雖然很疲倦，但總是這樣特克——特克——特克地跳。有時它突然停止了——好像它不久就會破裂而落到胸的深處什麼地方似的。哦，上帝，願你發慈悲憐恤我罷。』彷彿懺悔似地歎息了一聲，他就將他那而今變昏花了的一對莊嚴的眼睛望着天上。這對眼睛現在已經失掉了它們的亮而閃灼之光了。

『死就在我身邊什麼地方守着我的，』有一天他憤怒而愁鬱地說。這實在是眞實的，不久死卽將他那大而強壯的身軀壓倒於地下了。

這件事是在八月間的一天清晨發生的。福瑪尙睡得正酣的時候，突然覺得有什麼人在搖他的肩膊，並且有一種嗄聲在他耳上喊道：

『起來。』

他將眼睛睜開，就看見了他父親坐在他床邊的一把椅子上，一種呆鈍的聲音單調地反覆說：

『起來，起來。』

此時太陽剛昇起來，落在伊格拉的白色亞麻布襯衫上的陽光，尚未失掉它的薔薇色。

『還很早哩，』福瑪一面伸懶腰一面說。

『嗯，你以後再慢慢地睡罷。』

福瑪一面懶洋洋地將毯子裹着身子，一面問道：

『你叫我起來有什麼事呢？』

『我的孩子，我請你起來可以麼？』伊格拉喊道，並且稍有幾分惱怒地又加一句說：『我來喊醒你，當然是有事。』

當福瑪逼近些注視他父親的時候，他看出了他是臉色灰白而很疲憊似的。

『你身體不舒適麼？』

『稍有一點。』

『要請一個醫生來看看麼？』

『見鬼！』伊格拉搖着手。『我已經不是年輕人了。沒有他，我自己都是明白的。』

『什麼呀？』

『哦，我知道！』老年人神祕似地說着，將室內奇妙地環望了一眼。福瑪在穿衣服，他的父親將頭低垂着緩緩地說：

『我很怕呼吸。我覺得，好像如果我深深地一呼吸，我的心臟就會破裂的。今天是星期日！早上的彌撒完了以後，就打發人去請牧師來。』

『爸爸，你在講些什麼？』福瑪微笑了。

『沒有什麼。你洗好了臉，就到庭園中去。我已經吩咐他們將燒茶缸拿到那兒去了。我們要在清晨的涼爽空氣中飲茶。我現在很想飲濃而熱的茶。你快些呀。』

老年人很困難地由椅上立起身來，腰彎着跣着足，以蹣跚的步伐走出房外去了。福瑪目送着他的父親，一種射擊似的恐怖之惡寒使他的心臟收縮起來了，他趕緊洗好丁臉，就慌忙忙地跑到庭園中去了。

在庭園中的一株老而繁茂的蘋果樹下，伊格拉已安坐在一把擲木的學士椅上了。日光透過樹枝成細條紋，映在裹於寢衣中的老年人的白色姿影上。庭園中是這般寂靜無聲，福瑪的衣服偶然觸着枝葉而發出的沙沙之音，老年人也覺得是很大的聲音而因之起了戰慄。他父親面前的棹子上所放置的燒茶缸，像一隻食得飽飽的貓一樣發出嗚嗚之聲，並且向着空氣中放出一陣陣的蒸氣。在此因前夜的大雨所洗淨的新鮮的綠色與寂靜之中，這個亮閃閃騷嚷嚷的黃銅器之暢快的景象，福瑪覺得是不需要的，是與此時此地都不相適合的——而且與他一見那個孤獨地坐於那有紅蘋果設羞似地向下窺望的默然，無動靜，暗綠色的枝葉之下，穿白色衣服腰彎的病老人時，所起的感覺，也是不相適合的。

『你坐下罷，』伊格拉說。

『我們應當請一個醫生來，』福瑪一面在他父親對面坐下，一面躊躇地說。

『不需得。到戶外來了，稍覺好得一點。現在我飲點茶，恐怕會更好些。』伊格拉一面說，一面將茶注到杯內，但福瑪看出茶壺在他手中顫搖得很。

『喝罷。』

默然地將杯子移近身邊來，福瑪把頭彎下將茶面上的泡沫吹散。使他心中很難過的，他聽見了他父親的大聲而苦重的呼吸。突然之間，有什麼物件猛然打在棹子上，以致棹上的器皿都開始刮辣刮辣地震響起來了。

福瑪打了一個寒噤。他將頭揚起來，正與他父親的吃驚得幾乎失了威儀的視線相會合了。伊格拉凝視着他的兒子，一面啞聲地說：

『一個蘋果落下來了，這樣大的聲音！好像礮的響聲一樣。』

『你的茶裏面要不要加上一點 Cognac？』福瑪提議道。

『不要，像現在這樣很好。』

兩人沈默起來了。一羣黃鶯由庭園中飛過，在空中散滿了激蕩愉快的呢喃聲。不一會，庭園中的成實的美又浴於嚴肅的寂靜中了。伊格拉眼中的恐怖神色尚未去掉。

『哦，上帝，耶穌基督！』他一面畫了一個十字，一面低聲說。『是的。到了

——我生涯中的最後的時刻了。』

『爸爸，不要說了！』福瑪細聲說。

『爲什麼不要說呢？我們喫完了茶，就要打發人去請牧師與馬亞金來。』

『我想現在就要請他們來纔好。』

『一下就要敲鐘做彌撒了——牧師不會在家的——而且也不須得這樣趕忙，我一下就會好，也不可知。』

他毫無聲響地開始由茶碟中啜着茶。

『我還想多活一兩年。你現在尙年輕，並且我很爲你躭心的。你要正直而堅定地生活着；不要貪求別人的東西，要用意照料你自己的所有。』

他講起話來非常困難，不時地停頓着用他的手擦摩胸部。

『不要依賴人——也不要過於斯望旁的人。我們活着，是爲取，並不是爲給的。哦，上帝！憐憫有罪的人罷！』

從遙遙的遠方所傳來的沈重鐘聲，突破了清晨的靜寂。伊格拉與福瑪都在自己身在最初一個鐘聲之後，又來了第二個，接連着又是第三個，不久空氣中就充滿了四面八方傳來的各寺院中的飄蕩，有節拍而高鳴的鐘聲。

『呀，他們在敲鐘做彌撒了，』伊格拉傾聽着金屬鐘聲之鳴喚如此說。『你由鐘聲能夠辨別得出它是何處的寺鐘麼？』

『分辨不出來，』福瑪回答說。

『你聽。現在的這一個鐘聲——你聽着了吧？低沈聲音的——這乃是尼可拉教堂的鐘。是彼得・米得利文・非亞錦所奉納的。……這一個，這個嗄聲的——乃是普拉斯克法・皮亞特里查寺院的鐘。』

充滿了鐘聲的空氣中，因為鐘聲之音波而震蕩着。這些鐘聲在那爽明的青空中，也漸次消逝去了。福瑪深思地注視他父親的面孔，看出了他眼中的恐怖已經消失了，而且現在眼睛更變明亮了些。

但突然之間，老人的臉色變得緋紅，眼睛擴大而要從眼窠中躍出，口可怕地張得分外大，從口中發出一種奇特的嘶嘶之聲：

『F—F—A—A—CH。』

伊格拉的頭立時向後垂落到肩上去了，他的沈重的身軀，也慢慢由椅中滑到地上去，好像大地在威逼着把他向下拖一樣。福瑪一時沈默着不敢動彈，但不一會，他就跑到伊格拉身旁，從地上將他的頭抬起來，緊緊地望着他的臉上。伊格拉的面部黑而毫無動靜，睜得很大的眼睛，其中什麼表情也沒有——無論是痛苦，恐怖，或快樂，福瑪向四周環望了一次。正如先前一樣，誰也不在庭園中，只有佘寺的鐘聲之餘韻尚在空中鳴盪。福瑪的手開始戰慄起來，他將他父親的頭放掉，於是頭就沈重地落於地上去了。黑而濃的血開始成一細長的溝流，由他那大張着的口中，流過他的青頰上。

福瑪跪在死屍前，兩手捶着胸，嚎啕大哭起來。他因恐怖而戰慄，他的眼睛像狂人般地在庭園的青綠中找尋什麼人。

四

他父親的死使𠊎瑪變得昏沈沈的了，並且也使他心中充滿了一種莫名其妙的感覺；寂靜注入了他的心靈中——一種將生活之一切影響盡默然吞噬了的痛苦的不能動彈的寂靜。各種熟識的人在他四周忙亂着；他們出現了，消逝了，對他講些什麽——他的答覆是不按時的，而且他們的談話，不能夠引起他的想像，只毫不留跡地沈溺於充滿他心靈的死一般的寂靜之無底的深淵中。他不哭泣，也不悲傷，也不思考什麽。臉色蒼白而陰鬱，眉頭深鎖着，他細心地傾聽這種寂靜。這寂靜已將他的一切感情，全都驅逐出去了，使他的心臟麻木了，並且牢困地握住了他的頭腦。他只覺得他全身上都有一種完全關乎肉體上的重壓之感，特別是在胸部。而且他又覺得無論何時都是傍晚，即使太陽是正高照在天空之時，也是如此——他覺得地上的一切都是黑暗而憂鬱的。

葬儀全是馬亞金一人料理。他慌忙急促地滿屋忙亂，長靴的後跟不斷地發出皪皪的鳴聲；他滿持權威地呼吼家中的用人，並拍着福瑪的肩頭安慰他說：

『你為什麼呆如木雞了呢？大聲呼嚎出來，你就覺得鬆爽些的。你的父親已經老了——身體上老了。什麼人都得要死一回，這是逃不脫的——所以你也不應當太早就失知覺了。你不能夠用你的憂愁使他再活轉來，而且你的悲傷，對於他，是毫無用處的。俗語說得好：「靈魂被可怖的天使由肉體中奪去了的時候，靈魂就將一切親戚與熟識的人盡都忘掉了」。所以現在無論你是哭或笑，這對於你的父親都不會發生什麼影響的，但活者應該為活者計。你頂好是哭出聲來，因為這乃是人情之常，並也可以使你的心感覺輕鬆些。』

這些話語在福瑪的頭腦中或是心中，皆不曾惹起何種反響。然而他在葬式舉行的那一天，就回復了自己的意識了。這全賴他教父的毅力，因為他想盡各種巧妙的方法慇勤地要使他那沈憂的心靈甦醒過來。

葬式舉行的那一月的天氣，滿天都是陰雲愁慘的。在濛濛的埃塵之中，一大羣人蜿蜒着像一條黑緞帶一樣隨着哥蒂耶夫的靈柩之後。此處彼處閃灼着牧師們的法衣上的金光，羣衆中的緩慢行動，正與由主教的歌詩班後合成的歌隊中發出來的莊嚴音樂相調和了。福瑪被人們由後而擁擠來由旁邊擁擠來；他走着，但除了他父親的灰白頭以外，什麼也不曾映入他的眼簾。憂鬱的合唱聲，像悲愁的回音似的，在他心中返響着。在他旁邊走着的馬亞金，不斷地討厭地對着他的耳朵低語：

「你看，好多人呀——上千的人！知事也親身來送你的父親到禮拜堂裏去，市長也來了，而且差不多全市議會中的人都來了。在你背後——你只掉過頭去看看！淑緋亞・帕弗洛菲納也在那兒。全鎮都向伊格拉致敬。」

最初福瑪不曾傾聽他教父的耳語，但當他提出了馬丁斯克亞的時候，他不自覺地將頭向後一掉，於是就看見了知事。當他一瞥見了這個重要人物時，就有幾滴愉快之感落到他心上來了。知事肩上斜掛着亮顏色的緞帶，胸前掛着勳章，他那嚴肅的臉上帶着憂愁的表情，如此地隨着靈柩之後踱步而前。

『此靈魂今日所行之道，是有福的，』亞可夫·塔拉數鞢支一面動着鼻子，一面低聲如此歌唱着，不一會他又開始向他教子耳旁低語道：

『七萬五千盧布值得到這多人來陪送。你聽着沒有，淑嘉已在準備十五號行奠基禮？正是你父親死後的四十日忌之時。』

福瑪又掉過頭去，他的視線正與馬丁斯克亞的視線相會合了。望見了她那種愛撫的視線時，他深深地歎了一口氣。好像有一條溫暖的光線射入了他的心靈內，在其中融化了什麼似的，他立時感覺輕鬆多了。由此時此地想來，他覺得時常掉轉頭去張望是與他很不合宜的。

在禮拜堂內的時候，福瑪的頭開始痛起來了，他感覺得他四周以及他脚下的一切都在搖動。在充滿了塵埃與人們的呼吸以及焚香的煙務的窒息空氣中，蠟燭的火焰畏怯似地發着抖。耶穌的溫柔的肖像，從那大的神龕中向下望着他，反映在救世主額上的冠冕上的變汚暗了的黃金上之蠟燭的火焰，使他想起了滴滴的鮮血。

福瑪的清醒過來了的心靈，貪婪的浸沉於這彌撒的嚴肅而陰鬱的詩內。當『來，讓我們給他最後的一吻』這一句打動人心靈的語句唸出來了的時候，一聲高朗而沈痛的慟哭聲由福瑪胸中迸裂出來了，在禮拜堂內的羣衆，都被這悲慟的呼聲所激動。

這樣大嚎了一聲，福瑪的脚即搖搖地不能站着了。他的教父立時挽住他的臂膀，一面開始將他向着靈柩前推去，一面高聲而帶幾分怒意地唱着：

『與最後和我們同在的故人接吻罷。吻罷，福瑪，親吻他——他是要被放在石頭覆蔽着的墳墓中去……他是要被安置於黑闇中與死者同葬。』

福瑪用嘴唇接觸了他父親的額，即恐怖地由棺材前速急的向後退。

『安靜一點罷！你幾乎將我都摔倒了，』瑪亞金低聲地提醒他，而且這兩句簡單恬靜的話，比較他教父的手還更能支持他些。

『望着無聲音，無氣息地橫在你們面前的我，請你們爲我哀哭罷，弟兄們與朋友們！』伊格拉藉教會的口如此請求着。然而他的兒子現在已經沒有哭泣了；因爲他父親的黑而膨脹着的臉引起了他的恐怖，這種恐怖將他那因教會對於其有罪之子而發出的哀悼的音樂所沈醉了的靈魂，喚醒了幾分。他被熟識的人們環繞住了，他們都親切地安慰他，他也傾聽他們的慰辭，並且懂得了他們都爲他感覺難過，而且他對於他們也變得很貴重了。他的教父對着他的耳朶低語道：

『你看，他們衆人是如何地諂媚你。貓兒也嗅着油味了。』

福瑪很不歡喜聽這種話。然而這兩句話是與他有益的，因爲它們激起了他的思考。

到了墓地，當人們爲伊格拉歌唱永遠的紀念之時，他又大聲悲慟地號哭起來。

於是他的教父立時將他的臂膀握住，一面領着他離開墓地，一面懇懇地對他講道：

『你怎麼是這樣一個心靈軟弱的人！未必我不難過麼？我知道他的眞價値，但你只不過是他的兒子而已。然而我尙沒有哭泣。我與他三十多年在一起是十分情投意合的——我們一起談了多少，思考了多少，飲了多少痛苦之杯。你還年輕得很；還沒到你悲慟的時候！你的生活是擺在你面前的，你將來各種類的朋友多得很。但我已經老了；現在我將我唯一的朋友埋葬了，我就是孤零零的一人。我再也不能夠得着一個共心腹的朋友了！』

老年人的聲音開始奇怪地戰慄而發出唉唉的聲音來了。他的臉歪着，嘴唇斜張成了一個大縐而而戰慄着，從他那細小的眼睛內，淚珠不斷地流到他臉上現著的緊縮着的縐紋中。他的樣子是這般可憐，這般失了常態，於是福瑪立時站住，以一則強者似的溫柔將他教父的身體抱住而恐怖地喊道：

『不要哭，我的教父！呀……你哭不得的。』

『你這樣纔是對的！』馬亞金微弱地說着深深地嘆了一口氣，而且轉眼之間，他又變成了一個穩重聰明的老人了。

『你也不應當哭泣，』他一面神祕地說着，一面就與他的教子並着肩在馬車中坐下了。『你現在就是前線上的總指揮，你應當勇敢地指揮你的兵士。你的兵士就是盧布，而且你有很不少的這種兵士。你要不間斷地作戰！』

福瑪一面因他這種迅速的變化吃驚，一面傾聽着他的談話。然而不知何故，這些話使他想　了人們向着墓穴中投在伊格拉棺材之上的土塊了。

『叫我對什麼人作戰呢？』福瑪歎息了一聲問。

『那我要指教你的！你的父親對你講過沒有，我是一個聰明的老年人，你應當聽我的話的？』

『他講過的。』

『那末，你就應當聽我的話！如果我的頭腦加在你那青年的張力上，定可以得着大勝利。你父親是一個偉大的人，但他的眼光却看得不遠，而且他不能夠聽用我的忠告。他在世上所以能夠成功的，並不是因爲他的頭腦，而乃是因爲他的意氣。哦，你將來會成功一個怎樣的人呢？你頂好　到我家裏去住罷，因爲在你家中，你會感覺寂寞的。』

『還有姑母在那兒。』

『姑母嗎？她是病着的。而且她也活不得好久了。』

『不要講這種事罷，』福瑪低聲請求着。

『我定要講。你何須得要怕死——你又不是烘爐上快要死的老婦人哩。要大膽地生活着，做任命自己所做的事。人類的使命，乃是要建設地上的生活。人就是資本

——好像盧布一樣　是由 Groshes 與 CoPecks 等小銅錢集合而成的。正如人們所說的，是由塵土而造成的；雖然他是與世界有關係的，但他吸取脂肪與油汗與眼淚——靈魂與智慧在他內面形成出來。由此，他就開始向上或向下生長。有時你看見他的價值只值得一 Grosh，有時又值得十五個銀哥貝路。有時值一百盧布，並且有時是超過一切價值之上的。他在世間活動着，因爲對於世界是不能不給利息的。世界對於我們任何人的價值，都是知道的，而且在時間未到以前，決不會阻止我們的進路。我的孩子，無論何人，只要他是聰明的，決不得爲自己的損害而勞働。而且世間已經集蓄了不少的智慧。你在聽沒有？』

『我在聽。』

『你懂得些什麼呢？』

『我什麼都懂得。』

『恐怕你是在撒謊吧？』馬亞金懷疑着說。

『然而我們爲什麼不能不死呢？』爾瑪低聲問。

馬亞金假惺惺地望着他臉上，大聲吸了吸嘴唇說道：

『聰明人決不會問出這樣的問題來。聰明人自己知道，如果是一條河，那末一定會流往什麼地方去的，若是只停滯在一個地方，那定是沼澤無疑了。』

『你簡直是任意揶揄我，』福瑪嚴格地說。『海水却不見流往什麼地方去。』

『海容納一切的河水，因之海中不時就有駭人的大風浪掀起來。人生之海中，因爲人的所爲也有大浪掀起……死却將人生之水更新，使它不至於腐敗。無論有多少人死，但人的數目是永在增加的。』

『這有什麼意思呢？無論怎樣說，我父親是已經死去了。』

『你也要死去的。』

『那末，人的數目是在增加的，我與這種事實有什麼關係呢？』福瑪慘淡地微笑了。

『唉，嘿，嘿！』馬亞金歎息了。『實在的，那與我們毫無關係。恐怕你的褲子，也會與此同樣思考道：「無論世間上有多少種質料，但這種事實與我們有什麼關係呢？」然而你決不會注意這些話——你只將它們穿舊了，摔掉就完事了。』

福瑪非難似地望着他的教父，看出了那個老頭子在微笑。因之他驚呆了，於是他就恭敬地詢問說：

『教父，是眞的你不懼怕死麼？』

『我最懼怕的乃是愚笨，我的孩子，』馬亞金穩靜而帶譏刺地說『。依我的意見，如果是傻子給你以蜜，唾棄了牠好了，如果是聰明人給你以毒物，飲了牠好了！我告訴你，如果鱸魚不曾將刺豎立起來，是不足以恐怕的。』

老人的譏刺的言語，使福瑪不悅而憤怒起來了。他將臉轉過去說道：

『假使不用這種閃避的語言，你就永談不成話了。』

『我談不成！』馬亞金喊道，他的眼睛開始失驚地閃着。『各人只有用各人所有的舌來講話。看起來我很頑固吧？我是如此麼？』

福瑪沒作聲。

『唉，你……應當明白這種道理——教誨你的，總是眞愛你的人。論到死的問題，不想頂好。我的孩子，活着的人思考死，那是無思意得很。傳道書之著者所羅門對於死的問題，比較任何人都考慮得深些。結局他說，活着的狗強於死獅。」

他們到家了。房子前面的街道上，停滿了馬車，從敞開的窗中，洩出高朗的談話聲。福瑪走入大廳的時候，即有人握住他的膀臂，將他挽至食桌前，勉強要他吃喝。大廳中像市場一樣地騷擾，十分擁擠而窒息。福瑪默然地飲了一杯 Vodka，又飲第二杯，飲第三杯。在他的四周，人們大聲嚼食大聲啜着嘴；Vodka 由瓶中嘓嘓流出，酒盃碰着玎璫地響。人們談論乾鱘魚的事，談論主教的合唱隊中之獨唱者的低音的事，不久復談到乾鱘魚的事。他們說，市長本欲講述一段弔辭，但是在主教講了以後，他卻不敢幹了，因爲他恐怕他所講述的，趕不上主教的。有一個人很帶銜勁地說：

「死者每歡喜這樣做——他切下一薄片鮭魚肉來，厚厚地撒上胡椒以後，即蓋上另一薄片鮭魚肉，於是在飲下一杯酒後，即立時將它嚥下。」

「讓我們照他的樣子做罷，」一個沈濁的低音吼起來了。

福瑪非常氣憤，他皺着眉頭望着那個正在叫嚼美味食品的人的顎與厚嘴脣。他依不得大聲哭起來，並將這些人趕出去，雖然他們的莊嚴的態度，在一會兒之前使他對他們滿抱尊敬之念。

『你應當稍放和氣一點，稍放社交一點，』馬亞金走近他身旁來低聲說。

『他們爲什麼在此地狼吞虎嚥擾鬧呢？這豈是一家酒店麼？』福瑪怒氣沖沖地喊。

『不要講了，』馬亞金驚慌地抑止他，並又滿臉堆出笑容來即忙掉過頭去向四周望了一望。

但是已經太遲了，他的笑容毫不能發生效力。衆人都已經聽着了福瑪所說出來的話，座中的騷擾與話聲全靜息下去了，有些客人開始慌忙地準備囘家，有些客人則氣憤憤地蹙着眉，將手中的刀叉放下離開了食棹。一切的人都是橫目地望着福瑪。

福瑪則默然而憤怒，眼也不低一下地迎着這些視線。

『請各位都就席罷！』馬亞金好像餘燼在灰中似地在衆人中間目光閃灼着如此叫喊。『望各位都請坐！即刻就要上煎餅來的。』

孋瑪一面聳着肩向着門那方走去，一面高聲說道：

「我不吃了。」

孋瑪聽着了，在他背後起了一陣充滿敵意的隆隆之聲，以及他教父的那種諂媚人的發音在向一個人說：

「是因爲憂愁的原故。伊格拉之於他，同時是他的父親也是他的母親。」

孋瑪走到庭園中，在他父親斷氣的地方又坐下了。孤寂與憂愁之感壓住了他的心胸。他將襯衫上的衣領解開，使呼吸舒鬆些，將兩肱靠在棹上，頭緊緊地抱於兩手之間，一動也不動地坐着。這時正是細雨霏霏，雨點滴在蘋果樹的葉上發出悲愁的沙沙之音。他坐在那兒許久都不曾動彈，只凝視着細小的點滴由蘋果樹上滴落下來。他因飲了Vodka之故，頭很沈重，並且在他心上對人類抱的怨憤之感亦在增加。一種漠然的感念在他內而時現時消；在他眼前則有長着一圈銀髮的教父的禿頭，與他那好像古舊聖像似的陰沈的臉閃現着。這個無齒而帶有惡意的微笑的面孔，使孋瑪一想起來卽感着憤恨與恐怖，並且更增加他孤寂的自覺。以後他憶及了馬丁斯克亞的和緻的眼睛，與她那小巧婀娜的身材；而且在她身旁又現出了那個身高而強壯滿面紅精的祿督爾•馬亞金，她此時垂着一條大的淺金黃色的髮辮，眼中還含着微笑的。『不要依賴人，也不要過於期望旁的人。』——他父親的言語開始在他的記憶中振響起來了。他沈憂地歎息，又向着四周環視了一回。樹葉因雨滴而搖動，空氣中充滿了淒寂的響聲。灰色的天空好像哀泣一般，樹枝上的冷淚起了震戰。福瑪的心靈枯涸而瑠璘充滿了孤兒的悲痛之感。但是由這種感情之中，就產出了以下的這一個疑問：

『我現在孤零零地怎樣過活呢？』

雨淋濕了他的衣衫。當他感覺得自己身上已因寒冷起了戰慄的時候，他纔立起身來走入室內去了。

生活上的種種問題由各方面來牽曳着他，使他不能一心思念他父親而爲他悲哀。在伊格拉死後的第四十天，福瑪卽穿着亮色衣服，心中很舒快地去參加宿泊所的奠基禮。在此前一日的時候，馬丁斯克亞已用書面通知了福瑪，說他已被選爲建築監視委員之一，而且也被選爲她所主持的那個協會中之一名名譽會員。這件事使他很歡悅，而且想到他今天要在寬非礮中所要演的一役，他就非常興奮。在去的馬車上的時候，他就思考着一切的事應怎樣進行，他應怎樣行動，方在衆人之前不至困惑住了。

『唯，唯！停一下！』

福瑪將頭掉過去一望——馬亞金正從步道上趕急地向着他這方走。他穿着一件長及脚踵的通常禮服，戴一頂高帽子，手中拿一把大洋傘。

『啊，讓我乘上去，』老年人一面像猴子一樣很靈巧地跳上了馬車，一面如此說着。『說老實話，我是在等你。我想到是你應該起身的時候了，所以我四面張望。』

『你也是到那兒去的麽？』福瑪問道。

『當然的！我應當看看他們如何將我朋友的錢埋在地下。』

福瑪斜着眼睛望望他而沒有作聲。

『你爲什麽向着我皺眉頭呢？不要躭心，你也會成爲人們之中的一位慈善家。』

『這是什麽意義呢？』福瑪有城府地詢問着。

『今天早上我讀新聞紙，知道了你已被選爲建築監察委員之一，而且也被選爲淑緋茁內協會中之一名名譽會員。」

「是有這回事。」

「做這種會員，就是要蠶食到你腰包中去的意義！」馬亞金歎息了。

「那決不會使我破產。」

「那種事我不知道，」老年人胸懷惡意地說。「我所以多談這件事的，因爲這種慈善事業是非常無大意義的……而且我倘完全不稱它是一種事業，只不過是有害的謬妄而已。」

「未必濟助人還算是有害的事麽？」福瑪激烈地問。

「唉，你這樣呆頭呆腦！」馬亞金微笑着說。「你頂好是到我家裏去，關於這種事我來打開你的眼睛。我應當指教你！你來麽？」

「好罷，我來！」福瑪回答說。

「你來罷。而且當行此奠基禮的時候，你自己要特別放出威儀的樣子來。要站得令一切的人都能向你注目。假使我不講給你聽，你或者會將你自己藏在別人背後也未可知』。

『爲什麼我要藏起來呢？』福瑪很不悅地問。

『這正是我所要說的，你毫沒有要藏起來的道理。因爲錢是你父親捐的，你以繼承人而擔此名譽。名譽正是與金錢一樣的。一個商人有了名譽，他無論在何處都可以得着信用，而且無論在何處都有一條路開給他的。所以你應當站上前，使一切的人都可以望得見你，而且如果你做了值五個哥貝咯的事，你就可以得着一盧布的報酬。如果你將你自己藏起來——那末除了愚笨而外什麼也沒有。』

他們到了目的地。一些重要人物都已齊集了，不少的人羣圍着材木，磚塊，與土泥之堆環立着。主教，知事，鎮上貴族們的代表，行政官，與那些服裝華麗奪目的夫人小姐們湊成了一個大而漂亮的圈子，凝視着正在準備磚塊與石灰的兩個石匠。馬亞金與他的教子向着這一團人所在的地方走來。此時馬亞金對福瑪低聲說：

『不要懼怯，這些人省着肚子來這樣穿綢掘緞。』

他在未招呼主教之先，就以恭敬而愉快的聲調先與知事致敬。其後他就向着主教說道：

『閣下好嗎？願你祝福我，主教！』

『啊。亞可夫．搭拉数𡡉支！』知事一面緊握着馬亞金的手振搖着，一面臉上浮出親切的微笑如此說。但是正在此時，老人卻正在親吻主教的手。

『你好嗎？不死的老人？』

『托庇得很，大人！我問候溆緋亞．帕弗洛非納！』馬亞金講話講得很快，好像獨樂一樣在衆人之中旋轉着。頃刻之間，他已來得及與判事長、檢事、市長——總之，與他所想到凡是不能不首先招呼的那些人，都握了手。然而這種人物卻也不多。他說笑話並微笑着，而且立時已將一切人的注意都引到他那矮小的身體上去了。福瑪將頭低垂着站在他背後，斜着眼睛望着那些穿着綴金的重價衣服的人們。他很羨慕來這老人的機敏，但他自己卻落膽得很，並且一覺得了自己已經落膽了，他就愈膽怯起來。這時馬亞金拉着他的手，將他向着他身旁拖。

『大人，這乃是我的教子福瑪。是已故的伊格拉的獨生兒子。』

『唉！』知事低聲說，『我很樂於得見你。對於你的不幸，我是很與你表同情的，青年！』他與福瑪握着手說。稍沈默了一會，他又決然而肯定地附言道：『一個人喪失了父親乃是一種非常痛苦的不幸。』

大約等了兩分鐘候福瑪的答覆，他就將臉轉過去了，賞識似地招呼馬亞金道：

『我很佩服你昨天在市會中的那一篇演講—美麗而機警，亞可夫．搭拉數蘇文。將錢提爲此公共俱樂部用是與民衆的需要不相合的。』

『而且，大人，小小的一點資本，使市本身就不得不拿出自己的錢　津貼。』

『完全對的！完全對的！』

『禁酒，我說是很好的！惟願所有的人都禁酒！我也不飲酒。然而，人民一字不識，這些設施——圖書館以及這一切有什麼用處呢？』

知事贊同似的表示同意。

『所以我說，頂好是將這筆款項作爲工業學校的費用。如果以小規模來辦，這些錢已可以夠用。假使不足，我們可以從聖彼得堡那方面再要一點——他們定肯給我們的。這末一來，而本身就不須得自己拿錢出來津貼，而且全部事業也都更有意義。」

「正是如此！我滿心同意你。但自由主義者們又是如何地向着你呼吼呀！唉？嘿嘿！」

「向人呼吼，那是他們常幹的事。」

禮拜堂內副主教的重咳聲，宣明了神聖的儀式要開始了。

淑緋亞・帕弗洛菲納走到福瑪而前來與他打招呼，並以帶悲而低沈的聲調向他說道：

「在舉行葬式的那一天，我看着你的臉，我的心都痛了。哦，天哪，我想，他是怎樣痛苦呀！」

福瑪聽着她講話，他感覺得自身好似在飲甘蜜一般。

「你那時的哭聲，竟震動了我的心靈，我可憐的孩子！我可以對着你這樣講話，因爲我已經是一個老太婆了。」

「妳嗎！」福瑪柔和地說。

「未必不是的嗎？」她天眞的樣子凝視他臉上問。

磊瑪沒作聲。他的頭已垂於胸膛上去了。

「你不相信我是一個老婦人了嗎？」

「我相信妳；我相信妳所說的一切話，但只有這件事不是眞實的！」磊瑪低聲而含情地說。

「什麼事不是眞實的呢？你相信我什麼呢？」

「不！不是這，是那。我——諒恕我！我不得說！」磊瑪沈鬱地說。因爲困惑，他滿臉漲得通紅。「我是無學問的。」

「你不須得注意那種事，」馬丁斯克亞庇護似地說。「你還這樣年輕，教育是任何人都可以接近的。有些人，教育對於他，不但只是不需要，而且反與他有損害。即是心地純潔，懇摯而誠實，像小孩子那樣的人……你就是其中之一。你是的，對麼？」

呼磊瑪對於這種質問怎樣答覆呢？他誠懇地說道：

「我非常感激妳！」

看出了他這句話使馬丁斯克亞的眼中起了一種愉快的閃耀，福瑪便感覺得自己很滑稽而愚笨，於是他立時向着自己大怒起來，而以含糊不清的聲音說道：

「是的，我是如此。我總是將我心中所想的說出來。我不會撒謊。如果我覺得有什麽事好笑，我就顯然地笑出來。我是愚笨的人！」

「有什麽使你說出這種話來了？」那婦人責難似地說。她一面整理衣服，一面突然地撫摸了福瑪握着帽子的那隻手。如此福瑪的兩眼便移到淑緋亞的手上，他愉快而困惑地微笑了。

「午餐，你是一定會到的麽？」馬丁斯克亞問。

「是。」

「還有明日在我家中的集會呢？」

「我一定來的！」

「而且無論何時，你都可以隨便來玩玩，你可以麽？」

「我——我感謝你！我要來的！」

「我應當感謝你的承諾。」

他們兩人默然了。主教的敬虔而柔和的聲音正在空氣中漂蕩。這時主教用一隻手向着屋角基石所安放的地方伸着，有語勢地大聲唸新祈禱文：

「惟願它不遭風狂，水患以及其他任何損害，在主的恩惠之下得以完成。並求保佑凡要在此居住的人們，脫離一切誹謗。」

「我們的祈禱文是多麼充裕而美麗呀！你說是的麼？」馬丁斯克亞詢問道。

「是的，」福瑪還不曾懂透她所說的話，並且感覺得他自己的臉又漲紅了，所以只這樣簡單地說。

「他們對於我們的商業上之利害關係總是反對者，」馬亞金離福瑪不遠站在市長旁邊高談而辯服似地如此喝喝着。「這對於他們算得什麼呢？他們一切所要的，只不過是為求得新聞紙上而贊賞而已。但他們不能夠達到主要點。他們活着只不過是為誇耀而已；並不是為生活之建設。他們唯一的尺度就是新聞紙與瑞典而已！（馬亞金所稱的瑞典（指的是瑞士）論到這瑞典，某博士昨天一整天都以這來奚落我。在瑞典，他說，公共教育以及一切的事都是列在第一！然而瑞典究竟是什麼呢？恐怕瑞典只不過是一虛構而已，只是用爲一個引例的……北實那兒什麼教育以及其他旁的東西都是沒有的也未可知。而且我們也不是爲瑞典的原故而生存着的，所以不可以拿瑞典來試驗我們。我們是應當依據我們自己的標準來生活着的。你說是的麼？」

這時副主教將頭向後一仰，朗聲說道：

『永遠紀……念此……屋的創立者！』

福瑪戰慄了，但馬丁金已經來到他身旁拉着他的袖子問道：

『你去赴午餐的麼？』

馬丁斯克亞的天鵝絨似的溫暖的小手再一次地掠過了福瑪的手上。

午餐對於福瑪實在像一種拷問一樣。與正裝的人們聚在一處，這乃是他有生以來的第一次。他看着別人吃喝——作任何事都比他強些，他又感覺得在他與坐在他對面的馬丁斯克亞之間，並不是一張棹子，乃是一座高山。在他旁邊坐着的，正是福瑪也被選爲一名名譽會員的那個協會中的書記。這人是裁判所中的一位年輕的官吏，名字很奇怪，叫做武巡希棋夫。好像是要使他的名字更現得奇怪些的樣子，他講起話來，是一種高而振顫的次中音（Te Oe）的調子，而且——人又長得肥胖矮小，圓圓臉，又是一個活潑的饒舌者——他的樣子，活像一個新出爐的鈴。

『我們協會中之最優越的一點，乃是有女保護者（Patroness）。我們所最應當做的事——就是向這女保護者獻殷懃。最艱難的事，是要說出稱讚的話語來使這女保護者滿意。最聰明的事，就是默然而不存野心地讚美此女保護者。所以實際上，並不是濟助協會，或其他之中的會員，乃是由那些願意奉承淑緋亞•馬丁斯克亞的人們所組織成的 Tantaluses 協會中的會員。』

裲瑪一面傾聽着這人的饒舌，一面卻不時地凝望正在與警察署長談話談得非常起勁的女保護者。裲瑪裝做趕忙吃喝的樣子而「嗯，嗯」地漫應着他的談話對手，他心中知到從願這回事趕快完結就好了。他感覺得他自己很卑劣，愚笨而可笑的，他想到一切的人定都是在監視他非難他。這種思想使他好似受了無形的桎梏一般，因此他話也不會說了，想也不會想了。最後更加厲害起來，在他對面傍近桌子而伸着的那些種種不同的面容上的線痕，他看來好像是，一個長而柔軟如臘的白色條片上播滿了含笑的眼睛，而且這些眼睛又都在不愉快而痛楚地刺戳他。

馬亞金坐在市長的旁邊，迅速地將叉子搖動着，他臉上的縐紋一時縐縮着一時張開來，他整個的時間內都在不斷地講話。市長——一個灰白頭髮，紅色面孔，短頸子的人，非常注意地像公牛一樣凝視着馬亞金，並且不時又用他的大手指叩打桌邊以首肯其言。這種驕橫的談話與哄笑將他教父大膽的饒舌沈壓下去了，所以福瑪一個字也沒聽出，更甚的，加之那位書記的次中音是不停歇地在他耳邊振響着：

『唯，看哪，副主教站起身來了；他將他的肺中裝滿空氣；他就要為伊格拉•馬非發支說出一個永遠的紀念來。』

『我可不可以起身走？』福瑪低聲詢問說。

『為什麼不可以呢？任何人都會諒解你的。』

副主教的響亮的聲音將廳上的一切響聲都沈沒了，好像將它們都壓洸了一樣。那些一流的商人們，都將眼睛釘着這個流出洪亮聲音來的張得大大的大口，於是福瑪就利用這機會從座上立起身來，走到廳外去了。

沒過一會，他已呼吸得很自由，坐在他的馬車內沈鬱地想着，在這些人之中他無立身之地。在他內心中，他覺得這些人都是熟於世故的。他很不歡喜他們的漂亮，他們的面孔，他們的微笑或是他們的談話，然而他們的舉動之自由敏捷，他們講話講得滔滔不絕而又具有對於任何題目都能講的才能，他們的華麗的服裝——這一切在他心中，引起了他對於他們而懷的一種嫉妬與尊敬的交合感情。他一意識到，他不能夠像別人那樣講話講得多而又流暢，他就感覺沈鬱而憤怒。於是此時他就憶及了祿寶福。馬亞金納因爲這個原故曾經不祇一次地嘲笑過他。

福瑪本不歡喜馬亞金的女兒，而且自從他父親將馬亞金要使他與祿寶結婚的意見告訴他以後，他就開始避免與她會面。但是他父親死後，他幾乎每天都是在馬亞金家中，所以有一天，祿寶就對他說：

「我時常注意你，我覺得你一點也不像一個商人。」

『你也不像一個商人的女兒哩，』爾瑪懷疑地凝視着她說。他不懂得她這句話的意義——她是說來侮辱他的，抑是就只說說而已呢？

『感謝上帝！』她一面如此說，一面向着他和藹而親切地微笑了。

『有什麼事使妳這樣歡喜？』他詢問說。

『就是我們並不像我們的父親。』

爾瑪吃驚地望着她而沒有作聲。

『請你老實告訴我，』她將聲音放低了說，『你不歡喜我的父親，是的麼？你不歡喜他？』

『並不見得……………怎樣地，』爾瑪慢吞吞地說。

『但我非常憎惡他。』

『爲什麼呢？』

『爲一切的事。你長聰明了些的時候，你自己就會明白的。你的父親卻較好得多。』

『當然的－』薇瑪傲然地說。

自從這一次談話以後，幾乎立時之間在他們兩人中就發生了一種親熱的感情。而且日復一日地加強起來，不久這種感情卽發展成了一種友誼，雖然是一種奇特的友誼。

雖然薇寶並不比較她的教弟兄更年長，然而她對於他的態度，卻像年長的人對待小男孩子一般。她叮嚀地與他講話，時常嘲笑他，言語中又常挾雜一些薇瑪所不知的語句；而且她說到這些語句的時候，又特別加強語勢帶着顯然滿足的態度而發音。她特別歡喜講論她從來不曾見過面的哥哥塔拉斯。當她講起他的故事來時，就彷彿她要將他表現得好像是安妮薇姑母所講過的那些勇敢而高尙的盜賊一樣。每每當她非難她父親的時候，她就對薇瑪說道：

『你將來也會成爲那樣一個吝嗇漢的。』

這一切都是令這青年不愉快，而且又是傷他的自尊心的。但有時她是很直爽而單純，特別是和藹而親切地對待她，在這種時候，他就在她面前敞開自己的胸懷，很長的時間內，他們兩人互相披瀝各自的思想與感情。

兩個人都談講許多的事，並且又是非常懇摯地講，但是誰也不懂對方所說的是些什麽。福瑪覺得無論祿寶所說的什麽都是他所不知道，而又與她自身是不需要的。同時他也明顯地看出了，他的笨拙的話語一點也不能使她感覺與趣，並且他亦不高與去理解那些話語。無論此等會話延長到好久，他們互相間所感着的，只是不滿與不快而已。好像有一堵看不見的困惱之牆突然在他們之間竪立起來了一樣。

他們兩人都不冒險去接觸這一堵牆，也不彼此說明出來他們感覺得是有此隔閡存在的——他們依然斷續他們的會話，只微微地感覺得，他們各人之中皆有一點什麽能夠使他倆相維繫相結合。

當福瑪走到他教父家中的時候，他發見了只有祿寶一人在家。她走出來迎接他，但一見就知道她不是害病，就是心中不快樂；因為她的眼睛好像有熱病似地閃耀着，眼的四周並有黑圈繞着。感覺很冷，於是她將一條柔毛披肩裹住身子，且笑且說道：

『你來得很好！因爲我一人坐在此地，很感寂寞的——我一點也不願到那兒去走動。你要喫茶麽？』

『喫一點也好。你怎樣，病了麽？』

『請你到發房裏去，我去吩咐他們拿燒茶缸來，』她如此說着，而沒有答覆他的質問。

於是他就走進一間兩面窗臨着庭園的小房間內去了。在房的正中央放有一張橢圓形的棹子，棹子的四周圍有覆着鞣皮的古式椅子。在一邊壁上，掛着一架有玻璃門的長頸鐘，在屋角上，有一個藏杯碟的杯碟廚，對着窗戶靠近牆壁，則是一個如巧小房間大小的食廚。

『你是由宴會中來的麽？』祿寶走進房中來的時候這樣問。

福瑪默然地點了點頭。

『呀，如何？很是宏壯嗎？』

『難堪得很！』福瑪微笑了。『我坐在那兒就好像是在熱炭上面似的。他們一切的人，都好似孔雀一般，但我卻像隻貓頭鷹一樣。』

祿寶正從杯碟廚中取碟子出來，不曾答應福瑪的話。

『究竟妳是爲什麼這樣憂愁？』福瑪睇視她那陰鬱的面容又詢問道。

她將臉轉過來向着他，熱烈而欣心地說道：

『唉，福瑪！我讀了多好的一本書呀！假使你可以懂得就好了！』

『將妳感動得這般模樣，一定是一本好書無疑。』福瑪說着微笑了。

『我不曾睡眠。我一夜讀到天亮。你想想看：你讀起來——好像另一世界的門在你面前打開了一樣。那兒的人是另一樣的，他們的言語也是另一樣的，一切的東西都是與我們的不相同！生活全體都是另一樣的。』

『我不歡喜這種樣子，』福瑪不滿意地說。『那些都是杜撰的，是謊語；戲劇也是如此。在演劇中，他們嘲笑商人。未必商人們眞是那般愚蠢麼？當然不是的！譬如以你父親而論。』

『演劇與學校完全是一樣的，福瑪，』祿寶訓誨似地說。『商人們原是那種情形。未必書中尚有謊語麼？』

『正如神話故事中所說的一樣，一切全都不是眞的。』

『你錯了。你不曾唸過書，你怎能評斷呢？書是完全眞實的。它指示我們如何生活。』

『好了，好了！』福瑪將手搖着。『不要談了；從妳書中決不會得着什麼好處的！譬如以妳的父親來說，他唸書麼？但他依然是非常靈巧！我今日望着他，眞是羨慕極了。他對待一切的人是那般自由那般能幹，他對任何人都有幾句話說。人立時可以看出來，他想望什麼，定可以得着什麼的。』

『但他所努力的，爲的是什麼呢？』祿寶喊道。『只是爲錢而已。但有些人是爲世界上的一切人類之幸福而努力。爲達到此目的，他們不惜自身地來勞動；他們受痛苦，他們喪掉自己的生命！但我的父親怎能與這些人相比呢？』

『妳不須得拿他們來相比較。很明顯的，那些人所好的是一件東西，妳父親所好的是另一件東西。』

『但那些人是一無所好的。』

『那是什麼意義呢？』

『他們要改革一切的事。』

『如此，他們仍是在為什樣事而努力？』福瑪深思地說。『他們是希求些什麼？』

『他們希求萬人的幸福！』祿寶熱烈地喊着。

『我不懂得這，』福瑪搖着頭說。『有什麼人注意到我的幸福呢？再者，連我自己也不明白我究竟要些什麼，他們又能夠以什麼幸福給與我呢？不，妳頂好是看看今日宴會中的那些人。』

『那些都不是人！』祿寶斷然地聲明說。

『妳如何看他們，那是我所不知道的，但妳可以立時看出來，他們是明白自己的地位的。是一羣聰明而圖安逸的人們。』

『唉，福瑪！』祿寶憂煩似地喊道：『你什麼也不懂得！什麼也不能夠激動你！

你簡直是一個獃子。』

『那，現在未免走得太遠了！我不過還沒有充分的時間來考慮我究竟如何罷了。』

『你簡直是一個空洞的人，』祿寶決然而使勁地說。

『妳又不是住在我心中哩，』福瑪鎮靜地說。『妳怎能知道我的思想呢。』

『你又想些什麽呢？』祿寶聳着肩說。

『如此麽？第一，我是孤寂的。第二，我不能不生活着。未必我不明白，像我現在這樣過活着是全然不可能的麽？我不願意爲別人的笑柄。我就是當着人講話，也是不會的。我更是不會思考了。』福瑪結束了他的語句而困惑地微笑了。

『所以必須要看書讀書，』祿寶一面在室內踱來踱去，一面說服人似地忠告他。

『我的心靈中像有點什麽在鼓動着一般，』福瑪仍繼續向前講，也不望着祿寶，好像他是在對他自己講話；『但是我不明白它究竟是什麽。譬如，我也懂得凡我教父所講的，都是聰明而有道理的。然而卻不能夠引起我的興趣。其他的人，我又覺得對於我有趣多了。』

「你是說那些貴族麽？」祿寶問道。

「是的。」

「那是正與你相合的人們！」祿寶說着冷笑了。「唉，你！那些人是人麽？他們有靈魂麽？」

「妳怎麽知道他們呢？你又不認識他們。」

「書是作什麽的？我不曾唸過講論他們的書麽？」

此時女僕正將燒茶缸搬起來，談話於是就中斷了。祿寶默然地煎着茶，福瑪卻凝視着她而想起了馬丁斯克亞。他很盼望能與她暢談一次。

「不錯，」少女感慨頗深地說道，「我日深一日地愈感覺得，生存着是非常困難的。叫我怎樣辦纔好呢？結婚嗎？與誰人結婚呢？未必叫我與一個，終生除了強刼別人以外什麽也不作的，吃酒打牌的商人結婚麽？那纔是見鬼的事！我決不幹！我要作一個獨立的人。我是一個人，因爲我知道社會組織是如何地不對。我再去讀書麽？我的父親決不答應的。哦，天哪！我逃走了罷？但我又沒有充分的勇氣。叫我怎樣辦呢？』

她將兩手緊握着，頭低垂於棹上。

『假使你知道一切的事是多麼令人厭煩呀。在我的四周，簡直沒有一個像人的活人。自從我母親死後，我父親使將一切人都趕走了。有幾個人去讀書去了。麗帕也離開了我們。她寫信給我說：「看書呀。」唉，我是在看書！我是在看書哩！』她聲音中帶着絕望的調子驚歎。沈默了一分鐘後，她又悲哀地繼續說：

『但是，書中並沒含有我心上所最需要的，而且其中有許多地方是我所理解不透的。加之，總是一個人孤寂寂地看書，叫我感覺很厭倦！我要與人談講談講，但是誰也沒有作你的對手的！我感覺厭倦得很。我們只不過能生存一次而已，而且我又正當生活剛開始的時候，然而一個對手也無！我生存着是爲什麼的呢？麗帕告訴我：「你看書就可以明白的。」我要求的是麵包，但她給我一塊石頭。我明白一個人應當作什麼事——卽是應當爲他所愛所相信的事而挺立。他應當爲此而戰鬥。』

她彷彿噓出了一聲嗚咽似的，於是就作結論說道：

『但 我是一人孤零零的！叫我與誰作戰呢？此處又沒有敵人。簡直沒有人類！我完全像在獄牢中一樣。』

𥘅瑪一面傾聽她的講話，一面固定地審視自己的手指頭。他感覺得，在她的言語之中，確有一種大愁苦，但他卻不能夠理解她。當她沈鬱而悲哀地默然不作聲之時，他除了以下的幾句好似責難的話語之外，什麼也說不出來。

『現在妳親自說，書對於妳是無用的，但妳卻反來勸我看書。』

她望着他的臉色，但憤怒已在她的眼中閃灼。

『哦，我是多麼願意這種時常悶窒我的痛苦，也能夠喚醒你的心靈哪。使你的思想，好像我的一樣，叫你不能睡眠，使你憎惡一切，而且也同樣地憎惡你自己！我看不起像你這樣的一切人。我恨你們！』

她滿臉都漲紅了，她是那般忿怒地望着他，那般滿帶輕蔑的態度對他講話，以至𥘅瑪驚呆了，毫不因她而感覺憤怒。她以前從來不曾像這種樣子對他講過話。

『妳怎樣了？』他訊問她說。

『我也恨你！你是什麼？死的，空洞的；你打算怎樣生存呢？你對人類將有什麼貢獻？』她惡狠狠地低聲說。

『我將一無所給，讓他們自己去奮鬥罷，』福瑪知道這兩句話會增加她的憤怒，但他只如此答覆她。

『不幸的東西！』少女帶輕蔑地歎道。

她那非難言辭中之強力與堅信，自然地使福瑪不得不留心去傾聽她怨恨的言語；他覺得其中是很有意義的。所以他更與她接近些，但憤怒而愁苦的她卻將背轉向着他而默然不言語了。

外面依然是很亮的，落日的反照尙殘留於窗前的菩提樹枝上，然而室內卻早已爲薄闇所充滿了，食廚、掛鐘、杯碟廚都彷彿是體積增大了些一樣。龐大的鐘擺，每一分鐘都從鐘匣的玻璃底下出來窺視，一面暗澹地閃灼着，一面帶着一種疲倦的聲調，一時向右方戯，一時向左方戯。福瑪眼望着鐘擺，開始感覺得拙笨而寂寞起來了，祿實立起身來將棹上的洋燈點燃。少女的面容，很蒼白而嚴肅的。

『妳與我拌嘴麽，』麗瑪抑制着自己說。『爲什麽呢？我不懂得。』

『我不願與你講話！』祿寶帶怒地回答說。

『那是妳的事。但是我那兒對不住妳呢？』

『你嗎？』

『我。』

『請理解我，我窒息得很！此處是閉塞着的。未必這也算得是生活麽？這就是生活的道途麽？我是什麽？只不過是我父親家中的一個寄生者。他們將我留在此地作一個管家婆。以後，他們就要我結婚。結了婚，依然是做管家婆。簡直是一個沼澤。我會淹死的，會窒息死的。』

『這與我有什麽關係呢？』麗瑪問道。

『你也是與其他的人一樣的。』

『那末，我在妳眼前就是有罪的麽？』

『是的，是有罪的！你應當希望變好些。』

『然而我豈是不希望如此麼？』福瑪喊着。

少女正預備對他談講些什麼的，但此時什麼地方鈴響起來了，於是她就向後凭在自己椅上，低聲說道。

『是父親回來了。』

『如果他更遲點回來，我決不會感覺難過的。』福瑪說。『我很願意多聽妳講些。妳講得那麼奇特的。』

『唉，我的孩子們，我的鴿兒們！』亞可夫・塔拉數業支在門口出現喊着。『你們在飲茶麼？注點茶出來我喫，祿格法！』

他摸擦着手滿意地微笑着，就在福瑪之旁坐下了，並且嬉戲地摧擊他的脅腹而訊問道：

『你們在鴣鴣地談些什麼？』

『談嗎——談各種瑣事，』祿寶答道。

『我沒有問妳，是我問了妳的麼？』她父親惡狠狠地問着她。『妳替我坐在那兒不要作聲，當心你們婦人們的事。』

『我在與她談講午餐的事，』福瑪打斷他教父的話說。

『呀——哈！如——此。我也來談午餐的事哩。我先刻在留心地注意你。你的舉止很不曉事的！』

『你這話是什麽意義？』福瑪縐着眉頭很不歡喜地訊問。

『我不過只是說，你的舉止很荒謬，只此而已。譬如，當知事對你講話的時候，你默然地一句話也不講。』

『叫我對他說什麽呢？他說，喪失了父親是一件不幸的事。我也知道是如此哩。叫我拿什麽對他說呢？』

『既是上帝的旨意如此，我也不敢抱怨，大人。你應當這樣對答，或者是說如此相類的話。知事們，我的孩子，是很歡喜別人非常溫順的。』

『未必要我在他面前現着好像一隻小羊麽？』福瑪說着微笑了。

『你是像一隻小羊的樣子，但這種態度是不需要的。你不應當現着像一隻小羊，也不應當現着像一隻很，只應當表現着彷彿是說：「你是我們的父親，我們是你的孩子，」如此，知事大人立時就會很和順的。」

「爲什麼要像這樣做呢？」

「準備着怕一時會有什麼事發生。一位知事，我的孩子，無論在什麼地方，皆可以利用得着的。」

「爸爸，你在指教他些什麼？」祿寶憤怒地低聲說。

「妳想我是在指教他什麼？」

「你教他諂媚奉承人。」

「妳撒謊，胡說！我教他以政策，並不是諂媚奉承人；我乃是教他以實際生活上的政策。妳頂好走開些，不要開口，去替我們預備飯能。快些！」

祿寶於是迷急立起身來，將手巾搭在椅子背上就走出室外了。馬亞金一面將眼睛縐成細縫目送着她，一面以手指叩着棹子說道：

「福瑪，我要指教你。我要以最眞實最正確的學問與哲學教給你，如果你能夠了解，那你的一生就不會有錯。』

福瑪望着老人額上的縐紋如何地痙攣着，他覺得這些縐紋好像斯拉夫文字的一行一行似的。

『第一，福瑪，因爲你生活在這世界上，所以就必須要思考凡在你四周所發生的事。何故呢？因爲這樣做，你就不會因你自身的無知而受痛苦，又不至因你的愚笨而加害於人。凡人的一切行動都有兩方面的，福瑪。一面就是所有的人都可以看得見的——這乃是假面；其他一面是隱藏着的——乃是眞面目。正是這眞面目乃是你所應當發現出來以求明瞭事物之眞意義的。譬如，我們就取宿泊所，孤兒院，養老院或其他與此相類的設施來說。只過細想想，這些設施是作什麽的呢？』

『這有什麽可想之處呢？』福瑪滿不高興地說。『任何人都知道這些設施是爲——是爲貧窮人與軟弱人而設的。』

『唉，我的孩子！有時任何人都知道，某人是一無賴漢是一光棍，但人們依然稱呼他爲 Ivan，或稱呼他爲 Peter。人們不但不輕蔑他，反恭恭敬敬地將他父親的名字加在他的之上。』

『這種事與那有什麼關係呢？』

『都是爲替你將事理解釋明白。你說這些設施都是爲貧窮人爲乞丐的，因之也是與耶穌的誡命相合的。　吧！但是乞丐究竟是誰呢？乞丐乃是被命運所驅逼着使我們憶及耶穌的人。他乃是耶穌的弟兄；是上帝給我們的警鐘。這警鐘在人生中響着以喚醒我們的良心，振起那些沒頭於求肉體的滿足的人們。乞丐站在窗前唱道：「爲耶穌的原故！」因他這種歌唱，於是使我們想起了耶穌，想起了他救助鄰人的聖誡命。然爾人們卻將自己的社會組成得不能夠依照耶穌的道理去做，於是耶穌基督就變得與我們全然不需要了。並不只一次，恐怕已有幾萬次了，我們將他釘在十字架上。雖然如此，但我們依然不能夠將他完全從世間驅逐出去，因爲他的可憐的弟兄們仍在街上歌唱他的聖名，因此又使我們想起他來了。所以現在我們這樣佈置好了，將這些乞丐關在特別的房子裏，使他們不能夠在街路上彷徨，使他們不能夠喚醒我們的良心。』

『說得……眞高妙！』——福瑪聽呆了，將兩眼釘住他的教父低聲這樣說。

『啊哈！』——馬亞金眼中閃着勝利之光喊道。

『爲什麽我的父親不曾想到這一層上來呢？』——福瑪不安地訊問道。

『稍等一下！你再聽下去，還更壞些哩。你看，我們如此佈置，將他們關在種種的設施之中；而且爲少出些經費起見，我們已強迫那些老的弱的乞丐們工作，並且而今我們也不須乎賙濟他們了。加之，因爲我們的街道上完全沒有各種襤褸的乞丐了，我們看不見他們的可怕的困難與貧乏了，因此我們就會想到，世界上的一切人都是穿鞋着襪穿得暖吃得飽的。這就是這一切各種各樣的設施之目的——就是爲隱藏眞理，就是爲從我們的生活中將那些驅逐出去！你現在懂得了麽？』

『懂得！！』——福瑪因老人的巧妙的談話而困惑着了如此答着。

『並不只此而已。貧窮人還不曾被漩渦捲到深底中去！』——馬亞金活躍地將手在空氣中搖擺着如此說。

他臉上的縐紋已在活動：他那長而強慾的鼻子在聳動，他聲音中響着易怒與感動之謂。

『現在我們從另一方面觀察這件事罷。爲貧窮人而建設的這些房子，養老院，孤兒院，對於此等經費是誰人捐助得最多呢？是有錢人，商人，我們商人團體。好罷！但是支配我們的實生活並管理而約束之的是誰呢？是貴族，官吏，以及種種別的人，不是屬於我們階級之內的。由他們的手中就產生出法律，新聞紙，科學——一切的事都是由他們而出的。以前，他們也是地主，但而今土地卻被人奪去了——成了替人服役的人。好罷！在今日誰是最有勢力的人們呢？在一國之中，商人乃是最高的勢力。因爲他擁有百萬之富！你說是如此麼？』

『全然是如此！』福瑪非常盼望能快些聽着他教父口中尚未說出而已在他眼中閃灼着的理由，所以他這樣表示贊同。

『只注意這一點，』老人清晰而熱摯地往下講道。『我們商人，今日在實生活之處理上，是完全不能夠染指也不能夠開一句口，實生活是由別人所處理的，是這些人在實生活中繁殖了各種各樣的蝨蟖——獃子，惰漢與可憐的不幸者。因爲他們將這種人繁殖起來了，於是他們將生活完全妨害了毀壞了。所以公平地評判起來，正是應該歸他們去使生活淨化。然而，仍是我們在作此淨化的工夫，是我們捐錢救助窮人，是我們在看顧他們……我們，你自己想想看，我們又不會撕破別人的襤褸，爲什麼我們必須要替人縫補呢？一間房子是別人所住着的，而且又是屬於別人的，爲什麼我們必須要去修繕呢？假使我們站在一旁觀望着，看到某一時期這腐敗是如何地繁殖起來，而把與我們不相干的那些人窒息着，豈不較爲聰明麼？但他們那些人不能夠制服這腐敗，因爲他們沒有方法。因此，他們就會向着我們說：「諸君，請幫助我們一下！」於是我們就對他們說：「讓我們也有活動的地盤罷！讓我們也加入這實生活之建設者的中間去罷！」一旦我們加入其中去了，我們也就要將社會中的一切不潔與廢物都一掃而盡。如此，皇帝陛下以他的明慧的眼睛御覽起來的時候，他就會明白，誰是他的忠良僕人，而且當這些人奈開着的時候，他們貯得了多少智慧……你懂得了麼？』

『當然我懂得！』福瑪叫道。

當他教父講到官吏的時候，福瑪心中浮現出了午餐時的那些人。他想起了那位活潑的書記，於是以下的一個思想掠過了他的心頭。他想到，那個圓肥的小男子，至多每年不過有一千個盧布的收入，但他，福瑪，卻有一萬的收入。然而這個人卻過活得這般容易而自由，而他，福瑪，不但是不知道怎樣過活，而且實在是愧於活着。這個比較以及他教父的一席話，使他心中起了一漩渦的思考，但他只來得及攫捉並表明出其中之一來：

『眞實的，未必我們只是爲金錢勞働而已麽？如果金錢不能給我們以權力，那末金錢有什麽用處呢？』

『啊哈！』馬亞金將眼睛縐成細縫地說。

『唉！』福瑪厭煩似地喊。『我的父親如何呢？你同他講過沒有？』

『我同他講了二十年。』

『那末，他是如何呢？』

『我的言語不曾說進他。你父親的頭蓋骨有些太厚了。他的心對於一切都是敞開着的，但他的智慧卻隱匿得遠遠的。不錯，他作了一件大愚事，我非常可惜那一宗錢。』

『我是不可惜那些錢的。』

『你應當努力賺來了那一宗錢的十分之一以後，再說這種話。』

『我可以進來麼？』門外祿寶的聲音這樣說。

『可以，你進來罷，』她父親答道。

『你們現在就喫飯可以麼？』她一面走進來一面說。

『拿來我們喫罷。』

她走近碟架前，立時杯碟的聲音就響起來了。亞可夫・塔拉歐蘇支一面望着他的女兒，一面又動着嘴唇，但突然間又以手叩打福瑪的膝頭說道：

『這纔對的，我的教子！多多地思想。』

福瑪應之以微笑，他心中想道：『他是聰明些——比我父親聰明些。』但是他內面的另一聲音立時答道：

『聰明些，然而壞得多。』

五

福瑪對於馬亞金的二重關係，與日俱增地逐漸加強起來。他一面小心而帶貪戀似的好奇心傾聽他的談話，一面則感覺得，每與他的教父會面一次，便多一次地助強了他對此老人所懷的憤恨之感。有時亞可夫．塔拉斯發支使他的教子起了近於恐怖的感情，有時竟成了肉體的厭惡。這種肉體的厭惡之感，每當老人因某事件很歡喜而大笑起來的時候：福瑪時常就有這種感覺。因爲大笑，老人臉上的縐紋定是要起震顫的，因此他臉上的表情時時刻刻都在改變；他那乾而薄的嘴唇每向外伸而神經質地跳動着時，於是就將他的黑色而破裂的牙齒揭示出來，他的赤色小鬍指像燃着的火焰一般了。他的笑聲好似生了銹的鉸鏈之軋軋聲音一般，這個地卸來，此老人好像正在遊戲的蜥蜴一樣。因爲不會隱藏自己的感情，福瑪總是將它擺在馬亞金面前很粗暴地表現出來，無論在言語中或姿態中。然而老人則裝作沒有看見的樣子，只以隄防小心的眼睛望着他，一舉一動都要指導他。完全沒頭於青年哥蒂耶夫的汽船事務中去了的馬亞金，又要使福瑪有相當空閒的時間，所以他覺連自己的小店中的事也不大管了。因爲馬亞金在鎮上所佔的重要地位，以及他在伏爾加河上熟識的人很多的原故，所以生意非常興旺。但是馬亞金對於這事業的大熱心，反轉加強了福瑪的疑惑。他以爲他的教父定是決然要使他與祿寶結婚，因此使他益發厭惡那老人了。

他歡喜祿寶，但同時他又覺得她是可疑而危險的女子。她沒有結婚，而且馬亞金對於她的婚事從來不提一個字。他不開晚餐會，不請一個青年到他家中去，並且也不讓祿寶到外面去。她的一切女朋友都已結婚了。福瑪很羨慕她的談話，也與聽她父親講話時同樣熱切地傾聽她的談話。但無論何時，只要她帶着愛戀與悲愁一開口講到塔拉斯的時候，他就覺得，她定是在那個名字之下隱有什麼旁的人，從她口中聽出來，恐怕就是那個因什麼原故必須要離開大學而到莫斯科去的亞覺夫也未可知。然而她也有不少的單純親切之處。這是令福瑪很歡喜的。時常她的話語，使福瑪起了哀憐她的心。因爲他覺得，她並不是活着的，乃是醒着在做夢。

他在他父親葬儀酒筵間的行動，早已傳遍於所有的商人之間了，因此他就得了一個很不好的名譽。在交易所中，他看出了，一切的人都是輕蔑而懷惡意地望着他，並且對他講起話來，又是做着特別一種態度。有一天，他聽見了在他背後，發出了一句滿帶侮蔑的低聲咒駡：

「哥蒂耶夫！小懦夫！」

福瑪知道這句話是說他的，但他卻不曾掉轉頭去看是什麼人在向着他說這種話。以前使他一見而膽怯的那些有錢人，現在在他眼前己失掉了他們的聰明與富足之魅力了。這些人不止一次地從他手中奪去了這一種或那一種有利的契約；他看得很淸白，知道他們下次定要再幹的。他覺得他們這一切人都是同樣地貪錢，時時刻刻都在準備互相欺詐。當他將自己的這種觀察告知他教父的時候，老人如是說道：

「你看怎麼樣？做生意正與打戰是一樣的——是危險的事情。在此他們是爲錢包而戰，在錢包中裝着他們的靈魂。』

『我討厭這種事，』福瑪聲明說。

『我與你一樣，什麼事我都討厭得很——其中損人利己的打算太多了。但在商業上一味正直地來幹，是絕對辦不到的；你非狡猾不行。在商業中，我的孩子，你接近一個人的時候，應當將錢握在左手中，右手捉一把刀纔行。什麼人都想以半個哥貝咯買得值五個哥貝咯的東西。』

『啊，這並不是很好的事，』福瑪深思地說。

『但以後就會好了。當你佔了所有人的上風的時候，那就好了。生活，親愛的福瑪，是非常簡單的；不是你咬一切的人，就是自己寢於泥濘中。』

老人微笑了，笑時所露出來的他那一口的破牙齒，使福瑪起了如下的一種辛辣的思想：

「好像你已咬得不少的人哩。」

『只有一個字——戰鬥！』老人返覆着說。

『這就是主要的麽？』福瑪追尋似地望着馬亞金這樣訊問說。

『那嗎，是什麽意義——你說的主要的？』

『未必再沒有比這更好的麽？這就包括了一切嗎？』

『此外還要有什麽呢？一切人都是爲自己而生活。我們中，誰都惟願自己最好。這最好是什麽呢？就是走在人之前，站在人之上。所以每個人都在努力於求得世間的最高位——有些人用這種方法，有些人取那種方法。但誰都切望着能成爲高塔一般，從老遠老遠就可以被人看見。人類也實在是受有向上的使命的。就是約白記（The Book of Job）上也說：「人是如火花般地向上飛而生於苦惱之中的。」你看：就是孩子們遊玩的時候，他們時常都歡喜駕於別的孩子之上。而且任何遊戲中，都具有使這遊戲成爲有趣的焦點。你懂得了麽？』

『這我懂得了！』福瑪堅決而確信地說。

『你也必須要感覺到這一點。單只有理解，是走不得多遠的，你必須要有欲望。要有能使你覺得大山只不過是一小丘，海只不過是一汚水潭而已的那大的欲望。唉！

當我像你這大年紀的時候，我的生活已經很舒適了，但你現在不過剛握着目的而已。然而好果實是不早熟的。」

老人的單調的談話，不久就達到了其目的。因爲福瑪一面傾聽着這些話，一面在他心中決定了人生的目的。他下了決心，要强過別人，而且老人所引起的他的野心，也深深地在他心中生了根。這種野心雖然在他心中生了根，但並沒有將它充滿。因爲福瑪對於馬丁斯克亞的關係，依然是帶的那種不能不如是的宿命的性質。他非常想念她，時常渴望與她會面；然而一到她面前的時候，他就變得膽怯，手足不知所措，而愚笨起來了。他自己很明白這種情形，因此便感覺十分痛苦。他時常跑去拜訪她，但很難碰着她獨自一人在家。因爲那些滿身香氣薰人的花花公子們，好像蒼蠅群集於一塊砂糖上似的——時常都是繞着她的。這些人對她講法國話，唱歌，談笑，但他只能默然地望着他們，因憎惡與羨慕而自己心中難過。他在她那裝飾得非常華麗的應接室的一隅內將兩腿交叉着坐下，因爲在此室內，如果不擾亂，或至少不觸着什麼東西而好好走過去，是極其困難的——所以福瑪只坐着陰鬱地眺望他們。

在那柔軟的地氈上，她一聲不響地這兒那兒走動，一面又向着他投射一些親切的視線與微笑。他的崇拜者們，也都像蛇一樣沿着那些棹子，椅子，屏風，與花台等很巧妙地挨着走——因爲這間應接室內，好像擺滿了美麗而易毀碎的物件的商店，而這些物件又都是任意地投散在滿室都是，所以這對於那些人以及福瑪都是很危險的。但是福瑪一旦走起來的時候，那柔軟的地氈並不會將他的足音消去，而且這些物件被他的大衣所觸碰，動搖着就倒了。在室內鋼琴之旁，立有一個手正舉着準備投救命圈的青銅製的水兵；這救命圈上有許多以五金絲作的繩索，就是這些繩索每每拖住了福瑪的頭髮。種種諸如此類的事，就將淑緋亞．帕弗洛非納及她的衆崇拜者惹得大笑起來，但福瑪卻大大受窘，他一時羞得發熱，轉瞬間又氣得發冷了。

然而當他獨自一人與她相聚的時候，他所感受的，也並不較此更舒適。她以親切的微笑迎着他，於是就在她應接室中的舒適的一隅與他並肩坐下。她每次談話的開場白，就是向着他非難旁的人。

「你簡直不會相信，我是如何地喜歡着見你！」

像貓一樣將身子曲着，她就以她那黝黑的兩眼直射入他的眼中去，這時她那黑眼睛中，卽有什麼貪慾之物燃燒起來了。

『我喜歡和你談話，』她像歌唱般地將聲調拖長着說。『我對於其他一切的人，都已感覺厭倦了。他們都是那般造架，平凡而衰老，但你是活潑而誠懇的。你也是不歡喜那些人，是的麽？』

『他們嗎，我簡直耐受不住！』福瑪堅決地說。

『對於我呢？』她柔和地訊問。

福瑪將視線由她身上轉開，歎息一聲說。

『這句話，看妳問了我多少次？』

『你很難對我講出來麽？』

『並不是難講，只是說出來作什麽呢？』

『我必須要知道。』

『妳簡直在揶揄我，』福瑪肅然地說。

於是她將兩眼睜得圓圓的，而以一種非常吃驚的聲調問道：

『我是怎樣地揶揄你呢？揶揄二字又是什麼意義呢？』

她的面容現得那般天使似的，使他不能不相信她了。

『我愛妳！我愛妳！不愛妳是絕對辦不到的事！』他熱烈地說，但立時又將聲音放低，悲哀地加一句道：『但是我的愛，是妳所不需要的！』

『是的呀，你終久說出來了！』馬丁斯克亞很滿足似地嘆口氣，就將身子與福瑪離遠了些。『我非常歡喜你這樣說……這般帶壯氣而爽直。你願意吻我的手麼？』

一言不發地，他就握住了她那瘦而白的小手，非常小心地彎下腰去熱烈地吻了許久。她毫不為他的熱情所動，只微笑着文雅雅地將手拿開了。她沉思地，眼中含着時常使福瑪感覺困惑的那種奇特光輝來注視福瑪這種樣子，好似她以他為何等珍奇而極端特別的物件再來察視一般。於是她說道：

『啊，你所具有的，是何等健康，力強，而新鮮的靈魂呀！你知道麼？你們商人是一具有特別的傳統，卓越的精力與體力的全然活躍的新人類。譬如，取你來說——

你乃是一塊貴重的寶石，假使好好琢磨出來了。哦！』

無論何時，她向他說起：『你』，或者是『依據你們商人式』的時候，福瑪就感覺得，她是在用這些字眼來將他推開。如是立時就會使他憂愁而憤怒。他只默然地凝視着，她那時常都是穿得特別華麗，時常都像花一樣香的，少女似的細小身材。有時，他也被一種要擁抱她要親吻她的粗暴而野性的慾望所捉住，然而她的美麗，她那瘦而柔軟的身軀的纖弱，使他起了一種怕將她毀壞了弄殘缺了的恐怖心。加之她的鎮靜而愛撫的聲音，她眼中的清晰而帶幾分小心的視線，將他的熱情冷化了。他覺得，好似她已一直看入了他心靈中，早已明白了他的一切思想。然而這種感情之暴發也不是常有的事。平時，青年之對馬丁斯克亞，總是滿懷崇拜之心，驚羨她的一切——她的美麗，她的言辭，她的服裝。在此崇拜心之外，他也有以下的一種痛苦而敏銳的自覺：即自身與她之間的遙遠距離，以及她是遠勝於己的。

這種關係在他們兩人之間，只不過有片時的存在而已。當他與馬丁斯克亞見了兩三次面的時候，她却完全將他囚困住了，而慢慢地開始使他感覺痛苦。很明顯的，她是非常喜歡自由地玩弄一個健康而強壯的青年；她歡喜只以她的聲音與眼睛來喚醒而馴服他內面的獸性。因爲她確信得過自己的超越的力量，所以還應與他鬧玩笑，她感覺得很快樂的。每當離開她的時候，他總是因所受的刺激而成了半病的狀態——對於她抱着怨懟，自己惱恨自己，心中又充滿了種種痛苦而沈醉的感覺。但兩天以後，他定要來再受這種同樣的痛苦。

有一天，他畏縮地問她說：

「淑緋亞·帕那洛非納！妳從來養過小孩子沒有？」

「沒有。」

「我想定沒有！」麗瑪非常快意地喊。

她向他投射了一種少女似的天眞的視線而說道：

「你怎樣想到這種事上來了的呢？我有孩子，或沒有孩子，你爲什麼要知道呢？」

於是麗瑪的臉漲得通紅了，他將頭垂下，開始以一種沈重的聲音對她講。但他講時的態度，卻像是將每一個字由地上舉起來，而每一個字都有好幾磅重似的。

『一個……女子……曾養過小孩子的……這種女子的……眼睛……是完全另一樣的。』

『如此嗎？那末，她們的眼睛是怎樣的呢？』

『是不知害羞的！』福瑪毫不曾加以思索地就說出來了。

馬丁斯克亞嗤的一聲，卽發出如銀一般的笑聲，並且，福瑪望着她也開始笑起來了。

『請原諒我！』他終竟說道。『恐怕我所說出的，是不對而失禮的話。』

『哦，不是，不是！你決不會說出失禮的話。你是一個純潔可愛的孩子。那末，我的眼睛不是不知害羞的了？』

『妳的眼睛像天使的一樣！』福瑪以發光的眼睛望着她，這樣熱烈地聲明說。她則以一種與從前絕然不同的眼光凝視着他。這眼睛卽是一種母性的眼光——寵愛而間以爲愛者躭心的悲憂的眼光。

『你回去能，親愛的。我疲倦了；我必須要休息一會，』她一面如此說着，一面眼睛不望着他地站起身來。於是他就馴馴服服地走了。

這事件發生以後的短時間內，她對於他的態度，變得稍為嚴格稍為眞誠，好像她哀憐他一般。但過久了，她們之間的關係，即又取了貓與鼠戲的那種方式。

福瑪對於馬丁斯克亞的關係，決逃不脫他教父的注意。有一天，老人帶着幾分敵意的苦而目訊問他道：

『福瑪！你頂好是時常觸覺觸覺你的頭腦，使它不至突然地即被失掉了。』

『你這話是什麼意義呢？』福瑪問道。

『我是說淑嘉的事。你去拜望她得太勤了能。』

『那與你有什麼關係呢？』福瑪很粗暴地問着。『你爲什麼稱她爲淑嘉呢？』

『對於我，當然是毫無關係，假使你受人的拐騙，我也決不會有一文的損失。至於我稱她，淑嘉——誰都知道乃是她的名字。同樣地，人人都知道，她是歡喜利用別人，而她自身卻獨自吸甘汁的。』

『她是聰明人！』蕗瑪蹙着眉，將兩手插入腰包內堅决地聲明說。『她是有教養的人。』

『聰明嗎，那到說得不錯。那一次宴會，她是處理得多麼聰明。進款共二千四百盧布，用賬——則是一千九百盧布。但實際上，用賬並不會達到一千盧布，因爲所有的人都是無代價地替她做事。有教養嗎！她會教育你，而特別是關繫她的那些獸子。』

『他們並不是獸子，他們是聰明人！』蕗瑪這一次違反自己的意見，憤怒地這樣答覆。『我也是在從他們學習哩。我是個什麼？我什麼也都是不知道的。我曾受了什麼教育呢？但在那兒，他們講到一切的事——而且關於任何事，他們每人都各具有自己的意見。請你不要阻止我像一個人似的過活罷。』

『呸！你倒學得這樣會說了！而且這大的怒氣，好像冰雹打着屋頂一樣！好罷，像一個人，如要眞成功像一個人，你不如走到酒店中去危險較少哩。酒店中的人們，總要比淑緋亞的那些要強得多。而且我，靑年人，你應當學着會分辨人才行。譬如，娥淑緋亞來說罷。她所代表的是什麼呢？只不過是裝飾自然的一個點罷了；就只這而已！」

萬分惱恨不過，福瑪於是將牙關咬得緊緊的，兩手更深深地插入腰包之內，就離開馬亞金走了。然而沒過好久，老人關於馬丁斯克亞又說出了一節論見。

有一天，他們兩人正從港口視察汽船回來，坐在一乘大而舒服的雪車之上，很友愛地在熱烈地討論商務。這是三月的天氣。水在雪車的滑板下發出潑潑之聲，雪已經在融解了，太陽在晴朗的天空中溫暖而愉快地照着。

『我們一到了，你就要到那位夫人那兒去麼？』馬亞金突然間中止商業上的講話這樣詢問福瑪。

『我要去的，』福瑪簡單而不悅地答復。

『嘿。你告訴我，你是時常送她禮物麼？』馬亞金淡然並帶幾分親熱的樣子問。

『什麼禮物？爲什麼要送禮物？』福瑪吃驚了。

『你沒有送禮物給她麼？你不肯說罷了。未必她像現在這樣與你在一塊，是只爲愛的原故嗎？』

福瑪好像因憤怒與羞恥燃燒起來了一樣，他立時將臉轉向老人非難地說道：

『唉！你是一個上年紀的人了，而尚說出這種話來，眞叫聽的人都感覺羞恥！你未必想到，她竟墮落到這種地步了嗎？』

馬亞金吸着嘴唇，以悲慟的聲音喊道：『你眞是一個笨伯！一個傻子！』但突然又大怒起來，他吐了一口唾沫：『我替你害羞不過！一切畜生都在內而祇食而且只剩有殘滓的一把汚壺，現在一個傻子卻將此汚壺當爲神聖了。眞是見到鬼的事！你到她那裏去坦坦白白地對她說：「我要做妳的情人。我尚是一年輕人，請不要索價太昂罷。」』

『教父！』福瑪以威脅的聲調嚴格地說，『我簡直耐受不住聽這種話了。假使是旁的人……』

『除了我以外，尚有誰來忠告你？哦，天哪！』馬亞金將手緊握着大聲喊叫起來了。『所以，她一整個冬天都在以你作玩具。好一個玩具呀！她眞是一隻猛獸！』

老人是興奮起來了；他的聲音中響着苦惱，忿怒，並有眼淚。福瑪從來不曾看見過他做出這種樣子的。望着他，福瑪自然地沈默下去了。

『她會使你毀壞無餘的。哦，天哪！那個巴比倫的娼婦！』

馬亞金的眼睛已眯成細縫兒，嘴唇顫動着，並以亂暴而譏刺的話語在開始講論馬丁斯克亞的事。因爲被激怒了的原故，他的聲音帶有含怒氣的軋轢聲。

福瑪覺得，老人所說的話確是對的。他現在開始呼吸很困難了，他覺得他口中有一種乾而苦的味。

『算了罷，教父，已經夠了，』他避開馬亞金的視線柔和而陰鬱地哀求說。

『哦，你應當趕急結婚才行！』老人很不安地說。

『看耶蘇的面上，請你不講了罷，』福瑪以喪氣的聲調說。

馬亞金將福瑪望了一眼也就默然了。福瑪的面容看來有些歪斜的樣子，臉色蒼白並且在他那半開的嘴唇與憂鬱的視線中，都帶有無量的悲痛與苦惱的含瞋不明。道路的左右兩傍，則有這兒那兒蓋着冬衣之片的野原擴張着。白嘴鴉在雪已融解了的黑地塊上忙碌地跳着。水在雪車的滑板下濺出聲音來，帶泥的雪被馬的脚蹄踢得高高的揚起。

『人在年輕的時候是多麼傻呀！』馬亞金低聲歎道。但是薾瑪依然沒有舉眼望望他。

『在他面前，本是立着一株砍斷了的樹幹，但他卻不成是一個獃鼻子——他是這樣恐惴他自己。哦，哦！』

『請你明白點說，』薾瑪嚴肅的說道。

『還有什麼可說的呢？事情非常明顯：少女是乳脂，少婦是乳汁；少婦是易於接近的，少女卻是難得到手的。如果你不能如此，你到淑蕊兒去好了，但你要 她說明白。事情是如此擺列着的。傻子！假令她是一個犯罪的女人，你實不費力即可以得着她。你為什麼這樣發怒呢？為什麼做出這種不滿的面孔來？』

『你不懂得，』薾瑪低聲說。

『有什麼我不懂得？一切的事我都懂得！』

「是心的問題，人有一個心，」青年歎息了。

馬亞金將眼睛眨了一眨說道：

「那末，他沒有頭腦。」

六

福瑪回到鎮上的時候，他已爲憂愁的復讎的憤怒所攫握住了。他心中燃燒着一種要侮辱馬丁斯克亞要罵倒她的慾望。他的牙關咬得緊緊的，兩手深深插入腰包內，他在他自己家中的那些荒涼了的房間內，順序地慢步了好幾點鐘。他的眉頭深鎖着，時常將胸部挺向前面。他那充滿了怒氣的心臟使他的胸廓感覺狹苦。他以沈重而有規則的步伐，使力踏着地板，好像他在鍛鍊他的怒氣一般。

『卑鄙的賤種——她卻將自己裝作像天使一樣！』帕納革亞在他的記憶中活躍地出現了，於是他心懷惡意而苦痛地低聲說：

『雖然是一個墮落的女子，但她卻好得多。她不會裝做僞善者。她立時將她的靈魂與肉體全都展開來了，而且她的心確是正與她的胸一樣——潔白而健全。」

有時，希望也會膽怯地向他耳畔低語：

「恐怕關於她一切誹謗都不是眞實的吧。」

然而他一回憶到他教父的熱心的確信，與他言語的力量時，這種思想即消沈下去了。此時他的牙關則愈咬得緊，胸部亦更挺向前了。不好的意念像木片一樣刺入他心內去，他的心，因此傷痕而發生的劇疼，早已瓦解了。

馬亞金貶黜馬丁斯克亞，反使她成了他教子的易於接近的人，不久福瑪自身也明白了這種道理。沒頭於春期商務中的福瑪，過了數日以後，他那激蕩了的感情也就鎮靜下去了。人要失掉一個人的悲感，將他對於她所懷的怨恨消滅去了，而且一想到她是易於接近的一個女人，他就益發思念她了。不知何故，在他自己尙不曾覺察之中，他突然明悟而且下了決心，他是必須要到淑緋亞·帕弗洛菲納那兒去，去公然而明白地只將自己所要求於她的告訴她——就算完了事—他因如此決心，並且還感覺了一種愉快，所以他大膽地起身向馬丁斯克亞的家中出發。在途中的時候，他只思考着如何方能將一切必要的事向她講得最好。

馬丁斯克亞的從僕們習慣於他的拜訪了。當他問道夫人在家與否的時候，女僕卽答道：

『請你到應接室中去罷。她現在一人在那兒。』

他稍感覺得有些驚惶，但當他望見了照在鏡中的，他那整潔地穿着外衣的端莊的态態，繞以黑色顋鬚並具有一對大黑眼睛的赤黑而凜然的面容時，他將肩聳了聳卽鎭靜地由大廳中通過去了。一種絃樂之音靜然地流來迎着他。它們好像一裂而成了寂靜愉快的笑聲，這笑聲是在申訴什麼，而又柔和地在打着心絃，彷彿要求此心的注意但又不欲握住此心似的。福瑪一向不歡喜聽音樂——因爲音樂總使他充滿了悲意。卽使是酒店中的『自動音樂』奏出了一種蒼然之曲的時候，他的心也會充滿悲哀的痛楚，於是他或者請人們停止這『自動音樂』，或者是稍走遠一點，走到他自己覺得是不能夠安靜地傾聽這充滿淚與愁的無言曲調的地方。然而這一次他却不知不覺地在應接室的門口停住脚不走了。

門上掛着各種色彩的長串的玻璃珠做成的簾子。這些珠子緊在一塊擬成奇幻的植物模樣，各串各串靜靜地搖動着好像花之蒼白的陰影在空中翺翔一般。這透明的簾子將應接室內面的一切均映入福瑪眼中去了。馬丁斯克亞正坐在她所愛好的一隅的籐椅上彈孟德林(Mandaline)。牆壁上緊有一把很大的日本遮陰傘，傘上的雜多的色彩，使陰影落在這全身着黑服的矮小身材的女子身上。那盞裝有紅色燈罩的高的青銅燈，將她全身映上了夕陽的光輝。那些纖細的絃上所發出來的柔和的聲調，在這充滿了溫柔而芬芳的薄暮之狹小的室內憂鬱地震顫着，這時那女子將孟德林低放在膝頭上，開始以指頭平滑地撥着絃，同時又在緊緊注視她的前面。福瑪歎息了一聲。

一種柔和的樂聲在馬丁斯克亞的四周飄蕩，她的臉色時時都在改變，好似陰影落於其上，在她那兩眼的閃光之下停落着而又消逝去了似的。

福瑪看出了，她獨自一人的時候，並沒有她在人前時那般美麗——此時她的臉色現得較蒼老較莊肅——她的兩眼中並沒有親切與溫柔的表情了，現在所有的，只是寂寞而疲乏的視線。而且她的態度也是疲乏的，彷彿她是要立起身來，但又無氣力的樣兒。這時福瑪覺得，激使他到她面前來的那種心情，現在卻變成了另一種心情了。他以他的脚磨擦着地板，並且咳嗽了一聲。

『是誰呀？』那女子很吃驚地問。同時絃也起了震顫發出了一種懋惋的響聲。

『是我，』福瑪一面回答，一面將玻璃珠簾推開了。

『呀！你好安靜地走進來了。看着你，我非常歡喜的。請坐！你爲什麽這許久都沒有來？』

她一面向他伸出一隻手來，一面卽以其他一隻手指了指她旁邊的一把小學士椅。她的眼睛是在歡樂地微笑。

『我到港口視察汽船去了，』福瑪帶着誇張的安閒態度說着，並將他的學士椅更拉得靠近鋼床些了。

『野原上尙有很多的雪嗎？』

『要好多有好多。但也已經融解了不少。路上到處都有水了。』

他望着她微笑了，很明顯的，馬丁斯克亞已經看出了他舉止的安閒以及他的微笑中所含有的新表情，因爲她整整衣裳而又將身子挪遠了些。他兩人的視線相會合了，於是馬丁斯克亞將頭低垂了下去。

『已經在融解了！』她一面睎視自己小指頭上的戒指，一面如此深思地說。

『是的，到處都像小川樣在流。』福瑪凝視着自己的長靴說。

『那好得很。春天就要到了。』

『那末，這種情形也不會延長好久。』

『春天到了。』馬丁斯克亞溫柔地返覆着說，好像是在傾聽她自己講話的聲音似的。

『人們要動手戀愛了，』福瑪說着微笑了，而且不知何故，他用力地擦着手。

『你已在準備麼？』馬丁斯克亞淡然地問。

『我不需乎此。許久許久以前；我都已準備好了的。我一生中都是在戀愛哩。』

她向他瞥了一眼。隨又開始去彈樂器了。凝睇着琴弦，她幽思的樣兒說道：

『春天。你們剛開始生活的人是多麼好呀。心中充滿的是力。而且其中毫無一點陰影。』

『淑緋亞・帕非洛非納！』福瑪小聲喊道。

她用一種愛撫的姿勢阻止他說：

『請等一下，親愛的！今日我可以講點好事你聽。你知道麼，一個人在世間活久了也有這種時間，即當他回顧自己的心的時候，不意之間，他發見了其中有些老早已被忘掉了的事。許多歲月間，它在心底潛伏着，但卻完全不曾失去其青春的芬芳。當記憶一旦觸着它的時候，春郎臨到了這人身上，而向他吹送着人生之朝的活潑新鮮。雖然這是非常憂愁的。但卻是好的。』

弦在她的指頭之下，震顫而哀泣了。福瑪覺得樂器的聲調以及這女子的柔和的聲音，都很愛撫而溫柔地打動了他的心。然而，依然固執着自己的決心，他傾聽着她的話而不解其內容地想道：

『妳講能！任妳講些什麼，我都決不會相信的。』

這種思想使他惱怒起來了。一想到他不能夠如以前那樣信賴而留心地聽她講話，也卽感覺悲哀。

『人應當怎樣生活着，你想到過沒有？』女子問。

『有時我想到，但以後我又忘掉了。我沒有那種閒暇！』福瑪說着微笑了。『而且，又有什麼可想的呢？簡單得很。妳看別人怎樣生活着。那末，做做別人一樣做就行了。』

『唉！像那樣幹不得的。珍惜你自己能。你是這樣好的！你有一點與人不同的特別處；是什麼——雖然我不知道，但是可以感覺得出的。而且依我看來，你覺得你在人中間過活着一定是很困難的。我敢斷定，你決不會走上你圈子中的人們所走的那條平凡路。不！你定會討厭那種生活，那種一生中全都是用在求利，用在追求虛布，用在你們的那事業之上的生活。哦，決不會的。我知道你定會期望其他旁的東西，是的麼？』

她眼中浮着不安的神情很快地在講。福瑪望着她心中想道：

「她在打算些什麼呢？」

於是他慢吞吞地答道：

「或者我會期望其他旁的東西。或者我已經有了這東西也不可知。」

將身子挪近他些，她睇視他臉上而說服似地說：

「你聽我講罷！切不要像其他一切的人們那樣過活着！總要使你的生活有些不同才好。你尙是強壯而年輕的。而且又是這般好！」

「我既是好人，那末我的遭遇就總應該好！」福瑪感覺得自己昂起來了，而且心臟也因焦灼而開始大跳，所以他這樣喊着。

「唉，但事情並不是如此的！在這人世間，好人所遭遇的比惡人所遭遇的還要更壞！」馬丁斯克亞悲涼地說。

音樂之震顫的音調，又開始隨着她的指頭舞踏起來了。福瑪悟到了，假使他不立時開口將必須的話說出來，他以後決不能對她再講什麼了。

「願上帝保佑我！」福瑪自己對自己說，並且一面鼓舞着勇氣，一面低聲開始講道：

「淑緋亞．帕弗洛菲納！夠了罷！我有幾句話要講。我是來對你說：『夠了！』

我們應當清楚明白而公開地來處理此事。最初妳將我誘引了去，而現在妳又避開我。妳所說的一些話，我都不懂得。我的心蠢笨得很，但我仍可以感覺到妳是要將妳自身隱藏起來。這我可以看得清楚——妳明白嗎，我現在到妳這兒來是為什麼？』

他的眼睛開始放光了，佈吐一字，則聲音愈高而情熱愈激。於是她將身子移向前來很不安地說：

『哦，請不要講了罷。』

『不，我決不。我要講。』

『我知道你要講些什麼。』

『妳不是完全都知道！』福瑪立起身來威脅似地說。『但我知道妳的一切——一切的事。』

『如此麼？那於我就更好了。』馬丁斯克亞鎮靜地說。

她也由寢椅上立起身來，好像要走往他處似的，但數秒鐘後，她又在寢椅上坐下了。她的面色是莊嚴的，唇兒緊緊地閉合着，但她的眼睛是低垂着的，所以福瑪看不見其中的表情。他想到，當他對她說：「我知道你的一切事」的時候，她定會驚惶萬分，而感覺羞恥狼狽，遂向他請罪，因爲她以前玩弄了他。如是他就擁抱她，饒恕她。然而事實並不如此，倒是他自己因她的鎮靜態度而慌張起來了。他凝視着她，搜腸括肚地想尋出字句來將自己的談話繼續下去但是尋不出。

『那就更好了，』她強困面冷然地返覆說着。『你知道了一切的事，是的麼？而且當然的，你是非難我，正如我所應受的。我明白，我在你眼前是不義的。不，我不能爲我自己辯解。』

她默然了，但突然間，她帶一種焦慮的姿態將兩手舉起來抱着頭，而開始去整理頭髮。

福瑪深深地嘆了一口氣。她所說出來的話，將他心中的某一種希望殺滅了——這希望到現在已被殺滅時，他纔剛感覺着這是早已潛伏在他心中的。他搖着頭十分非難的樣子說：

『有一個時期中，我看見妳時，我想道，「她是多麼美麗，多麼溫好的人兒呀，眞是像鴿一樣！」而現在妳親口說「我是不義的」。唉！』

青年的聲音中途停止了。那個女子便柔和地笑出聲來。

『你是一個多麽好多麽可愛的人呀！你不能了解這一切的事，眞是很可惜的！』

青年望着她，而感覺得自己因爲她那愛撫的言辭與淒涼的微笑，已完全失掉了勇氣。他心中所蘊藏着的反對他的那種冷淡而殘酷的東西，現在已在她眼中的溫暖光輝之前融解了。現在他覺得，那個女子是小而無抵抗的，像個小孩一般。此時她柔聲地好像哀求似的在講些什麽，而且不斷地在笑，但他却毫沒留心她的話語。

『我是到妳這兒來，』他打斷她的話語說，『不講感情的。我是要將一切的事都告訴妳。然而我什麽也沒有說出來。而且也不願意說了。我已失掉了勇氣。我完全在妳的掌握之中。唉，我若不會會見妳就好了！妳對於我究竟有什麽關係呢？看起來，我頂好是走罷。』

『等一等，親愛的，不要走！』女子向他伸出一隻手來，很急促地如此說。『爲什麽這般嚴酷呢？請不要向我動怒！我之與你，又算得什麽呢？你需要另一種的女友，一個正與你一樣心地單純，靈魂健全的女子，她定是愉快而健康的。我——我已經是老太婆了。我無論何時都是憂慮的。我的生活是這般空虛，這般困悶，眞是這般空虛！你明白嗎，一個人過慣了快樂生活的，一旦不能夠快樂了，他就感覺不幸！他想愉快地生活着，想笑，然而他依然不能夠笑——反是生活在嘲笑他。至於世間的人們……請你細聽我的話罷！我好像一個母親一樣，勸告你，懇求你，向你哀求——除了你自己的心以外，其他任何人的話都不要聽．依照你的心之指導而過活。人們什麼也不知道，他們不會告訴你何等眞實的事。不可聽從他們的話。」

因爲她努力着要將話講得極端明白而易於了解，她的話語一字一字地說出來，很急促而又不相聯絡。一種可憐的微笑不斷地浮在她的唇上，她的面容這時也不美麗了。

「生活是非常嚴格的，它要一切的人都屈服於它的要求之下，但只有十分剛強的人，纔能無損害地抵抗這要求。然而究竟他們能否做到，還是問題！哦，假使你知道了生活着是何等困難的事呀……人們竟到了自己懼怯自己的地步了。一個人分爲了截判官與罪人兩者——他自己裁判自己，而又在自己面前辯護。而且他又願意與輕蔑他的人一塊兒相處幾晝夜，並且這樣也是他所不願意的——但只爲免掉他獨自一人孤寂寂的，他也寧願如此幹。』

福瑪揚起頭來，帶驚訝而又懷疑地說。

『我眞不懂得究竟是什麼！祿寶福也是說這同樣的話。』

『那一個祿寶福？她說些什麼？』

『我的乳姊妹（Foster-sister）。她也是說的與這同樣的話，——她對於世間的事總在鳴不平。她說，簡直不能夠生活了。』

『唉，她還是年輕得很哩！現在都已經講到這種事情，那是非常可幸的事。』

『可幸的事！』福瑪嘲笑地喃喃着。『使人們嘆息使人們抱怨，這眞不得不是非常可幸的事。』

『你頂好是靜聽人們的抱怨。這些抱怨中所含的智慧實在不少。哦！無論何處，都不能比較這些抱怨中所含的智慧更多了，你傾聽着它們——它們能指教你尋出當走的路來。』

福瑪聽着這好似說服人而又令人困惑的那女子的聲音，他於是向四周望了一望。一切的物件他是老早都看熟了的，但今日，他卻覺得有些新奇。滿室內都是推滿的細小東西，一切的牆上都覆有繪畫與棚架，由每一牆隅內都有閃灼而美麗的物件像伸着頭出來眺望似的。燈上所射出來的帶紅色的光亮，使人心中充滿了憂愁之感。室內，除了此處彼處之黃金的邊緣以及大理石的白點在暗澹地閃光外，一切都爲薄暮所褒住了。沈重的織物帷幔寂然地掛於門前。這一切使福瑪感覺到困惱，並幾乎將他窒息住了；他感覺得好像迷失了路途一般。他可憐那個女子，但她也激怒了他。

『你聽着沒有，我是怎樣現對你講話？我希望我是你的母親或是你的姐姐。從來沒有人像你這樣喚起了我一種這般溫暖而情義相投的感情。但你，以這種不友愛的態度望着我。你相信我麼？相信麼？不相信麼？』

他望着她嘆了一口氣說道：

『我不知道。我一向是相信妳的。』

『但現在呢？』她趕急地問。

『現在——現在我頂好是走！我什麽也不懂得，但我仍是盼望能夠懂得就好。我連我自身也不懂得。我到妳這兒來，在途中的時候，我知道我所要說的是些什麽。但到這兒來了，一切我都弄不清楚。妳使我心胸焦慮，你將我唆使動了。但以後，妳卻對我說——「我對於你，是像一個母親一般！」——這卽是說——「你走罷！」』

『請理解我，我是覺得很可憐你！』女子小聲地說。

福瑪對於她的憤恨愈加強烈起來了，他繼續着對她講，但他所說出來的字句很是可笑的，並且他一面講，一面又不斷地搖動着兩肩，好像要將糾纏他的什麽東西扯開去一樣。

『可憐嗎？爲什麽呢？我不需乎此。唉，我不會說。但不開口又覺得不好。我應當告訴妳的！妳對待我的方法，是很不對的——實在的，妳爲什麽原故要如此誘惑人呢？我未必就是妳的一個玩具麽？』

『我只要你在旁邊，我能夠看見你就行了，』女子以難爲情的聲調簡單地說。

他不曾聽着這兩句話。

『到了正題目上來的時候，妳又恐怖得很而拒絕我。妳開始來後悔。哈，哈！妳說，生活是不好的。妳爲什麼時常在抱怨生活？什麼是生活呢？人就是生活，除來人以外，再無所謂生活了。是妳造出了什麼其他的怪物。妳這樣做，爲的是欺瞞自己的眼睛，而來爲自身辯解。妳作了一些不好的事，妳將妳自身迷失於各種妄想與愚昧中去了，妳就來歎息。唉，生活！哦，生活！未必豈不是你自己做出來的事嗎，妳以抱怨嗚不平來掩譺自身，而又困惑別人。妳已迷失了路，好罷，但妳爲什麼又要將我引入迷途呢？定是邪惡在妳的內而說：「我感覺不好，」妳說，「也使他感覺不好罷——我來用我的有毒的眼淚淋濕他的心罷！」是這樣麼？唉！上帝將天使般的美麗賜給妳，但妳的心呢——妳的心在那兒？』

他全身都是戰慄地站在她的面前，以非難的眼光由她的頭一直審視到她脚下。現在他的話語，是由他心中自由地流出來的，所以他講得聲音也不大，而且是含有快意與強力的。女子將頭揚起來，以圓睜着的眼睛睇視他臉上。這時她的嘴唇起了戰慄，在嘴角現有深深的縐摺。

『美人應當度着善良的生活。然而妳，卻有人說閒話。』瑪瑪的話聲中斷了；他將手舉起來而以冷淡的聲音結論說：

『再見了！』

『再見！』馬丁斯克亞低聲說。

他並沒有將手遞給她，只急忙將身子轉過去就走了。然而已經走到門口來了，他又覺得很可憐她，於是掉轉頭去向他望了一眼。她正孤零零地站在室閣內，低着頭兩手垂下毫無動靜的。

一旦明悟了他不能夠如此地離開她，她就變得更手足無措了。於是他細聲地但又毫無後悔之意地說道：

『恐怕我所說的話很冒犯了妳——請饒恕我能！總而言之，我是愛妳的。』他於是長嘆了一聲。

那個女人柔和而帶神經質地出聲笑了。

『不，我並不會冒犯我。願上帝保佑你罷。』

『好罷，再見了！』福瑪將聲音更放低些返覆地說。

『嗯』，女子亦低聲地說。

福瑪用手將玻璃珠簾推開，但它們又嘩然地蕩轉來觸着他的頰。他因此冰冷的一觸打了一個寒噤卽走到外面去了。他胸中載上了一種沈重而困惑的感情，他的心撥動得好像有一柔軟而又牢固的網投在上面去了一般。

此時已經入夜了；明月高照着，黯成了暗銀色的薄板一般覆蓋在汚水潭之上。福瑪沿着側道走，他用自己的手杖敲毀這些霜之薄板，它們因而發出了淒涼的鳴聲。房屋的陰影成黑色四角形映在街道上，樹林的陰影——則成了奇奇怪怪的各種模樣。有一些，則好像瘦弱的手沒奈何地抓住地面一樣。

「她現在在作什麼呢？」福瑪的心中浮現出了，在那狹窄室內的一隅上，映在紅色光薄明的光線之下那孤零零的女子的姿影了。

『我頂好是將她忘掉了罷，』他如此下決心。然而他不能夠忘掉她；她的姿影立在他的眼前，使他一時起了極端的哀憐之意，一時又起了惱恨，並且甚至於大怒起來了。而且她的姿影又是這般明顯，想到她而又是這般痛苦，就彷彿他是將這女子栽在自己的心胸中似的。一輛馬車由對面馳來，將夜的寂靜中充滿了車輪在砂礫上的軋轢聲與行至冰塊上的轣軋聲。當馬車行經月光所照明之處的時候，這軋轢聲只更爲高昂更爲尖銳，行經陰影之處的時候，則更沈重而暗淡了。車中的馭者與乘客都在搖溲跳動；而且不知何故，他們兩人的身子都向前屈，這兩人與馬一起湊成了一團大黑堆。街道上已爲光明與陰影之點所渁斑了，但在遙遠之處，黑暗濃厚得好，街路已被一堵由地上直聳入天際的牆所包圍着了。不知何故，福瑪心的起了這種想念，他覺得這兩人定不明白他們是往何處去的。而且福瑪也是不明白他自身是往何處去的。他的住屋卽在他的幻想中浮現出來了——他一人孤寂寂地住於六間很大的房間內。安妮霞姑母已經進修道院去了，恐怕此生再也不會歸來——她或者會死在那兒。家中只有老看門的聾子伊舫，廚子兼用人的老使女希克麗提雅，與一隻鼻子像蛤一般魯鈍的毛髮蓬鬆的黑色犬。而且這一隻犬也已老得很了。

『或者我確是必須要結婚了，』福瑪想着嘆了一口氣。

一想到，自己如要結婚是多麼容易辦到的事，他就感覺無聊，而且自己都覺得是滑稽得很。只要明朝向教父開口說要娶一位新娘——不到一個月，定有一個女子與他一同住在他家裏。她就日夜不離地伴着他。假使他對她說：『我們去散步罷！』她就會一同走。假使他對她說：『我們去睡罷！』她也就會去睡。如果她要與他接吻，雖然是她所不願意的，但是依然會吻他。假使他對她說：『走開些，我討厭這回事，』如此她就會生氣了。他對她講些什麼話呢？她又會告訴他些什麼事呢？他在自己心中想像他所認識的那些青年女郎，商人的女兒們。其中確有幾個十分美麗的。他也知道她們之中的無論那一個無有不樂意嫁與他的。似他却不願意娶其中的任誰爲妻。當一個女子做了別人妻子的時候，是多麼措笨而可恥呀。新婚的一對人，當結婚式已告畢後在寢室內的時候，他們彼此講些什麼呢？福瑪努力地想像他在這種場合中會說出些什麼話來，但他困惑着了，開始笑將起來，一句適當的話也尋不出。以後他想起了祿寶福。馬亞金，他想到，如果是她，那末定是她首先開口講話。而所講的，定是與他自身也無關係的理解不透的話。不知何故，他覺得她所要講的一切，定都是些不相干的話，而且也不是宜於她那大的年齡 她那種姿態與出身的女子所應說的話。

此時，他的思想一轉而集中於祿寶福的那些抱怨之上去了，於是他的步伐也變緩慢了；因為他現在想起了，那些與他相近的而又與他談話談得最多的人們，始終都是在對他講論人生，這種事實使他吃驚了。他的父親，他的姑母，他的教父，祿寶福，淑緋亞。怕非洛非納，這許多人，不是教導他如何去理解人生，即是抱怨人生。他想起了，在汽船上的那個老年人關於命運所說的話，以及他偶爾由其他各種各類的人們之處所聽來的，許多關於人生的批評，非難，與悲痛的泣言等。

『究竟這是什麼意義呢？』他思考着。『如果人不就是人生，什麼是人生呢？人們講起來，總好像人生是另外的什麼東西，是在人們以外的什麼東西，這東西即妨礙人們的生存。恐怕這就是惡魔吧！』

一種痛苦的恐怖之感向這青年襲來；他打了一個寒噤慌忙向四周環顧了一回。街道上是荒涼而寂靜的，道旁的居屋的黑窗暗淡地向着夜之闇黑中窺望，福瑪的影子沿着牆壁籬垣追隨他的背後。

「馬車！」他高聲喊叫起來，一面大大的放開脚步走。他的黑色，動蕩而默然的影子，也開始緊緊在他後面追來。福瑪感覺得，他背後好像有一種很冷的呼吸，有個龐大，看不見，而又可怖的什麼東西在追趕他。駭慌了，他幾乎跑去撞着了那寂然地出現於黑闇中的馬車。當他坐上了馬車的時候，雖然他非常想掉過頭去將後面看個清白，但他卻沒有這種膽量。

七

自從福瑪與馬丁斯克強談話以後，差不多一星期已過去了。然而她的姿影卻晝夜不分地並毫無變動地現在福瑪眼前，在他心中喚起了一種好似被咬痛似的焦慮之感。他渴望着要到她那兒去。他要再與她相接近的慾望，使他感覺得骨頭都因之起了疼痛。然而他依然極端地守着沈默，終日愁眉深鎖地毫不屈服於此慾望之下。他只勤勉地埋頭於事業之中，並使自己心中對於女子起了一種憤怒的感覺。他覺得，假使他再到她那兒去，她決不是他上次所離開她時的那同一的她了。在那一次談話以後，她心中定起了一些改變：她決不再像以前那般親切地歡迎他，也決不會再向他表示那種一向總使他心中起了奇特的思想與希望的顯然的微笑。因爲恐怕這一切都會喪失，而其他的什麽會代之而發生出來，所以他就抑制自身而痛苦着。

他的事務以及他對於這女子所懷的渴望，幷不會阻止他不思考人生的事。然而他對於這已經在他心中擾動了一種恐怖之感的悶葫蘆，並不深深加以思考。因爲他不知道怎樣思考，所以他就開始細心地傾聽人們關於人生所說的一切話，而又努力將這些話牢記於心。然而人們並不會替他稍解明這悶葫蘆；不但如此，他們反增加了他的困惑，並使他抱着懷疑的心看待人們了。人們很靈巧，狡猾而敏捷——他看出來是如此。假使與他們有什麽交涉，那非時時自己警戒防備着不可；他已經明白了，在重要的場合中，人們誰也不會將他們自己所想的說出來的。細心地觀察他們，他覺着了他們對於人生的嘆息與抱怨已喚起了他的懷疑。他默然地帶着懷疑的眼光注視一切的人，於是他的額上也刻上了一條細薄的縐紋。

一日清晨在交易所中，他的教父對他說道：

「亞傘尼來了。他要會會你。到傍晚時你就去見他，但你切不可亂開口。亞傘尼用心思要你談講商業上的事，他必會想種種方法來訊問你的。那個東西狡猾得很，的，老惡魔。他眞是像狐狸一樣，他將兩眼望着天，而同時他的爪子已伸入你的腰包中來攫取你的錢口袋了。你當心就是。」

「我們不欠他什麼吧？」福瑪問道。

「當然欠他的。駁船的錢還不會交付他哩，而且最近又拿了他的五十根三丈五尺長的材木。如果他要這些錢一次償清——切不要給他。一個廬布就像一塊粘糕一樣，愈在你手中輾轉得久，則所粘上的哥貝略愈多。一個廬布又像一隻野斑鳩一樣——它高飛到空中去了，等你掉頭向四周一望時——它已引來一大羣斑鳩進鳩屋中去了。」

「如果他要付錢的話，我們現在怎能夠不付給他呢？」

「讓他涕泣着要罷。你也怒吼起來，但不要付給他。」

「我不一會就到他那兒去。」

亞拿尼。沙弗支。犀廚洛夫是一有錢的材木商。他有一所很大的製木廠，他造駁船，又運木排。他是與伊洛拉有來往的。福瑪會見這高身材，多鬚，長臂膀，白頭髮而又將自身挺立得像一枯松樹似的老人，並不只一次。他那大而美的體格，開明的面容，明亮的眼睛喚起了福瑪對於犀廚洛夫的尊敬之念；雖然他已聽着了人們謠傳着：這材木商並不是由於誠實的勞働而致富的，他乃是在森林地方的某偏僻村中度一種不良善的生活。伊格拉曾對福瑪講過，當犀廚洛夫還是年輕的時候，他只不過是一窮苦的農人。因爲他將一犯人藏在他的菜園中的一浴室內，這犯人卽在那裏爲他造假幣。自從那個時候起，亞拿尼就開始富裕起來了。有一天，他的浴室被火燒燬了，人們在火場上的灰堆中發見了一個頭骨被打斷了的死屍。在鄉村中有一謠言，說是犀廚洛夫親自將那犯人殺死——殺死後又放火將他燒掉的。這種事情在這老人一生中發生過好幾次。然而這一類的謠言，對於鎮上的許多富翁都是有的——人們說，他們之所以能積得百萬之富的，都是用的盜竊，殺戮，與造假幣等方法而得來的。福瑪在作兒童的時代就已聽着了這些故事，但他在此以前從來不曾思考過這些事眞的或是假的。

他還知道犀廚洛夫已經死去了兩個妻子。其中的一個，是正當結婚的第一夜，在亞拿尼懷中就死去了。以後他將他兒子的妻奪了來。於是他的兒子就因憂愁而縱情豪飮，而且幾乎因酒喪了命。幸得正當危急的時候，他覺悟了而跑到伊爾幾斯地方的一隱者的庵中去救住了性命。當他那媳婦情婦死去了時，犀廚洛夫就將一個乞食的啞女子引回家中去了。這女子直到現在依然和他同居，並且最近又爲他生了一個死孩子。在往亞拿尼所住的旅館去的途中，福瑪不知不覺地記起了這一切事，並且他又感覺得犀廚洛夫對於他變成了一個特別有趣的人物了。

當福瑪將門打開來，非恭敬敬地站在那個小房間的門口時——這小房只開有一個窗，由這窗望出去，就是鄰家的長有黴苔的屋頂——他看見了老犀廚洛夫剛剛醒來，兩手凭在床上坐着，眼睛正凝視着地上。他的身子是這般向前屈，以至他那長而白的頤髯落到膝頭上來了。雖然是屈着的，但仍可以看得出他的身軀是大的。

『是誰走進來了？』亞拿尼頭也不抬地以嗄而帶恐的聲音訊問。

『是我。你好麽，亞拿尼。沙弗支？』

老人慢慢地將頭揚起來，眨着他的一對大眼睛眺望着福瑪。

『是不是伊格拉的少爺？』

『正是。』

『啊，到這邊來，靠窗子這兒請坐。讓我看看你長得如何了。你可以陪我喫杯茶麼？』

『不必客氣。』

『茶房！』老人將胸挺着大喊起來了。不一會他卽將鬍鬚握在手中，開始默默地觀察福瑪。福瑪也偸着望他。

老人高秀的額頭上已蓋滿了皺紋，皮膚是黑色的。他的顳顬與尖形的兩耳上都長有灰色波紋形的撮毛，他那沉着的藍色眼睛，使他面容的上部有一種聰明和善的表情。然而他的面頰與嘴唇則很厚而帶紅色，這就與他的面容大不相襯合。他的細而長的鼻子，彷彿是要將它自身藏在那白色的口髭中一般，使勁地向下低垂。老人將嘴唇移動着，於是小而帶黃色的牙齒就由其下閃灼出來了。他穿着一件淡紅色的棉布襯衫，腰上緊一根絲帶子，下面穿一條黑色大褲，褲脚塞入長靴之中。福瑪望着他的嘴唇，心中想着這老人正與謠言中所說的那種人無異。

『你少年時代的時候，像你父親像得很些，』犀廚洛夫突然地這樣說，並嘆了一氣。稍緘默了一會，他又開口問道：『你還記得你父親吧？你時常爲他作祈禱麼？你應當，你應當替他祈禱呀！』福瑪簡單地答覆他以後，他又繼續說道。『伊格拉是一個可怕的罪人，並且他還不曾懺悔就死去了……突然之間被死神捉去的。他是一個大罪人！』

『但並不見得比別人更有罪，』因爲提起了他的父親，福瑪感覺很不悅，所以憤怒地這樣說。

『比別人……是那些別人，你說來聽聽？』犀廚洛夫嚴格地問。

『世間上未必沒有許許多多的罪人嗎？』

『那末，世界上只有一個人比較已死的伊格拉更有罪——就是那個被咒詛的異端者，你的教父亞錫卡。』老人一個字一個字地發音說。

『你未必確實知道是這樣嗎？』福瑪微笑着問。

『我麼？當然的，我是確實知道！』老人點着頭很自信地說，而且他的眼睛也稍變黑了些。『我也要到上帝面前去的，也是重罪的人。我將來是背着重擔到上帝的聖顏前。我自己一向都是在討惡魔的歡喜，但我只相信上帝的慈悲……然而亞錫卡是什麽也不相信的，他不但不信夢，並且也不相信麻雀烏鴉的啼叫咧。亞錫卡不信上帝，還我是清白的！他的這種不信神，就是在此世上，也都要遭懲罰的。』

『這種事，你也是確實知道的嗎？』

『嗯，我知道的。而且我也知道，你覺得聽我講話是很好笑的哩。啊，眞是一個感覺靈敏的人呀！然而，犯罪犯得多的人總是聰明靈巧。罪惡就是先生。因此，亞錫卡。馬亞金是出乎人以外的聰明。』

傾聽着老人的嗄而自信的聲調，福瑪一面想道：

「好像，他已覺得自己是離死不遠了哩。」

一個身材矮小面色蒼白而毫無表情的茶房將燒茶缸拿進來，即趕忙謹愼愼地走出去了。老人正在窗檻上解什爲包袱，他望也不望福瑪一眼即說道：

『你很勇敢的，你的眼睛的目光是黑色。從前，有亮眼睛的人們比較多些，因爲那時人們的靈魂潔淨些。從前，什麽都比較簡單些——人們也簡單，罪惡也簡單，但現在，什麼都變複雜了。唉，唉！』

他調着茶就在福瑪對面坐下來又繼續講道：

『你父親像你這大年齡的時候，是一個唧水工人，他與船都是泊在我們村莊的附近。我父親像你這大年齡的時候，我看着他就覺得他像玻璃一般透明的。只須向他一瞥，你就可以明白他是一個怎樣的人。然而你——我現在是望着你的，但看不出來你是怎樣的一個。你是誰？你自身也不明白罷，我的孩子，這就是你所以痛苦的原故。在今日任何人都不得不痛苦，因爲他們不明白他們自身究竟是何等人。人生就好像是被風吹倒的一堆樹，人們應當知道怎樣在其中尋一條出路來。這一條出路在何處呢？一切的人都走迷了，只有惡魔高興歡喜極了。你已結了婚嗎？』

『還沒有罷，』福瑪說。

『啊，又是還沒有結婚的。而且我還敢斷定，你已經不是純潔的了。你很勤於商務麽？』

『有些時候如此。現在我是與我的教父在一塊。』

『你們今日有什麼事做呢？』老人一面搖着頭一面說，他的眼睛不斷地睇着，一時變黑了，一時又明亮起來了。『你們今日簡直沒有事做！往年的時候，商人爲商務騎着馬到處奔跑。就是在夜間，或者下大雪的時候，也都是要出去跑的！在路上總有強盜埋伏着要殺害他們。如是，他就如殉教者一般地死去了，以自己的血洗滌了自己的罪。但到了今日，他們則由火車去來，他們打電報，或者他們更發明了什麼東西，人坐在店子內，你在五哩遠的地方仍可以聽見他所講的話哩。這種事情，定是有惡魔在其中幫忙的！一個人坐着不動，只因爲他毫無事幹，因爲他感覺得寂寞，於是他就要犯罪了。機械替他將所有的事都做了。他沒有事做，而且人不勞動就定會墮落的！人們爲自己置備了機械，並以爲這是很好的！然而機械卻正是惡魔來害你的陷穽。它如此就可以擒住你了。如果你勞働，你沒有閒暇的時候去犯罪，但有了機械——人們就有了閒暇。閒暇能將人殺掉，正如日光能將住在地中的蟲類殺掉一樣。自由乃是使人滅亡的東西！』

爲明晰用力地說出這幾句話來，，老人亞拿尼會以指頭四次地擊叩桌面。他的面容誇耀地閃着光，胸膛挺得很高，銀色的鬚髯無聲地在其上搖動着。聚着他並傾聽他的談話，福瑪感覺恐怖起來了。因爲在這話聲中響有堅強的信念，這信念之力使他狼狽起來。此時他已經將他所知道關於這老人的一切事盡都忘掉了，這些事剛纔一會兒以前，他曾相信是眞誠的。

『無論何人使他身體有閒暇，就會殺掉他的靈魂！』亞拿尼一面如此說，一面很異樣地望着福瑪，好像他看見了有什麼人隱在福瑪背後，聽着他的話非常憂愁恐怖，別人的此種恐怖與痛苦就使他感覺非常歡喜似的。『你們今日的一切人，都會因閒暇而滅亡的。惡魔捕獲他你們——它從你們手中將勞働奪了去，而以機械與電報放入你們手中來了。閒暇是如何地將人的靈魂毀壞了！你只對我說明白，爲什麼孩童們要比他們的父兄壞些呢？因爲他們有閒暇，誠然是如此的。 這就是他們所以飲酒而與女子們一塊度放蕩生活的原因。他們今日之所以少有氣力，乃是由於他們工作很少的原故。他們所以少有愉悅的精神，乃是因爲他們毫無煩憂的原故。愉快，是由勞働後的休息中得來的，但到了今日，誰也不曾勞働到疲乏的地步。』

『啊，』福瑪小聲說道，『以往的人們，豈不是像今日的人們一樣地喫酒，一樣地過放蕩生活嗎。』

『你知道嗎？那末，你就不應當說出來的！』亞拿尼一面喊，一面眼中惡狠狠地閃着光。『以往的時候，人們所有的氣力要大些，罪惡是隨着人們的氣力而定的。但你們今日，所有的氣力較少，而犯的罪則更多了，而且你們的罪是更大的。以往的時候，人們像槲樹一較。上帝的裁判也是隨着人們的氣力而定的。人們的身體要被計量過的，天使要計量他們的血液。上帝的天使要看，人們的罪是否不會重過於他們的身體與血液。你懂得嗎？狼吃了一隻羊，上帝是決不會責罰這隻狼的，但假使是一隻可憐的老鼠殺死了這一隻羊，那末上帝定要懲罰那隻老鼠！』

『人怎麼會知道上帝要怎樣裁判人類呢？』福瑪深思地問道。『必須要有一個可以看見的裁判才行。』

『爲什麼要有一個可以看得見的裁判呢』

『使人們可以了解。』

『但除了上帝以外，誰是我的裁判者？』

爾瑪向着老人瞟了一眼，卽將頭低下默然了。他又想起了那個被犀廚落夫所殺掉而又焚燬的囚犯，此時，他更相信那定是事實無疑。還有那些女子——他妻子與情婦們——一定是被這老人的愛撫追入墳墓中去的；他用他那多骨的胸膛壓倒她們，用他那厚嘴唇吸取她們的精氣。這嘴唇，好像那些在他的長而強有力的膀臂之擁抱中死去的女人們的血尚未乾一樣，現在依然是鮮紅的。而今他一面正在等待已經離他不遠了的死，一面却在計算自己的罪，並裁判別人或者是裁判他自己說：

『但除了上帝以外，誰是我的裁判者？』

『他很恐怖嗎，抑或是若無其事的呢？』爾瑪如此在自己心中訊問着卽沈思起來了，他偸着審視了老人一會。

『是的，孩子！應當用思想才好，』犀廚落夫搖着頭說，『要想想，你應怎麼地生活。你心中的眼目少，但你的嗜好大。要當心，使不至在你自己之前做了蠢！喝——喝——喝！』

『你何以知道我心中有什麽，而且所有的多少之量你也會知道呢？』福瑪沉鬱地講，老人的笑聲使他感覺很不爽快。

『我能夠看得出來！我什麽都知道，因爲我活了這大年紀！喝——喝——喝！眞是我活得多久呀！樹木長大，被斫伐下來，又造成了房子，而且房子也已經舊了。我親眼看見了這一切，而我依然是活着的。有的時候，當我回顧我的全生涯時，我想道，「未必一個人可以成功這許多事嗎？未必我已經目擊過這一切的事麽？」』老八緊緊地注視福瑪，搖着頭卽默然了。

一切都沈靜下來。窗外在鄰家的屋頂上有什麽在輕微地沙沙地響動；車輪的軋轢聲，聽不淸白的人們的會話聲，由下面由街道上傳上來了。棹上的燒茶缸奏出一種凄涼的聲調。厨廚落夫一面目不轉睛地睇視他的茶杯內，一面撫摸着鬚髯。他的胸膛中發出一種聲響來，好像有重擔在內而去來翻轉似的。

『沒有你的父親，你一人定感覺很困難的，是的麽？』他說道。

『我已經漸漸地過慣了，』福瑪答道。

『你很有錢哪，過不久亞可夫死了，你就更有錢了。他將一切所有的都給你的。』

『我不需要。』

『叫他給與什麼旁的人呢？他只有一個女兒，你應當與他的女兒結婚，况且她是你的教妹，而又是你的共乳姊妹——這是毫無問題的！這種事情很容易商量到——那麼一來，你的婚姻問題也就解决了。你現在過的這種生活有什麼好處呢？我想你總在不斷地追隨女人們吧？』

『我沒有。』

『你不肯說出來罷了！唉，唉，唉！商人漸漸沒有了哦。有一個樵夫告訴我——我不知道他是撒謊或是說的實話——他說往日的狗子就是狼，是以後日漸下降纔變成了狗的。做我們這行生意的也是與這一樣；我們不久也要變成狗了。我們要講學問，將時髦帽子戴在頭上；為要去掉我們商人的樣子，我們什麼都得幹起來了。這樣一來在我們與旁的人之間簡直就毫無區別可言了。現在已經成了規則，什麼孩子都得讀中學。商人，貴族，平民——都歸在同樣的標準之下。全都是着灰色服裝，所學的功課也都是同樣的。他們將人們養育起來，就如培養樹是一樣的。他們爲什麽如此行呢？這是誰也不明白的。就是木料，至少由木節瘤上彼此都是有區別的，然而，這些人却想用鉋子來鉋人，使他們能看出來是一樣的。像我們這大年紀的人，棺材都已經在等着我們了。誠——誠然不錯！或者更往後過五十年，誰也不會相信我是在這世上活過的。我，沙皐的兒子，姓犀廚洛夫的亞拿尼。誠然！而且我，亞拿尼，除了上帝以外，誰都不怕的。我在年輕的時候是一個農夫，我所有的全部土地只不過二黑克塔爾而已。（譯者註——Hectare，即是百米突平方）然而到了我老年的時代，我已經積到了一萬一千黑克塔爾，而且全都是森林。此外，我並還有兩百萬現金。」

「什麽人都是諦的錢問題！」福瑪表示不滿地說。「究竟人們由錢之中能得着什麽快樂呢？」

「嘿，」犀廚洛夫呻吟了。「如果你不懂得金錢的力量，那你做一個商人就不行得很。」

「什麽人懂得金錢的力量呢？」福瑪問道。

『我懂得！』廚厓洛夫滿帶自信地說。『凡是聰明人也都懂得。亞錫卡也懂得。錢嗎？這是很了不得的，我的靑年！你只須將它們擺在你的面前想想，「究竟其中含有什麽呢？」你就會明白，這一切都是人們的氣力，人們的智慧。已有了成千累萬的人們將他們的生命放入你的金錢中去了，而且不知其數的人也要再如此行。你可以將你的錢盡都投在火裏，看它們如何地燃燒，到那時你就會感覺着你自己是支配者了。』

『然而誰也不曾像這樣做過。』

『因爲傻子沒有錢的原故。將錢投資於事業中，事業就可以贍養不少的羣衆。於是你就成了這些羣衆的支配者。上帝爲什麽要造人呢？就是要人禱告他。他一個人孤零零的感覺寂寞不過，他就開始想要有權力。人是依照上帝的形像而造的，所以人也是想要有權力，然而除了錢以外，有什麽能夠給權力與人呢？正是這 道理咧。啊，你——你爲我帶錢來沒有？』

『沒有，』福瑪答道。老人的談話使福瑪的頭沈重而苦惱起來了，但話題終久轉到商業的事務上去，福瑪又感覺歡喜。

『這是很不對的，』屠廚洛夫惡狠狠地縐着眉說。『時期早已過了——你不能不付款來。』

『明天我繳一半來就是。』

『爲什麼一半？你何故不全繳呢？』

『因爲我們現在非常需要款子。』

『你們沒有麼？我也是很需要哩。』

『請你稍等些時。』

『唉，青年，我不能夠等。你比不得你的父親。像你們這些年輕人懦弱得很，全是靠不住的。在一個月之內，或者你會將全部商業都會弄壞也說不定。那末，我就是最大的損失者了。你明天將錢完全繳來，不然的話，我就要公布匯票銀無着。這種事我一會便可以辦到。』

福瑪很吃驚地望着屠廚洛夫。這全不像，數分鐘之前那般明察地講論惡魔的那個老人了。那時他的相貌與眼睛又是一樣的，但現在看來，他的面孔很是兇惡，嘴唇上浮着無慈悲的微笑，他鼻子附近的頰上的血管起了激烈的震顫。福瑪感覺得，假使他立時不附錢給他，犀廚洛夫決不得愛惜他，定會公布匯票銀無着而使他公司的名譽一敗塗地的。

『當然是生意很不好嗎？』犀廚洛夫勉強地微笑着。『那末，將實情講出來罷——你在什麽地方將你父親的錢浪費去了呢？』

福瑪想試驗試驗那個老人。

『生意方面太蕭條了，』福瑪將眉頭一縐說。『我們完全沒有契約。而且也沒有收着現錢，所以就有些作難。』

『是這——這樣嗎！那末，你要我助你一臂麽？』

『眞是銘感之至。請你將繳款的日子延長一點，』福瑪請求着很謙恭地將兩眼低下了。

『嘿。你要我看在你父親的友誼上幫忙你吧？好罷，就是這樣，我幹就是。』

『你可以延長多少日子呢？』福瑪問道。

『延長六個月。』

『我非常感激的。』

『不必客氣。你欠我一萬一千六百個盧布。現在這麽辦罷：你重新寫爲一萬五千盧布，關於此款的利息，你就先繳給我。至於擔保品，我就先取你的兩隻馭船作抵押。』

福瑪從椅上立起身來，微笑着說：

『你明日將憑單送來。我一齊都繳淸罷。』

犀廚洛夫也從椅上立起身來了，眼光並不曾由福瑪的譏諷的面容上移去，他鎭靜地搔着胸膛說道：

『這再好沒有了。』

『對於你的好意，我是非常感激的。』

『那算不得什麽！你不曾給我以機會，不然我定會表示我的好意！』老人將牙齒露出來慢呑呑地說。

『是的，假使別人落到你手中去了的話……』

「他會感覺很温暖的………」

「我敢斷言，你定會使他温暖不過的。」

「好罷，青年，這樣總可以夠了吧！」犀廚洛夫惡狠狠地說。「雖然你覺得你自己很聰明，但未免來得太快了。你什麼也沒有得着，你就開始誇耀起來！只要你得勝了我，你再歡呼罷。再見。明天定要將錢預備好。」

「那你不用躭心。再見！」

「願上帝與你同在！」

福瑪走出房外來的時候，他聽見了老人大聲而緩慢地打了一次呵欠。以後又稍帶啞聲地低唱道：

「爲我們大開慈悲之門罷，哦，被祝福的聖母馬利亞！」

福瑪對這老人起了一種二重的感覺。一面，他有些歡喜犀廚洛夫，但同時又憎惡他。

他記起了老人對於罪惡所講的那一些話，並又思考着他對於上帝的慈悲所抱的信仰力。因此，老人便在福瑪心中引起了一種近乎尊敬的感情。

『他也講到了人生的事；他知道他的罪過；但他却不爲自己的罪慟哭，而且也不嘆怨。他犯了罪——他也願意受懲罰。是的，然而她呢？』他想起了馬丁斯克亞，他的心因痛苦而收縮起來了。

『而且她是在懺悔。但這種事却很難明白，究竟她是故意如此做作免得受別人的裁判，抑或是她的心眞實地在疼呢。「除了上帝以外」，他說，「誰是我的裁判者？」事情就是這樣。』

福瑪覺得他有些羡慕亞拿尼，於是青年趕急地要憶起犀廚洛夫打算欺騙他的那些詭計。這樣一來，他心中卽湧起了憎惡這老人的念頭。他不能夠調和自己的感情，因之他就感覺有些困惑而微笑了。

『啊，我剛纔到犀廚洛夫那兒去了來的，』他走到了馬亞金家裏，一面拏椅子坐下，一面這樣說着。

馬亞金穿着一件油膩的室內衣，一隻手握着算盤，開始很不耐性地在覆上皮革的學士椅內移動。他很有精神地說道：

『祿寶福，倒杯茶他喫！事情怎樣了，福瑪。我必須要在九點鐘的時候趕到市政廳去。請你將一切的事趕快告訴我！』

福瑪微笑着將厘廚洛夫提議的要重新寫字據的事說出了。

『唉！』亞可夫・塔拉撒蘇支搖着頭很懊惱地喊叫着。『孩子，你替我弄得亂七八糟的了！與人們交往，你怎能夠這樣地正直無隱呢？呸！惡魔遣使我打發你去的！我應當親自去締對。如果是我去了，我定會將他籠絡到我手中來！』

『恐怕不行吧！他說，「我是一株櫟樹。」』

『一株櫟樹麼？那末我就是一把鋸子。一株櫟樹！櫟樹倒是很不錯的樹，然而它的果實只好餵豬而已。所以一株櫟樹只不過是一個笨伯。』

『橫豎都是一樣，我們總得要繳款與他的。』

『靈巧人決不會忙這種事，但你卻恨不得趕急將錢繳給那人，愈快愈好的樣子。你真是商人中的奇特人物！』

亞可夫·塔拉數彝支非常不滿意他的教子，他皺着眉頭很發怒的樣子，向着他那默然地在注茶的女兒吩咐道：

「將糖往我這方移一點。未必妳沒有看見我的手伸不到那遠嗎？」

福祿寶福的臉色是蒼白的，眼睛的神色也很茫然，她的手懶懶而拙笨地移動着。福瑪望着她，自己在心中想道：

「在她父親面前，她是多麼溫馴呀。」

「他與你談論了一些什麼呢？」馬亞金問。

「談論罪惡的事。」

「啊，那是當然的！他自己的事對於任何人都是最重要的。而且他還是罪惡的製造者。在流刑地與地獄中的那些人，老早都在哭泣着渴望他去，他們到現在都已經等得不耐煩了。」

「他講得很中聽的，」福瑪攪動着自己的茶，一面深思地說。

「他講過我的壞話沒有？」馬亞金問着，帶惡意地將臉一歪而佯笑了。

『稍講過幾句。』

『但你是怎樣呢？』

『我默然地聽着。』

『嘿！你聽着了一些什麼呢？』

『「強者，」他說，「可以得赦免；但弱者是不能被赦免的。」』

『你只想想看－這是何等的大智慧呀！就是蝨虱也明乎此哩。』

不知何故馬亞金對於犀廚洛夫所抱的這種輕蔑的態度使福瑪感覺很憤怒。他兩眼釘在老人臉上，冷笑了一回說道：

『然而他並不歡喜你。』

『誰也不會歡喜我的，孩子，』馬亞金傲然地說。『我何須得要別人歡喜我呢？我又不是女孩子。但他們都尊敬我。人們只尊敬自己所畏懼的人咧。』老人很得意地向着他的教子做了做眼色。

『他講得很中聽的，』福瑪返覆着說。『他在抱怨。「真正的商人，」他說，「漸漸沒有了。一切的人都教以同樣的學問，」他說；「使他們都成爲平等的，使他們看來都是同樣的」』

『他覺得這樣做是不對的嗎？』

『當然他覺得是不對的。』

『傻——傻子！』馬亞金輕蔑地囁嚅着。

『爲什麼呢？未必這樣做是很好麼？』福瑪懷疑地望着他的教父這樣問道。

『我們不知道那樣是好的，但我們可以看得出來那樣是聰明的。將各種各類的人聚在一個地方而教以同樣的思想——如此，我們不得不承認這是聰明的辦法。何故呢——一個人在國家之中究竟算得什麼呢？只不過是一塊磚而已，而一切磚都不得不造成同一的體積。你懂得了麼？那些同樣高同樣重的人們——我可以任我的意思將他們放在什麼地方。』

『誰人又歡喜成爲一塊磚呢？』福瑪帶着慍色說。

『這並不是歡喜與不歡喜的問題，這乃是事實的問題。如果你是由牢實的材料所造成的，他們就　能來剝削你。並不是任何人的面容都可以採得的。然而有的人，我用鎚子一打，他就變成了黃金。但假使頭一旦就破裂了——那就沒有辦法。這只是證明，他是弱者而已。』

『他也講到了勞働的。「一切的事，」他說，「都用機械做了，因此人就被毀壞了。」』

『他簡直完全不懂！』馬厄金蔑視地搖着手。『我眞希奇，你何以歡喜聽那種毫無意思的胡說。這是什麼原故呢？』

『未必那也是不對的麼？』福瑪悶着放聲地大笑了。

『他能夠知道什麼對的事？機器！那個老傻子應當想想——「機器是什麼做的呢？」是鐵做的。因此，就無須得憐恤它。一旦使它工作起來，它就可以爲你製造盧布了。不須講一句話，也沒有絲毫麻煩，你只將它轉動起來，它就繼續工作了。要是一個人的話，他是很麻煩而悲慘的；而且他常時都是非常悲慘的。他悲嘆，煩悶，慟哭，哀求。有時他又喫醉了酒。唉，我眞覺得他之中不相干的事太多了！但機器就像量尺一樣，其中所具有的，正是工作　所要求的。啊，我要去換衣服。時間不早了。』

他站起身來便走出去了，拖鞋擦着地板發出很大的響聲。福瑪目送着他的後影，將眉頭一皺而小聲說道：

「鬼都不能懂透這種道理。一個人像這樣說，另一個人又像那樣說。」

「書上也正是與這一樣的，」祿寶福低聲說。

福瑪望着她很親切地微笑了。她也答以漠然的一笑。

她的眼睛現着疲乏而發鬱。

「妳仍舊在看書麼？」福瑪問。

「是，」少女悽涼地回答。

「妳依然是寂寞麼？」

「我感覺厭煩得很，因爲我總是一人孤零零的。連談話的人都沒有一個。」

「那眞是太不好了。」

她沒有對答這一句話，但只將頭低下去，慢慢地開始弄着毛巾的邊緣。

「妳應當結婚纔好，」福瑪感覺很可憐她，於是說了這一句話。

『請你不要理我好了，』祿寶福蹙着眉答道。

『爲什麼不理妳呢？無論如何。妳總得要結婚纔行。』

『啊！』少女嘆了一口氣低聲說道。『這正是我所考慮的事——是必須要的。卽是我必須要結婚了。但是叫我怎樣辦呢？你知道不知道，我感覺得現在好像在我自身與別人之間立有一層霧——一層很厚很厚的霧！』

『那是由於妳看了書的原故，』福瑪深信不疑地從中打斷她的話說。

『請等一下！而且對於我四周的事情，我漸漸了解不透了。什麼也不能夠使我歡喜。一切我都覺得是很奇特的。什麼事都不是依照理所當然的而行。所有的事皆是錯的。我知道是如此。而且我也明白是如此，然而我卻不能夠說它是錯的，以及何以是錯的。』

『事情並不是如此的，並不是如此的，』福瑪這樣喃喃着。『那都是從妳書上來的。不錯，雖然我也感覺得所有的事都是不對的。但或者這是因爲我們年輕而不懂事的原故。』

『最初我覺得，』祿寶福不曾傾耳於他的講話，只自己一人說着，『書上所寫的一切，我都是明白的。但是，到了現在——』

『把妳的那些書丟開些，』福瑪帶着輕蔑的態度忠告她。

『唉，不要像那樣講罷！我怎能夠將書丟開呢？你知道世界上有多少各種各樣不同的見解呀！哦，天哪！那許多的意見，簡直要使你的頭燃燒起來了。照某一本書上說來，地上所存在的一切都是合理的。』

『一切都是麼？』福瑪問道。

『一切都是！但其他一本書上所說的，又完全是與這相反對的。』

『且慢！如此，豈不是毫無意義麼？』

『你們在討論些什麼？』身穿一件長的大衣，領上與胸上扣有不少的徽章的馬亞金在門口出現着說。

『正是……』祿寶福帶怒地說。

『我們在講論書，』福瑪加上一句說。

「什麽書？」

「她所看的那本書。上面寫着說，地上的一切都是合理的。」

「眞好！」

「但我說那是撒謊的！」

「嗯。」亞可夫・塔拉數維支深思起來了，他捻着他的鬍髯，將眼睛稍瞬了一回。

「那是一本什麽書？」他沈默了一回就這樣訊問他的女兒。

「是一本黑色封面的小書，」祿寶福勉強笑道。

「妳把那本書放在我棹上。那些並不是隨隨便便說出來的話——地上的一切都是合理的！不錯！有人想到了。不錯。或者還表現得非常巧妙哩。假使沒有傻子的話，這就全然是對的。但傻子總是估錯了位置，所以就不能夠說地上的一切都是合理的。但我仍要看看那本書再說。或者其中還有道理也說不定。再見，福瑪！你是在此多坐一會，或者是與我一同乘車出去呢？」

「我還稍坐一會。」

「那很好。」

祿寶福與福瑪又是兩人相對了。

「妳的父親那個人，眞是……」福瑪將頭向着他教父那方顚了顚地說。

「咧，你想他是怎樣的一個人？」

「什麼地方，他都要去應酬的，他要以他的言語來論斷一切。」

「不錯，他是非常靈巧的。然而他不明白我的生活是如何地悲慘，」祿寶福凄涼地說。

「我也不懂得哩。妳幻想得太多了。」

「我幻想了些什麼呢？」少女氣憤地喊道。

「爲什麼呢，因爲這一切皆不是妳自己的思想。是旁的人的思想。」

「是旁的人的。是旁的人的。」

她覺得很想說幾句辛辣的話；但　突然停住而默然了。福瑪凝視着她並將馬丁斯克亞放於她旁邊，一面自己在心中憂鬱地想道：

「一切東西竟是這樣地相差異——無論男人或女人——你們的感覺從來沒有相同的。」

他們彼此對面坐着；兩個人都忘形於自己的思考中去了，誰也不會瞟誰一眼。外而已漸漸昏暗下來，室內卻早已十分闇黑了。涼風蕩搖着菩提樹，樹枝似乎要抓住牆壁，好像它們因爲寒冷不過而向室內求庇蔭似的。

「祿寶！」福瑪低聲喚道。

於是她將頭揚起來向他望着。

「妳知道麼，我已經與馬丁斯克亞有了口角。」

「爲什麼原故呢？」祿寶振起精神來問。

「因爲她得罪了我。是的，她得罪了我。」

「那嗎，你與她有了口角是再好沒有了，」她很贊成地說，「因爲她定會將你教壞的。她是一個很不好的人；她是一個賣弄風情的女人，或者比這還更壞。哦，我知道她許許多多的事！』

『她一點也不是一個壞女人，』福瑪面帶慍色地說。『妳完全不明白她的事。妳們都是在胡說八道！』

『哦，那末請你原諒我罷！』

『不。啊，祿寶，』福瑪帶懇求似的聲調低聲說，『請不要在我面前說她的壞話罷。這是多餘的事，因爲我什麼都明白。眞實的！是她親自將一切的事告訴我的。』

『她親自嗎！』祿寶吃驚地叫道。『她眞是一個希奇的女子！她告訴你一些什麼呢？』

『她自己是不義的，』福瑪很困難地叫了出來，並將嘴一歪勉強微笑了。

『就是這麼？』少女的訊問聲中響有不滿的音調，福瑪聽出了這點，於是他很有希望地問道：

『未必那還不充分嗎？』

『你現在怎樣辦呢？』

『我也是正在思索這個問題。』

『你非常愛她麼？』

𡣕瑪默然了。他凝着窗外困疑地答道：

『我不知道。但我覺得，我現在比以前更愛她些。』

『比口角以前麼？』

『是。』

『我眞希奇，一個人怎能愛上了這種女子！』少女聳着肩說。

『愛上了這種女子嗎？當然的！爲什麼要不愛呢？』𡣕瑪叫喊着。

『我了解不透。我以爲，你所以看上了她的，是因爲你不曾遇見一個較好的女子。』

『是的，我還不曾遇見一個較好的女子！』𡣕瑪表示了同意。但稍緘默了一會，他又逡巡着說，『恐怕也沒有較好的了。』

『在我們的人們之中麼？』祿寶𡣕從中打斷他的話說。

「我非常離不得她！因爲，妳看，我在她面前感覺很害羞的。」

「你爲什麽這樣呢？」

「哦，總之我怕她。卽是，我不願意她覺得我不好，像她對於其他的人一樣。有時我感覺很厭倦。我想——假使我去暢飲一次，使我全身的血管都震撤起來，那是多麽痛快的事，但我想起了她，我就不敢冒險幹了。而且在其他任何事上，我如此想到她，「假使她會發見出來了呢？」於是我就怕去幹了。」

「是的，」少女深思地囁嚅着，「那可以證明你是愛她。我也是這樣。如果我愛一個人，我定是想念他——想到他會怎樣講的。」

「而且她的一切，都是與衆不同的，」福瑪慢慢地講述。「她講起話來，完全是她獨有的一種姿態。哦，天哪！她是多麽美麗呀！並且又小得好像小孩子一般。」

「你們兩人之中所發生的是怎麽一回事呢？」祿寶福訊問道。

福瑪將椅子挪得與祿寶福更湊近些，身子向前屈着，而且不知何故又將聲音放低了纔開始向她講述他與馬丁斯克亞之間所發生的事。他正在講述中，當他想起了他對馬丁斯克亞所說的那幾句話時，最初促使他說出這幾句話的那種感情也在他心中甦醒轉來了。

「我對她說，『哦，妳！妳爲什麼把我當作玩具呢？』」福瑪很非難的樣子發着怒說。

祿寶的頰上也因興奮而赤熱起來。她一面贊同地點着頭，一面又催促他向前說。

「正對！說得好！那末，她怎樣呢？」

「她默然地一聲也不響！」福瑪聳聳肩很悲涼地說。「她講些旁的不相干的事。那有什麼用處呢？」

福瑪搖着手而默然了。祿寶也是默然的弄着辮髮玩。燒茶缸早已冷冰冰的了。屋內的黑闇已漸次濃厚起來，窗外已爲闇黑所密佈。菩提樹的黑枝椏淒涼地搖撼着。

「妳將燈點燃才好，」福瑪繼續着說。

「我們兩人眞是不幸得很，」祿寶說着嘆了一口氣。

福瑪很不歡喜這種態度。

『我並不是不幸，』他以斷然的聲調反駁着說。『我只不過是——尙不曾慣於生活而已。』

『凡今天不知道明天怎樣做的，都是不幸者！』祿寶慘淡地說。『我是今日不知道明日怎樣行的人，你也是一樣不知道的。往何處去呢？雖然是不知道目的地，但我們依然是不能不向前走的。爲什麽原故，我的心總不能夠安靜下來呢？我的心中總有什麽憧憬在裏面顫動着的。』

『我也是這樣哩，』福瑪說。『我開始深思起來，但想的是些什麽呢？我自己也憧不透。我心中有一種痛苦在咬動。唉！但我現在不能不到俱樂部去了。』

『請你不要走，』祿寶懇求道。

『我不能不去。有人在那兒等着我的。我走了。再見！』

『再見罷！』她將手伸出來遞給他，一而很悲涼地望着他的眼睛。

『妳是就去睡的麽？』福瑪緊緊地握住她的手問。

『我還要看點書。』

『妳耽入書中，就與酒徒之愛酒是一樣的，』青年說時並帶憐惜之意。

『此外，叫我有什麼旁的辦法呢？』

來到街上走着，福瑪仰起頭來再望望這屋的窗戶。在一個窗戶中，就曾見了蘇寶的臉。此臉正與少女對他所講論的一切，而且也簡直與她的憧憬是同樣的漠然。福瑪同她點了點頭，一面在自己心中想道：

「她同那個一樣，也是走迷了路。」

起了這種想念之時，他馬上將頭一搖，好像他想將關於馬丁斯克亞的思想駭走一般。於是他將脚步移快了。

夜已來臨了，空氣是清鮮的。一陣冷而強烈的風狂猛地在街上吹着，將塵土捲起向着行人的面部吹來，四周都已黑暗下來了，兩三個行人在黑闇中促忙地趕着路程。塵土吹入了福瑪眼內，他皺着面部心中想道：

「如果我現在將眼睛睜開時，所遇見的是一個女子——那就是淑緋亞·帕弗洛非納會像以前那般親切地歡迎我的徵光。那末，我明天就去看她，假使我所遇見的是一個男子——那我明天就不去了。我要再等些時。」

然而這次迎面而來的，卻是一隻犬。因此使福瑪非常憤怒。他幾乎要舉起手杖來打那條狗子。

在俱樂部的食堂內，福瑪會見了那個快活的武旗希棋夫。他本站在門口與一個長有頰髭的肥胖人在閒談，但他一看見了哥蒂耶夫，便走向前來帶笑地迎着他說：

「你好嗎，正經的百萬長者！」

福瑪有幾分歡喜他的快活性格，並且時常也願意碰見他。

福瑪牢固地心安地握着武旗希棋夫的手問道：

「你爲什麼稱呼我是正經的呢？」

「你眞問得希奇！一個人過活得像修行人一樣，不飮酒，不賭博，又不愛好女人……同時，福瑪·伊格拉其維文，你可知道我們的無與比擬的女保護者，明日就要動身往外國去，一整個夏天都不會回來？」

「是淑緋亞·伯非洛非納麼？」福瑪慢吞吞地問。

『當然是她！我生命中的太陽將要落土了。恐怕你的也是一樣。』

武旗希棋夫做了一個滑稽又詭譎的佯笑而將兩眼釘在福瑪臉上。

福瑪站在他面前，自己覺着頭已低垂於胸膛上去了，但是無法將它揚起來。

『是的，我們的燦爛的曙光。』

『馬丁斯克亞將要遠行麽？』一個很重的低音的男子問着。『那好得很。我眞高興極了。』

『你可以將理由講出來麽？』武旗希棋夫喊道。

福瑪怔怔地微笑了，臉上帶着困惑的神情凝視武旗希棋夫的談話對手——那個長有頰髭的人。

那個人很莊嚴的樣子在撫摸自己的鬍鬚，沈重，苦悶而討厭的話語，從他嘴唇中落到福瑪耳上來了。

『因爲，這麽一來，這鎭上就減少了一個賣弄風情的女人。』

『太不顧面子了罷，馬丁。里克堤支！』武旗希棋夫皺着眉頭非難地說。

『你何以知道她是一個賣弄風情的女人呢？』福瑪走近那個長有頰髭的人的身邊惡狠狠地問着。那個人以輕蔑的眼光向他身上打量了一回，卽將臉掉過去並移動着大腿而嗫嚅地說：

『我並不曾說——賣弄風情的女人。』

『馬丁．里克堤支，你不應當像那種樣子講論一位女人，而且她——』武旗希棋夫以說服人的聲調喊着，但福瑪從中打斷他的話說：

『失禮得很！我想請教這位先生將他所說的話加以解釋。』

剛勇而鎮定地說出了這兩句話，福瑪將手深深地插入褲子的腰包內，胸部向前挺出，於是立時現出了一種挑戰的態度。那個長有頰髭的人，臉上堆着冷笑地又打量了福瑪一回。

『諸君！』武旗希棋夫低聲喊道。

『我說了，賣弄風情的女人，』長有頰髭的人一面動着嘴唇好像是在玩玩他所說出的話，一面說着。『如果你們不懂得，我可以爲你們解釋淸楚。』

『你頂好是解釋出來，』福瑪依然目不轉睛地望着他，如此說着他深深地嘆了一口氣。

『一個賣弄風情的女人，如果你們要明白是什麼，那就是作皮肉生涯的，』有頰髭的人低聲說着，並將他那大而圓肥的臉更與福瑪湊近了些。

福瑪低微地咆哮了一聲。當有頰髭的人還不曾來得及走開的時候，他便用右手抓住了那個人的鬈曲的灰色頭髮。用手痙攣似的震動起來，福瑪開始使勁地搖撼那個人的頭與龐大的身軀。每當他將左手舉起或打下的時候，他以沈重的聲音正和着打的節拍說道：

『不要……在人的背後……說人的不是，……要正當着他的面……在他眼前說……。』

望着那個人的粗大的膀臂在空中滑稽地亂舞，當受着搖撼的時候，他的腿向下彎曲，噹的一聲打在地板上去了，福瑪目擊這種情形，心中感着燃燒似的快感。那個長有頰髭的人的金錶，從腰包內落出來，吊在鏈子的一端在他的便便大腹上擺動。福瑪爲自己的氣力同那個莊嚴人的崩潰所沈醉，心中充滿了如熾的怨憤之感，並因復讎的快感周身起了震顫，他一面將那個人沿着地板拽拖，一面以低沈的聲音狂喜而懷惡意地咆哮着。在這幾分鐘內，他嚐着了一種偉大的感覺——卽是從爲長久的憂悶與不快所壓迫着的倦疲的重荷之下被解放出來的感覺。他覺得有人從後面來捉住了他的腰部與肩頭，扭着他的手要將它折斷；而且還有人在他足指上亂蹈。然而除了他那充血的眼睛正追逐着在他手中蠕動着呻吟着的一個重黑塊以外，他什麼也沒有看見。最後有人拉開他將他推倒了。他彷彿是透過了一層紅霧似的，望見了他所毆打的那個人正在他面前的地板上靠近他脚邊躺着。披散着頭髮，他正在地板上動着腿打算站起來，兩個黑人扶着他的腋下，他的兩手好像破翼一般在空中搖動。他發出一種因歔欷幾乎扼住了喉的聲調向福瑪嚷道：

「你怎能夠打我！你打我是萬萬不行的！我是有品級的人。痞根！哦，無賴漢！我是有子女的人。什麼人都知道我的。你那個破落戶！野蠻人，哦——哦——哦！我定要與你決鬥！」

這時武旗希棋夫向着爾瑪耳邊大聲說道：

『到那邊去，我的朋友，看上帝的面上！』

『等一下，等我在他臉上踢一脚再走，』爾瑪請求着。但他依然被人拖開了。他的耳內嚶嚶地鳴喚，心臟跳得格外快，但他感覺得釋了重負很好過的。走到了俱樂部門口時，他放心地深深嘆了一口氣，臉上浮着好意的微笑對武旗希棋夫說道：

『我那樣牢實地收拾了他一頓吧？』

『你聽我說！』那個快活的書記憤怒地叫道。『請你恕我無禮，你那種樣子脫不了野蠻行動！見鬼！我從來不曾目擊過這種情形！』

『朋友！』爾瑪親切地說，『像那種人未必不應當收拾他一頓麽？他豈不是一個無賴漢嗎？他怎能那樣地在人背後講人的壞話呢？要講，就當跑到她面前去，當着她一人堂堂地講纔是。』

請恕我無禮。你也太過分了！你決不是爲她一人纔這樣幹的……』

『你說的話是什麽意義——不是單獨地爲她而幹的麽？那末，我是爲的誰呢？』

𠫊瑪吃驚地問。

『爲的誰嗎？這我可不知道。很明顯的，你胸中總有要報復的舊恨。哦，天哪！眞是——不錯的場面！我一生中決不會將這忘掉！』

『那個人——他——他是誰？』𠫊瑪問着，突然嗤的一聲大笑起來了。『他那般地叫喚着，那個傻子！……』

武頡希棋夫將兩眼緊緊地釘在𠫊瑪臉上問道：

『請你對我講實話，你是誠然不知道你所毆打的那個人是誰麽？你眞實地是單只爲的淑緋亞·帕弗洛非納麽？

『誠然是如此，上帝可以作證的！』𠫊瑪發誓了。

『這樣，天也不知道這事結果將成爲怎樣！』他中途將話停住了，很困惑地聳聳肩，將手搖擺着，又開始在人行道上踱來踱去。他一面慢步着，一面側目看着𠫊瑪說道：

『因這事，定會有報復臨到你身上的，𠫊瑪·伊格拉其緒支。』

『他會去控告我麽？』

『那正是所要當心的問題。他乃是副知事的女婿。』

『眞的麽？』福瑪慢吞吞地說着將臉放下來了。

『是眞的。說老實話，他本是一個破落戶，一個無賴漢。從這一點上說來，他受你這一頓毆打是應當的。但是同時想想你所庇護的那位夫人也是……』

『請你不說了罷！』福瑪將手搭在武旗希棋夫肩上決然地說。『我一向都很歡喜你，而且你現在又是與我一同散步。我明白你的盛意，我也覺得非常感激的。但是在我面前，請你不要講她的壞話。無論你覺得她是怎樣的一個女人，但依我看來，她對於我乃是非常珍貴的。對於我，我覺得再沒有超乎她以上的好女人了。所以我是坦坦白白地在對你講。你現在與我一同散步之時，請不要提及她的事。我覺得她是良善的，因此她就是良善的了。』

福瑪的面容上現着非常興奮。武旗希棋夫注視着他深思地說道：

『我不得不承認你是一個奇特的人。』

『我是一個單純的人——野蠻人。我毆打了他一頓，現在我覺得很痛快的。至於結果將如何，那我不管。』

『我恐怕結果總會來得很壞的。你知道嗎——我們大家都坦坦白白地說罷——我也歡喜你，雖然……嘿！同你在一路，總有幾分危險。像你那種騎士的性質一發作的時候，恐怕有一天我也會遭你一頓毆打哩。』

『豈有此理？我這還是第一次哩。未必我每天都會毆打人麽？』福瑪很羞澀地說着。於是他的同伴大笑起來了。

『你眞是一個怪物！聽我說罷——與人相毆打乃是野蠻的事——請你恕我失禮，而且也是卑鄙的事。但是我對你講，你這一次還有一點幸運，你所毆打的那個人，是一個淫蕩之徒，講人壞話的，寄人籬下的人……他霸佔了他外甥們的財產還不曾受懲罰的。』

『那末，謝天謝地！』福瑪滿意地說着。『我這一次稍微懲罰了他一點。』

『稍微一點嗎？好罷，我們就將它作爲是一點罷。但請你聽我的話，容我忠告你罷。我是法律上的人。他，那個加强則夫是一個無賴漢！誠然是如此！然而就是一個無賴漢你也不應當毆打他，因爲他乃是國家的法律保護下的社會之一員。只要他未曾干犯刑法，你是不能下他的手的。即使他已干犯了刑法，到那時依然不是你，而是我們這些裁判官纔可以裁判他。在你這方面，你只能耐心等待而已。』

『他不久就會落到你們手中去麼？』福瑪率直地問。

『那也難說。像他那樣狡猾的人，恐怕永不會被逮捕。他一生中在法律之前，也會與你我一路同等地過活着。哦，我與你在談些什麼！』武旗希棋夫滑稽地嘆了一口氣。

『洩露了祕密麼？』福瑪勉强笑着。

『並不是祕密；但我不應當這樣任意講話。然而這件事很鼓勵我的。實在的，當關妹希施，(Nemesis)只像馬一樣蹴起來的時候，她對於她自身倒是忠實的。』

福瑪好像路上遇着什麼阻礙似的突然停住脚不走了。

『關妹希施——正義之女神，』武旗希棋夫咭咭不休地說着，『但你怎樣了？』

『這一切事之所以發生，』福瑪低聲慢吞吞地說，『都是因爲你說她要遠行了。』

『誰呀？』

『淑緋亞・帕弗洛菲納。』

『不錯，她是要遠行了，怎麼樣？』

他站在福瑪對面，眼中含着微笑凝視着他。哥蒂耶夫則默然地垂着頭用手杖叩打道旁的石塊。

『走罷。』武旗希棋夫說。

福瑪開步了，一面又帶着漠不關心的神情說道：

『好能，她走就走罷。只剩下我一個人了。』

武旗希棋夫一面搖蕩着手杖一面睇視着他的同伴而口中開始吹嘯起來。

『我沒有了她能否繼續過活得下去呢？』福瑪的眼睛望着前面的不知何處如此訊問着。稍緘默了一會，他低聲而決然地答覆自已道：

『當然我能夠過活得下去。』

『你聽我講罷！』武旗希棋夫喊道。『我給你一些好忠告。一個人應當是他的本色才行。但你，你可以說是一個敘事詩似的人，抒情詩對於你是不相合的。那不是屬於你的範圍之內的。』

『請你更說簡單一點，朋友，』對於他的談話正傾耳細聽着的福瑪這樣。

『更說簡單些麼？好罷。我是要說明，要你不必思念那位巧小的夫人了。她對於你，乃是有毒的食物。』

『她自己對我也是這樣說，』福瑪沈鬱地加了這一句話。

『她對你說的麼？』武旗希棋夫問着而沈思起來了。『好罷，恐怕我們此時可以去喫得晚飯了吧？』

『就去罷，』福瑪同意了。突然之間，他握着拳頭在空中亂搖而頑强地叫吼道：『那末，我們去罷。我要太大地改變一下，在這一切之後我要奔放起來，以至你無力將我挽留得住！』

『爲什麽呢？我們要中庸地幹才好。』

『不！請等一下！』𠑊瑪挺着他的肩頭悲切地說。『究竟是什麽一囘事？未必我比其他的人更壞麽？一切的人誰都是紛嚷齷齪地過生活，各人都具有自己的目的。但我卻是無聊得很。所有的人誰都很滿意自身。至於他們抱怨，那乃是撒謊的，那些無賴漢！他們都是爲體面的原故假做出來的，我何需得要假做呢。我是一個傻子。我對於什麽全都是不懂的，我的朋友。我只不過願意過活而已！我一點也不會思考。我覺得討厭得很；一個人這樣說，其他一個人又那樣說！唿！然而她，唉！你是不知道。我的希望全緊於她身上。我期望她——所期望的究竟是什麽，我還不明白，然而她乃是女人中之最傑出者！我是那般地信賴她。有時她講起話來，又是那般特別，那般與衆不同。她的眼睛，朋友，眞是美麗極了！哦，天哪！望着它們，我都非常害羞的。我對你講，她只要向我說幾句話，一切的事情我就明白了。我並不只戀愛她而已——我乃是以整部的心靈與她相見！我追尋——我思考着，因爲她是這般美麗，那末我在她之傍，也可以變得像一個人！』

武旗希棋夫傾聽着由他同伴口中所湧出的這些悲痛而不相聯絡的字句。他望着𠑊瑪要努力表現自己的思想之時，他臉上的筋肉是如何地緊縮起來。他也覺得了在這些混亂的言辭背後，確有一種大而沈痛的悲哀存在着的。在這個突然落着而大踏步地在人行道上走起來的強壯而粗野的少年的無力之中，卻有些極端令人感動之處。用他那一對短腿子在後面輕跳着趕上來，武旗希棋夫感覺得無論如何他總要安慰福瑪才對。福瑪在那天晚上所說的與所做的一切，都令這愉快的書記對於福瑪起了一種活躍的好奇心，並且這年輕的百萬長者向着他所表示的那種直暢態度，也使他感覺非常高興。這種直暢中所含的闇然之力，使他有些困惑：他因其壓力而狼狽起來了。雖然他很年輕，但對於人生之任何時期，他都有不少的言辭來應付，然而這些言辭必須要多思索一會，纔可以記憶得起來。

『我覺得在我四周所有的一切，都是黑暗而狹窄的，』哥蒂耶夫說。『我感覺得有一個重擔落在我肩上來了，這重擔究竟是什麼，我卻不明白！它將我束縛住了，將我在人生道上行動的自由阻止着了。傾聽別人的話，你聽着他們各說各是。然而，她應當說明——』

『唉，我的好朋友！』武旗希棋夫一面輕輕地搖着他的臂膀，一面這樣打斷他的話說。『你那樣講是不對的！你剛剛開始入世，你就已經用起哲理來推究事物了！啊呀，那是不對的！人生的意義就是要我們過活而已！即是——自己活着，同時也讓他人活着。這就是哲理了。至於那個婦人。唉！未必除了她以外世界上再沒有女人了嗎？世界寬闊得很哩。如果你願意，我可以介紹你一個非常雄糾糾的女子。我敢擔保，你一見她，你的那種哲理就會飛得無影無蹤了。哦，眞是一個了不起的女子！她眞是會善用人生了！你不知道，她也有些敍事詩似的。她實在很美麗，可以說像緋萊妮(Phryne)一樣。呀，她與你配合起來，眞是天生成的一對！這實在是妙極了。我定將你介紹與她！釘子依然要用釘子纔可以釘得出來。』

『我的良心不容許我這樣行，』福瑪憂鬱而固執地說。『在她還活在世間之時，我就是向別的女子眺望一眼，也是不可能的。』

『像你這樣的一個年輕而強壯的人……喝，喝！』武旗希棋夫喊着。於是他以教師般的口調向福瑪辯駁，說他必須要與女子一塊大大地狂宴一次，好使這種感情有點出路。

「像這樣行就再好沒有了，而且這對於你也是必須要的。你可以相信我。至於說到良心，請你不要見怪，你的定義下錯了。並不是良心阻止你，我敢說，只是因為你膽怯的原故。你幾乎是在社會之外過活着。你是害羞而無辦法。對於這些事，你不過只微微有點自覺而已，於是你便將此自覺認為良心了。其實在這種處所，與良心是毫無關係的，因為享樂之於人是自然的事，是人們的需要與權利。」

福瑪將步伐合着他同伴的步伐之大小向前走，一面又眺望着街路。這街路是挾在兩列高房子之間好像一條大溝瀆，而且充滿了黑闇。看起來，好像這條路是長得無止境的，並且還覺得，有什麼闇黑無窮盡而又令人窒息的東西由遠方慢慢地流過來了。武旗希棋夫的親切而勸服的聲音單調地在福瑪耳中響着，雖然福瑪並不曾傾聽這些話語，但他覺得這些話語很有黏附力，它們緊緊地追隨着他，他感覺得自己已不知不覺地將它們記下了。雖然本是有一個人在他旁邊與他一路走着，但他覺得只是他一人孤零零地在黑暗中彷徨，這黑暗捉住了他，將他慢慢地向前拖，他覺得他是在被拖往什麽地方去，但他依然不願意將脚步停住。有一種什麽疲乏阻礙了他的思考；他心中毫不願意反對他同伴的這種勸諫——而且他也沒有反對的理由。

『並不是一切的人都要用哲理去推究事物，』武旗希棋夫說時，將手杖在空中旋轉，而且有些沈於自己的智慧中去了。『因爲如果每個人都用起哲理來推究事物，那麽一來誰還情願過活下去呢？况且我們只不過生存一次而已！所以應當儘量乘機會來享樂人生。我可以發誓，這乃是眞實的！然而這樣閒談有什麽意義呢？你可以允許我給你勁搖一下麽？我們馬上就到我所知道的一家遊樂地去。有兩姊妹住在那兒。唉，她們眞是如何地生活着呀！你去麽？』

『好罷，我去，』福瑪鎭靜地說着並欠伸起來。『現在去豈不太晚得一點麽？』

他一面仰首觀望那滿爲雲彩所遮蔽的天空，一面這樣問。

『到她們那兒去，無論何時都不爲晚！』武旗希棋夫愉快地喊着。

八

在俱樂部這一幕以後的第三天，福瑪發見了他自身在離城約七俄里地的則枋者夫的材木碼頭上，與這商人的兒子，武旅希棋夫，以及一個禿頭紅鼻子生有頰鬚的紳士，還有四個女子在一路。年輕的則枋者夫戴有眼鏡，是一個蒼白而瘦削的人，無論何時只要他站立着，他的小腿子便不斷地發抖，好像是很不願意支持這個裹在一件方格子綢又附有頭巾的長外套內的軟弱身體，和那戴上一頂鳥打帽而滑稽搖動着的小頭一樣。有頰鬚的紳士稱呼此人爲約翰，而且他這兩字的發音，正像他是在患慢性感冒一般。作約翰對手的那個女子，身材很高，身體強壯，且有一豐滿的酥胸。她的頭是一個扁腦殼，很低的額頭向後陷進，她那長而尖銳的鼻子，使她的臉顯得有些像鳥。這醜怪的臉上毫無表情，只有那小巧圓圓而冷靜的眼睛，則總浮有一種刺人而狡滑的微笑。作武旗希棋夫對手的那個女子，名叫緋娜；她長得很高，顏色蒼白，頭髮是紅色的　她有那麼許多頭髮，看起來好像她是戴上了一頂大帽子似的直垂到她的耳上頰上和她高秀的額上。她的大而帶青色的眼睛，在此額下靜然而無力地閃着光。

長有頰鬚的紳士，是坐在一個年輕豐肥而壯健的女子之傍。他憑在這女子的肩頭上在喃喃些什麼，女子因之不斷地高聲笑着。

作福瑪對手的那個女子，長得很端莊，膚色微黑，全身的穿戴都是黑色。臉上帶黑色，披着鬈髮，她將她的頭保持得那般豎立而高昂，並且又以那種傲慢態度來環視她四周的一切，這種樣子立時顯得很清白，她是以爲她自身是這一羣人中的最重要的人物。

這一羣人正坐在遠遠地突入那平滑而高闊的河面的一隻筏子的一端上。筏子上鋪有木板，正中間放有一張製得很粗糙的棹子；空酒瓶，盛食品的籃子，包糖的紙皮，以及橘子皮等拋散得到處都是。筏子的一隅上，有一堆土，這堆土上有火焚燒着的。

一個穿短毛皮外套的農人，一面蹈跳着在火上煖手，一面偸着望望棹上的那些人。他們剛剛喫完鱘魚湯，此時棹上正有酒與水果擺在他們面前。

爲兩天來的宴會與此時剛完畢的酒筵所疲憊了的這一羣人，他們心中都感覺有些厭倦了。大家眺望着河上閒談，但他們的談話不時起了長時間的中斷。

這一日的天氣，晴明爽朗年輕好像在春日一般。寒冷而明朗的天空，壯肅地將自己在這靜如晴空闊如滄海，龐大而暢流着的渾濁的河水上展開來。遠處多山的河岸，正浴於蔚藍色的煙霧之中。透過此煙霧，在山頂上，教堂的十字架像明星似的烱爍。在多山的河岸那邊，河流正充滿生氣；汽船在左往右來，它們的騷擾之音，傳到寂爲寂靜河流的溫柔而細微的聲浪所充滿的草原與木筏上來，好似深長的嘆息一般。巨大的駁船，像大豬一樣伸直它們的身體，將平靜的河面分開，一隻復一隻地溯浪而前。黑煙由這些汽船的煙囱中，一股一股濃重地吐出，而慢慢消散於充滿日光的新鮮空氣中。有時一聲汽笛響來——正像一隻過於酷使了的巨大發怒的猛獸在咆哮。靠近木筏這方的草原上，一切都寂靜無聲。爲大水所淹的孤寂的樹枝，現在已爲光燦的嫩葉所覆。將這些樹的根幹沒蔽，而映照其梢顛的水，使這些樹顯得好像球形一樣。由人們眼中看起來，彷彿一絲絲兒微風，卽能使它們浮起，成爲幻奇般的美麗流下這明鏡似的河面。

紅髮女郞沈思地凝視遠方，開始柔和悲哀地唱道：

『伏爾加河上

一隻小舟在浮……蕩。』

膚色微黑的女郞，眨眨她那一對大而冷靜的眼睛，也不望望這個歌唱的女子，便帶輕蔑地說道：『妳不唱，我們都已夠沈悶了。』

『不要打擾她，讓她唱罷！』瑪瑪和善地望着他對手臉上如此懇求着。他的面色蒼白，不時有一線閃爍之光浮耀於他眼中，脣上也泛着一種漠然而惆悵的微笑。

『我們來和唱罷！』長有頰鬚的男子提議說。

『不，讓這兩個唱罷！』『武旗希棋夫起勁地說。『維娜，妳唱那個歌罷！妳知道的，那個「到了天明時，我就要走了。」如何？帕非琳絮，唱呀！』

那個嗤嗤發笑的女子向那腐色微黑的女郎瞥了一眼，便恭敬地問道：

『沙霞，我唱麼？』

『我自己來唱罷，』福瑪的對手這樣聲明着，又將臉轉向那面似飛鳥的女郎吩咐道：

『沙霞，同我一路唱！』

沙霞立時中止了她與則枋者夫的談話，用手將喉頭撫摩了一下，又將她那對圓眼睛釘在她姐姐臉上。沙霞立起身來，她的手憑在棹子上，頭則高慢地昂起，而開始唱出了一種有力而幾乎是男性的聲音：

『不知勞苦與憂愁的人

胸中不曾爲愛之熾熱所燃燒的人

此世對于他們是快樂的！』

她妹妹頓了頓頭，遂緩慢而悲哀地開始以一種低沈的女子最低的聲音呻吟道：

『唉，我！我這美麗的少女。』

將目光向着她妹妹閃了幾閃，沙霞以低調兒歌道：

「我的心像草葉般枯萎了。」

這兩個聲音混合着，因過多的力而震顫，成了諧美而豐富的聲調漂浮於水面。一個哀訴胸中的痛苦，陶醉於自己的悲哀中，是在以淚水濯滅痛苦之焰，且又一面在愁苦而慘淡地嗚咽。其他一個——更低，更帶男性的聲音——充滿了血性的抑鬱和急於復讎之感，強有力地在空中盪漾。將歌詞清晰地發着音，這聲音由她胸中滾滾流出，每一個字像漬有沸騰的血煙，因暴亂而振動，且含有懊惱和急欲復讎之音。

「我要報復他，」

沙霞合上兩眼悲切地歌唱

「我要將他燃燒起來，

使他成爲枯乾」

沙霞嚴肅堅信地發誓，將那響來像打鼓似的強有力的聲調拋向空中。突然改變了歌曲拍子的緩急程度，將聲音提高來，她開始像她妹妹般慢慢地，歌出了淫蕩與歡躍的辭句：

『比狂風更乾，

比刈草更乾，

哦，刈下而枯乾的草。』

兩肱憑於棹上，甯瑪偏着頭，眉頭深鎖地望着這女郎的臉上，望着她黑色半閉的眼上。她一眼不眨地注視遙遙的遠方，兩眼閃得那般放亮而兇險，因爲這股光輝，甯瑪竟感覺得，由她胸中所發出的那軟滑如絲絨似的聲音，也像她眼睛一樣是黑色而閃光的。他追憶她的愛撫心中想道：

『她何以成了現在這樣的一種女人呢？與她在一路更是可怕的事。』

武旗希棋夫緊緊靠着他對手坐着，臉上存着快樂的表情，傾聽此歌曲，並感覺很滿意。長有短鬚的紳士與則枋着夫在飲酒，他們兩人互相湊近時，便輕輕地耳語。紅髮女郎將武旗希棋夫的手握在自己手掌中深思地加以審視，但這活潑女郎漸漸變得憂鬱起來了。她的頭低低垂下，毫不動彈地傾聽此歌曲，彷彿着了魔似的。農人由火旁走了來，他以足尖小心地在船板上步行；兩手擬在背後，他那寬而帶鬚的面孔變成了一種驚奇與純朴的喜悅的微笑。

『唉！想想看，我的好人兒！』

法霞頓了頓頭，凄切地懇求着。她姐姐將胸膛向前挺出，頭益發高舉，以強有力的勝利的聲調終山歌道：

『愛之渴慕與痛苦啊！』

當她歌畢時，她一面傲然地眺望四周，一面在福瑪身傍坐下，以牢固而有力的腕臂抱住他的頸項。

『喇，這個歌曲好不好？』

『好極了！』福瑪帶笑地望着她嘆了一口氣說。

這歌曲便福瑪心中充滿了渴慕溫存之感。胸中依然滿是惑人可愛的音調，他的心兒起了顫動，但一接觸了沙霞的臂膀時，他却感覺在人前很呆笨而害羞。

『好——呀！好呀，亞力山得拉。撒里利福納！』武旗希棋夫這樣高聲叫喚，其餘的人都在鼓掌。雖然如此，她並不注意這些人，只嚴然地擁抱着福瑪說：

『我唱了這個歌，你總得送我點禮物罷。』

『好的，我送你點禮物，』福瑪答應着。

『你送什麽給我呢？』

『妳告訴我罷。』

『我們到了城裏時，我再告訴你。如果你給我，我所歡喜的東西——哦，那我眞要怎樣愛你呀！』

『因爲我送給妳的禮物麽？』福瑪懷疑地微笑着問。『妳應當無論如何都得愛我。』

她鎭靜地望着福瑪，思索了一會後，便决然地說道：

『無論如何都得愛你，那未免太早了。我不撒謊。爲什麽我要對你撒謊呢？我是明白地告訴你。我愛你，只是爲錢爲禮物。因爲除了錢之外，男子什麽也沒有。他們不能在錢以外，更給人點什麽。不能更給一點有價值的東西。我早已非常明白這件事了。人不過只能如此愛而已。不錯，多等些時——到了我更明白你的那時，或者我可以無代價地愛你。但同時你不要以爲我不好。因爲像我這種生活是需要許多錢的。』

福瑪傾聽着，但因爲與她的聲音以及好姿形的身體離得太近的原故，他不時起了顫慄。則枋省夫的辛澀，爆裂與沸騰似的聲音在他耳上響起來了。『我不喜歡那個歌曲。我不懂得這個有名的俄國俗謠的美麗處。歌中發出的是什麼？唉？是狠的哮嗥。是帶飢餓而狂野的號聲。啊！是一個病犬的悲鳴——總之有些帶獸性。其中毫無愉快之處，不成音調；其中沒有生氣與活躍的音節。不，你應當聽聽法國農人唱的歌，或者是意大利的也好。』

『請原諒，伊仿。尼可拉蘇維文，』武旗希棋夫與奮地大聲說。

『我與你同意，俄國的曲調是單調而沈鬱的。你知道，因爲其中沒有受文化的洗練，』長有頰鬚的人厭倦地說着，並由杯內啜了一點酒。

『但是，總而言之，其中總是有一股熱情在內，』紅髮女郎一面削橘子皮，一面插嘴說。

太陽落山了。它遠遠沉入草原岸上的樹林那方，將全樹林染成了紫色，並在那黑色冷水上映出了玫瑰色與黃金色之點。福瑪凝視日光映射的這一幕，望着它們在那平滑汪洋的水面上顫動，他又幻想出他耳畔所聽着的人們講話的斷片，好像是一羣一羣的黑蝴蝶在空中忙碌碌地展翅一樣。將頭靠在他肩上的沙霞，正在他耳邊上喃喃些什麼，以致他面赤而感覺困惑住了，因爲他覺得，她在他心中引起了一種要擁抱這婦人要不斷地吻她的慾望。除了她以外，聚在那兒的人們，誰也不能引起他的興趣。而且別枋着夫與那個長有頰鬚的人，他是極其討厭他們的。

「你在望什麼？唯？」福瑪聽着武旗希棋夫的嬉戲的嚴格聲調這樣說。

武旗希棋夫所叱吼的那個農人，從頭上將帽子取下來，在膝頭上一擊，帶笑地答道：

「我是來聽太太們唱歌的。」

「啊，她唱得好麼？」

「那何須得問，當然很好！」鄉下老眼中含着羨慕的神色凝視着沙霞這樣說。

『對的！』武旗希棋夫說。

『那位太太心中蓄有一種聲音的偉大力量，』鄉下老一面頷頭一面說。

聽了這兩句話，女人們鄙嗤的一聲笑起來了，男人們則關於沙霞說了幾句雙關話的評言。

沙霞靜靜地聽了這些話，一辭也沒作聲，便問鄉下老說：

『你唱歌麼？』

『我們稍唱一點！』他將手揮了一揮。

『你們唱些什麼歌呢？』

『各種都唱。我很歡喜唱。』他道媸似的說。

『來，我們一路唱點什麼，我與你兩個。』

『那怎能夠？我怎能與妳一路唱呢？』

『啊，起頭唱罷！』

『我可以坐下麼？』

『到這兒來，到棹前坐下。』

『這眞有趣得很！』則枋者夫皺顏說道。

『如果你感覺沈悶，你自己跳下水去好了，』沙霞忿怒地望着他這樣說。

『不，水冷得很，』則枋者夫因沙霞的一睨起了畏縮說。

『隨你的便罷！』女人聳了聳肩。『但你跳下去，這是再好沒有的時候，現在湖正漲，所以你的腐爛軀體，決不會將水全部弄髒。』

『呸，好機智呀！』青年瞭聲說着，將臉掉了過去，又輕蔑地加上一句道：『在俄國，連妓女都是粗暴無禮的。』

他向他傍邊的鄰人打招呼，但那人只回了他一個沈醉的微笑。武旅希棋夫也喫醉了。他以他那漸變朦朧的兩眼凝視着他對手的臉上，口中不知喃喃了些什麼，耳上是什麼也沒聽着。面孔像鳥樣的女人，將糖盒子放在眼前，嘴裏在喫糖菓。帕非琳慕跑到筏子邊上，站在那兒將橘子皮抛入水內。

『以前從來沒有參加過這樣荒謬的一種郊遊，和——遊伴，』則枋者夫愁苦地向他鄰人這樣說。

福瑪看着他微笑了，他感覺很開心，因爲這個軟弱難看的男子覺得難堪，沙霞也侮辱了他。他不時以贊同的神色望望沙霞。他很歡喜，她對于什麼人都是同樣爽直的態度，並且她又自持得很高慢，好像一位眞正的貴婦人。

鄉下老在沙霞脚前的木板上坐下，膝頭抱於兩手中，臉則揚起來望着沙霞，非常認眞地傾聽她的話語。

『我的聲音降低時，你就要將你的嗓子提高，懂得了沒有？』

『我懂得了，但是，太太，你應當給我點東西提提我的勇氣！』

『福瑪，給他一杯白蘭地！』

鄉下老飲乾了那杯酒，很愉快地淸了淸喉頭，便吮吮嘴唇說道：『現在，我可以幹了。』於是她皺起眉頭吩咐道：

『起頭！』

鄉下老做了一個歪嘴，眼睛舉起望着她臉上，便開始了一個高調的男高音：

『我不能飲，也不能食。』

四肢都顫抖着，那女子帶着奇特的憂鬱，戚撓撓地悲哽道：

『美酒不能快樂我的心靈。』

鄉下老甜蜜地笑了。他的頭前後顫動着，又把眼睛閉上，將一股顫慄的高音聲浪拋入空中：

『哦，要分別的時候到了！』

那女人顫抖而且抑悶地悲歎哀號道：

『哦，我必須要離別我的親眷。』

將聲音放低且又來回地擺動着，那鄉下人帶着極其忿怒的表情，以單調的聲音歌道：

『唉，我必須要到異地他鄉。』

當這兩個帶渴慕與唏噓的聲音傾瀉於傍晚之寂靜與新鮮中時，他們四周的一切，都顯得更溫暖更美好；彷彿一切都對於這個被一種奇特的力量，將他由故鄉帶到苦工與墮落等候着他的異地去的人的憤怒上，發出了一種帶同情的悲切的微笑。彷彿並不是歎音，也不是歌曲，只是那悲歎所激起的人心中的燃燒之淚——彷彿這淚水已濕透了空氣。與冷酷的人生奮鬥得疲乏了的身與靈的創傷處所發出的狂野的憂愁與痛苦；由需要之鐵手擊於人身上的傷處所發出的劇烈的痛楚——這一切都寄附在那簡單而粗澀的字句中，這些字句成了難言的憂愁之音，向着那對任何人與任何物都無回音的遠遠空虛的穹蒼中築去。

福瑪離開了歌唱的人們，他望着他們覺得起了一種近乎恐怖之感，那歌曲成了一股一股大波浪向他胸中傾注，歌曲中所寄附的那種憂鬱之狂力，痛楚地抓住了他的心胸。他覺得熱淚快要湧出他的胸膛，有什麼東西窒塞了他的喉頭，他的臉上也起了顫抖。他朦朧地看見了沙霞的黑眼睛；那對定住不動陰慘地閃着光的眼睛，他看來覺得它們非常龐大而且愈變愈大了。他又覺得並不是兩個人在唱——他四周的一切都在歌唱嗚咽，都因憂愁窒悶顫抖，在狂暴地奮鬥，灑落燃燒之淚，而且一切——一切生物都好似投入了一個強有力的失望的擁抱中。他覺得，他自己也在與他們一路和唱——

人，河，以及由那兒傳來與歌曲相混和了的悲哀呻吟聲的遙遠河岸一路和唱。

鄉下人跪了下去，一面揮着手，一面凝視沙霞臉上，沙霞則向着他彎下腰，一面合着他手動的拍子搖着頭。現在兩個人都只以音調而無歌詞地唱着。福瑪依然不能相信，何以兩個聲音能夠有這樣了不起的魄力，將這些呻吟與嗚咽聲傾瀉於空中。

他們歌畢時，臉上染有淚痕，因興奮而顫慄的福瑪，望着他們悲慘地微笑了。

『啊，唱得感動了你嗎？』沙霞問。因疲乏而臉色蒼白，她急速而苦重地呼吸着。

福瑪瞥了瞥那鄉下人。他此時正在揩拭肩上的汗點，且又現出那般驚奇的神色眺望他四周，好像他懂不透有什麼事件發生了一樣。

一切都寂靜無聲。誰也沒動彈，誰也沒發言。

『哦，天哪！』福瑪立起身來歎了一口氣。『唉，沙霞！鄉下人！你是誰？』他幾乎高叫了起來。

『我是——司貼班，』鄉下人困惑地笑着說，也站了起來。我是司貼班。當然咧！』

『你眞唱得好！唉！』福瑪帶驚羡之意說着，且又不安地從這一隻脚移到那隻脚上站着。

『唉，老爺！』鄉下人嘆了一口氣，復又柔和而帶堅信地說道：『憂愁能夠使一頭驢子唱得像夜鶯一樣。有什麼使得這位太太這樣唱，那只有天曉得。她發出全身的氣力在唱，使人聽得簡直要躺下去因憂愁而死掉！啊，這才是一位不錯的太太。』

『唱得很不錯！』武旂希棋夫以一種喫醉了的聲音說。

『天曉得這是什麼一回事！』則枋耆夫忿怒地由棹傍跳了起來，突然間高聲地這樣說，而且幾乎是叫了起來。『我是要出來有一個快樂的時候。我要享樂享樂，但在這兒，他們爲我舉行了葬禮！好一回橫逆的事呀！我再也難以忍受下去。我走了！』

『我也要走。我也討厭不過。』長有頰鬚的紳士這樣聲明。

『沙霞，』則枋耆夫　他的對手說道，『穿戴起來罷！』

『是的，到了要走的時候了，』紅髮女郎對武旂希棋夫這樣說。『冷得很，天也快要點下來了。』

『司貼班！將一切東西都清理好！』沙霞吩咐說。

大家都開始騷動起來，嘴裏都開始講些什麼。福瑪躊躇地望着他們身中戰慄了。衆人逡巡地在筏上走着。蒼然而疲乏了的他們，互相講些愚笨而不相聯的事。沙霞不客氣地衝撞他們，將自己的物品收拾攏來。

『司貼班！喊馬來呀！』

『我還要唱點康芽喀（Cognac）。有什麼人要同我一路唱嗎？』長有頰鬚的紳士手中握着一瓶酒，嘴裏以一種祝福似的腔調這樣喃喘着。

沙霞正用一條頭巾裹着則枋者夫的頸項。他站在面前，皺着眉頭很不滿意，嘴唇任意地曲着，小腿子則在發抖。福瑪望着他們心中氣惱起來，於是他跑到另一木筏上去了。他非常希奇，何以這些人行動着，好像他們完全沒有聽着那歌曲似的。在他胸中，那歌曲還是活的，它在那兒引起了要作點什麼要說點什麼的一種無休止的慾望。然而他却沒有一個談話的對手。

太陽沈西了，遙遙的遠處已被罩於青色霧中。福瑪向那方瞥了一瞥便走了開去。他感覺得不類意與這些人一路走進城去，也不高興與他們一同留在這兒。那些人口中喃喃一些不相連絡的字句，身體暈搖搖地以不勻整的步伐在木筏上走去走來。女人們並沒有男人們那樣沈醉，只有紅髮女郎一人許久還不能由凳上立起身來，最後她才站起來說道：

『啊，我喫醉了。』

福瑪在一株木料上坐下，拿起那鄉下人帶了木柴的斧子，來開始玩弄着，將它拋入空中，又用手去接下。

『哦，我的天！這是多麼卑鄙下賤的事呀！』則枋者夫的懶散音調這樣說。

福瑪開始覺得他惱恨這囘事，惱恨則枋者夫，除了沙霞以外，他對於什麼都覺惱恨。沙霞在他心中覺醒了一種不安的感覺，卽是使他立時非常景仰她，但又有些恐怖，怕她會幹出什麼意外而又可怕的事來。

『畜生！』則枋者夫喇人的聲音這樣賊叫。福瑪望見了他舉打那鄉下人的胸膛，那人挨打後，便謙恭地將帽子取下走開了。

「傻……子！」則枋者夫舉起拳頭追在他後面喊。

福瑪於是跳將起來，大聲威嚇地說道：

「呀，你！你敢打他嗎！」

「什——什——麽？」則枋者夫轉身向着福瑪。

「司貼班，到這兒來，」福瑪叫道。

「鄉下佬！」則枋者夫望着福瑪怒號着。

福瑪聳了聳肩向着他往前走了一步；但突然之間有一個念頭在他心中活躍地閃了一閃。於是他懷惡意地笑了，遂柔和地詢問司貼班道：

「筏子是在三個處所下的錨，是不是？」

「當然是三個處所下的錨。」

「你去將兩隻木筏相連繫的地方砍斷！」

「那些人怎樣辦呢？」

『不要作聲！你去斫罷！』

『但是——』

『斫罷！靜靜的，不要使他們覺得了！』

鄉下人將斧子握在手中，慢慢地走到兩筏相連結的地方，用斧子斫了幾下，便回到福瑪面前來說：

『老爺，我不負責的。』

『你不用怕。』

『已經漂動起來了，』鄉下人害怕地低聲說着，慌忙畫了一個十字。福瑪眺望着輕微地笑了，他嘗着了那以某種奇特，愉快，而又甜蜜的恐怖銳鋭地穿刺他心胸的一種痛苦之感。

筏上的人們依然在去來地走着，慢慢地移動，互相推擠，幫忙女人們披上肩巾，有笑有說；同時筏子則在水面慢慢地搖曳着轉了方向。

『如果波浪將它們捲得碰着了船，』鄉下人喘噓着，『那末，它們就會擠在船頭上——而且還會打成碎片。』

『不要作聲！』

『他們會淹死的！』

『那末，你乘一隻小船去追他們好了。』

『啊！謝謝你。總之他們也是人。我們要替他們負責的。』鄉下人現在滿意了，很愉快地笑着，他便跳過筏子跑到岸上去了。福瑪立於水邊，胸覺得有一樣要叫出什麽來的強烈衝動，但他約束着自己，好使筏子來得及更漂遠些，使那些酢淡不能跳到這緊牢的木筏上來。當他望着木筏輕微地在水上顛簸，一分鐘一分鐘地益發漂得離他遠了時，他感覺了一種愉快的愛撫之感。

直到此時充滿他心中的苦重黑暗之感，彷彿現在已和木筏上的人們一同漂走了。他靜靜地呼吸那新鮮空氣，同時有點健全的東西將他的頭腦弄清醒了。在那漂浮着的木筏的最邊端，立有背向着福瑪的沙霞。望着她美麗的姿態，福瑪不自禁地想起了馬丁斯克亞，但她的身材比沙霞矮小。這種追憶刺透他的心胸，於是他以嘲笑的聲音大聲叫道：

『唯，唯！再見了，諸位！哈！哈！哈！』

突然之間，人們的黑影都向着福瑪這方移動，而在木筏中央聚成了一團。然而到了此時，在他們與福瑪之間，已經有了約三碼寬的一股水在閃耀。

沈默繼續了幾秒鐘。

馬上一陣充滿了獸性恐怖的暴風雨似的刺耳而令人不耐聞的可憐聲音，向着福瑪怒吼而來，其中聲音最大而最令人厭惡的，就是則枋者夫的尖銳而不和諧的叫聲刺入人的耳鼓。

『救……救命……！』

有一個人——十之八九是那個長有頰髯的沈着紳士——用低音怒吼道：

『淹死人哪！他們在淹死人哪！』

『你們是人麼？』福瑪被他們的好像要咬他似的呼吼聲所觸怒了，發怒地這樣喊着。那些人駭極了，在木筏上亂跑：木筏在他們脚下搖撼，因而益發漂浮快了，被激動的水則在筏下與筏邊濺得發響。喊聲震動天空，人們揮着手到處亂跳，只有沙霞一人的軒昂姿影靜然默然地立於筏邊。

『請你們代我致意蝦兵蟹將！』福瑪喊着。木筏漂得離他愈遠，他則愈感覺輕鬆愉快。

『福瑪·伊格拉彝維支！』武旗希棋夫用一種微弱但是清醒的聲音說，『當心咧，你這是鬧的一個危險的笑話。我要控告你。』

『到你淹死了的時候嗎？你去控告好了！』福瑪高興地這樣回答。

『你是一個殺人犯！』則枋者夫嗚咽着喊。但此時水好像因驚奇與恐怖呻吟得嗚鈴似的響了起來。福瑪身上起了顫抖，變得呆若木鷄了。隨後起了一陣女子們的狂亂震人耳聾的尖銳叫聲和男人們的充滿恐怖的喊叫聲，木筏上的那些人影都各在各人立的地方變成了頑石一般。凝視水面的福瑪，覺得他自己眞個呆成了木鷄。在水中，有一件四周繞有飛沫的黑色東西向着福瑪這方漂來了。

與其說福瑪是有意識地，不如說他是本能地在筏子的桁架上伏下，將兩手伸出，頭部垂於水面。長得令人難以相信的幾秒鐘過去了。一雙冷而潇濕的膀臂握住了福瑪的頭項，一對黑眼睛在他面前閃亮。於是他明白了這是沙霞。

突然向他襲來的黑暗恐怖消滅了，狂烈的歡喜現在來代替了恐怖。將這女人由水中拖出後，他便抱着她的腰，將她按在自己胸膛上。他不知道向她說什麼才好，只是帶驚地凝視着她眼中。她愛撫地向他笑了。

『我冷得很，』沙霞輕微地說着，全身都在發抖。

一聽着她的聲音，福瑪愉快地笑了。他用兩臂將她抱起，迅速得像跑一樣地踏過木筏跳到岸上去了。沙霞周身濕而冷，但她的呼吸是熱的，此熱呼吸燃燒福瑪的兩頰，使他胸中充滿了狂烈的歡喜。

『你想淹死我麽？』她決然地說着，身子緊緊地貼近福瑪。『未免太早了一些。等等罷！』

『妳幹得眞高妙，』福瑪一面跑，一面喃喃着。

『你實在是一個很好而又勇敢的人！而且你這種計劃也並不是壞的，雖然你現得這樣安然無事。」

「他們還在那兒狂叫，哈——哈——」

「他媽的——如果他們淹死了，我們還要被遣送到西伯利亞去，」女人說着，彷彿她要這樣來安慰鼓勵福瑪一樣。她開始在發抖，福瑪覺着了她身子的震顫，便益發將脚步移快了。

河中呼救的嗚咽與號哭聲在他們後面追來。那平靜的水上，在薄暮中，一個小孤島正遠離河岸向着河水的本流漂去，小孤島上的黑色人影到處奔跑。

黑夜向着他們籠罩下來了。

九

一個星期日下午，亞可夫·塔拉數維支·馬亞金在自己花園內飲着茶，與他的女兒談話。襯衣的領敞開着，一條毛巾繞着頸項，他坐在那靑翠櫻桃樹的華蓋下的一條凳上，手在空中揮動着，從臉上將汗珠拭下，且又無休止地將他的活潑的談論向外傾吐。

『凡讓口腹佔勝利的人，都是傻子，而且是下賤東西！未必世間上，竟沒有比喫與喝更好些的東西嗎？如果你自己像隻豬一樣，你以什麼來顯耀於人前呢？』

老頭子眼中憤激而愠怒地閃着光，嘴唇帶輕蔑地扭着，他那陰沈的面孔上的皺紋起了顫抖。

『如果䘵瑪是我的兒子，我定會將他教成人！』

綠寶福一面玩弄着一枝金球花的枝子，一面默然傾聽他父親的談話，並且不時在他那與齋而震顫的臉上，投射一種逼視與探索的目光。漸漸長大了，不知不覺中，她將對於這老人的懷疑與冷淡的關係改變了。她現在開始發見了在她父親的談話中有與她書中相同的意見，這一點便將她克服到她父親這方來，於是不知不覺地使這女子寧可採取他父親的活話，而不願取書中的冷字了。總是埋頭於事業中的聰明伶俐的馬亞金，他是獨自一人地步着自己的道路，她察覺了他的孤寂，知道其中的痛苦　她對於他的關係，遂變溫暖了。有時候，她甚至同老人辯論起來；時常對於女兒的評言，以輕蔑嘲笑過之的馬亞金，也漸漸改變了這種態度，變得更柔和而留心了。

『如果死了的伊格拉能在報紙上　讀到他兒子所過的這種放蕩生活，他定會殺死䘵瑪！』馬亞金用拳頭擊在棹子上這樣說。『他們寫得那樣！眞是一件恥辱的事！』

『他應得如此，』祿寶福說。

『我並不是說，這些事是人任意亂爲的。他們向着他這般狂吠，乃是當然的。不知究竟是什麼人像這樣憤激起來了？』

『是誰人寫的，這與父親又有什麼關係呢？』那女兒問。

『知道了很有趣的。這個傢伙將福瑪的行爲描寫得那滑頭呀。無疑的，他一定與他在一路，親眼看見了那一切亂行的。』

『哦，不是，他決不會與福瑪一路去賭飲！』祿寶福抱有確信地說，但碰着了他父親的探索的目光時，她便面上發赤了。

『哦呀！妳也有很好的熟人咧，祿寶克！』馬亞金帶着諧謔的毒苦這樣說。『到底是誰寫的？』

『爸爸，你爲什麼要知道呢？』

『啊，妳告訴我罷！』

她本不願說出來，但因老頭子堅持着要知道，並且他的聲音，愈說愈躁而怒了。於是她不安地問她父親說：

『我說出來了，你不會對那個人怎樣嗎？』

『我嗎？我要——咬掉他的頭！傻子！我能夠對他怎樣嗎？他們，那些執筆的文人並不是一羣糊塗蛋，因此他們是一種勢力——一種勢力，他媽的！我也不是執政者，就是執政者他亦不能扭脫人的手，或縛住人的舌。那些傢伙是像老鼠一樣，傻傻地嘲我們。而且我們並不能用火柴燒他們，只能用膚布。但這人究竟是誰呢？』

『想父親總記得，當我還在上學讀書的時候，有一個中學生常到我們這兒來的。就是那個亞覺夫？那個很矮而帶黑色的人！』

『嗯！當然，我看見過他。我知道他。就是他麼？』

『是的。』

『那個小鼠。就在那時候，人都已經看得出，他會做出點壞事來的。就在那時候，他就與人爲難。他是一個勇敢的少年。我應當注意他就好了。那末，或者我會將他教成人。』

絲寶福望着她父親懷敵意地笑了，並又性急地問道：

『未必在新聞上做文章的人不是人嗎？』

過了好一會　老頭子都不會答覆他的女兒。他深思地用手指頭在棹上敲擊，又審視那映照於擦得通亮的黃銅茶缸上的自己的面孔。隨後他將頭抬起來，睜着眼睛深刻而激怒地說道：

『他們並不是人，他們乃是瘡患！俄國人的血液已變混雜了，變得混雜而腐爛了，而且由壞的血液中，產出了那些文士與新聞記者，那些僞善者。他們到處化膿裂口　並且他們現在也依然在化膿裂口，而且愈裂愈多。這種血液的腐爛是何由而來的呢？是由行爲的遲鈍而來的。例如蚊蟲是何由而來的呢？是由卑濕地方生出來的。一切不潔淨的東西在停滯的水中，都要蕃殖起來。紊亂的生活也是與這一樣的。』

『那是不對的，爸爸！』祿寶福柔和地說。

『妳說的不對——是什麽意思呢？』

『執筆的文士們乃是最不自私的人，他們是高尙的人！他們並不希求什麽——他們一切的努力，乃是爲正義——爲眞理！他們並不是蚊蟲。』

祿寶福讚美她所愛戴的人們之時，不覺奮昂起來了；她的面色變赤眼中那般含情地望着她父親，好像不能說服那老人，也求他相信自己似的。

『唉，妳！』老頭子嘆了一口氣打斷她的話說。

『妳的書唸得太多了！已經中了書的毒！妳告訴我——那些傢伙是什麽人？誰也不明白！那個亞覺夫——他是個什麽東西。這只有天曉得。妳說，他們所希求的就只眞理而已嗎？那他們眞是誑遜極了的人！而且假設眞理是最重要的東西？恐怕每個人都在無言中追尋眞理？妳相信我——人不能夠不自私。人不會爲不屬於他的東西而奮鬬，假使他眞個奮鬬的話——他便可說是一個傻子，並且對於誰都沒有什麽用處的。一個人應當爲他自身，爲他的血族而奮起，然後方能有些成就！妳說得不錯，眞理！這這兒差不多四十年之中，我都是讀的這一種報紙，我也看得很淸楚——在妳眼前，這是我的面孔，在製茶缸之上，又是我的面孔，但那却是另一種面孔。妳明白嗎，報紙上對於一切，只顯出了那製茶缸上的面孔，不曾看見那眞而孔。然而妳却相信他們。但我也明白，映在製茶缸上的我的面孔是歪斜的。沒有什麽人說出眞正的眞理；人的喉頭對於這項工作是過於纖細了。加之，誰也不知道眞正的眞理。』

『爸爸！』祿寶福慘淡地喊道。『然而在書上和報紙上，他們都是擁護人類的一般的利益。』

『在什麼報紙上寫着有，妳已厭倦了生活，而且現在是妳應得結婚的時候到了？所以妳的利益不會被人擁護！唉！我的利益也沒被擁護到。誰知道我需要什麼？除了我以外，有誰懂得我的利益呢？』

『不，爸爸，那是不對的，那是不對的！我不能反對你，但我覺得那是不對的！』祿寶福幾乎絕望地這樣說。

『那是對的！』老頭子堅決地說。『俄國已混亂起來了，其中沒有什麼穩固的東西；一切都在搖撼！誰都是不正地過活着，誰都是在偏着步行，生活中毫無調和。一切人都是不按音調地用各種不同的聲調呼喊。誰也不明白誰是需要什麼！一切東西之上，都罩有一層厚霧——每個人都呼吸這種霧，因此人的血液便腐爛了——成了腐患。人有很大的自由去思想，但却不許他作什麼——所以人便不能生活下去；只是腐爛而發臭。』

『那末，人應當作什麽呢？』祿寶醞將兩肘憑在棹上，屈向她父親那方這樣問。

『一切的事！』老頭子熱烈地說。『作一切的事。向前！讓人人都做他知道的最好的事！因此必須要給他以自由——完全的自由。但也要在這種時期來到以後，即是每個無經驗的靑年都相信，他知道一切，他是被造出來完全支配生活的——給他，給這無賴以自由！於是說道，腐屍生活呀！來，來生活呀！隨後這樣一個喜劇就會發生；人以爲他的羈絆已經脫了，於是他便要衝得比自己的耳還要高，好像一根毛羽一樣，飛到這兒，飛往那兒。他將以爲他自己是一個施行奇蹟者，於是他就要開始顯他的本領了。』

老頭子沈默了一會，將聲音放低，陰險地一笑，便又繼續說道：

『但他內面却很少那種創造的本領！一兩天之內，他的精神是很好的，他自己向各方伸展——但那可憐的傢伙馬上就變軟弱了。因爲他的心是腐的——嘻，嘻，嘻！這兒，嘻，嘻，嘻！那個好傢伙要被那些眞正的，有價值的人們所制。那些眞正的人們，是合於作實際的主人，他們並不是用棍棒與筆來支配生活，乃是用手腕與頭腦。

『什麼，他們要說。諸君，你們已經疲乏了嗎？什麼，他們要說，你們的脾臟受不住眞正的熱嗎？所以，』——提高嗓子，老頭子便以儼然的聲調完結他的談話說：『那末，你們這些烏合之衆，閉住嘴能，不要叫喚！不然，我要將你們由地球上搖落，正像將蟲由樹上搖落一樣！你們不要作聲！哈，哈，哈！將要發生的事件，就像這樣，祿巴福克！嘻，嘻，嘻！』

老頭子此時非常高興。他臉上的皺紋起了震顫，陶醉於自己的談話中，他發着抖，不時地把眼睛合上，又啜着嘴唇，好像在舐嘗他自己的聰明一樣。

『在這混亂中佔勝利的人，他們將要照自己的意思，聰明地建立生活。到那時，萬事並不是亂七八糟的，乃是好像照樂譜樣地進行。我們不能活到那時去親見一切，這眞是可惜的事！』

老頭子的話語，好像一個大而牢固的網的網眼一樣，一句又一句地落在她身上。——它們落下將她網住，那女子不能由其中解脫出來，只默然一言不發，被她父親的話語弄暈了頭。以緊張的目光凝視着她父親的臉上，她在她父親的話語中爲自身搜尋臂助。她聽出了其中有些與她曾在書上讀過的相類似之處，並且她覺得那些就是眞理。然而她父親的兇狠誇勝的笑聲，刺着她的心胸 那些好像許多小黑蛇在他臉上爬的皺紋，使她感覺在她父親面前有些恐怖。她覺得，他是在使她背叛她在幻想中以爲是很簡單而明易的東西。

「爸爸！」一種思考與慾望出乎意外地在她心中閃過，於是她突然詢問那老頭子。「爸爸！依你的意見——塔拉斯是怎樣的一種人？」

馬亞金戰慄了。他的眉毛開始惱怒地閃動，他將他那一對警敏的小眼睛釘在他女兒臉上，冷然地問道：

「妳這是講什麽話？」

「未必連他的名字都不能提嗎？」祿寶靄柔和而帶困惑地說。

「我不要提到他的事——我也勸妳不要提他！」——老頭子用指頭叱駭她，陰沈地皺了皺眉頭，便將頭低下去了。他口中說不要提到他兒子的事，但很明顯的，他也不十分了解他自身。因爲默沈了一分鐘後，他又嚴肅而忿怒地說道：

「塔拉斯也是一個瘡患。生活在你們這些還帶乳臭的人們之上呼吸着，你們不能分辨它本來的氣味，遂將各種髒物都吞了下去，因此你們頭腦中就有毛病。這就是你們不宜於作任何事的道理，因爲這種無能，你們就不樂。塔拉斯。不錯，他現在快要四十歲了。他對於我，好像死了一樣。一個船殺囚徒！——未必那就是我的兒子？一個鈍鼻子小豬。他不與他父親講話，而且——他失足了。」

「他作了什麼呢？」祿貸福熱心傾聽着老頭子的談論這樣詢問。

「誰知道？或者到現今，他還不能理解他自己，如果他變得明理了，而且他應當已變成一個明理的人了，因爲他是一個明白父親的兒子……我想他也已嘗了不少的辛苦。人們甘媚他們爲虛無主義者！應該將他們交給我就好了。我要指教他們應當做的事。我要對他們說，到曠野中去罷！到荒涼的地帶去——向前走罷！諸位聰明的先生們，現在照你們的意見在這荒涼　方建設生活！向前　罷！我要以強壯的農人爲他們的主長。啊，諸位公正的先生們，你們飲食無缺，你們也受過教育——諸位究竟學着了些什麼呢？請你們償清此償務罷。但我卻不得在他們身上花費一文半文，反要在他們身上，將一切報酬全榨出來。我要對他們說——拿出來罷！我們不應當白白放過一個人。將他監禁起來，那是不夠的。你干犯法律，豈仍是一位紳士嗎？這也無妨，但你必須爲我們工作。一粒種子，可以長出一束穀來，一個人，決不能讓他毫無用處就死掉！一個經濟的木匠對於每一小塊木片，都能尋出使用之處——一個人也應當如此有效地使用，完全使用盡，直到最後的一根血管。各種各類的廢物都有用場，而且人還不是廢物。唉！能力不伴以理智是不好的，同樣有理智而無能力，也是不好的。譬如福瑪……有什麼人來了——妳去看看。』

祿寶爾掉過頭去一望，她看清楚了，是『葉馬克』號汽船上的船長葉非門沿着花園的小徑走來了。他已將帽子取下向她點頭。他臉上有一種形容不出的古怪的表情而且又有些羞愧的樣子。亞可夫．塔拉數維支看出他來，馬上起了驚惶，大聲喊道：

『你是從那兒來的？有什麼事發生！？』

『我——我是找你的！』葉非門說着就在棹前停住了脚，深深地鞠一躬。

『啊，我明白你是來找我的。有什麼事呢？汽船在什麼地方？』

『汽船在那兒！』葉非門將手向空中任意指了一指，很苦重地由這一隻脚移到那一隻脚上站着。

『到底是在什麼地方？明明白白地講出來——究竟有什麼事情發生了？』老頭子發怒的大聲說。

『啊——一種不幸的事，亞可夫。』

『是船觸了礁嗎？』

『不是的，上帝救了我們。』

『是船燒掉了麼？趕快講出來罷。』

『駁船第九號沈了——打成碎片了。有一個人的背折斷了，另一個人完全失了蹤，他大半是溺死了。還有五個人受了傷，然而不很重，但有的已動不得。』

『這——這——樣嗎！』馬亞金一面以一種兇兆的目光打量那船長，一面將聲音拖長着說。

『好，葉非門西克，我要剝你的皮。』

「這並不是我作的事！」策非門慌忙地說。

「不是你嗎？」老頭子怒得發抖地喊着。「那末是誰呢？」

「是主人自己幹的事。」

「是福瑪麽？那末你呢，你在什麽地方？」

「我是在艙口躺着的。」

「啊！你是在躺着的嗎？」

「因爲我是被綑在那兒的。」

「什——什麽話？」老頭子以刺耳的尖聲逼據叫着。

「讓我將所發生的事一一講給你講罷。」他喫醉了，於是他喊道：

「『你走開！我自己來指揮！』我說道——『我不能！我是船長。』『將他綑起來！』他說。他們將　綑好後，遂把我放在艙口與水手們一塊。因爲主人已經喫醉了，所以他要尋點事開心。那時正有六隻船向我們這方駛來。是「智雷歇越支」號拖着的六隻空駁船。於是福瑪．伊格拉維支擱住它們的去路。他們鳴汽笛，鳴了許多次。

我應當講實話，他們是嗚過汽笛的！』

『怎麼樣了呢？』

『他們沒有辦法——當頭的兩隻駁船向我們衝來了。因爲它們是打在我們第九號駁船的側面，我們遂裂成碎片了。那兩隻駁船也打毀了。但我們受的傷比他們的重得多。』

馬亞金從椅上立起身來，發出顫慄而帶怒的笑聲。葉非門嘆息了，他將兩手向外伸出說道：

『少主人的性格非常厲害。他清醒的時候，大半的時間內都是沈默不言，深思地到處走動。然而當他用酒將他的發條弄濕了的時候——他就鬆勁了。請你恕我無禮，到那時，他不但不是他自身以及他事業的主人公——而且反是它們最狂暴的敵人。亞可夫。搭拉數維支，我要辭職了。因爲我有一種沒有主人就做不來事的習性。沒有主人，我是不能過活下去的！』

『不要多講話！』馬亞金嚴格地說。『福瑪在什麼地方？』

「在那兒，依然在那出事的地方。事件發生過後，那馬上便消沉了，當時已變了工人。他們要將船打撈起來。現在恐怕已經開始工作了。」

「他一個人在那兒麼？」馬亞金將聲音放低了說。

「不見得是一個人，」葉非門低聲說着，偷着望了望蘇實福。

「確實不是一個人嗎？」

「還有一個女人同他在一塊。一個瘋癲的女人。」

「這樣。」

「看起來，好像那個女人是瘋了一樣，」葉非門說着嘆了一口氣。「她總在歌唱。她唱得非常好。很令人顛倒的。」

「我並不曾向你問及她！」馬亞金憤怒地吼着。。臉上的皺紋痛楚地起了顫動，蘇實福覺得他父親快要哭起來了。

「你安靜下來罷，爸爸！」她變擰地懇求着。「或者損失並 很大。」

「並不很大嗎？」亞可夫·塔拉數維支以尖銳的聲音吸着。「妳那個傻子，妳懂得什麼？豈止是駁船毀壞了而已嗎？唉，妳……！一個人已經失落了！就是這樣重大的事。並且他對於我，還是非常緊要的！我需要他！你們眞是一些傻東西！」老頭子怒氣沖沖地搖着頭，以忽忙的脚步沿着那通到房子的花園小徑走了。

此時福瑪正在離他教父四百俄里的，伏爾加河畔的一個鄉村茅屋中。他剛從夢中醒來，躺在茅屋中央地板上的一堆新稻草中，沈鬱地由窗中望着那滿爲灰色與散亂的雲彩所蔽的天空。

風將雲彩吹散，並將它們向前逐去；沈重而倦怠地，這一朶雲追上那一朶雲，成了非常大的一羣橫過天空，一時集爲很厚的一堆，一時又裂成碎片，一時默然混亂地低落於大地之上，一時又一朶吞一朶地向上飛昇。

毫不移動他那因宿醉而沈重的頭，福瑪很久地眺望這行雲，終於開始感覺得這默然的雲彷彿也在他胸中走過——並呼了一股潮濕的冷氣在他心上而抑壓着他似的。橫過天空的雲的行動有些軟弱無力的樣子。福瑪覺得他的內心也是如此。沒加思索地他自己想像這幾個月以來所經過的事。他覺得彷彿自己已落入渾濁沸騰的急流中，此時被與這空中的雲彩相似的黑浪所襲而被運往什麼地方去，竟像雲彩被風吹送一般。在這圍繞他四周的黑暗與騷音之中，他看見彷彿透過一層霧遠有許多旁的人同他一路被沖流——這些人今明兩天都不是同樣的，每天皆有新的人，然而相貌却是相似的——同樣可憐而令人厭惡。他們醉沈沈，又喧嘩，又貪婪圍着他好像旋風一樣，並且竟至用他的錢來買醉，駡他，打鬪，叫喚，而且哭了不止一次。他鞭打他們。他記得，有一天他打了一個人的嘴巴，撕了一個人的外套，並將它拋在水裏，還有一個人用好像蛙那樣討厭的冷而濕的嘴唇吻了他的手。吻着並又哭着求他不要殺他。有幾個面孔在他記憶中閃爍，還有幾個聲音與字句在其中震響。一個穿黃色綢短衣，胸口敞開着的女人，用一種洪亮而帶嗚咽的聲音唱道：

「得過活時且過活

來日多變不可知。」

這一切的人同他一樣，都變得狂野如獸，都為這同一的黑浪所襲，而像垃圾般地被運走。這一切的人同他一樣，定都害怕向前望，怕看淸楚了這來勢洶洶的波浪會將他們帶到什麼地方去。將他們的恐怖淹沒於酒內，他們在那急流中向前衝突，一面又掙扎着，叫喚着，做些無意義的事，裝傻，鼓噪着，鼓噪着，但決不能愉快。他在他們中間旋轉着，也是做的這同樣的事。現在他感覺得，他所以要如此作，是畏懼他自身，藉以迅速度過生活的這一段，或者藉以不思索日後的事。

在賭飲之燃燒的騷擾中，在這爲淫佚所襲，爲強烈的慾望所困，因急切地要忘掉自身而半狂的一羣人中——只有沙霞一人是穩靜而自持的。她從來不飲酒至酩酊的地步，無論何時她和人講話，都是用一種毅然而確定的聲音，她的一切動作，都是同樣的有自信，好像此急流並不會抓住她，反而是她自身支配它的洶湧流程。依福瑪看來，她乃是圍繞他四周的那些人之中最聰明的一個，而且又是最歡喜騷擾賭飲的人。她將那許多人全握在她的掌中，不斷地想出一些新事作來，並且對於任何人都是取的同樣的態度；無論對於敗者，對於小廝，或對於水手，她都是用的與對於她的朋友或福瑪講話時同樣的腔調與話語。她比較帕勒革亞年輕而更美麗，但她的愛撫是默然而冷淡的。福瑪想像着，在她心的深處，她定藏有不使任何人知道的一件可怕的事，但是她决不愛一個人，並且决不完全將自己顯示出來。這女人的這秘密引起了福瑪對於她懷一種膽怯的好奇心，對於她那同她的眼睛一樣黑的靜然冷淡的靈魂，起了一種大而緊張的興趣。

然而有一天，福瑪對她說道：

『我們兩個人花的錢眞不少了！』

她望着他問道：

『我們爲什麼要將它積蓄起來呢？』

『實在的，爲什麼要將錢積蓄起來呢？』福瑪心中這樣想着，很希奇她思索得這般簡單。

『妳是什麼人？』又在一次的時候，福瑪這樣問沙霞。

『呀，未必你忘記了我的名字嗎？』

『我並不是問妳的名字。』

『那末，你是要知道我的什麼呢？』

「我是問明妳的來歷。」

「啊！我生長於亞洛司拉夫省，是武革里西地方的一個人的女兒。我是彈豎琴的。呀，現在你明白了我的來歷，未必就覺得我更可愛些麼！」

「我知道妳的來歷嗎？」福瑪笑着問。

「我說了那些，你還以爲不夠麼？此外，我再不多講一句了。有什麼義呢？我們都是從一個地方來的——無論是人或是獸。關於我自身，我還能對你講些什麼？有什麼用處呢？這一切談話都是無意思的。不如來想想如何度過今天的好。」

在那一天，他們乘一隻有音樂隊的汽船出去旅行，飲香檳，並且每個人都喫得酩酊大醉。沙霞唱了一個特別而非常悽慘的歌，福瑪爲這歌曲所感動，哭得像小孩子一樣。隨後，他與她一同舞着『俄羅斯舞』，終久汗流滿面疲乏不堪，他由船內跌到船外，幾乎在水中溺死了。

現在想起了這些以及旁的許多事來，他覺得自己非常慚愧，且又不滿意沙霞。望着她那美好姿彩，聽着她的勻整呼吸，福瑪覺得他不愛這個女人，並且她對於他是毫無用處的。某種灰色而抑壓的思想，在他那沈重而疼痛的頭內慢慢地伸展開來。他感覺得，此時期內他所經歷的一切事，都在他內面捲成了一個重而濕的球，現在此球在他胸中旋轉着，慢慢地自己鬆開來，那種灰色的細線將他纏住了。

「究竟我成爲怎樣了？」他心中這樣思考着。「我已開始賭飲。爲什麼原故呢？我不知道怎樣生活。我不明白我自己。我是什麼人呢？」

福瑪被這一疑問驚倒了，他停頓着，努力想自己來將這疑問的意義弄明白——爲什麼原故他不能像別的人那樣活着而有信念地過活。現在他益發爲良心所苦惱。因這問題而益發不安，他在稻草上展轉反側惱怒起來，用手肘推擠沙霞。

「你當心一點！」她夢囈地說着。

「有什麼要緊。妳又不是那麼一個貴婦人！」福瑪低聲回說。

「你怎樣了？」

「沒有怎樣。」

她將背掉過來向着他，打了一個懶呵欠懶洋洋地說道：

『我夢見我又變成了一個彈豎琴的。我覺得我是在獨唱，我對面站着一匹大而汚髒的狗狂吠着等我唱完。我很害怕那匹狗。我也知道，我一旦停止不唱，它就會吞噬我的。所以我不休止地唱呀，唱呀。突然間，好像我的聲音唱不出來了。可怕極了！那隻狗作咬牙切齒。哦，天哪，可憐我罷！這是什麼意義呢？』

『妳那種無意思的話不要講罷！』福瑪凜然地打斷她的談話。『妳頂好告訴我，妳知道我怎樣。』

『我知道，我知道你現在是醒着的，』她臉也不掉過來這樣回答着。

『醒着的嗎？說得不錯，我是醒着的。』福瑪深思地說着，將膀臂枕在頭下，又繼續說道：『因此我才詢問妳。妳想我是怎樣的一個人？』

『你是一個因喫醉了頭痛的人，』沙霞一面打呵欠一面這樣回答。

『亞力山得拉！』福瑪懇求地喊着，『不要講些無意思的話！請妳老實告訴我，妳想我是怎樣的一個人？』

『我什麼也不想！』她淡然地說，『你爲什麼以這些無意思的事來煩惱我呢？』

「這是無意思的事麼？」福瑪憂鬱地說。「唉，你們這些惡魔！這是最緊要的事。是對於我最關緊要的事。」

他深深地嘆了一口氣便默然了。沈默了一分鍾後，沙霞開始以她那一向漠不關心的腔調講道：

「訴他，他是怎樣的一個人，而且爲什麼他是那樣的一個人？你明白麼！向我們這種女人，問這樣的問題，豈是相宜的嗎？我站在什麼見地上去攷慮一切的人呢？我連思考自身的時間也沒有哩，而且或者我完全不高興作這種事。」

福瑪冷然地笑着說道：

「我盼望我是這樣就好了……對於什麼都沒有希求。」

隨後，那女人由枕上抬起頭來向福瑪臉上望了一望，便又躺下去說道：

「你太過於思索了。當心——這樣並沒有什麼好處的。關於你自身，我不能對你講什麼。關於一個男子，是講不出什麼眞實話來的。誰能夠懂得他呢？男子也不明白他自己哩。但是，我能告訴你一句話——你比其他的人好些。但這又有什麼呢？」

『我是怎樣比其他的人好些？』福瑪深思地問。

『啊！別人唱一曲好歌的時候——你哭泣。別人作了什麼卑鄙的事——你打他。你待女人很老實，並不對她們莽撞。你很平和。有時候，你也非常敢爲。』

然而這一切並不能使福瑪滿意。

『我並不是問的那些事！』福瑪柔和地說。

『我不明白，你所要的是什麼。呀，他們將毀船打撈起來了，我們作什麼呢？』

『我們能夠作什麼呢？』福瑪問着。

『我們要不要到尼幾尼或卡問去呢？』

『去作什麼？』

『去賭飲。』

『我再也不要去賭飲酒了。』

『你還能夠作什麼呢？』

『什麼？不作什麼。』

『如——此。』

兩人沈默了好一會，也沒互相望一望。

『你有一種不快的性質，』沙霞說，『一種厭倦的性質。』

『總而言之，我再不酢酒了！』福瑪堅決而自信地這樣說。

『你撒謊！』沙霞鎮靜地反駁着。

『妳看罷！妳怎樣想——未必過着這樣的一種生活是很好的麽？』

『我看罷。』

『不，只要妳告訴我——這樣過着好不好？』

『但要怎樣過活着，就比這更好呢？』

福瑪側目望着她，憤怒起來說道：

『妳說些討厭的話。』

『呀，現在我又不會討得他的歡喜！』沙霞笑着說。

『好不錯的一聲呀！』福瑪痛楚地蹙着面孔這樣講。『他們像樹一樣。他們也過活着，但怎樣過活呢？誰也不明白。他們爬行着。然而對於他們自身和旁的人，他們都說不出所以然來。就是油蟲爬行着，它也知道到什麼地方去，而且為什麼要去。但妳呢？妳是往那兒去？」

「住嘴能！」沙霞打斷福瑪的說話，又冷靜地問他說：「你與我有什麼相干？你可以從我這里拿去你所要的一切，但不要爬入我的心靈中去！」

「妳的心靈中去！」福瑪輕蔑地這樣囁嚅着。「什麼心靈？嘻、嘻！」

她開始在房中蹀躞着，將散在各處的衣裳收集攏來。福瑪望着她而感覺很不悅，因為她對於他關乎她心靈所說的話並不發怒。她的臉色，與平常一樣的鎮靜而漠然，但他却要看她發怒或不悅；他期望看點人性的事。

「心靈！」福瑪這樣喊着，意欲達到他的目的。「一個有心靈的人，豈能像妳這樣過活嗎？心靈中是有火在內燃燒着的，其中有知恥的念頭。」

此時，她正坐在一個凳子上穿襪子，但聽着了福瑪的這幾句話，她便把頭揚起來，將眼睛嚴肅地釘在他臉上。

「妳望着我作什麼？」福瑪問。

「你爲什麼那樣講話呢？」她說着，眼睛依然釘在他臉上。

「因爲我不得不。」

「當心——你當眞不得不麼？」

她道一句詢問中，有些恐嚇之勢。福瑪覺得膽怯，於是說道——但這一次，他聲音中沒有挑激的音響。

「我怎能禁得住不說呢？」

「哦，你！」沙霞嘆了一口氣，又繼續穿衣服。

「我怎樣？」

「只是這樣。你好像是由兩個父親而生的。你知道我在人們中所觀察得的事麼？」

「啊？」

「如果一個人不能對自身負責，那就表明他懼怕自己，他的價值是一文不值！」

『妳是指我而言嗎？』福瑪停了一會問。

『也指着你。』

沙霞將一件醬薇色的室內衣披在肩上，立於房間的中央，將手向着躺在她脚前的福瑪伸出，以一種低而鈍的聲音對他說道：

『你沒有權利講到我的心靈，你與它毫無關係！所以閉住你的嘴好了！我可以講！假使我願意，我可以對你們一切的人講點什麽，我眞可以講！只是——我盡最大聲喊，有誰敢聽我呢？我對于你有幾句話說——這幾句話像鎚子一樣。我能夠打在你們一切人的頭上，使你們喪失意識。雖然你們都是一些惡漢——言語對于你們，不能發生什麽效力。你們應當用火來焚燒——正像煎炒鍋在大齋節的第一個星期一就用火焚燒一樣。』

兩手舉起，她迅速地將頭髮散開，頭髮成了沈重的黑色團散在兩肩時，她遂傲慢地搖着頭，輕蔑地說道：

『不要看不來我是過的一種放蕩生活！住於污穢中的人，時常比那些穿綢擺緞的人，還要淸潔些。如果你們知道，我是怎樣想到你們，你們這些狗類，我對你們所懷的是怎樣的憤恨……！因爲這種憤恨，我才默然寡言。因爲我怕都說了出來——我的心靈就會變成空虛，我便沒有持以生活之物了。』福瑪望着她，此時他很歡喜她。她的談話中，有些與他的心情相類似之處。於是他笑着向她說——面色與聲音中都含有滿意之感：

『我也覺得，我心靈中有點什麼成長起來了。唉，時候來到了，我也要將我心中的話自由地說出來。』

『你反對誰？』沙霞散漫地問。

『我——反對一切的人！』福瑪跳着站起來這樣說。『反對虛僞。我將要問——』

『問製茶缸預備好了沒有，』沙霞漠然地吩咐着。

福瑪向着她瞥了一瞥，怒着喊道：

『他媽的！妳自己去問罷。』

『好罷。我去。你吠些什麼？』

於是她由茅屋內走出去了。

風成了刺人的狂風吹過河面。為黑色波浪所掩蔽的河，發出騷嚷的水音且為怒沫所塗，痙攣地溯風而削，河岸上的柳藪低垂於地面——戰抖抖地，它們一時幾乎橫於地上，一時駭極了，自身閃開來，又為狂風所逐。空中響有一種吹嘯聲，怒號聲，和一種由數十人胸中爆裂出的深長嘆息聲：

「唉！……喝！唉！……喝！唉！……喝！……」

這種嘆息聲，急促得像一聲，沈重得像因重負而窒息的巨獸之呼吸，在河面上翱翔而過，落於波浪之上，彷彿是在激勵它們與風的那種狂戲，並且有力地打着兩岸。

兩隻空駁船靠着多山的那邊河岸旁停泊着，它們的高桅杆向天空中舉起，從這一方搖到那一方，好像在空中描繪什麼不可見的模樣一般。兩隻駁船的甲板上，滿都是用厚的褐色木樑搭成的建築架；大滑車到處掛的都是，上面都繫有鏈子與繩索，在空中搖盪着時，鏈子的結環輕微地發出鏘鏘之聲。一羣着藍色與紅色工衣的人，在甲板上拖一根大木樑，沈重地踏着腳，他們鼓起胸部呻吟着：

「唉！……喝！唉！……喝！唉！……喝！……」

這兒那兒人影附在建築架上，好像一塊一塊的藍的與一塊一塊的紅的；風吹着他們的工衣與褲子，使他們有了奇異的模形，一時現成了駝背，一時又現成圓而鼓起來像魚胞一樣。建築架上和甲板上的那些人，都在趕忙地砯呀，鋸呀，釘釘子呀；到處都可以看得見，襯衣袖子捲至肘節處的粗大膀臂，風將木材上的鉋屑以及一種多樣活躍，而尖銳的聲音吹散於空中；鋸子嚙着木材，一面帶一種懷惡念的快意窒息着；被斧子所砍傷的木樑，發出乾燥的呻吟嘆息聲；木板被斧子劈下不愉快地裂開來，長鉋怨憤地嗚喚着。鏈索上鐵的玎璫聲和滑車的呻吟的轆軋聲，與波浪的怒號相交合了，風大聲地狂號，將勞働的騷音散在河面，並將雲彩逐過天空。

「米西加……！見着你的鬼！」建築架的頂上面一個人這樣喊着。甲板上一個身幹粗壯的鄉下人，揚起頭來答道：

「什—麽？」風正玩弄着他的長而似麻的鬍鬚，將它吹散於他的臉上。

「把那頭遞來。」

一個喧鬧的低音響了起來，好像是由傳話筒內放出來的一樣。

『看你是怎樣緊的這塊板子，你這個啥東西？你看不見麼！我來替你揩一揩眼睛吧。』

『拖呀，伙計們，拖呀！』

『再來一次……伙計們！』一個大而懇求的聲音這樣喊着。

福瑪穿一件黑羅沙的短上衣，與一雙長統靴，美麗而軒昂地背靠着一根桅竿站着，一面用他那戰抖的手捋着髭鬚，很羡慕鄉下人們的這種冒險工作。他四周的這種騷音，在他心中引起了一種不斷的慾望，要喊叫，要與鄉下人們一塊工作，要斫木料，要背重擔，要下命令——強迫每個人注意他，在他們面前顯示出他自身的氣力，才能，和他內面的活心靈來。但他抑制着自己。站在那兒無言也不動，他感覺得他對于什麼東西有些羞愧與懼怕，因爲他是那兒一切人的主人，假使他自身來動手勞動，誰也不會相信，他只是爲滿足他自己的慾望而勞動，而不是自己來作模範以驅使他們加緊工作，福瑪因這種事實而感覺困惱。並且十之八九，那些鄉下人定會笑他。

。一個長着鬈髮的年輕人，襯衣敞開着，時時由他面前跑過，一時肩上背一根材料，一時手中拿一把斧子；他像嬉戲的羊一樣跳躍着，一面發出愉快的笑聲，戲言，兇狠的誓語等，並且不斷地勞働着，在那滿堆着木料與木片的甲板上靈敏而迅速地跑着，一時幫助這一個人，一時又幫助那一個人。爾瑪目不轉睛地望着他，心中很豔羨這個煥發出健康與奮發之光的快活人。

「他一定很幸福，」爾瑪這樣想着，而且這個念頭在他心中惹起了，要侮辱他困惱他的一種銳利刺人的慾望。圍繞他四周的人都在熱烈地趕工作，都在一致而迅速地緊建築架的架料，分配滑車，準備從河底將那沈了的駁船撈起來；人們都是健康而愉快——都是活着的。然而他却在他們之外，獨自一人站着，不明白常作什麼 也不明白怎樣去作，覺得自己對于這偉大的勞働是多餘的。一感覺到他在人們中是多餘的，就使他非常困惱，而且他愈緊迫地望着這些勞働的人，這種困惱就愈激烈。最使他難惱的，便是這一切勞働都是爲他而作，但他自己却與這勞働無關。

「我的位置在那兒呢？」他沈鬱地想着。「我的工作在那兒？那末，我是一個形體殘缺的東西麼？我所有的氣力，正與他們之中任何人所有的一樣。但這種氣力對于我，有什麼用處呢？」

鐵鏈發出玎璫之聲，滑車呻吟着，斧子的鑿聲在河上大聲響着，駁船因浪的震蕩而搖動。然而福瑪覺得是他在搖動，但這並不是因爲駁船在他脚下搖動，却是因爲他無論在何處都不能站穩，因他未曾立意如此。

一個生有灰色小尖鬍，灰色打皺的臉上又長有一對小眼睛的鄉下人包工頭，走到福瑪面前，低聲地，但字句的發音却相當清晰地說：

「一切現在都已準備好了，福瑪·伊格拉維支，一切都已安置就緒。現在只要祝福，就可以動手了。』

『好，動手罷，』福瑪簡短地說着，一面避開了那鄉下人小眼睛探查的視線。

『上帝，我感謝你！』包工頭一面這樣說，一面慢慢地將外套扣上，做出一種莊嚴的態度來。隨後，慢吞吞地將頭掉向四周望了望，他緊看了那中間隔着約闊十五碼的一股水的兩隻駁船上的建築架後，便突然以震耳的聲音喊道：

『各歸各位，伙計們！』

所有兩方散在駁船上的鄉下人，都趕忙分開來密集於絞盤之旁，並停止了談話。有些人靈敏地攀到建築架上，拉住繩索默然地望着下面。

『當心，伙計們！』包工頭的鎮靜而洪亮的聲音這樣反響着。『看看各處是否都弄好了。婦人到了將要產子的時候——決來不及補襯衣的。啊，禱告上帝罷！』將帽子拋在甲板上，包工頭把臉向天揚起而開始畫十字。一切鄉下人，頭都舉向着雲，也開始寬闊地擺動着膀臂，在胸膛上畫十字了。有的人大聲祈禱，一種低沈而含糊的喃喃聲與波浪的怒號相交合了：

『哦，上帝，求你賜福我們！聖母瑪利亞……尼可拉……』

福瑪聽着這些祈禱的辭句，它們沈重地落在他的心靈上。每個人都脫了帽，只有他一人忘記了脫。包工頭祈禱完畢，諷示地向他提議道：

『你也應當禱告上帝。』

『照料你自己的事罷，不要指教我！』福瑪這樣回答着，怒意地向他望了一眼。

這件工作愈繼續下去，他看着自身在這些人之中是多餘的，則愈感覺痛楚而苦惱，因爲這些人都是鎮定地相信他們自身的力量，準備替他由河底舉起幾萬普得（註——一普得約四十俄磅）的東西來。他惟願他們不會成功，使他們在他面前感覺羞愧就好了，於是一種壞念頭由他心中閃過：

「或者鏈子會斷的。」

『伙計們！注意！』包工頭這樣喊着。『大家都一齊動手。上帝祝福我們！』突然之間，他將兩手伸出緊握着，用一種尖銳的聲音喊道：

『動——手——呀！』

勞働者們跟着他喊，大家都含着緊張與努力之勢齊聲喊道：

『動手呀……！』

在那突來的重壓之下緊張着，滑車發出吹吹的輾軋聲，鐵鏈也嗚喚起來了；勞働者們胸部貼着絞盤的把手，重重地踏着足大聲吽喊。波浪在駁船之間騷亂地嗚漲着，彷彿不願意將它們自身的捕獲品交給人們一樣。──祠堺的四周，到處都張的是鐵鏈與繩索，它們因緊張而戰抖——並像大的灰色蟲一樣，經過福瑪脚前，橫過甲板，爬往什麽地方去，並且一節復一節地向上被舉起來，落下時，則發出哄哄的響聲。然而這一切騷音，都被勞働者們的震人耳鼓的呼嘯聲壓下去了。

『唉！……喝！唉！……喝！唉！……喝！』他們都合着底調諧勝似的歌着。然而包工頭震耳的聲音　穿過他們的聲浪，並像刀切麵麴似的切着響了出來：

『伙計們！用勁哪，大家馬上用勁，馬上用勁。』

福瑪爲一種奇特的情感所襲，他現在衝動地要想加入這與河水同樣洋洋而有力的勞働者們的潑剌的呼嘯聲——要與這鐵的激怒的轢軋與摩擦以及浪的濺搏相混合。因爲這種慾求過於緊張，他臉上汗都流了出來。突然間因衝動而臉色變得蒼白，他遂離開了桅杆，大踏步地向絞盤那方跑去。

『大家用勁呀！用勁呀！』他用狂暴的聲音這樣喊着。走到絞盤挺前時，他遂用盡氣力將胸部貼着把手，毫不覺痛苦地開始鬧着絞盤走，一面怒吼着，脚則在甲板上重踏。有一種強有力而燃燒着的東西湧上他的心胸，代替了他轉動絞盤挺時的努力。

形容不出的快樂在他內面澎湃着，由一聲衝動的喊叫而迸出外來。他覺得，只有他一人，只是他的氣力在轉動絞盤挺而將重量舉起來，並且他的氣力也在逐漸增大。將腰彎着，頭向前垂，他像牛一樣與那重量相搵。此重壓先將他拋向了後，但終久仍被他支配着。每向前走一步，便使他益發興奮，每用一次氣力，馬上在他內面便有了一股燃燒與熱烈的自豪之流。他頭腦暈眩，眼睛充血，什麼也看不見，只覺得它們會對他讓步，他不久會得勝，會以自己的氣力打倒妨礙他進路的什麼龐大的東西——會打到而勝利，於是充滿驕矜的歡喜自由爽快地呼吸着。這是他生命中的第一次，他經驗了這種強有力的精神上的感覺，於是他以一個飢而渴的心靈的全部力量來痛飲着；並因之而沈醉了，他遂以大聲而歡躍的喊叫，來與衆勞働者和唱着以發洩他的快樂：

「唉！……喝！唉！……喝！唉！……喝！」

「下勁！拉緊些！下勁，伙計們！」

有點什麼東西搵着了福瑪的胸膛，將他拋向後了。

「我恭喜你成功了，福瑪．伊格拉維支！」包工頭這樣祝賀福瑪，他臉上的皺紋愉快地顫動了。

『感謝上帝！現在你一定十分疲倦了吧？』

冷風在福瑪臉上吹噓。他周圍的空氣中，起了一陣滿意而傲然的騷擾。快活的鄉下人們，大家互相友愛地慢駡着，流汗的面孔上齊着微笑，走進他身傍緊緊將他圍上。他拮据地微笑了：他胸中的興奮還不會平靜下來，因此他懂不透有什麼事情發生了，而且爲什麼圍繞他的那些人，都是那般快活而滿意。

『我們撈起了十七萬普得，好像是從地上拉起一根紅蘿蔔一樣！』一個人這樣說。

『主人應當償我們一杯威士其(Whisky)』才是。』

站在一堆大繩索之上的福瑪，由那些勞働者的頭上望過去，他看見了；在兩隻駁船之間，與它們相並着的，還立有被鐵鏈捲纏，濕滑，黑色，毀壞了的第三隻駁船。船全身都是扭曲的，看起來好像它是因什麼可怕的病症腫脹着，無力而笨重地懸於它的同伴之間，並且還靠在它們身上。它的破桅杆慘然地立於中央；一股一股的紅水，像血一般地在那滿爲銹痕所染的甲板上流着。甲板上則到處都堆的是一堆一堆的鐵，濕濕的黑色木材殘幹與繩索等。

『撈起來了麽？』福瑪瞥見這醜惡的東塊不知道說什麽爲好地這樣詢問着。並且一想到只不過爲要從水中撈起這個骯髒而搗毀了的怪物，他的心裏中才掀起了這般的快樂，他又感覺憤恨。

『駁船怎樣？』福瑪漠然地這樣問包工頭。

『很好！我們馬上要將貨物卸下，大約請得二十個木匠來工作——很快便可修理成形！』包工頭以一種慰藉的聲調說着。

一個髮色淡的人，愉快而粗俗地望着福瑪臉上微笑着問：

『我們能有一杯 Vodka 喫嗎？』

『你們不能等一會？時間多着哩！』包工頭嚴厲地說。『你沒有看見麽——老爺已經疲倦了。』

隨後鄉下人們開始講起話來。

『當然他疲倦了！』

『那並不是容易的工作。』

『當然的，一個人沒有做慣工的，是容易疲倦的。』

『就是沒有喫慣粥的人，對于粥也很難喫哩。』

『我沒有疲倦，』福瑪抑鬱地說。鄉下人們益發緊密地圍了上來，那些恭敬的語句又可以聽得着了。

『倘若人喜歡做工，做工便是一件快樂的事。』

『就像遊戲一樣。』

『就像同女人遊戲。』

但那個髮色淺淡的人依然堅決着他的請求：

『老爺！你總得請我們喫一杯 Vodka，唉？』他這樣說着，一面又笑又嘆氣。

福瑪望着他面前那些長有頰鬚的面孔，覺得很想說幾句令他們不悅的話。但不知怎的，他頭腦中的一切都混淆起來，他在其中尋不出思想，他自己也不過細思考他的話語，只憤怒地說：

『你們只是要一天到晚喝酒！無論你們作什麽，那是沒有關係的！你們應當想想——爲什麽目的而作？唉，你們！』

圍繞他四周的那些人的面孔上，都起了一種困惑的表情，若藍色與紅色衣的長有鬍鬚的人們都開始嘆息，搔癢，由這隻脚上移到那隻脚上地站着。其他的人們，則向着福瑪投了一線失望的目光便走開了。

『不錯，不錯！』包工頭嘆了一口氣說。『那並非壞事！卽是——要想——爲何以及如何。那是智慧之言。』

那個髮色淺淡的人對于這件事的意見却不如此；他好意地微笑着，一面揮着手說：

『我們用不着在我們的工作上用思想！如果有工作——我們就做去！我們的事情很簡單！賺得了一盧布時——感謝上帝！我們可以做一切事了。』

『你們知道不知道什麽是必須要做的？』福瑪因這抗論激怒起來這樣詢問着。

『凡事都是必須的——這件事與那件事。』

『但意義何在呢？』

『我們這等人在任何事上，只有一個相同的意義——賺得了麵麭與賦稅時——過活罷！有酒喝時，那就更好。』

『唉，你這個傢伙！』福瑪帶輕蔑地說。『你也是口裏講！你懂得什麼呢？』

『懂得不懂得並非我們的事？』髮色淺淡的人這樣說着，並將頭搖了一搖，他現在討厭與福瑪講話。他疑心福瑪是不願請他們飲 Vodka ，因而他有些惱怒。

『對的！』福瑪教訓似的說着，很歡喜這個人已對他讓了步，但他不曾注意着那惱怒而嘲笑的視線。『懂得的人們覺得他們必須要做永遠的工作！』

『這才對了，爲上帝工作！』包工頭這樣解釋，他眼睛望着鄉下人們，又虔敬地嘆了一口氣，加上一句道：『那才是眞實的。哦，那是再眞也沒有了…』

福瑪也被感動了要談點什麼對而重要的話，使這些人以後能以另一種態度對待他，因爲他很不歡喜除了那髮色淺淡的人以外，其餘的人盡都默然不言，並且以那般倦怠而沈鬱的眼粗蠻地向他側目而視。

『必須要做這種工作，』福瑪說着，一面動着眉毛。『千年以後，人們還要說：「這是保哥洛得斯克地方的農人們做的——嗯！」』

髮色淺淡的人喫驚地瞥了瞥福瑪問：

『我們，那除非是將伏爾加河裏的水喝乾？』於是他以鼻子吸氣，又搖了一搖頭聲明道：『我們不能夠做那種事——我們的胃都會爆開。』

福瑪因他所說的話困惑起來了，他向自己四周望了望，農人們乖戾地，輕蔑而譏諷地在笑。這些笑，都像釘一樣刺着他。一個直到此時還沒開過口的長有大的灰色鬍鬚面色莊重的鄉下人，益發走近福瑪身傍來慢吞吞地說：

『即或我們要將伏爾加河裏的水喝乾，並且還要把山都喫了下去——這樣也會被忘記掉的，老爺。一切的事都會被忘掉。人生長得很。這種永垂萬年的事，並不是我們做的。我們會架建築架——那我們可以做得到！』

他猶豫不決地在脚前吐了一口沫，便漠然地由福瑪面前走開，像楔滑進木中似的滑到人羣中去了。他的話語將福瑪完全征服了；福瑪感覺得鄉下人以爲他呆笨而可笑。爲要保持在他們眼中是主人公的尊嚴，並要再引起現在已喪失了的鄉下人們對于他的注意，於是福瑪將身子莊嚴地聳立起來，兩頰也滑稽地脹起以一種堂皇的聲調說道：

『我送你們三罈酒。』

簡短的言語時常含有最深的意義，而且時常容易發生很強的印象。鄉下人們都恭恭敬敬地爲福瑪讓路，向他深深地鞠躬，並且愉快而感激地笑着，大家都全體一致歡笑地叫喊起來以感激他的豪爽。

『把我渡到岸上去，』福瑪這樣說着，一面心中感覺得自己內面剛才起的那種興奮決不會持久。有一種蟲在嚙他的心，他已經厭倦起來了。

『我煩悶得很！』他走進茅屋內這樣說着。茅屋裏的沙發着一件華美的水紅色的衣服，正在棹旁忙碌着整理酒與食物等。『我感覺煩悶得很，亞力山得拉！你能夠和我一同作點什麼嗎，唉？』

她留心地緊着他，便在木凳上與他肩並肩地坐下說：

『你既感覺煩悶得很——那卽是你想要點什麼。你是要什麼呢？』

『我不知道！』福瑪愁慘地搖着頭。

『你想好了。』

『我不能夠想。我怎樣想，也想不出什麼事來。』

『唉，我的孩子！』沙霓柔和而輕蔑地這樣說着，便由他身傍走開了，『你的頭對于你是多餘的。』

福瑪沒聽着她的聲調，也沒留心她的動作。他兩手憑於木凳上，頭向前屈凝視地板上，一面身子左右搖動着說：

『有時我想呀，想呀——我的整個心靈便像被煤膠塗上似的，爲思索所塗滿了。於是突然之間，什麼都沒留跡地消逝了。那時我的心靈中，便與地窖一樣黑暗——黑暗，卑濕而空虛——其中一點什麼也沒有！並且竟是可怖的——我遂感覺得我不是一個人，而是一個無底的深谷。你問我，我要什麼嗎？』

沙霞側目望着他抑鬱地開始低聲歌道：

『唉，風刮起時——霧由海中吹來。』

『我不要賭酒了——那是討厭的事！總是那同樣的事——人呀，娛樂呀，酒呀。等我兒狠起來的時候——我什麽人都要鞭打。我不歡喜人……他們是一些什麽東西。簡直了解不透他們——他們爲什麽要繼續生存下去呢？他們講起眞理來的時候——叫你聽信什麽人爲好？一個人這樣說，其他一個人又那樣說。然而我——我却不能夠說麽。』

『唉，親愛的，沒有了你，我的生命是厭倦的。』

沙霞凝視着她對面的牆這樣唱。

福瑪繼續着一面搖盪一面說：

『有時我覺得，我在人前是有罪的。誰都生活着，騷擾着，但我却驚慌而狐疑——好像我並不覺得，我脚下踏有大地一樣，未必這是我母親遺傳給我的無情麽？我的教父說，她冷得像冰一樣，她總在憧憬點什麽。我也在憧憬。我是向人們掙着憧說。我願意走到他們面前向他們說：「弟兄們，幫助我！指教我！我不知道怎樣生活！如果我有錯處——請饒恕我！」然而我向四周一望時，我尋不出一個可以相談的人。誰也不願意聽——他們都是惡徒！而且看起來，他們竟比我還要壞。因爲我至少對于我這種生活，覺得害羞，但他們却不然！他們仍舊繼續過下去。」

福瑪說了幾句兇狠而難聽的咒罵語後，便默然了。沙霞停止了歌唱，logo發離福瑪遠遠地跑了開去。風在街外怒吼，將塵土拋到街檐上。油蟲在爐子邊的柴薪上爬過，弄得索細索細的響。庭院中一匹小牛悲切地在鳴咦。

沙霞瞥了一瞥福瑪，臉上浮着譏刺地微笑說：

「啊，那兒還有一個不幸的東西在叫喚。你應當跑到它那兒去；或者你們可以和唱。」將手放在他那捲髮的頭上，她諧謔地由旁邊推了他一下。

「像你自身這樣的人有什麽用處？那才是你應當思考的事。你是爲什麽呻吟？你所以煩悶，只是因爲閑散無事——你應當下勁好好做生意。」

「哦，天哪！」福瑪搖了搖頭。『令人了解自己，眞是困難的事。眞是困難的事！」

他激怒得幾乎叫了起來：『什麽生意？生意只不過是一個名字——倘若妳看到它的深處，它的根上——你就會明白，其中除了荒誕不經而外，什麽也沒有！未必我不懂得生意麽？我什麽都懂得，什麽都看得透，什麽也感覺得到！只是我的舌頭是啞的。生意中是什麽目的？是金錢麽？我有的是：我能夠用金錢使你窒息死，能夠用金錢將妳全身蓋滿。一切的生意，只不過是欺騙而已。我也見過生意場中的人——他們如何？他們的貪慾無限。他們有意埋頭於生意中，以便看不出他們自身來。他們將自已隱藏起來，那些惡魔。假使人將他們由這種亂嘐中解放出來——什麽事情會發生呢？他們就會像盲人一樣，這兒那兒地暗中摸索；他們會喪失心意——會發狂！我知道定會如此！妳以爲生意使人幸福嗎？不，決不會的——這兒還欠缺一點東西。這並不是全部！河水流着，人可以在上面行船：樹木長起來——是有用的；狗子——可以看門。凡這世間上一切的物件，都有生存的理由！但是，人，與油蟲一樣，對于這大地是多餘的。一切的物件都是爲他，但他——他有什麽用呢？啊哈！他生存的理由何在？哈，哈，哈！』

福瑪得意極了。他覺得已經發見了，對于他自己很好，而對于人們非常嚴重的什麼東西。因爲感覺如此，他遂十分快樂，而大聲笑起來了。

『你的頭不痛麼？』沙霞注視他臉上耽心地這樣問。

『我的心靈痛！』福瑪情熱地說着。『它痛，因爲它是正直的——因爲戲嬉不能使它滿意。答覆我，應當怎樣生活？爲什麼目的而生活？譬如我的教父——他是一個聰明人。他說——建設生活！但只有他一個人是這樣。等着我要詢問他。但一切的人都說——生活梗佔了我們！生活窒息了我們。我也要詢問這些人。而且我們如何能夠建設生活呢？你必須要將它握在手中去作，你必須要支配它。就是做一把壺，也決不能不將泥土拿在手中來。』

『唯！』沙霞眞面目地說。『我想你應當結婚才行。結了婚，萬事都好了！』

『爲什麼要結婚呢？』福瑪聳着肩說。

『你需要一個韁頭。』

『那有什麼！我是在與妳同居——妳們都是一樣的，是不是？這一個並不比那一個更可愛。在妳以前，我曾有過一個與妳同類的女子。不過，那一個是爲愛情的緣故而如此。她歡喜我——而答應了我；她很好——但是此外，她什麽都與你一樣——雖然你比她好看些。我曾愛上過一位夫人——一位貴族出身的夫人！人們說她是過的一種放蕩生活，但我不曾得着她。是的，她很聰明有才學；她是過的奢侈生活。我時常想道——在那兒，我才能夠嘗着眞味！我不曾得着她——或者如果我成功了，萬事都不會如此。我憬憧她。我想——我不能夠離開她。現在我所以這樣豪飲的，我是將她淹沒於酒內——我將她忘掉——但這也是不對的。哦，人！說良心話，你眞是一個瘏棍。』

福瑪默然而沈於深思中去了。沙霞則由凳上立起身來，在茅屋內走來走去，且又啜着嘴唇。隨後她在福瑪面前停住脚，兩手緊握於額前說道：

『你知道麽？我要離開你了。』

『你到什麽地方去？』福瑪頭也不抬地這樣問。

『我不知道——什麽地方都是一樣！』

『爲什麽呢？』

『你總在說一些不相干的話。與你在一塊，無聊得很。你使我難過。』

福瑪把頭抬了起來，望着她嗤的一聲悲慘地笑了。

『眞的麽？有這樣的事嗎？』

『你確是使我難過！你知道麽？假使我過細追想你所說的話，我就會明白你說的是什麽，而且你爲什麽說那一句話——因爲我也是那種人——時候到了，我也要思考這一切。那末，我就會完了。但現在這種事對于我還太早。不，我還要過活下去，後來，隨便怎樣，我也不管了！』

『我——我也要完了麽？』福瑪因自己說的話早已疲倦了，漠然地這樣說着。

『當然的！』沙霞鎭定而自信地囘答着。『凡像我們這樣的人，都會完了。凡是根性執拗而沒有頭腦的人——他的生活是什麽生活？我們就像這一樣。』

『我毫沒有根性，』福瑪伸直着身體說。沈默了一分鐘後，他又加上一句：『我也沒有頭腦。』

他們暫時無言，兩人互相對望着。

『我們要作什麼呢？』福瑪問。

『我們必須要喫午飯。』

『不是，我是說一般的。此後我們要作什麼？』

『此後嗎？那我不知道。』

『那末，妳是要離開我嗎？』

『我是，在末分別以前，讓我們還來賭飲賭飲。到卡剛去，在那兒我們來飲宴——抽烟！我要爲你唱離別曲。』

『好極了，』福瑪贊同說。『在離別的時候，那是最相宜了。唉，妳這個惡魔！那是愉快的生活！唯，沙霞！別人說，妳們這種女人最愛錢了，竟像竊賊一樣。』

『讓他們去說好了，』沙霞沉着地說。

『莫非妳不覺得討厭這種話麽？』福瑪好奇地問。『但妳並不愛錢。本來妳跟我一塊，與妳很有利益。我很富，但妳依然要走；這即證明妳不愛錢。』

『我嗎？』沙霞思索了一會，將手一搖說：『或者我並不愛錢——那有什麼呢？我並不是最下等的街道賣笑婦。而且叫我對誰人抱恨呢？讓他們歡喜說什麼，就說什麼罷。那只不過是人的談講，並非是牛的鳴喚。人的聖潔與誠實，我十分熟悉！唉，我眞熟悉得很！假使我被選爲裁判官，我定只釋放死人而已！』沙霞突然惡意地笑着說：『好，夠了，無意思的話我們已講夠了。坐下來喫飯罷！』

次日清晨，福瑪與沙霞肩並肩地站在一隻將要駛進烏斯貼地方一個港口的汽船舷側上。沙霞那頂大黑帽子的整齊向下垂的邊緣和白色毛羽，引起了一切人的注意，福瑪站在她旁邊很不安，並且感覺得人們好奇的視線已爬到他困惑的臉上來了。汽船靠近棧橋時，繂綷繂綷地響並且震動了起來。棧橋上滿散的是，着亮色夏日服裝來迎接人的人們。福瑪覺得在這一羣不同的人影與面孔之中，他看出了有一個他認識的人，好像這個人這時藏在其他的人背後，但依然不會將視線離開他。

『我們進房間裏去罷！』他不安地對他的同伴這樣說。

『不要養成了在人前將自己的罪惡藏匿起來的習慣，』沙霞笑了笑回答說。『恐怕你是看出了一個熟人吧？』

『嗯。不錯。有一個人望着我的。』

『一個拿着奶瓶的看護？哈，哈，哈！』

『妳又在呼喚！』福瑪憤怒地這樣說，一面斜着眼睛望着她。『妳以為我害怕麼？』

『我看得出你有好勇敢。』

『妳看罷。什麼人我都當得住。』福瑪忿然地說，但向那一羣人中過細望了一望後，他臉上突然現出另一種表情，於是他低聲加上一句說：

『哦，那是我的教父。』

在蓬船的邊上站着亞可夫・塔拉數維文。他被擠在兩個肥胖婦人之間，將他那似鐵的面孔向上揚起，現出懷惡意的禮貌把帽子在空中揮動着。他的鬍鬚顫動，光禿的腦天發光，一對小眼睛像鑽子一樣刺着福瑪。

『好一個兀鷹！』福瑪喃喃着，一面將帽舉起，向他教父點了點頭。

他這一鞠躬，很明顯的已博得了馬亞金的歡喜。老頭子稍稍約束了一點，他頤了頤足，臉上彷彿閃出了微笑之光。

『看起來，小孩子恐怕可以弄到幾文錢買果子！』沙霞這樣戲弄福瑪。她的這兩句話和他教父的微笑，好像在福瑪心中已引起了一股火焰。

『我們看會有什麼事情發生。』福瑪噥聲說着，並且突然在惡意的鎮定中呆若木雞了。汽船停住了，人們像潮似的往岸上湧去。爲人羣所擠的馬亞金，一會兒由他教子眼中消逝了。但不久臉上現着獰惡地誇勝的微笑又現出來了。福瑪眉頭深鎖着一眼不眨地望着他，並且慢吞吞地踏着棧板向他面前走去。人們由他背後擠來，靠在他身上，又將他擠得緊緊的，福瑪因此益發忿怒不過。現在他與老頭子而對面了，老頭子很恭敬地鞠了一躬向他打招呼，並又詢問說：

『你是旅行到什麼地方去的，福瑪。伊格拉維支？』

『我是有事情來的，』福瑪也沒向他教父問好，只斷然地這樣回答。

『老爺，那眞是有價值的事！』亞可夫·塔拉數維支笑容滿面地說。『請問這位帽上有毛羽的太太與你有什麼關係？』

『她是我的情婦，』福瑪毫不迴避他教父那種鋒銳視線大聲地這樣說。

沙霞站在福瑪背後，兩眼越過他的肩頭審視那矮小的老人。老人的頭剛剛達到福瑪的下頷處。福瑪的大聲音引起了衆人的注意，於是人們以爲有什麼吵鬧的事情發生了，大家都向他們望着。馬亞金也馬上覺得有這種事的可能，並且他已看出了，他教子的要爭鬧的態度。他臉上的皺紋動了動，又啜了啜嘴唇，於是他和平地對福瑪說：

『我有點事情要同你商量。你可否到我旅館中去一趟？』

『可以；但只能稍去一會。』

『那末，你忙得很嗎？很明顯的，你一定是要趕忙去再摧毀一隻駁船，唉？』老頭子再也忍耐不住地這樣說。

『既然它們可以摧毀，爲什麼不摧毀它們呢？』福瑪熱烈而斷然地反駁着。

『當然的，因爲不是你自己賺來的，你爲何要愛惜它們呢？啊，走罷。我們暫時怎樣安置這個婦人呢？』馬亞金低聲說。

『沙霞，妳坐一輛馬車到城裏去，在西伯利亞旅館內定一個房間。我馬上就來的！』福瑪說後，便轉向馬亞金這方，毫無慚色地說道：

『我們走罷！』

在去旅館的途中，他們兩人誰也沒說一句話。福瑪看見他的教父要趕着走才能追得上他，於是他有意大踏步地走，因爲老頭子不能追上他，他到此時幾乎難以支配的反抗之騷動的感情，才能得以支持而加強起來。

『茶房！』踏進旅館的客廳中，向着很遠的一隅轉身時，馬亞金柔和地這樣說，『拿一瓶莓克拉斯（譯者註：Moorberry kvass——俄國的一種果實製的飲料。）來。』

『我要點康牙咯，』福瑪吩咐着。

『呀！你的牌不好時，頂好總是將牠先打出去！』馬亞金嘲笑地這樣忠告他。

『你不明白我的鬪技！』福瑪說着便在桌前坐下了。

『眞的麼？來，來！許多人都是那樣鬥牌。』

『都是怎樣？』

『都是像你那樣——勇敢，但是愚笨地。』

『我要鬥得，不是頭裂爲碎片，便是牆斷而爲兩，』福瑪熱烈地說，一面將拳頭擊着桌子。

『你的酒還不曾醒麼？』馬亞金問着一笑。

福瑪在椅上益發穩定地坐下，他的臉因憤怒而歪斜，他開口說道：

『教父，你是一個聰明人。我對于你的頭腦，很表尊敬的。』

『多謝你，我的孩子！』馬亞金說着鞠了一躬，並將身子稍稍立起，兩手則伏在桌子上。

『不必客氣。我要告訴你，我現在已不是二十歲的人。我並不是一個小孩子。』

『當然不是的！』馬亞金同意說。『你已經有相當的年紀了，那是不用說的！假使一個蚊蟲活了那久，它定長得像一隻母雞那大了。』

『不要講笑話！』福瑪打斷他的說話。他做得那般鎮定，以致馬亞金甕得向後一退，臉上的皺紋也不安地顫動起來。

『你到此地來有什麽事？』福瑪問。

『啊！你作了些粗莽的事，我是來察明究竟有多大的損失！你曉得，我是你的親戚，而且你也只有我這一個親戚。』

『你自白煩勞你自己。爸爸，你知道我要對你講什麽嗎？或者是給我以完全的自由，或者將我的事務拿到你手中去罷。將一切都拿去！一切——就是最後的一虛布，也都請你拿了去！』

這種提議完全出乎福瑪自身意料之外地衝了出來；他以前從來不曾想過這類的事。現在他向他教父說出了這種話，他突然明悟了，如果他教父將他一切的財產拿了去，他便可變成一個完全自由的人，能夠歡喜到那兒去就到那兒去，歡喜作什麽就作什麽。直到現在，他都是被束縛被什麽東西綑住的，然而他不明白他的桎梏是什麽，而且也不能夠將它們打破，但現在此桎梏自自然然地這般簡單而容易地落下來了。一而又恐怖又快樂的希望在他胸中閃耀了起來，彷彿他看出了，光亮已突然在他混亂的生活中發光，一條寬闊的大道在他面前展開了。馮瑪心中起了幾個幻像，他望着它們移動，一面却不聯絡地喃喃道：

「這比什麼都好！將一切都拿去，那末，什麼都完了！至於我——我便能自由地在此廣闊的世界上隨便到那兒去！我不能像這樣生活下去。我覺得好像有重量掛在我身上的，好像我全身都是被縛住的。那兒——我不應當去，這件事，我不應當做。我要自由地過活着，使我可以親身明白一切事。我要自己去尋找生活。因爲，不然的話，那我是什麼呢？一個囚犯而已！請你發慈悲，將一切都拿去，任意辦了罷！求你給我自由，我是什麼商人？我什麼都不歡喜。所以——我要離開人類——拋棄一切。我要爲我自己尋一個地方，尋點工作做。上帝可以作證！父親！請你讓我自由！你知道，現在我是又飲酒，又與那個婦人相糾纏。」

馬亞金望着他，留心傾聽他的說話，臉上則嚴肅不動好像化了石一般。一種低沈的客棧內的鬧聲充滿了空中。有人由他們傍邊走過，他們向馬亞金打招呼，但他却什潑也沒有見，只緊緊凝視他教子與孫的臉上——福瑪此時正茫然而愉快地，但同時又悲切地微笑着。

『唉，我的酸漿莓！』馬亞金嘆了一口氣，這樣打斷福瑪的說話。『我明白你是迷失了路。你在空談一些癡話。我要知道，究竟這是康芽喀使你這樣，抑或是你自己癡愚？』

『爸爸！』福瑪喊道，『這確是可以辦得到的事。曾經也有人將他們的財產全拋棄了，因而救了他們自己的。』

『那並不是我這個時代中有的事。也不是在我身傍的人們！』馬亞金嚴格地說，『如有的話，我就會指示他們如何走開！』

『有許多人離了家以後，成了聖人哩。』

『嗯！他們決不能由我這兒走開！事情簡單得很——你知道怎樣下象棋，是不是？從一個地方移到另一個地方，直到你敗了爲止，假使你不肯敗就可以得皇后。那末，任那一着，你都可以走。你懂得麼？我何故要嚴重地與你講呢？唉！』

「爸爸！你爲什麼不要呢？」福瑪憤然地叫着。

「你聽我講！如果你是一個掃除烟囪的人，那就請你爬上屋去！如果你是一個消防夫，你就得站在望塔上！無論何種人，都應當各有各的一種生活方式。牠決不能像熊那樣咆哮！倘使你度着你自己的那種生活；那末，繼續度下去罷！不要講一些無意思的話，而且不要爬到與你不相干的地方去。照你自己的樣式處理你的生活。」從老頭子的黑唇中，有福瑪聽慣了的那種不諧而充滿自信的大膽的話語，成一股震顫燦爛之流噴了出來。福瑪對于他所感覺得那般容易實現的自由想凝了，竟沒有聽着馬亞金所講的話。這種思想，蝕入了他的腦袋，在他心中，這種慾望益發益發加強了起來，要將他與這空虛而厭煩的生活，與他的教父，汽船，駁船，酒宴，以及一切使他的生活感覺狹窄而窒息的東西等所有的一切關係，全都斬斷。

老頭子的話語彷彿是由遠方傳來的；其中雜有杯盤的擋擋聲，小廝在地板上走着的足音，以及一個醉漢的呼喊聲。離他們不遠，一桌上坐有四個商人大聲在談論：

『二零四分之一——感謝上帝！』

『洛加・米其支！那我怎能答應？』

『給他二零二分之一！』

『那才對了！你應當出那多，那是一隻好汽船，它拖船拖得很快。』

『我的朋友，我不能夠。只能二零四分之一！』

『你所以想出了這一切無意思的事！都是由於你的少年熱情所致！』馬托金嚴重地說着，同時在桌上敲拍了一下。『你的勇敢卽是懵懂；你這一切的話都是胡言亂語。恐怕你還要進修道院呢？或是你還想去作山賊呢？』

福瑪默然地傾聽着。他四周的嚶嚶之聲現在好像遠了一些。他幻想着自己是在一羣無休止的人們之中；不知何故這些人這兒那兒亂嚷，彼此互相糾打；眼睛則貪婪地大睜着；喊叫，怒罵，跌倒，互相推擠，並且大家都在一個地方擁擠。他在他們之中感覺得很難過，因爲他不明白他們所要的是什麼，他不相信他們的話語，而且他又感覺那些人也不相信他們自身，他們什麼都不懂。假使有一個人由他們之中脫離出來得着自由，走到生活之邊端，而從那兒眺望這一羣人——那末一切都可以看清楚了。並能明白他們所要求的是什麽，也能尋着自己在這一羣人中的位置。

『未必我不懂得，』馬亞金看見福瑪想呆了，以爲他是在沈思他的話語，遂益發柔和地這樣說——『我懂得你是要求你自身的幸福。啊，我的朋友，那不是不費力就能得到手的。你尋找幸福，竟至要像人們在樹林中尋找蕈一樣，你必須要彎下你的背去尋找，而且卽或尋着了，也要分淸楚，看它是否是一隻毒茸。』

『那末，你許我自由嗎？』福瑪突然揚起頭來問，但馬亞金却將兩眼避開了福瑪的焦躁視線。

『父親！至少暫時讓我自由！讓我呼吸呼吸，讓我由一切事務中踏開！』福瑪這樣懇求着。『我要觀看一切的事情怎樣進行。不然的話，我就要變成一個酒徒。』

『不要胡說。你爲什麽裝傻？』馬亞金怒冲冲地吼着。

『那末，好罷！』福瑪鎮定地囘答。『好罷！你不要麽？那就什麽也不會剩下了！我要將一切都浪費完！我們再也沒有什麽可談講了！再會！你看，我馬上就去開始工作！一定可以令你快活。什麽都要化爲靑烟！』福瑪鎮定着滿有自信地這樣說；

因爲他以爲自己既已這樣決定，他的教父決不能阻止他的。但是馬亞金在椅上伸直了腰，也是明白而鎮定地說道：

『你知道不知道，我要怎樣對付你？』

『隨你的便！』福瑪說着將手搖了一搖。

『好罷。我歡喜照以下說的那樣做：我回到城裏去，宣佈你發了狂，將你關在瘋人院中去。』

『能有這種事麼？』福瑪不相信地這樣問，但他聲音中含有恐怖之音。

『我們什麼事都能做得到。』

『啊。』

福瑪將頭垂下，在他教父臉上偸望了一眼，不禁發抖了，他心中想道：

『他會那麼幹的；他不得愛惜我。』

『倘若你認眞裝傻，我也要認眞對付你。我應許了你的父親要將你教訓成人，我必做到；如果你站立不住，我要用鐵將你箍起來，那末，你就站住了的。然而我明白你這一切聖言，都不過是由於你太喫多了酒，而來的乖僻的朝三暮四的話。倘若你不傻改，依然繼續度着放蕩生活，倘若你以妄行來浪蕩你父親所賺來的財產，我就要將你囚禁起來。我要爲你鑄一個吊鈴。在我面前裝傻，是毫無好處的。」

馬亞金柔和地說着。他頰上的皺紋全都向上豎起，一對小眼睛在那黑眼窩內譏刺而冷然地笑着。額頭上的縐紋，則形成了一個奇怪的模樣，一直昇到他那光禿的腦頂上去了。他的面孔是嚴肅而無慈悲的，並且已將憂鬱與冷淡呼在福瑪心靈上去了。

「那末，我簡直沒有出路了嗎？」福瑪陰鬱地問。「你將我的一切出路都阻塞了。」

「有一條出路。你向那兒去罷！我來嚮導你。不要焦慮，可以辦得好的！你可以正正達到你相宜的地方。」

這種自信，這種不動搖的驕傲引起了福瑪的忿怒。於是他將兩手插入衣袋中，以免毆打那老頭子，身體在椅子上挺得直直的，牙關咬緊，面孔逼近馬亞金說道：

「你爲什麼驕傲？你驕傲些什麼？你自己的兒子，他在什麼地方？你的姑娘，她又如何？唉，你——你這個生活建設者！不錯，你很滑頭。你什麼都知道。請告訴我，你為什麼生活着？你為什麼將錢積蓄起來？未必你以為你不死的麼？即不死，又怎樣？你將我捕獲了。你握住我，你克服了我。但是，且慢，我仍然可以跑脫的！這還不是最後！唉，你！你對人生作了什麼？你有什麼可以令人記念你？譬如我父親，他還捐助了一個養老院，至於你——你作了些什麼事？』

馬亞金臉上的皺紋顫抖着沈了下去，於是他的面孔便現出一種難過的哭像。

『你如何為你自己辯白？』福瑪柔和地說着，眼睛仍然望着他的教父。

『住嘴罷，小狗！』老頭子低聲說着，恐怖地在室內望了一望。

『我什麼都說了！現在我走了！請你留步！』

福瑪從椅上立起身來，將帽子扔在頭上，嫌惡地打量着老頭子。

『你去罷；但我要——我要捉住你！事情要照我所說的出現！』亞珂夫·塔拉數維支斷斷續續地說。

『我要去痛飲！我要將一切都蕩盡！』

『好嗎，我們看罷！』

『再見！你這位豪傑，』福瑪笑了。

『暫時再見！我決不食言。因爲我愛那，我也愛你。縱使你是一個奇人！』馬亞金輕微地說着，好像喘不過氣來。

『不要愛我，請指教我。但你不會指教我正對的事！』福瑪說着，即將背轉向老頭子離開客廳走了。

亞可夫·塔拉數維支·馬亞金獨自一人留在旅館內。他坐於桌前，身子向前屈，用顫抖的手指沾着溢出的克瓦斯，在托盤上繪模樣。他那尖腦殼，更低更低地垂於桌上，彷彿他不會解釋，而且也弄不淸楚他的多骨的指頭在托盤上是繪的一些什麽。汗珠在他光禿的腦頂上放光，並且與平時一樣，他頰上的皺紋猶緊而激動地顫抖着。

旅館內一種反響的騷擾打在空氣中，以致窗上的玻璃都響得震震作聲。由伏爾加河上泛蕩着汽船的汽笛聲，舵輪擊打水而的低沈的聲音，以及苦力們的叫喊聲——生活是在無休止而無疑問地向前推進。

亞可夫・搭拉數維支點了點頭將侍者喚到身傍，特別緊張而鄭重地問他說：

『這一切要多少錢？』

十

在與馬亞金爭論以前，福瑪因爲生活的無聊，好奇心，以及一半蕩然地曾去賭博過；現在他因憤怒幾乎是在失望中度着一種放蕩生活；他胸中充滿了復讎之念，和對於人類抱的一種傲慢之感，這種傲慢有時他自己也覺驚奇。他看見他四周的人們，和他一樣，都缺乏激勵與理智，只是他們還不明白這回事，或者是故意不明白，以使不致阻止他們盲目地過活，以及完全，毫無思慮地，沈湎於他們那種放蕩生活中。他在他們之中，尋不出一點堅定穩固的東西；他們淸醒時，他則感覺他們可憐而愚笨；沈醉時，他又感覺他們討厭而更愚笨。他們之中，誰也引不起他的尊敬，和深切而感心的興趣，他竟不曾問明他們的姓名；他忘記了他自己是在何時與何地結識他們的，對于他們懷抱一種輕蔑的好奇心，他時常總想說些或做些激怒他們的事。他整日整夜和他們一塊在各種娛樂場中度過，他所交遊的人，時常只是因這些地方的種類不同，而人們也各異。在那些價錢貴而又雅緻的飯店中，就有一些上等階級的光棍圍繞他四周——如賭徒，唱歌的，術士，伶人，以及一些度着敗壞生活而墮落了的地主們。最初，這些人對於他，都是取的一種保護他的態度，在他面前誇耀他們的洗練的趣味，與對于酒和食品的知識，隨後，他們則博取他的歡心，諂媚他，向他借錢——這些錢，他散在四周不曾數過，由銀行中取出，而且此時他們已向他用期票借錢了。在價廉的酒店中，理髮匠，彈子房的分數計算人，店夥，辦事員，以及唱歌的人等，好像兀鷹似的圍繞着他；但在這些人之中，他常時感覺得好些自由些在這些人之中，他見到，並不像那雅緻飯店中的那些「正直人」那般乖僻敗壞得異乎尋常的誠實人們；這些人並沒有十分墮落，較爲聰明，並且他也更能理解他們。有時他們表示出健全而強壯的情感來，而且他們之中常時有些更近乎人情的事。然而，像那「正直人」們一樣，這些人也是非常愛錢，無恥地詐騙他，福瑪看出時，便不客氣地嘲笑他們。

當然也有女人們。身體上建康而並不耽於肉慾的福瑪，將她們買來，貴的賤的美的醜的都有，給她們許多的錢，幾乎是每一星期要將她們更換一次，因爲一般地，他待女人比待男人好。他嘲笑她們，對她們講一些恥辱觸犯的話，但他却總不能，即或是在半醉之時，在她們面前，不無羞恥之感。他覺得她們一切的人，就是那最厚顏最強壯最無恥的女人，也都是輕弱無抵抗像小孩子一樣。對於任何男子都是決不讓步要毆打前他，却從來不曾對女子動過手，雖然有事情激怒他時，他有時則不合體地亂駡她們。他感覺得他比任何女子都還爲強壯，而且每個女子都比他更可憐。那些無法無天度着放蕩生活並以她們的墮落爲可驕的女人們，引起了福瑪一種害羞的感覺，因而使他膽怯而拙笨。一日傍晚喫晚飯的時候，這些女人之中的一個，喫醉了並且莽撞起來，將瓜皮翠打福瑪的頰部。福瑪此時已有五分醉意。他氣得臉色發白，從椅上跳了起來，將兩手插入衣袋內，用一種怒得發抖的兇狠聲音說道：

「妳這個臭屍，滾出去。滾呀！要是旁的人，定會因此打破妳的頭。但妳知道，我對于妳們是容忍的，我的手從來不會向着妳們舉起過。……唯，將她追到惡魔那兒去！』

沙霞到了卡鬧數日後，便作了一個與福瑪一塊賭飲過的Vodka製造者的兒子的姘婦。跟着她的新主人向着加瑪河上的一個地方出發時，她對福瑪說：

『再見了，好人兒！或者，我們還會再碰着的。我們都是走的同樣一條路！但我勸你不要太隨你自己的心意行事了。不要回顧地好好享樂罷。粥喫完時，將碗抛在地上好了。再見！』

於是她在福瑪唇上印了一個熱吻，她的眼睛因而現得益發黑了。

福瑪很歡喜沙霞離開他，因爲他已厭倦她了，而且她那種冷淡而潰然的態度使他驚恐得很。但此時他心中有什麼顫慄了起來，他遂將臉掉過去，低聲說道：

『恐怕你們一路未必能過活得好，那末，妳再回到我這兒來。』

『謝謝你！』她這樣回答着，不知何故噗聲地大笑了起來，這對於她是很少見的事。

如是福瑪一天一天地過下去，總是在同一地方；在那些總是相類似而誰也決不能引起他一點高尙感情的人們之中盤旋。於是他以爲他自己比他們都好，因爲那種要將他自身由這種生活中解放出來的可能的思想，在他心中益發深入了，因爲要想得着自由的渴望，將他愈抱愈緊了，因爲想像他自己脫離了喧嘩與混亂，而跑到生活的邊端的幻像，益發明亮了起來。曾經不只一次地，在夜晚獨自一人時，他便將眼睛閉得緊緊的，幻想出大得可怕的一黑羣人來。這一羣人一塊擠在一個四周爲小丘所圍，且又充滿了塵霧的深谷中，彼此在同一個地方推擠騷嚷，看起來，好像是漏斗中的穀粒一樣。好像有一個看不見的磨石隱在這一羣人的脚下在磨，並且人們像浪似的繞着它動，一時向下擁，以便快些磨了消失去，一時又衝了上來，努力想避開這殘忍的磨石。有的人好像剛捉起而被丟在一個大筐子中的蟹——他們笨重地糾纏着，彼此用手指相鉗揑，又爬行着互相干涉，毫無辦法以解放他們自身。

在這一羣人中，福瑪看出了，有他所熟識的面孔：他的父親巍巍然地走着，頑強地衝擠推到凡攔住他去路的人；他用他的長手勞動，用胸部來排開一切，並且哭得雷鳴似的響。隨後，他卽沉沒於這些人的脚下消逝了。還有像一條蛇樣蠕動着，一時跳在人們肩上，一時又滑入他們脚間的，則是他的教父，用他那瘦弱而柔韌有力的身體在活動。在他後面，便是祿賀福用急促而無力的動作在呼喊掙扎，一時落在她父親後面，一時又追近他了。一個面上帶着仁慈的笑容溫雅地向前邁步，從一切人身邊走過，又爲每個人讓路的，則是安妃霞姑母慢吞吞地向前移動。她的姿影在福瑪面前的黑暗中顫動，彷彿是蠟燭上的微弱火焰一樣。它在黑暗中消滅不見了。帕勒華亞正沿着一條直路在匆忙地趕路。在那兒，有淑緋雅帕弗洛非納。馬丁斯克亞站着的，她的兩手無力地垂下，正像他最後一次在她應接室內所看見的那樣站着。她的眼睛大睜着，但其中閃有恐怖之光。沙霞也在那兒。她淡然地毫不注意這些人擁擠，只堅決地筆直走入人羣的最中央，一面將她那對黑眼睛釘在她前面的遠方，用盡她的聲音唱着歌曲。福瑪聽着有，騷嚷，哀號，笑聲，醉漢的吼叫，爲爭哥貝客的激烈的爭吵——歌聲與哭泣聲，在這一大堆擁向穴中去的活人身體之上飄浮。他們跳躍，跌倒，爬行，互相傾軋，大家彼此跳在你我的肩頭上，像盲人似的到處摸索，到處蹶跌在像他們一樣的旁的人的身上，掙扎，又跌倒，而從視線中消逝了。錢沙沙地響着，像蝙蝠似的在人們頭上翺翔，人們則貪慾地向着它伸出雙手，金與銀發出玎璫之聲，酒瓶滑辣地作響，瓶塞則放出小爆聲，一個人在嗚咽，並有一個淒慘的女人聲音在唱：

『能過活時且過活，
來日多變不可知！』

這幅狂野的幻像牢固地繫在福瑪心上，每在他眼前昇起一次時，則變得更明晰，更大，而更活躍，在他胸中引起了一些混沌的事，一種大而朦朧的感情，並且還有恐怖，反抗，熱情，憤怒以及其他種種感情等，像小川流入大河中似的，向此感情中傾注。這一切在他胸中沸騰起來，成了一種緊張的慾望。這種慾望將那一切衝散 形成一種力強得使他窒息的慾望，他眼中充滿了眼淚，他要喊叫，要像獸一樣怒吼，要恐駭這一切的人，制止他們的無意識的騷亂，將什麼新的，他自己的東西，傾入這種喧嘩和他們生活的空虛中；要對他們說出大聲而凜然的話語，要將他們一切的人傾導至一個方向，而並不互相衝突。他要握住他們的頭，將他們彼此分散，鞭打一些人，撫慰其餘的人，並責備他們全體，用某一種火光照耀他們。

但他內面什麼也沒有，不但沒有那需要的話語，而且也沒有那種火光；他所有的一切，只是那種願望對于他是明晰的，但却難於實現。他幻想他自己超脫生活，在人們騷擾的深谷之外；他看見他自己穩固地立於雙腳上——默然無言。他想對人們喊道：

『你們是怎樣在過活！未必你們不害羞麼？』

他也想怒罵他們。但他想假使他們要求他回答以下的疑問：

『我們應當怎樣過活呢？』

他心中十分明白，這個疑問發出後，他定會腳朝天頭朝地地由那高處跌到那一羣人的腳下，落在磨石上。並且還有笑聲送他破滅。

有時他在這種惡魔的重壓之下發狂了。一些無意義而不相聯的字句由他唇上迸出；他竟因自己內面的這種痛苦的掙扎而流汗。有時他明白了，他自己因沉醉快要發狂，而且因爲如此，這種可怖而抑鬱的幻像才闖進了他胸中。他用很大的意志上的努力，將這些幻像與刺激掘開；然而一旦當他獨自一人或不很沉醉時，他又爲這種瘋狂所擒，在其重壓下又變得無力了。他對於自由的饑渴益發益發地緊張起來，這種力量使他非常痛苦，但他又擺脫不掉他的富的桎梏。受了福瑪的全權以代理他事務的馬亞金，現在行動得，使福瑪幾乎每日都感覺得落在他肩上的責任的重壓。人們不斷地請求他緩款，向他提出貨物運輸的契約。他的雇用人等，將一些以前由他們自己處理，從來不曾麻煩過福瑪的瑣碎事情，也都親身或用書面來苦擾他。他們在小酒店中將他尋着，詢問他什麼事應當怎樣做；他則有時雖然全不明白那些事應當怎樣辦理，但也都告訴他們處理的方法。他看出了，他們對于他的隱藏着的輕蔑，他幾乎時常看見他們並沒照他所吩咐的行事，而是用的另一種而較好的方法。在這些事中，他察覺了他教父的聰明，而且也明白了　老頭子是有意如此逼迫他轉向他的道途。同時他也看出了，他自己並不是他事業的主人公，而只不過是其中構成的一部份，而且是不緊要的一部份。這種事激怒了他，令他益發疏離那老頭子，加強了他要擺脫他的事務的切望，而且即或以他自身的破滅爲代價，他亦在所不辭。他大怒起來，於是將錢在小酒店和下等娛樂所內亂撒，但這並不曾繼續好久。亞可夫・塔拉敷維支停止了他的銀行支票，將存款全數提出去了。不久福瑪開始感覺得，卽或現在使用期票，他們也沒有先前那般願意給錢他了。這件事觸傷了福瑪的虛榮心；他的憤怒便發作了。當他得知他教父在商界中散佈了一種謠言，說他，福瑪，已經瘋狂了，或者必須要爲他指定一位保護人時，他　駭倒了。福瑪不明白他教父有多大的勢力，而且也不敢對於這件事徵求任何人的意見。他相信老頭子在商界中是一大勢力，能夠辦到他所要幹的事。最初，他覺得馬烜金的手壓在他頭上是很痛苦的事，但後來他終至屈服，將一切都放棄，又回復了他那種無休息而沈醉的生活，其中只有一種慰藉——卽是人們。愈多過一日，他則變得愈相信那些是無知識而在各方面都不如他——他們不但不是生活的支配者，而反是它的奴隸，生活將他們轉動着，任意壓迫破壞他們，而他們則無知無覺而降服地在其下垂手待斃，並且除了他以外，誰也不希望自由。然而他卻要自由，因此他傲然地將自已高舉在那些酒伴之上，除了他們的錯處以外，什麽也不願看他們的。

一日在一家小酒店中，有一個半醉的人跑到他面前來抱怨生活。這是一個身材矮小的羸弱人，眼睛暗淡而帶恐怖神色，面部不曾修飾，穿一件短外衣，頸上繫一條很亮的領帶。他可憐地閃着兩眼，耳朵則痙攣地發抖，他的柔和的小聲音也在顫動。

『我用盡氣力要在人們中掙扎出一條出路來；我什麼都幹過，我曾經像牛樣地勞作過。但生活把我擠開了，將我踏在它脚下，不曾給我以機會。我的忍耐用盡了。唉！所以我才沈湎於酒中。我覺得我會破滅的。但這是我唯一的出路！』

『傻子！』福瑪。帶輕蔑地說『你爲什麼要在人們中去尋出路呢？你應當離開他們。站在一旁，你或者可以看得出，在他們之中你的位置何在，然後再一直向正對的地方走去！……』

『我不懂得你說的話。』那個矮小人物搖着他那剃光了的三角形的頭。

福瑪笑了，很滿意的。

『豈是要你懂得麼？』

『不是；你知道嗎，我以爲那是要上帝指定的人——』

『並不是上帝，只是人處理生活！』福瑪不思而言地這樣說了出來，就是他自己也驚奇他話語的大膽。那個小人物側目望着福瑪，也膽怯地退縮了。

『上帝給了你智力麽？』福瑪由困惑中回復了神志這樣問。

『當然給了的；我是說，只有一個小人物應得的那一點，』福瑪的談話對手不決斷地說。

『那末，你沒有權利問他多要一粒穀了！用你自己的智力去建設你自己的生活罷。上帝將要裁判你。我們都是爲他作事。在他眼中，我們都是平等的。你懂得麽？』

福瑪時常容易講一些他自己也覺得是大膽的話，同時這些話語將他在他自己眼中抬高了。有些意料之外的大膽的思想與話語，突然地像火光樣閃了起來，彷彿是一種印象從福瑪頭腦中將它們產生出來的。他覺察出曾經不只一次地，他在事先過細想好了的事，由他口中說出時，反不如那些突然由他心中閃出的好而正則。

福瑪過活着好像是在一個沼澤中行走，每行一步，都有陷入濕泥中的危險，然而他的教父則像一條泥鰍似的，在一塊乾燥而穩定的地方蠕動，從遠處謹愼地望着他教子的生活。

與爾瑪爭論以後，亞可夫·塔拉數維支陰沈而憂愁地回到家中。他的兩眼惡狠狠地閃着光，並將身體伸直得像一根緊張的絃一樣，他臉上的縐紋痛楚地縮着，臉則好像變得更小更黑了。當蘇菲爾看見他這種情形時，她以爲他病得很厲害，但他是在約束他自己。老頭子默然而神經質地在室內踱蹀，對於他女兒的詢問，則投以無情而極簡短的字句，最後他對她喊道：

「不要理我！這與妳毫不相干。」

她每看出他那銳利的綠眼睛內含有沈鬱而憂愁的表情時，便替他難過；她以爲是她的義務，要問明關於她父親有什麼事發生了。當他在食桌前坐下時，她突然走近他身傍，將兩手放在他肩上，向下望着他的臉，於是柔和而躭心地問道：

「爸爸，你是病了麼？請你告訴我！」

她的愛撫是極端少有的事；它們當時能將這孤寂的老人融化下來，雖然他並不對她作覆，但他却是很感激的。然而這一次，他却聳着肩頭，而將她的手擺脫說道：

「走開，到妳坐位上去。怎的夏娃的奇搔難搔的好奇心使得妳也無休息。」

但祿寶爾並不會走開；固執地望入他眼內，她聲音中帶着不悅的腔調問道：

『爸爸，你爲什麽總是這樣對我講話，好像我是一個小孩子，或者是很愚笨的樣子？』

『因爲妳已長大了，而且並不很聰明。是的！那便是整個的故事！走開，坐下去喫罷！』

她走了開去，默然地坐於她父親對面，因感着侮辱將嘴唇緊緊地咬着。馬距金則與他平常的習慣相反，很久地用調羮在青菜湯內攪動，並且過細審視菜湯慢吞吞地食着。

『如果妳那個閉塞着的心，能懂得妳父親的意思就好了！』他突然以一種吹嘯似的聲音嘆了一口氣這樣說。

祿寶爾將調羮丟在一邊，幾乎是沉聲地說：

『你爲什麽侮辱我，爸爸？你知道，我是一個人，總是一個人孤零零的！你懂得我的生活是多麽艱難，但你却從來不對我說一句仁慈的話。你從來不對我講點什麽！

並且你也是孤寂的，我可以看得出來，生活對於你也是艱難的。你覺得很難過活下去，但這是你一個人的錯！你一個人的！」

「現在埋草記事（Balaam）中的牝驢也開始講起話來了！」老頭子笑着說。

「啊——還有什麼說的？」

「你以爲你有智慧，很是驕傲的，爸爸。」

「還有什麼？」

「那樣很不好，令我非常痛苦。你爲什麼拒絕我？你知道，除了你以外，我還有誰呢。」

淚珠躍出了她的眼眶；她父親看出來了，因而臉上起了顫抖。

「如果妳不是一個女子！」他說着。「譬如，假使妳像馬爾法・沙德尼志（Marfa Posadnitza）那般聰明。唉，祿貫福！那末，我就可以嘲弄任何人，也可以嘲弄福瑪了。好了，好了，不要哭！」

她拭了拭眼睛問道：

『福瑪怎樣？』

『他叛逆了。哈！哈！他說：「將我的財產拿去，給我自由！」他要在小酒店中去救他的靈魂。這便是他所想的事。』

『啊，這又怎樣？』祿寶福躊躇地這樣問。因爲她要說出福瑪的這種希望是好的，而且如果是誠意的話，這種希求乃是高尚的。然而她怕她的話會觸怒她父親，她只懷疑地望着他。

『這又怎樣麼？』馬亞金身子發着抖憤怒地說。『那不是由於他飲酒過多，便是——決不是的——由她母親的那正教徒根性而來的。如果這種野蠻的酵在他內面發生起來，我就要費大力與他掙扎。我們之間，將有很大的糾紛。他已經將胸膛挺出對待我；並且已經馬上顯出了很大的膽量。他尚年輕，還沒有多大狡猾之處。他說：「我要將一切都喝掉，什麼都要化爲青煙！我要告訴你如何飲酒！」』

馬亞金將一隻手舉到頭上，拳頭握得緊緊的，怒沖沖地做出威嚇之勢來。

『你好大的狗膽？這事業是誰人創立的？是誰人作成的？是你呢？抑是你的父

親？其中已積有四十年的勞力，而你想將它毀掉麼？我們應當一路像一個人似的，大家到我們的地方去，小心謹慎地一個一個地去。我們商人們，幾多世紀以來，都是將俄國負在我們的雙肩上，現在依然是負着的。大彼得是一位有神聖智慧的俄皇，他知道我們的價値。他是怎樣地扶持我們呀！他印出書來，專爲指教我們以商務。我有一部書，是波尼多·弗幾里·耶爾班司基遵大帝的勅命關於後者而寫的，是在一七二〇年出版。是的，人應當理解這些事。他懂得，所以爲我們開闢道路。現在我們能立於我們自己的脚上，能感覺我們的地位。爲我們開路罷！我們並不是用磚，而乃是將我們自身奠於土中，而樹立了生活的基礎。現在我們要建造幾層樓的大厦了。給我們行動的自由罷！那兒才是我們應當堅持的道途。那兒才是問題之所在；然而福瑪却不明白這回事。他應當理解，應當繼續工作的。他將有他父親的資産。我死後，我的也要加在他之上。勞動呀，狗兒！但他却在昏迷發狂。不，等着罷！我要將你舉到相當的地方！」

老頭子興奮得窒息起來了，他那一對發光的眼睛那般怒冲冲地望着他的女兒，彷福瑪就坐在她位上似的。他這種興奮驚倒了祿寶福，但她却沒有勇氣勸阻她父親，只是默然無言地望着他那嚴肅而陰沈的臉。

『道路是我們的祖先們舖砌起來的，你必須要走在其上。我勤勞了五十年是爲的什麼呢？是要我的孩子們，在我去了以後，繼續我的工作。我的孩子們！我的孩子們在什麼地方呢？』

老頭子慘然地將頭垂下，聲音中斷了，他愁慘地說着，好像對他自己講話一般。

『一個是一個罪人，完全無望了的；另一個，是一個酒淡。我對於他，很少希望。我的女兒，但在我死去之前，我的勞作遺交給誰呢？我有一個女婿就好了。我以爲福瑪加可以成功一個人，而且老練起來，那末，我就把妳嫁給他，還把我的全部財產一同給妳！但是福瑪加毫無用處，並且我也不會物色着旁的可以代替他的人。我們現在所有的是些什麼人！往日的人好像是鐵做的一樣，但現今的人却像樹膠做的。他們盡都向下縮。他們毫無穩固性。這是什麼道理？爲什麼成爲這樣了的呢？』

馬豆金恐怖地望着他的女兒。她則默然不發一言。

「告訴我，」他問，「妳需要什麽？依妳的意見，怎樣生活才好？妳要什麽？妳曾經住過學校，也看過書，妳告訴我妳需要什麽？」

這個疑問落在祿寶福頭上，完全出乎她意料之外，她遂困惑住了。她很歡喜她父親詢問她這回事，同時又有些懼怯，生恐引起她父親看不起她。於是鼓出勇氣來，好像準備跳過食桌似的，她躊躇而顫聲地說：

「一切的人都應當幸福而滿足，一切的人都應當平等，一切的人在生存和人生的幸福上，都有同等的權利，誰都應該擁有自由，就像他們擁有空氣一樣。在任何事上都要平等！」

她開始這一篇憤昂的言論時，她父親眼中含着心神不當的好奇神色釘在她臉上，但當她繼續急促地說下去時，他眼中遂取了另一種完全不相同的表情，最後，他則帶着冷然而輕蔑的態度對她說：

「我早就明白——妳是一個虛飾的傻子！」

祿寶福將頭垂下，但立時又揚起來悲涼地問說：

『你自己講過了的——自由。』

『妳頂好住嘴能！』老頭子粗暴地對着她喊。『你連每個人臉上可以看得見的慾望，還不明白哩。人們這一個要高過那一個，一切的人怎能幸福而平等呢？就是乞丐，他也有他的驕傲，他在別人之前，也總要誇耀些什麼。一個小孩子在他的玩伴中，也要自己爭先。一個人決不會對他人讓步：只有傻子才相信那些事。每個人都有他自己的靈魂，他自己的面孔；只有那些不愛他們的靈魂和不注意他們面孔的人，才能飽成同樣的體積。唉，妳！無價值的話，妳唸得太多，並且又將它們吞下去了！』

老頭子臉上現出了苛刻的責駡和譏刺的侮蔑。他嘩然地將椅子推開，跳了起來，兩手搭於背後，一面搖着頭自己怒聲而綷縩地喃喃着，一面小步地在室內跑似的走着。因情感與忿怒氣得臉色蒼白的祿寶福，感覺得自己在父親面前愚笨而無力，聽着馬亞金的喃喃聲，她的心臟狂烈地悸動不已。

『只剩得我一人孤零零的，像約伯（Job）一樣孤零零的。哦，天哪！我怎樣辦呢？哦，孤零零的！未必我無智慧麼？未必我無手腕麼？然而它依然以智巧戰勝了我。它愛什麼呢？它愛撫誰呢？它燦打善人，也不指讓惡人過平安的日子，誰也懂不透人生的公正。』

那女子爲她父親感覺萬分難過；她現在被一種要幫助她父親的渴望所攪；她希望對於他有用處。

以燃燒着的目光追隨他，她突然低聲說：

『爸爸，親愛的！不要憂傷。塔拉斯尙是活着的。或者他——』

馬亞金突然停止脚，好像釘在那塊地上去了，慢慢地將頭揚了起來。

『長彎了而不能伸直的嫩樹，老來時定會折斷的。但總之，就是現在塔拉斯對於我，只是一根草。我想他未必比福瑪好多少。哥蒂耶夫有一種根性，福瑪也繼有他父親的那種大膽。他對于許多的事，很肯自己負責。但是，塔拉斯克，啊，你提起得正合時。不錯！』

這個老頭子，一分鐘以前喪失了勇氣只得抱怨，而且滿懷憂愁，像老鼠在籠內似的在房中跳動的，現在却擺出一副積勞深思的面孔，鎭定而毅然地走至桌前，將椅子過細放正，一面坐下一面說：

『我們必須得調察塔拉斯的消息。他住在烏蘇里的一個工廠內，有幾個商人告訴我的——我記得他們是在那兒製造蔴打吧。我要問明詳細情形。我給他寫信去。』

『爸爸，讓我寫信給他！』祿寶福歡喜得發抖，臉都漲紅了，低聲這樣請求。

『妳寫麽？』馬亞金向她稍稍瞥了一瞥這樣問。隨後他默然深思了一會說：

『那很好。或者比我自己寫還要好。妳給他去信罷。問他結婚沒有，他是怎樣在過活，他的思想如何。到了時候，我要告訴妳怎樣寫。』

『馬上就幹罷，爸爸，』那女兒說。

『必須要使妳先結了婚才是。我已經在留意一個紅頭髮的男子。他看來並不笨。

而且還在國外受了教育的。』

『是斯莫林麽，爸爸？』祿寶福好奇而躭心地這樣問。

『假如就是他，又有什麽？』亞可夫·塔拉斯維支以事務上的口調問。

『沒有什麽，我不知道他，』祿寶福泛然地回答。

『我們要弄得你們認識。已是時候了，祿賓福，已是時候了。我們對于福瑪的希望少得很，雖然我還不會對他完全絕望。』

『我並不會對於福瑪有意——他與我有什麼關係？』

『妳那樣是不對的。如果妳稍聰明一點，他決不至走入迷途！我每每看見妳們兩個在一塊時，我心裏想「我的女兒會吸引這個人的！那才是一件好事！」然而，我錯了。我以爲用不着告訴妳，妳都會明白何者是對於妳有利益的。要像那樣，我的孩子！』那父親教訓似的這樣說。

她傾聽着她父親深切的言論，遂變得深思起來了。健全而強壯的祿賓福，最近益發時常想到結婚的事，因爲除此以外，她尋不出，可以將她由孤寂中解放出來的第二法門。那種要離開她父親，而跑到什麼地方去學點什麼或作點什麼的慾望，她是早已打消了，正像打消她心中其他許多同樣熱烈，但是狹窄而泛然的慾望一樣，她所唸過的許多書，在她心中已剩有一層很厚的沈澱，這種沈澱雖是活着的，但只不過是一種有縮性的原形質的生物而已。此沈澱在女子心中發展出了以下的種種，卽是感覺着對她的生活不滿，渴望個人獨立，盼望能由她父親的苦重保護之下解放出來。然而她不但沒有能力實現這些希望，而且她對于要實現它們的概念也很模糊。但自然之力已在她身上起作用，每當瞥見手中抱着孩子的青年母親們，祿寶福便常時感覺她內面起了憂愁而悲傷的恍惚之感。有時立於鏡臺前，她愁慘地審視眼的周圍已起了黑圈內自己的豐滿青春的容顏，而替自身感覺難過。她覺得，人生由她面前走過，已將她忘棄在一傍了。現在聽傾他父親的談話，她便在心中描繪斯莫林是怎樣的一個人。他尙是一個中學生時，她曾會見過他，滿臉都是雀斑，獅子鼻，時常都很淸潔，嚴肅而陰沈。他跳舞時，笨重而難看，講起話來很無趣味。自從那以後，也過了不少的歲月，他是在國外研究什麼，不知他現在如何？由莫斯林身上，她的思想便移到她哥哥頭上去了，她心頭難過地想：他將如何囘覆她去的信呢？他是怎樣的一個人？她所幻想出的她哥哥的姿影，將她心中的她父親和斯莫林的姿影遮避住了，並且她也下了決心，在未會見搭拉斯以前，決不承認這囘婚事。正在此時，她父親對她喊道：

「唯，祿寶福克！妳爲什麼沈思起來了？妳大半得的一些什麼？」

『唉，什麼都過得這般的快，』祿賓回答後一笑。

『妳說什麼事過得快？』

『一切的事。一星期以前，簡直不能向你提起搭拉斯，但現在——』

『這是需要，我的女兒！需要是一種力量，它能使鋼鐵棒曲成發條。而且鋼鐵還是難得變曲的東西。搭拉斯，我們要看看他是怎樣的一個人！人的價値，在乎他對於生活之力的反抗；倘使並非生活扭曲他，而乃是他在扭曲生活以適合他自己，那末，我就尊敬他！允許我與你握一握手，讓我們來共同經營事業。唉，我已老了。如今生活變得多麼有生氣了！愈多過一年，則其中愈多趣，愈有味！我盼望我能長生不老，我盼望我無論許時都能這樣勞動！』老頭子啜了啜嘴唇，兩手相摩擦着，一雙小眼睛貪慾地閃着光。

『但你們都是一些少血的東西！在你們未長成之先，你們早已繁茂而凋萎了。你們活着像一根老紅蘿蔔一樣。生活逐漸美了起來的事實，你們是不明白的。我在這世間上活了六十七歲，雖然現今我的脚已快踏進棺材中去了，但我可以看得出來，在往日，在我還年經的時候，地上的花要少些，而且也沒有如今的這般美麗。一切東西都變得更美麗了！我們如今的建築物是多麼好呀！商業上有了各種各類的工具。多大的汽船呀！一切物件上，都應用了人間的知慧！你們觀察思考；哦，人們，你們是多麼聰明！你們值得贊美與崇拜！你們將生活處理得多高妙。什麼都是好的，什麼都是愉快的。只有你們，我們商人的後繼者，你們完全沒有活躍的情感！出自平民的任何小騙子，都比你們強！譬如亞覺夫，他是個什麼東西？但他依然現着宛如我們的判裁者，而且竟至是人生的裁判者——他有勇氣。然而你們呢，唉！你們過活得像乞丐一樣！在你們的快樂中，你們是獸，在不幸中，你們是盃賊！你們是腐爛的！人們應當將火注射入你們的血管內，人們應當剝掉你們的皮，將鹽撒在你們的生肉上，那末，你們就會跳將起來！」

亞可夫。塔拉斯維文是一個身材矮小的人，滿臉皺紋，骨瘦如材，滿口的黑色破牙齒，頭則光而黑，好像是被生命之火燃燒着在冒烟一樣。他因急燥的則齊發着抖，將辯護的震顫語句像綠雨似的淋在他那年輕，發育得好，目又肥胖的女兒身上。她服中含着過意不去的神色凝視她父親：而困惑地笑了，她心中則對於這抱有不屈的希望的有生氣的老人，湧出了大更大的尊敬念頭。

* * * *

——福瑪繼續地走入迷途，精神錯亂，整日整夜在小酒店和下等娛樂場中度日，他對於圍繞他四周的那些人所抱的一種侮蔑的忿恨，益發益發地強固了起來。有時，他們引起了他的一種憂愁的願望，要在他們之中，尋出對于他那種壞念頭的反抗來，要遇着一個有價值而勇敢的人，能以他的熱烈責駡使他害羞。這樣願望得變更明晰了——每次它在他心中湧出時，便是一個感覺得迷了路而是在滅亡的人，爲求助力的一種渴望。

『弟兄們！』一日他半醒半醉地在一個小酒店內的一張桌前坐着這樣說。圍繞他四周的，是一些朦朧而貪食的人，他們喫呀喝呀，那種樣子，就像好多天以前他們也不曾食過一片麵包似的。

『弟兄們！我感覺厭煩得很。我已討厭你們了！無慈悲他打我，將我趕走！你們這些惡漢，但你們彼此之間，都比較與我要親近些。這是何故呢？莫非我不是與你們一樣的醉漢與痞棍嗎？然而我對於你們依然是一個外人！我可以看得出，我是一個外人。你們吆喝我的，還要私地裏唾棄我。我覺得如此！你們爲什麼這樣做呢？』

他們確實能夠以另一種態度對待他。在他們各人心中，恐怕他們之中沒有一個人，將自已看得比福瑪低，只不過因爲福瑪有錢，這便阻住了他們將他作一同伴看待，並且我時常講一些忿怒而帶諧謔的良心話，這也阻碍了他們。不但如此，並且他長得健壯且又好勇鬥狠，所以他們不敢說一句得罪他的話。然而那正是他所要的。他逐漸迫切地希望他所輕蔑的這些人之中有一個能站起來面對而地反抗他，能說幾句強得像槓杆的話，將他由這傾斜道上轉開——這條路的危險，他已感覺着，髣髴也已看清楚，並且對於它心中充滿了無可救藥的憎惡。

但福瑪尋着了他所需要的。

一日，因衆人對他缺少禮貌，他遂憤怒起來，對他的酒伴們喊道：

『伙計們，安靜，誰都不許作聲！是誰人給你們喫給你們喝？你們忘記了麽？我要使你們守秩序。我要教導你們怎樣尊敬我！罪人們！我講話時，你們都應當安靜！』

大家老老實實地都安靜下來了；這或者是他們怕失了他的好意，不然，便是害怕他那個強壯而有力的獸會打他們。他們默然地坐了一會，將對于他的怒意藏起，頭則低垂盤子上，努力想不使他看出了他們恐怖與困惑。福瑪帶着自滿的神色打量了他們一回，很滿意他們那種婢膝奴顏的服從，於是他傲然地說：

『唉！你們現在都變得鴉雀無聲，這才對的！我很嚴格！我——』

『你那個懶惰東西！』一個人靜定大聲地這樣喊。

『什——什麽？『福瑪由椅上跳起來吼着，『是什麽人說的那句話？』

於是棹子的那一端，站起了一個奇特而衣衫襤褸的人；這人長得很高，穿一件長外衣，很大的頭上，蓬有一堆灰色頭髮。他的頭髮很硬，在頭上捲結得密密的向各方亂豎起，而孔帶黃色，未曾施以刮剃，還有一個長而彎曲的鼻子。福瑪覺得他很像一個用來洗滌汽船甲板的洗帚。這件事。令這半醉的人兒很開心。

『眞不錯！』他嘲笑着說。『你吠些什麽，唯？你知道我是誰？』

那個人帶着一種悲劇俳優的姿勢，將他那宛如魔術士似的長而柔軟易曲的指頭向着福瑪伸出，用非常低的嗄聲低音說：

『你是你父親的腐爛病症。他父親，他雖是一個掠竊者，但與你比較起來，總算是一個有價值的人。』

因爲這種除乎意料之外的突來，因爲這人的憤怒，福瑪的心臟收縮了。他兇狠地大睁着兩眼而默然無言，尋不出一句話來答覆這一回侮慢。那人站在他面前生氣勃勃地繼續往下講，一面又像獸似的轉動他那對大，但是昏暗而朧朧的眼睛：

『你要我們尊敬你，你這個傻子！你有什麽功績應得如此？你是什麽人？一個飲蠱你父親家產的酒徒。你這個野蠻東西！你應當感覺驕傲，因爲我，一個有名藝術家，一個消沉而篤信的藝術崇拜者，和你一路由一個酒壺裏喝酒！這壺中有檀香與糖蜜，還融有鼻烟，但你以爲它是波多酒（Port Mino）是你的橫行無忌博得的野蠻人與呆漢的稱號。』

『唉，你這個囚犯！』福瑪向着那藝術家衝去，一面口中這樣吼。然而他被人拉住了不能向前進。在那些拉着他的人們的臂膀中掙扎，他被逼得不回言地傾聽着，那個像洗禮的人的深而低並且像雷鳴似的聲音。

『「你從盜來的䖍布之中，丟了幾個哥貝咯給人了，你便以爲你自己是一位豪傑！你是雙料強盜。你盜了人的䖍布去，現在又以那幾個哥貝咯來盜我們的尊敬！但我決不會給把你！我，一個將半生獻給懲罰罪惡的人，我站在你面前公開地說：「你是一個傻子，一個乞丐，因爲你太富有了！這兒有一條箴言：一切富人，都是乞丐。」那便是有名的歌手雷門斯基。甘拉巴斯恭奉仕眞理的方法！』

福瑪柔順地站在密密圍着他的那些人之中，熱心傾聽着那歌手的雷鳴似的話語，這些話在他心中，惹起了好像有人搔着瘡患的那種感覺，因此便減除了疼痛處的劇烈奇癢。人們都驚惶起來；有的人努力制止那歌手的滔滔之言，其他的人則要將福瑪領到旁的地方去。但福瑪一言不發地將人們推開傾聽着，益發被他在這些人前所感覺的屈辱之緊張的快感所吞併了。由那歌手的話語所激起的痛苦，更熱烈地愛撫着福瑪的心靈，那歌手繼續怨吼着，因他自己的傲慢並未懲罰，感覺歡喜極了。

『你以爲你是生活的支配者嗎？你是處布的下賤奴隸。』

衆人之中有一個人在打噎，但可以看得出來，他因此很討厭他自己，每打一次，他就駡一聲：

『哦，有鬼。』

有一個面部沒施剃刮的肥臉漢可憐福瑪，或者是他看厭了這一幕，他搖着手，口中嘆息地囁嚅着：

『各位，算了罷！這很不好！因爲我們都是罪人！大家定都是罪人，請相信我！』

『唯，說下去罷！』福瑪喃喃着。『什麼都說出來！我不會打你的。』

牆壁上的鏡子反映出這一羣醉漢們的騷擾來，這些人反映在鏡中，比他們實際上，更現得討厭而可恨。

『我不要講了！』那歌手說，『我不要將我的忿怒和眞理的珍珠拋在你面前。』

他衝向前，將頭莊嚴地揚起，以悲劇的步伐轉向門那方去了。

『你撒謊！』福瑪說着，努力想追上他。『站住！你使我忿激起來了，現在你就應得使我安靜下去。』

人們將他抓住，圍着他，當他向前直衝，將誰都撞倒時，他們對他高聲喊叫。他遇着實際上的阻礙時，那種掙扎反成了他的鎭痛劑，使他內面的騷亂感情，結合成了一種渴望，要推翻凡阻礙他去路的東西。現在他將人們全推了開去，自己衝到街中來後，反而沒有那般興奮了。站在人行道上，他眼望着街中，一面心中害羞地想道：

「我怎能讓那個洸箒侮辱我，並罵我父親是一個盜賊呢？」

他四周黑而靜，明月朗然地照着，一股輕凉新鮮的風在吹拂。福瑪急步地迎風走着，將臉浴於冷風中，一面膽怯地四方眺望，盼望那小酒店中沒有一個人出來追隨他。他明白，他已在這些人眼前將自己降低了。他且走且想道自己變成什麼東西了：一個光棍在人前羞辱地詬駡了她，但他，一位名商的兒子卻不能報復他的侮辱。

「那是與我有益的！」福瑪憂鬱而傷心地想。「那是與我有益的！不要狠狠，懂得嗎。而且又是我自己要的。我干涉每個人。所以現在，到自己頭上來了！」這些思想使他爲自己痛切地難過。爲它們所擾又被它們釘定下來，他繼續着在街上徘徊，一面又在自己內面想尋出點有力而穩固的東西來。然而他內面的一切都混濁不堪；只抑壓着他的心，什麼定形也沒有。彷彿在一痛苦的夢遊中似的，他走到了河邊，在岸上的月光中坐下，開始眺望那滿爲纖細漣漪所蔽的寂靜的黑水上。這水靜然幾乎無聲地在那寬闊偉大的河上泛流，胸膛上負有非常大的重量。河面滿爲黑色船隻所蔽，信號燭與星宿映照於水中；低聲喃喃的小漣漪，擁在福瑪腳下的河岸上，輕微地破裂了。天空中呼下了憂愁，寂寞之感壓上了福瑪心頭。

「哦，上帝耶穌基督！」他想着，一面憂鬱地眺望天空。「我眞是無用哪。我內面什麼也沒有。上帝什麼也不會放入我心內。我有什麼用處？哦，上帝耶穌基督！」想起了耶穌，福瑪感覺得好過一些。——他的憂愁似乎減輕了。深深嘆了一口氣，他開始默然地與上帝講道：

「哦，上帝耶穌基督！別的人不懂得什麼，但他們以爲自己什麼都明白，因此他們容易過活下去，然而我——我——毫無可恃之處。現在夜來臨了我，一人孤零零的，我沒有地方歸宿，我不能對任何人講什麼。我誰也不愛——只有我的教父，他又是無心靈的人。如若你稍稍懲罰他就好了！他以爲；世間上沒有一個人比他更聰明更好。這令你難堪。同樣也令我難堪。只要有什麼不幸降到我身上就好了。如若有病魔光臨我也好了。但我在這兒強壯得像鐵一樣。我飲酒，度着快樂的生活。我在骯髒中過活着，但我的身體竟絲毫也不生，只有我的心靈疼痛。哦，上帝！這種生活有什麼用處呢？」

反抗的渺茫思想，在這個孤寂走入迷途的人心中，一個復一個地閃了出來，他四周的黑暗逐漸加深，夜則不斷地更黑更黑了下去。離河岸不遠泊有一隻抛了錨的船；這隻船左右搖撼，其中發出緩和之聲，宛如在哀泣一樣。

「我要怎樣由這種生活中，將我自己解放出來呢？——福瑪凝視那隻船，心中這樣想。「有那一種職業是預定爲我做的呢？什麼人都在勞動。」

突然之間，一個他覺得重要的思想觸動了他：

「苦工要比容易工作價廉些！有的人爲得一個盧布，須將自己完全獻在工作上，但另一個人只用指頭動動，就可得一千個盧布。」

這個思想引起了他的快意。他覺得，他已發見了人的生活中的另一虛僞，他們隱藏着的另一欺騙。他想起了他的一個火夫老頭子以利亞，他爲賺十個哥貝咯，時常在他自己工作時間之外，替另一個同伴代工，站於爐灶前守望，在那令人窒息的蒸熱中，繼續工作八小時。一日，他因過於勞作生了病，躺在船頭上，當福瑪問他爲何這樣毀滅他自己時，以利亞粗魯而肅然地回答說：

『因爲每一哥貝咯對于我，比一百盧布對於你更爲需要。就是那個緣故！』

說着這兩句語，老頭子將他那因疼痛而燃燒着的身軀轉了過去，把背對着福瑪。

想起這個火夫，福瑪突然地而且毫不費力地擁抱了那些作勞苦工作的下等人們。他希奇，他們爲什麼活着呢！活在世間上，他們有什麼快樂呢？他們時常只是做那種汚穢而勞苦的工作，喫得苦，穿得又壞，他們飲酒。一個六十歲的人，依然與年輕人們肩並肩地繼續勞働下去。福瑪覺得他們一切的人好似一大堆蟲，在地上爭鬥着只不過爲求一飽而已。在他的記憶中，一幕復一幕地展開了他與這些人的邂逅——他們對於人生的評言——有時譏刺而慘然，有時沈鬱而絕望的評言——以及他們的悲嘆的歌曲。現在我也想起了，一日在辦公處，葉非門那般對雇請水手們的辦事員說：

『有些洛普金地方的鄉下人想在這兒來謀事做，頂多只能給他們十盧布一月的工錢。上一個夏天的時候，他們住的地方都燒成了灰，所以他們現在是非做事不行——就是十盧布他們也要做的。』

福瑪坐於錨幹上，將身子左右，搖盪着，由黑暗中，由河面上，有各種各類人的姿影寂然靜然地現於福瑪眼前——有水手，火夫，辦事員，茶房，半醒半醉臉上扮花了的女人，和小酒店中的遊手好閒的人等。他們像影子似的在空中飄浮；由他們之中發出了潮濕而帶鹹味的東西；於是這一群黑而密的人，像雲彩在秋空中一樣無聲而悠然地向前移動。波浪的輕微濺鳴聲，傾入福瑪心上，像嘆息的音樂一般。遠遠的在那邊河岸上，燒有一堆木料；四面八方都被黑暗包上了，這堆燒的柴有時幾乎爲黑暗所吞噬，它在黑暗中戰抖着，成了眼睛也難以分辨的紅塊。但現在火又燃起來了，黑暗消退去，很明顯的，火是在向上掙扎。但隨後，它又沉下去了。

「哦，上帝，哦，上帝！」福瑪苦重而痛苦地想着，他感覺得憂愁以不斷地增大的力量壓在他心上。「我在這兒獨自一人，像那股火一樣。只是沒有光從我這兒發出，除了烟霧以外，什麼也沒有。我要能遇見一個賢人就好了！有一個人談談。獨自一人過活着，我是絕對辦不到的。我什麼也不能作。我盼望，我可以碰着一個人就好了。」

河面上，遠遠地現出了兩個大的紫色火光，並且在這兩個之上，第三個火光也現了出來。一個低沉的聲音在遠處反響着，有點黑東西向着福瑪這方移動。

「一隻走上水的汽船，」他想。「船上或者有一百多人，但他們之中，誰也不會想到我。他們都明白他們是向那兒駛去。他們之中的每個人，都各自有點什麼。我相信他們每個人都懂得他們所要求的。但我所要求的是什麼？誰將告訴我呢？這樣的一個人在何處呢？」

汽船上的燈光反映於河上，在河中發抖；照明了的水低低地嘀嘀了一聲便由船傍衝開了，汽船則現得像一個長有火鰭的大黑魚。

在此沈痛之夜的後幾日，福瑪又去賭酒了，但這是出乎偶然且又違反他的意志的。他已經下了決心，約束自己不飲酒，因此便到城中最貴的一家大飯店中去喫飯，希望在那兒不會碰見他所熟識的酒伴們，因爲那些人總是選揀最便宜而不大體面的地方來猜拳行令賭勝負。然而他的計算錯了；因爲他馬上便與那個取沙霞爲姘婦的白蘭地製造者的兒子，互相友愛而愉快地相擁抱。

他跑到福瑪面前，擁抱着他，發出了格格的愉快笑聲。

「這兒眞是奇遇！我今日是第三天在此處喫飯，這可惜的寂寞已令我生厭。全城中沒有一個上等人，所以我就與新聞記者們結識了。他們都是一些很有趣的人，雖然最初他們擺出貴族架子來，並且譏剌我。過了不久，我們都喫得醉得要死。他們今天還要到此地來的——我敢以我父親的資產宣誓。我要將你介紹給他們。其中有一個雜錄記者；你記得，有一個人時常讚揚你的，他叫什麼名字？他媽的，眞是一個痛快傢伙！你知道嗎，假使雇一個來作個人用途，也是一件不錯的事咧！給他一宗錢，吩咐他娛樂娛樂！你說那種辦法如何？我曾經雇有一個歌手——與他一路眞還很有趣。我常常有時對他說：「雷門斯基！唱一個小曲來聽罷！」他就要開始唱，我告訴你，他要使你笑得捧腹。可惜，他不知跑到那兒去了。你用過午飯沒有？』

『還不曾喫過。亞力山得拉好麼？』쨩瑪這樣問着，他的耳朵被這個穿一身五顏六色的服裝，紅臉，爽直的長架子的大聲談話，震得有些聾了。

『啊，你知道不知道，』長架子皺了皺眉頭說，『你的那個亞力山得拉是一個令人不快的女人！她那般古怪，他媽的，同她在一路眞悶死人！她冷得像蛙一樣——我想我要打發她走了。』

『冷淡——不錯，』쨩瑪說後變得深思起來了。

『每個人都應當盡最善的努力做他的工作，』釀造者的兒子教訓地說。『如果妳變成了別人的女人，妳就應當盡力做到妳的職務——假使妳是明白女人。呀，我們來一杯嗎？』

他們眞個飲起酒來了。而且自然地也都喝了一個醺醺大醉。

到傍晚來時，飯店中聚集了一大羣喧嚷的人們。﹏馬喫醉了，但是憂愁而鎮定的，他以沈重的聲音對他們說：

『我所懂得的是，有些人是蟲，其他的人便是麻雀。麻雀就是那些商人。他們啄食蟲類。這便是他們的天定命運。他們是必要的。但我與你們——你們一切的人——都是無用的。我們活着以至不能與任何物相比——沒有理由，只是任意的。並且我們是完全不必要的。但就是在這兒的這些人，以及其他的一切人，他們有什麼用處呢？弟兄們你們應當理解這件事！我們都要爆裂的！上帝可以作證！爲什麼我們將要爆裂呢？因爲我們內面時常有些多餘的東西，我們的心靈中有些多餘的東西。我們的整個生活都是多餘的！同志們！我哭泣，我有什麼用處呢？我是不必要的！殺了我罷，使我可以死去；我要死去。』

他哭了，灑了幾滴沈醉的眼淚。一個喫醉了，身材矮小的棕色漢子，在他身傍坐了下來，開始向　提醒點什麼，想親吻他，又將一把刀拍着桌子，口中喊道：

『對的！安靜！……些是有力的話語！讓人生之騷亂的象與巨象發言能！未熟的俄國的良心說出聖言！哥蒂耶夫繼續吼罷！向着任何物都吼了去！』他又鉗捏着福瑪的肩頭，將他自己投於他的胸膛上，把他那圓而剪得很短的黑頭向着福瑪臉上與去。因爲他的頭在他肩上，不斷地向着四面八方轉動，以至福瑪不能看淸楚他的面孔，因此福瑪向他生氣，不斷地將他推向一傍，一面又憤激地喊着：

『走開！你的臉在那兒？走罷！』

一種醉漢們發出的震人耳聾的笑聲打在他們四周的空氣中，那白閣地裂造者的兒子，笑得窒息着嗄聲地對一個人吼道：

『到我這兒來！一百盧布一月又供膳宿！將什麼新聞等等都拋棄了罷。我還要多給你一些！』

一切東西都在有節拍波浪似的動作中由這方搖到那方。一時人們離開福瑪遠去，一時又稍走近了些，天花板往下降，地板則向上昇，而且福瑪感覺得他馬上便會被壓平而亂碎。隨後他開始覺得，他是在一個寬得無涯且有暴風雨的河上漂流，他一面踹蹦着一面恐怖地喊道：

「我們是向什麼地方漂去？船主在那兒？」

那一羣醉漢們的大聲而無意義的笑聲，和那個棕色小人的刺耳而令人討厭的叫喊聲回答，他。

O『對的！我們都是無能又無帆。船主在那兒？什麼？哈，哈，哈！』

福瑪在一間只有兩扇窗的小房內由此夢魘中醒來了，最初映入他眼簾的，便是一株枯萎了的樹。這株樹正靠近窗前，它那中心朽爛，剝去了皮的厚樹幹，將光線遮住了不能射進室內來；那無葉向下垂的黑枝椏慘然而無救藥地伸到空中，且又來回地搖動着，發出低微而令人惆悵的轢軋聲。外面正有一陣雨在下，一股一股的雨水打在玻璃窗上，還可以聽得見雨水在那兒嗚咽着由屋頂滴落到地上。此嗚咽聲又與另一種聲音相混和——一種尖銳，時常間斷的，筆在紙上迅速畫動的聲音，而且隨後又和有一種斷斷續續的怨讟聲。

當他在枕頭上轉動他那疼痛而沈重的頭時，福瑪看見了一個矮小棕色的人。他坐於桌前，一面用他的筆趕忙地在紙上畫動，一面表同意地搖着那圓老殼，由這一方搖到那一方，又聳聳肩頭，並且那只着有睡衣的小身軀，不斷地在椅上移動，彷彿他是坐於火上，不知何故不能站立起來似的。他的瘦而細的左手，一時使勁地擦着額頭，一時又在空中做些莫明其妙的手勢；一雙跣足沿着地板磨擦，頸上有一個血管顫動，就是他的一對耳朶也在動彈。他將頭掉向福瑪那方時，福瑪看見他的薄嘴唇在喃喃些什麼，他那尖鼻子往下偏向着那矮小人微笑時便向上扭的薄口髭。他的面孔帶黃色浮腫着，有縐紋，而且那對黑色，靈活而放亮的小眼睛好像不是屬於他的。

福瑪因爲望着他已經厭膩起來了，便慢慢地用他的眼睛開始來審視那間房。釘入牆內的那些大釘子上，掛有一捆一捆的報紙，使牆壁上現得滿殘的都是瘤子。天花板上糊的是往日曾是白色的紙；現在那些紙吹脹起好似膀胱一樣，這兒那兒都被扯破，有的撕脫了，有的成汚髒的小塊吊起；衣服，靴子，書籍，撕下的紙片，滿散於地板上。這間房全體上使人起一種印象，覺得它是曾經用沸水燙過的。

那矮小的人將筆丟下，身子彎於桌上，用指頭敏捷地在桌邊敲着，口中則開始以輕微的聲音低聲歌道：

「拿起大鼓，而且不用怕罷——

大聲吻那侑酒女郎——

這乃是學問的意義——

這乃是哲學。」

福瑪深深嘆了一口氣說：

「可以給我喝一點沙爾推水(Seltzer)嗎？」

「啊！」那矮小人物說着由椅上跳了起來，走到福瑪躺着的那個罩有漆布的寬沙發前。

「同志，你好嗎！要喝沙爾推水麼？當然可以的！你是要淡的，抑是要滲有康芽咯的？」

「頂好是滲有康芽咯的，」福瑪說着握了握那伸到他面前來的細而熾熱的手，一面眼睛也不眨地釘在那矮小人的臉上。

『葉哥洛弗納！』那矮小人在門口這樣呼喊後，又將臉轉向福瑪問道：『你不認識我麼，福瑪·伊格拉夔維支？』

『我稍有點記得。好像我們從前在什麽地方會見過的。』

『我們在四年之間都是常會見的，但那是很久以前的事了！是亞覺夫。』

『哦，天哪！』福瑪喫驚地喊着，稍稍由沙發上揚起身來。『當眞這就是你麼？』

『有時我自己也不相信哩，但一件眞事實：疑惑過之就會碰着，正像象皮球碰着鐵向後跳一樣。』

亞覺夫的面孔滑稽地歪扭着，而且不知何故，他的兩手開始去搜摩他的胸膛。

『唉，唉！』福瑪囁嚅着。『但你變得多老了呀！啊——！你有多大年紀了？』

『三十歲。』

『但你現得好像五十歲了，又黃又瘦的。看起來，你的生活並不見得快活？而且你也在飲酒。』

福瑪看見他的愉快而活潑的學友，竟衰老得這樣，而且又住在這個看起來像燒得匯起的狗洞內，他覺得很是難過。他凝視着他，憂愁地霎了霎眼睛，並看出，亞覺夫的臉無休止地痙攣着，他的小眼睛因憤昂在燃燒。亞覺夫正在下勁開那個水瓶的瓶塞，因此佔住了身默然沒發一言；他將水瓶放於膝頭之間，白白用力而不曾將瓶塞拔開，他這樣弱而無力也令福瑪感動起來了。

『不錯；生活已將你吸乾了。但你曾用心研究過學問。看起來，就是有淵博的學識也並不能幫助人多少，』福瑪感慨頗深地這樣說。

『不要談學問！學問是神們的飲料；但它還不曾充分發酵過來，所以還不適於應用，正像vodka還不曾由有惡臭的油中提淨一樣。學問還不曾達到使人幸福的地步，我的朋友。活着的人應用學問，除了頭痛以外，什麼也得不着。好像你與我現在這種情形一樣。你爲何這樣輕率地飲酒？』

『我麼？　還有什麼事可做呢？』福瑪笑着問。

亞夫覺將眼睛半睜半閉搜索地凝視福瑪說道：

『將你的這個疑問與你昨晚上的那些胡言亂語連繫起來，我在我騷擾的心靈中，覺得你，我的朋友，也沒有娛樂你自己，因爲你的生活是愉快的。』

『唉！』福瑪深長地嘆了一口氣，一面由沙發上立起身來。『什麼是我的生活？那是毫無意義的事。我獨自一人過活着。我什麼也不懂得。然而我仍然希望點什麼。我渴望着侮辱一切的人，然後隱遁到什麼地方去！我歡喜拋棄一切而跑開。我是這般憂鬱！』

『這眞有趣！』亞覺夫說着，一面擦着手，將身子向四周轉動。『這眞有趣，如果這是眞實而深切的。因爲這便證明了，對於生活不滿的可貴精神，已經滲透入商人的臥室內，滲透入溺於多油的菜湯和茶之湖以及其他諸飮料中的心靈之死室內了。請你爲我述一個詳細的梗概。那末，我就要寫一部小說。』

『我聽見人說，你關於我曾經寫過點什麼的嗎？』福瑪好奇地問，並且再一度注意地盤問他的老友，因爲他懂不透，這麼一個可憐的人能夠寫些什麼。

『當然我曾寫過！你讀過麼？』

『沒有，我沒有讀的機會。』

『他們告訴了你一些什麽？』

『你很巧妙地駡倒我。』

『嗯！你親自讀一讀，豈不有趣麽？』亞覺夫問着，益發嚴密地緊問哥蒂耶夫。

『我要讀一讀！』福瑪這樣對他催言，他在亞覺夫面前感覺得有些困惑，而且亞覺夫因福瑪對于他的文章的這種態度，心中很感不悅。『實在的，那是寫的關於我的事，一定很有趣的，』他又加上了這一句，一而好意地向他的同伴笑了笑。

福瑪說這一句話時一點也不覺得有趣，他只不過爲可憐亞覺夫而說的。他內而又起了一種完全不同的情感；他希望明白亞覺夫是怎樣的一個人，他因何這樣衰老了。他與亞覺夫這一次的會見，令他心中生出了一種恬靜而温柔的感情；喚起了他童年的回憶，於是，現在這些情感便在他記憶中閃耀——閃耀得像柔和的小光，由昔日之遠處怯然地照着他。亞覺夫走到放有一個沸騰的製茶鉦的桌前，靜靜地注了兩杯濃得像漆樣的茶，並對福瑪說：

『來喫茶罷。來將關於你自己的事講給我聽聽。』

『我什麼也沒有講的。我在生活中什麼也不曾看見。我的是一個空虛的生活！你不如將關於你的事講給我聽。我敢斷言，無論如何你比我要知道得多些。』

亞覺夫變得深思起來了，但依然不停地移動着他的身體與頭。在沈思中，他的面孔變得寂然不動，一切縐紋全都聚集於眼的近傍，宛如用光線將它們圍上似的，而且因爲如此，他的眼睛遂更縮到額頭下去了。

『不錯，伙計，我曾見過一兩件事，也知道得很不少，』他搖了搖頭便這樣開始了。『而且恐怕我比我必須要知道的，還知道得多些，比必須的知道得更多正與對于必須要知道的完全不曉得，是同樣的於人有害。要我告訴你，我怎樣過活的麼？好得很；我來試試罷。我從來不曾對誰人講過關於我自己的事，因爲我從來不曾引起人對于我感覺興趣。不能引起人對於你感有興趣，這是生活於世界上最可恨的事…』

『我由你臉上以及一切的事上看來，你的生活並不是平易的！』福瑪說着，一面因爲由各方面看起來，生活對於他的同伴，也是同樣不甜蜜的事，使他心中覺得很歡喜。亞覺夫一口將茶飲盡，把玻璃杯推在碗托上，脚則踏在椅子邊，兩手抱住膝頭，下頷擱於膝頭上。在這樣的姿勢中，那矮小齷齪如橡皮的人物便開口說道：

「本爲農奴出身，先前作過我的先生，現在是醫學博士，又是一個愛鬥爭的同學沙其可夫，每當我的功課讀得很好時，便對我說：「你很不錯，可爾亞！你是一個能幹少年。我們這些由生活的內庭中出來的無身分的窮困平民，應當努力又努力地研究學問，以期達到前面來，立於一切人的先頭。俄國需要的是賢明而誠實的人。能做到如此，你便是你命運的支配者，也是社會之有用的一員。國家的最大希望，都在我們這些平民的身上。我們負有使我們的國家得有光明與眞理的使命，」等等話。我也相信那個傢伙所說的話。自從那以後，已過了二十年的時光。我們平民們也成長起來了，然而不但沒學得什麼聰明，而且也沒使生活有什麼光明。與從前一樣，俄國依然爲痼疾所困，——無賴漢過多；然而我們這些平民，也歡然加入他們的稠密羣中。我再返覆說，我的先生是一個走狗，無性格的默然東西，因他不得不服從市長的命令。而且我又是奉仕社會的一個丑角。名譽在城中迫逐我。我在街上走過的時候，我聽見一個車夫對他同伴們說：「那就是亞覺夫！他媽的，他眞吠得靈巧得很！」不錯，就是這樣也不是容易達到的。』

亞覺夫的面孔縐成了一個苦重的歪臉，並開始笑了，但只是無聲的，只有嘴唇在笑。福瑪不明白他的談話，但只要稍講幾句，於是他任意批評說：

『那末你不會達到你的目的嗎？』

『是的，我以爲我可以更爬高些的。但我要做到，我要做到的！』

他由椅上跳起來，開始在室內跑動，用尖銳的聲音活潑潑地喊道：

『如要在生活中保持自身純潔，要作一個自由的人，那就非有很大的魄力不可！我有這種魄力。我有彈力性與手腕。我曾用了這一切，以期學習一點現在對於我完全不必要的事。我已耗費了我自己的整個，爲保持我內面的一點東西。哦，惡魔！我自己和其他的許多人，我們爲對生　蓄積一點東西，我們都強奪了我們自己。你只想想；爲要將我自己造成一個有價值的人．我已盡量地降低了我的人格，爲要讀書而且不至於餓死，我曾在六年之間繼續不斷地教一些蠢東西讀書寫字，並且還不得不忍受，許多父與母毫不客氣地加於我身上的屈辱。賺得了麵包與茶之外，我不能，我沒有時間再賺我的鞋子，因此我便不得不跑到慈善機關，去恭我貧窮的力量卑屈地借款。要是慈善家能夠明白，他們在維持人的肉體生活時，所殺掉人的靈魂爲幾何就好了。只要他們能夠明白，他們給出的類貌費，每一盧布之中，即令有値九十九個哥貝咯的對於靈魂上的損害就好了！只要他們能夠由他們的神聖工作而生出的那種仁慈與驕傲中爆炸開來也好了！世間上再沒有什麼比施恩惠與人的傢伙們更討厭更令人不愉快的了，而且也沒有什麼比受人恩惠的人更可憐的了！」

亞覺夫在室　踹蹶着像一個醉漢一樣，他爲瘋狂所襲，紙張在他腳下發出沙沙之聲，撕碎了，成一塊一塊地飛舞着。他咬牙切齒，又搖着頭，他的手在空中揮動着，像一隻鳥的破翼，全體上看起來，彷彿是在一個熱水壺中被煮得沸騰起來了。福瑪抱着一種異樣而複雜的感覺望着他；他可憐亞覺夫，但同時看着他受痛苦，又感覺得很歡喜。

「並不只我一人如此，他也在受痛苦，」亞覺夫說話時，福瑪心中這樣想。亞覺夫的喉頭內有點東西相觸作聲，好似破玻璃一樣，發出一種宛如沒澆油的鉸鏈軋軋出的響聲。

『由他人的慈善而受了毒的我，因窮人們欲創事業的那種宿命的性能，因期待大事而與小事相妥協的性能，而使自身破滅了。哦！你知道嗎，因缺乏自己評價之力而滅亡的，比因肺癆而滅亡的人更多，而且恐怕這就是羣衆中的領袖所以作了地方檢察官的緣故！』

『他媽的地方檢察官！』福瑪說着，將手搖了一搖。『將關於你自己的事講給我聽罷。』

『關於我自己！我完全都在這兒！』亞覺夫在房間中央停住了脚，一面將手擊着胸部，一面喊。『我已經完成了我一切所能完成的。我已達到了社會款待者的地位，我只能做到這種地步了！知道什麼應當做，但是做不到，對於自己的工作上無能力——那才是痛苦！』

『說得不錯！請等一下！』福瑪熱烈地說。『現在請你告訴我，一個人應當作什麼，才能平靜地過活下去；卽是，才能滿意自己。』

福瑪覺得這幾句話的聲聲很高，但是空虛的，它們的聲音在他胸中沒激起什麽感情，在他心中沒引起一個思想便消逝了。

『你必須要時常憧憬一點你難以得到手的東西。一個人時常將身子向上伸，便能長高些。』

現在沒講他自己的事了，亞覺夫遂開始說講得更鎮定，聲音也改變了。他的聲音決然而大膽，而孔上則擺出了一種重要而嚴格的表情。他立於房間中央，指頭伸出的手高舉着，宛如唸書似的講起話來了：

『人是下賤的，因爲他們努力求滿足。喫得很好的人是獸，因爲他們的滿足，只是肉體上的自滿。而且精神上的自滿，也會使人變而爲獸。』

他又開始了彷彿他的血管與筋肉突然緊張了起來似的，並且他又於激烈的騷動中在室內開始跑起來了。

『一個自滿的人，便是社會胸上的一個固化了的瘤。他是我的不共戴天之仇。他內面裝滿了價廉的眞理與生了黴的智慧之斷片，他生存着，就像一個吝嗇的主婦將各種各類對於她完全不需要而又無價值的廢物收藏起來的收藏室。假使你觸着了這樣一個人，假使你打開門將他迎了進去，腐臭的氣味就要吹到你身上去，並且一股生了黴的廢物的臭味，也會流入你所呼吸的空氣中。這些不幸的人們，稱他們自己爲有堅定性格的人，有主義與確信的人。但誰也不高興看，確信之於他們，只不過是他們用以遮蔽他們乞丐似的赤裸的靈魂衣裳而已。在這種人的狹窄額頭上，時常閃有大衆周知的銘刻：卽是鎭定與自信。好一個虛僞的銘刻呀！只要用一隻有力的手在他們額頭上擦一擦，你就可以看出眞招牌來，卽是寫的：「胸懷狹窄與心靈軟弱！」』

福瑪凝視亞覺夫在室內忙亂着，他憂傷地想道：

「他在罵誰呢？我不明白；但我可以看得出來，他已受了很重的創傷。」

『這種人，我眞碰得多極了！』亞覺夫帶着恐怖與憤恨地說。「這種零售小店在生活中眞蕃殖得多呀！其中賣的物品，有作壽衣的棉布，煤膠，糖食，除滅油蟲的磞砂，但決尋不出一點新鮮，熱騰騰，而健康的東西！假使人抱着因孤寂而疲憊的疼痛心靈到他們那兒去，或因渴望着要聽點其中有生命的東西到他們那兒去。他們所提供給人的，則是一些因時代過久而變酸了的陳腐思想。而且這些乾燥老朽的思想總是那般窮掘，以至要將它們表現出來，非用許許多多響得好聽的空虛的字句不行。當這樣一個人發言時，我對我自己說：「那兒走的一個餐得很好而又飲水太多，滿身都飾以鋼鈴的牝馬；它背着一挞垃圾運出城去，那個可憐的東西很滿意它的命運。」』

『那末，他們是無用的人們，』福瑪說。亞覺夫在他面前停住脚，嘴唇上浮着譏刺的微笑說：

『不對，他們不是無用的，哦，不！他們生存着，乃是指示人不應當那麼做事的一種標本。明白地說，他們的適當地位，正與那保存各種各類的怪物以及與一般人不同的病的東西等的剖解學的博物館是一樣的。人生中，決沒有無用的東西就是我也是必要的！只有那些心靈中住有對人生的一種卑屈的膽怯，胸中在藏死心臟之處，藏有最可惜的自己崇拜之大潰瘡的人——只有這些人是無用的；然而就是他們也是必要的，如果他們能幫助我將我的憎恨傾注於他們身上。』

一整日之中，直到傍晚的時候，亞覺夫都是昂奮的。他在他所恨惡的人身上，發汎他的訕謗，雖然這些話語的內容，福瑪不大明白，但它們的兇狠熱度，感染了他，使他心中湧起一種要鬥爭的迫切慾望。有時他感覺得不信任亞覺夫，於是在這樣的一次中，他明白地問他說：

『在一切相宜的時機中，我都是這樣。而且每星期日在報紙上是這樣。假使你願意，我可以讀給你聽。』

『啊！你能當着人的面前，像那樣講話麼？』

不等福瑪答覆，他便由牆上扯下了幾頁報紙，一面依然繼續在室內跑動，一面開始讀起來了。他怒吼，喊叫，發笑，露出了牙齒，並且現得好似一隻怒犬在無力的憤怒中努力想咬斷鐵鏈一樣。福瑪抓不住他朋友文章中的思想，但他感覺着了其中挑激的大膽，譏刺的諷言，熱烈的憎惡，他因而感覺愉快，同時又好似在熱浴中被掃帚鞭打一樣。

『妙極了！』他捉住斷片的字句這樣說。『那眞下手得高妙！』

每不過一會兒工夫　，便有熟識的商人的姓名和市中名士們的姓名由福瑪面前閃過。這些人都是亞覺夫一時大膽而鋒銳地，一時恭敬而用細得像針樣的刺刺過的。

福瑪的稱讚，福瑪的燃着滿意的眼睛，和那興奮的面孔，使亞覺夫益發激動起來了，他愈吼聲音愈高，一時疲乏了躺於沙發上，一時又跳起來衝向福瑪面前去。

『唯，現在請將寫的關於我的事，讀給我聽罷！』福瑪渴望要聽地喊着。

亞覺夫在一堆報紙中翻尋了一會，扯了一張出來，握於兩手內，兩腿大張着地立於福瑪面前，福瑪則深在一把彈簧破了的靠背椅上，帶笑地傾聽着。

關於福瑪的記事，是由他們在木筏上的宴會的描寫開始。正在讀此記事之時，福瑪覺得有些特別的字句像蚊虫似的刺着他。他的臉色變得更莊重，並且抑鬱而默然地將頭垂着。那些蚊虫繼續蕃殖起來了。

『那未免太過了！』福瑪終於困惑而不滿地這樣說。『你只知道怎樣侮辱人，這在上帝面前，決不會得着歡喜的。』

『不要作聲！稍等一會罷！』亞覺夫簡短地說着，依然繼續往下讀。

當他在他的記事中證明了，商人在醜惡與蠻行諸點上，無疑地已超過了社會中其他諸階級的代表者時，亞覺夫從問說：『何故如此呢？』他又答道：

『據我看來，這種對於野蠻惡戲之嗜好，乃是由於教養的缺如以及精力過剩和懶惰而來的。我們商人階級除了少數例外而外，乃是最健康，而同時又是最懶惰的階級，這是毫無疑意的。』

『這說得對！』福瑪用拳頭擊着桌子這樣喊叫。『這說得對！我有像牛一樣的氣力，但只做麻雀那多的事情。』

『商人要在什麼地方去消費他的精力呢？在交易所中用不着好多的精力，所以他就要將他過剩的肉體上的精力，浪費在小酒店中的猜拳行令的賭酒事上，因爲他對於在人生上更有價值更生產的其他的精力應用方法，毫無概念。他依然是一隻獸，而且人生對於他，早已變成了一個獸檻，這獸檻對於他那優越的健康和趨向放縱的嗜好，都覺太狹窄了。爲教養所梏桎的他，便馬上開始度一種耽溺的生活。商人的耽溺，時常是一隻被囚的野獸的謀反。當然這是很不好的。但是，唉！假使這隻野獸，在他的力量之外，加上一些智慧，且又受了訓練，那就更壞了。我敢斷言，就是到了那時，他也決不會停止而不演變行，但那些變行將是歷史的事件。惟願上天救助我們脫離這種事件！因爲這種事件是由商人渴望權力而起的，其目的乃在欲達到一階級的專橫，商人爲達到此目的，他是決不會選擇手段的。』

『啊，你的意見如何，是這樣嗎？』亞覺夫讀完了報紙，將它拋在一傍時這樣問。

『我不懂得最後的幾段，』福瑪囘答說。『至於論到精力，那是對的！沒有緊要之處，叫我在什麼地方用我的精力呢！我應當與強盜作戰，或者是自己變爲強盜。總而言之，我應當作點大事才對。而且那種大事並不是用頭腦，而乃是用臂膀與胸部作的。然而我們在這兒不得不到交易所去，要好好地瞄準着賺一處布。我們要它有什麼用呢？而且，究竟它是什麼？難道生活是安排得永遠如此的麼？如果每個人都憂愁，都覺將生活對於他太狹窄了，那末，這種生活又是什麼生活呢？生活應當依人的趣味而定。假使我覺得它狹窄了，我必須要將它推開，使我能有稍多的地盤。我必須要打破它將它重新建立起來。但怎樣建立呢？困難就在這兒了！要怎樣辦，才能使生活自由些？那就是我所不懂得的。』

『不錯！』亞覺夫囁嚅着說『那就是你所達到的地方！伙計，那是一件好事！唉，你應當稍讀點書就好了！你對於書怎樣？你也看書麼？』

『沒有，我不高興那些事。我什麼書也不曾看過。』

『那就是你所以不高興它們的道理。』

『我簡直怕看書。我知道一個——一個女子——看書對於她比飲酒還要壞！而且書中又有什麼意義呢？一個人想着一些事情，將它印了出來，給其他的人看。假使是有趣味的東西，也還可以。但由書中學習怎樣生活！——那眞荒謬極了。書都是人寫的，並不是神寫的，人怎能爲他自己立規則與模範呢？』

『但福音書如何？它們豈不是人寫的嗎？』

『那些人是使徒門。現在並沒有那樣的人了。』

『對的，你的辯駁很正確。現在確是沒有使徒，而且只有猶太人尙存，還只不過是一些可憐的人。』

福瑪感覺得很舒暢，因爲他看見亞覺夫留心傾聽他的話語，而且對於他所說出的一字一句，都加以權衡。遇見人以這種態度對待他，這乃是他生命中的第一次，於是福瑪大膽而自由地在他朋友面前將自身解放出來，毫不顧慮字句的選擇，他覺得自己會被理解的，因亞覺夫要理解他。

『你眞是一個奇特的人！』亞覺夫在他們相見後兩天這樣說。『雖然你講話很喫力，但可以看得出你內面有許多話要說——有一顆非常大膽的心！假使你稍明白人生的秩序就好了！那末，你便會高聲講「出來，我想。實在的！』

『但你決不能用話語將你自己洗滌淸潔，而且也不能使你成爲自由之身，』福瑪嘆了一口氣這樣說。『你曾關乎那些假冒着什麼都明白，什麼都作得到的人們，說過幾句話的。我也知道這種人。譬如我的教父就是。要能下力攻擊他們，證明他們的罪狀，也是一件好事；他們實在是一些有害的東西！』

『我簡直不能想像，福瑪，假使你保持着你現在心中所有的這種思想，不知你將怎樣度過此世，』亞覺夫深思地說。

『這樣很困難的。我缺少恆心。突然之間，我或者能夠作點事。我很明白，生活對我們一切的人，都是困難而狹窄的。我明白，我的教父也看透了這種道理！但他利用這種狹窄處。他在其中覺得很好；他尖銳得像針一樣，喜歡到那兒去，便穿出去。但我是一個龐大而沈重的人，這便是我所以窒息的原因！也是我所以在桎梏中過活的原因。我只要稍一用力，便可以將我自己由一切東西中解放出來；只要用我全體的氣力移動我的身軀，那末，一切桎梏都會炸開！』

『以後怎樣呢？』亞夫覺問。

『以後麼？』福瑪變得深思起來，稍考慮了一會，他搖了一搖手說。『我不知道以後怎樣。我看罷！』

『我們看罷！』亞覺夫同意說。

爲生活所汚損的這個矮小人物，耽溺於飮酒之中。他的日常生活如次：淸晨喫茶的時候，閱讀本地新聞，由其中採出供自己使用的雜錄欄中的材料，而且馬上便在棹子角上寫了出來。隨後卽跑到編輯室去，將他由各地新聞中剪下來的斷片，編成「地方雜景」。到了星期五的時候，就必要將星期日的雜錄寫出來。做這一切工作，他得一百二十五個盧布一月的薪俸。他工作得很快，餘暇的時間，則獻在「慈善事業的研究與批評」上去了。他與福瑪一路到俱樂部，旅館，小酒店直閒游到深夜方罷。他到處採取記事的材料，名之曰「淨化社會的掃塵」。他替檢稿官命名爲「管理人生的眞理與正義之普及的監督」，又名新聞爲「將危險思想介紹給讀者的媒婆」，至於他自己的工作，則名叫「靈魂的零售」，與「反對神聖制度的一種無忌憚的傾向」。

福瑪簡直分辨不清，亞覺夫何時是在冗談，何時是在誠摯地講話。因爲他談講任何事，都是熱烈而帶情感的，刻薄地懲責一切，福瑪也歡喜這樣。然而每每在開始時講得很是熱烈，但他又以同樣的熱度駁倒自己，或者是用幾句滑稽的冗談結束他的言論。因此，福瑪感覺得，這個人什麼也不愛，他內面毫無根深蒂固的東西，也無指導他的東西。只有說到他自身的時候，他便以一種特別的聲音談講，而且愈熱烈地談到他自己，則他詈罵一切人與一切東西，也愈無容赦而忿怒。他對於福瑪的態度是二重的；有時他給他勇氣，對他熱烈地談講，四肢都起了戰抖。

「向前罷！盡你所能的駁到推翻一切！用盡你全身的氣力向前衝去。你牢牢記着，沒有什麼比人更有價值了！儘量大聲地喊：「自由！自由！」』

但當福瑪被這幾句話的灼熱的火花溫暖起來了，開始幻想着，應如何駁倒且推翻那些只顧自己個人的利益，而不願擴大人生的人時，亞覺夫時常就要阻止他說：

『算了罷！你什麼也不能作！像你這樣的人是不需要的。你的時代，強者而無頭腦的人的時代，已經過去了，我的朋友！你太來遲了！人生中沒有你站的地位了。』

『沒有嗎？你撒謊！』福瑪反對得憤慨起來這樣喊着。

『那末，你能夠作什麼呀？』

『我麼？』

『你呀！』

『作什麼，我能夠殺死你！』福瑪握緊拳頭憤怒地說。

『唉，你這個茅草人！』亞覺夫將肩頭聳了一聳，辯服而憐惜地這樣說。『你眞有那種意思麼？但我因我的創傷，早已是半死之身了。』

突然之間，亞覺夫因憂鬱的忿恨而燃燒起來，一面將身體伸直，一面說道：

「我的命運害了我。我爲何要降低自己，而受社會的賄賂呢？我爲何因要讀書而繼續不斷地工作了十二年呢？我爲何在中學與大學之中，十二年之久吞嚥着那乾燥之味的廢物，和那些於我絕對無用的矛盾的妄謬呢？爲的是要成功一個雜錄記者，每日每日演着丑角之役以娛樂社會，並且一方面還要使我自己相信，那對於他們是必要而有用的。我的青春之火藥在那兒？我已三番貝咯一發地將我靈魂的火藥全都，並都燃發完了。我自身獲得了什麼信念呢？只不過相信以下的事實——此世中的一切都是無價值的，一切都必須要破壞毀滅。我愛的是什麼？我自己。並且我覺得，我的愛之對象，沒有接受我的愛的價值。我能夠成就什麼呢？」

他幾乎哭泣起來了，並又用他那細而弱的手纖纖搔着胸膛與頸項。

有時候又充滿了勇氣，於是他以另一種精神講道：

「我麼？哦，不，我的歌尚不曾唱至終曲之處！我胸中吸入了一點東西，所以我要像蒙子似的呼鳴！等着罷，我要將新聞這種事拋開，動手來做點重要工作。我要寫一本小書，定名爲「臨終之祈禱」；有一篇祈禱文也是這個名字，那是在人臨終時誦的。被咒詛爲內面無力的此社會在破滅之前，將要以我的書爲饗否而接受之。」

傾聽着他的一字一句，望着他，並比較他的評言，福瑪看出了亞覺夫正與他一樣軟弱，而且也是走迷了路。然而亞覺夫的態度依然感染了福瑪，他的談話使福瑪的話發覺醒起來了。福瑪有時發覺了他自己　般巧妙而有力地將種種意見發表出來，他眞是高興極了。他常常在亞覺夫家中碰着　些特別的人物，他覺得那些人什麼都知道，什麼都明白，對什麼都加以反對，而且在任何事中都看出了欺詐與虛僞。他默然地望着他們，傾聽他們的談話；他們的大膽令他很歡喜，然而他們對於他的那種伏就而驕傲的態度，使他感覺困惑並起了反抗之感。他也明白地看出來了，他們在亞覺夫家中，比他們在街上與旅館內，都要更爲聰明更好些。他們採用在室內用的特別的談話字句，與姿式等，一旦走到室外時，這一切都改變了，變成最普通而近乎人情的了。有時在室內，他們宛如一大堆柴薪似的燃燒了起來，亞覺夫則是其中最光明的火炬，然而這一堆焚火的光亮　能微微地照耀福瑪·哥蒂耶夫的心靈。

一日亞覺夫對他說：

『今天我們要去飲酒了！我們的排字工人已組織了一個公會，他們將要訂一個契約，由發行者手中將一切工作都取過　自己做。因此，今日就要飲兩杯酒，他們邀請了我的。這件事本是我勸他們做的。我們去麼？你也好好請他們一下。』

『好極了！』福瑪囘答說，因爲時間對於他好似重担一般，所以無論同誰人一路消磨時間，對於他是無關緊要的事。

這一日的傍晚時，福瑪與亞覺夫在郊外的一個森林邊境上，坐於一羣面容粗魯的人們之中。那兒有十二個服裝整齊的排字工，他們待亞覺夫很簡單，好像一個同志似的，這種態度使福瑪驚奇而感覺不解，因爲依他看來，亞覺夫總是在他們之上的一位主人，而他們則眞只不過是他的使用人而已。他們也並不特別注意哥蒂耶夫，雖然亞覺夫將福瑪介紹給他們時，他們也與他握手，並說很歡喜得見他的。福瑪躺在榛樹叢林之下眺望他們一切的人，並感覺得自身在他們之中好似一個外人，就是亞覺夫也有意與他遠離，很少留意他。他發覺了亞覺夫稍有些特異之處；那個矮小雜錄記者，似乎在做效那些排字工的講話口調。他在燃火之傍同他們一路忙碌着，開啤酒瓶，咒罵，大聲談笑，並努力想做得與他們相似。就是他的服裝在那一天，也比平常穿得更簡單。

『唉，同志們！』他熱烈地喊着。『我與你們在一路感覺很舒服的！我也是一個低身分的人。我只不過是一個裁判所的看守的，而並沒官職的，馬特菲伊。亞覺夫的兒子！』

「他為什麼講那些話呢？」福瑪心中想。「一個人是誰人的兒子，那有什麼關係呢？一個人被尊敬，並不是他於他父親的原故，只是由於他的頭腦。」

太陽向西沈下，好像一股大燃火燃在空中，將雲彩染成了金黃色與紅色。由森林中吹出了冷氣與寂靜，森林的邊境上，黑色人影無聲地去來忙動着。其中的一個瘦而瘦，戴有一頂闊邊草帽的人在拉手風琴；另一個長有黑色口髭，帽子戴在後腦殼上的人，低聲和着琴聲歌唱。其他的兩個人用力拉一根棍子，互相比較氣力。另有好幾個人，在那盛啤酒與食物的籃前忙動；一個長有灰色鬍鬚的高個子，將樹枝丟在包於厚密的白色烟霧中的火上。那些潮濕樹枝落於火上，悲切地發出沙沙的爆裂聲，手風琴緊作劇地拉出一種活潑的曲調，歌者的假聲加強起來完成了它的高聲。

在這些人之外，在一個峽谷的峭岸上，躺有三個青年人，亞覺夫則立於他們面前以鳴鈴似的聲音說：

『諸君舉着神聖的勞働之旗。我與你們一樣，也是這同一軍隊中的一個兵卒。我們都是服役新聞女王的。所以我們必須要穩固而眞實的友誼中過活下去。』

『那才對的，尼可拉亞馬待非維支！』一個人的不大淸晳的聲音打斷了亞覺夫的談話。『我們要請你疏通疏通發行人！請你疏通他！疾病與喫醉了不能算爲同樣的一件事。依據發行人的條件，事情是這樣的：假使一個人喫醉了，就要罰他一天的工錢；如若有人病了，也是這同樣的辦法。他應當允許我們在有病的時候，交上醫生的證明書以作證實；並且他若是公道的，應當至少以病人的二分之一的那多工資給代工的。如若不這樣，那對於我們就太困難了。假如突然之間，我們中間有三個人同時病了呢？』

『對的；那當然是有道理的，』亞覺夫同意說。『但是，朋友們，合作的原則

——』

福瑪停止傾耳於他朋友的談話，因爲他的注意力已爲其他的人的談話引開了。有兩個人正在談話；一個是長得很高，有肺癆病，衣衫襤褸，臉上現出忿怒表情的人；另一個則是生有美麗的頭髮與顋鬚的青年人。

『依我的意見，』高個子一面咳嗽，一面嚴格地說，『那是傻事情！像我們這樣的人怎能夠結婚呢？結婚後，就要有小孩子。我們把什麼養活他們呢？妻子也必須要穿衣服——而且你也不知道那女子是怎樣的人。』

『她是一個很好的女人，』那美髮青年低聲說。

『啊，現在她是很好的。一個結了婚的女子與一個妻子，是完全不同的。但那並不是重要點。你可以試一試——或者她眞是很好也不可知。但那麼一來，你便要缺乏費用。你將要用工作殺掉你自己，而且還要將她毀滅。結婚對於我們，是一件不可能的事。若必你以爲我們賺的這幾個錢，就能養活一家麼？這兒你看得淸淸楚楚，我結了婚不過四年之久，我的末日已在眼前了。我不會得見一點快樂——除了憂愁與煩悶之外，什麽也沒消。」

他咳嗽起來了，咳了好一會並發出了呻吟聲咳。嗽停止時，他以窒息的聲音向他的同伴說：

「算了罷，那不會有什麽好處的！」

他的談話對手悲傷地低下頭，福瑪則想道：

「他講得很有道理。無疑的，他定很會論理。」

衆人不大注意福瑪，使他稍有幾分不悅，但同時引起 他對於這些臉上沾有鉛粉的黑面孔的人們，抱一種尊敬的感情。他們之中，幾乎每個人都是講的實際的重要談話，評言中雜以特殊的字句。他們之中，誰也不諂媚福瑪，誰也不像他那些小酒店中的熟識人，酒伴們所慣做的，與他糾纏不清。這種情形，使福瑪感着很愉快。

「這些人多麽好呀，」福瑪心中笑着這樣想。「他們都各有他們自身的誇耀之處。」

「至於你，尼可拉。馬特非維文，」一個人這樣說，他聲音中明顯地帶有責難之音，「你不應當由書中來判定，只應依據活的眞實。人爲一塊麵麭皮而奮鬥，並不是依據書，而乃是因需要而如此，而且它是來到人的頭腦中，並不是寫在你的規條內。」

「請原諒我，朋友們！我們同伴的經驗所教示我們的是什麼？」

福瑪將臉轉向亞覺夫正在高聲講話的那方。亞覺夫已將帽取下，一面講話，一面將帽繞着他的頭揮動。正在此時，有一個人對福瑪說：

「哥蒂耶夫先生，請你向我們這方更移近些！」

一個穿斗篷與深靴子的矮小而強壯的漢子立於福瑪面前，他望着福瑪好意地一笑。福瑪還歡喜他那長有一隻厚鼻子的寬而圓的面孔，所以也一笑地回答說：

「嗯，我要更移近些。但現在總差不多是可以飲康芽喀的時候了吧。我大概帶了十瓶來以備萬一的。」

「哦喝！你眞是一個嚴格的商人。我馬上就將你的外交文書傳把我的夥伴們！」

他首先就因他自己的話語大聲而愉快地笑起來了。福瑪也開始笑了，他覺得是由營火中，或由此人處，已將愉快與暖意吹到他身上來了。

日落餘暉靜靜地消去。看起來，彷彿在西方，有一面大而柔軟的紫色帷幕，向地上降落，揭示出了天空的無底之深，和展開於其中的星宿之愉快的閃光。遙遙的遠方，有一隻不可見的手，將光亮散佈於城市之黑塊上，但在此處，在寂靜的休憩中，森林樹立着，像一堵黑牆似的朝天聳起。明月仍未上昇，原野之上遍佈了一層溫暖的夕照。

一羣人全體都在離燎火不遠之處，坐成了一個圓圈形。福瑪坐於亞覺夫傍邊，背向着火，他在他面前看出了，一排被火照得通亮，愉快而純朴的面孔。他們因爲飲酒都興奮起來了，但還不曾喫醉；他們談笑，講笑話，試試唱歌，飲酒，又喫胡瓜，麵麭與臘腸等。這一切對於福瑪，都有一種特別愉快的風味；他變得更勇敢，心中充滿了那種普通的好感，並且他渴望着，要講點對於他們很好，而又令他們歡喜的什麼事。坐於他傍邊的亞覺夫，在地上爬動，用肩頭推搖他，並深搖着頭，口中不清晰地喃喃些什麼。

『同志們！』那強壯漢子喊道。『我們來唱學生時代的歌罷。啊，一，二！』

『吾人生存之日，』

一個人用他的低音吼着：

『迅速似派。』

『朋友們！』亞覺夫手中握着酒杯站起來說。他踹跚着，將那一隻手靠在福瑪頭上。已經起頭唱的歌中斷了，衆人都把頭轉向亞覺夫這方。

『勞働者諸君！請允許我說幾句話，幾句由衷心發出來的話。參加在你們的隊伍中，我感覺很幸福！我與你們在一路，感覺得舒快。這是因爲你們是勞働的人們，你們對於享受幸福的權利，是毫無問題的，雖然這尚沒被承認。哦，皎潔的人們，在你們這高尚的隊伍中，爲生活所毒的孤寂的人也呼吸得這般痛快而自由。』

亞覺夫的聲音戰抖而震動，他的頭開始搖撼起來。福瑪覺得有什麼溫暖東西滴到他手中來了，於是他揚起頭去望着亞覺夫那打皺的臉上——他仍繼續講話四肢都在發抖。

『並不只我一人。還有許多像我這樣被運命所脅迫，殘缺而痛苦的人。我們都比你們更爲不幸，因爲我們在肉體與精神兩方都比你們弱些，但我們所以比你們較爲有力的，則因我們已用知識武裝起來了，但這種知識，我們仍無使用之處。我們都嶔然準備着到你們那裏去，將我們交給你們，而幫助你們生活。此外，我們再無旁的事可作了！沒有你們，我們就無立脚地；沒有我們，你們就無光明！同志們！我們是由命運造來彼此互相完成的！』

「他向他們要求什麼呢？」福瑪摸不着頭緒地傾聽他朋友的話，心中這樣想。過細觀察那些排字工人的臉上，他看見他們也是疑訝，困惱，而厭倦地望着那演說人。

『未來的世界是你們的，朋友們！』亞覺夫頹喪地說，且又慘然地搖着頭，彷彿因未來而感覺難堪，並且將支配權讓給這些人是違反他的意志的一般。『未來的世界是屬與正直的勞働者的。你們面前橫有偉大的事業在！你們必須要創造新的文化，使一切都是自由，有生氣，而光明的！在肉體與精神兩方都是為你們之中的一個，且又是一個兵卒的兒子的我；我提議為你們的未來乾一杯！喝啦！』

亞覺夫將杯中的酒飲乾後，便沈重地滑於地上去了。排字工人們全場一致地接着他那中斷的歡呼聲喊，於是一種有力的雷鳴似的喊叫聲旋轉於空氣中，使樹上的樹葉都搖動了。

『現在我們唱一個歌罷，』那強壯漢子又提議說。

『來罷！』兩三個聲音表示同意了。於是對於要唱什麼歌，發生了一回喧嘩的爭論。亞覺夫傾聽着這鬧聲，一面將頭由一方掉到另一方，蔑視他們一切的人。

『弟兄們，』亞覺夫突然又喊起來了。『答覆我。對於我的歡迎辭回幾句話罷。』又一次地——雖然不是馬上——大家都變得默然了，有的人好奇地望着他，其他的人們藏住冷笑，另一些人們則明顯地將不滿的表情現在臉上。他又由地上站了起來熱烈地說：

『我們這兒有兩個人被生活撇開了——我同那另一位。我們兩個人都是希望，能以同等的敬意對待人，能得着那種感覺自己是有用的人的幸福。同志們！那個大而呆笨的人——』

『尼可拉·馬特非蕤支，你頂好不要侮辱我們的客人！』一個人用很重而不歡喜的聲音說。

『說得對，』那個邀請福瑪到火傍去的強壯漢子同意說。『為什麼要用些傷人感情的話語呢？』

第三個聲音遂清晰而高聲講道：

『我們是來遊玩的——休息的。』

『傻子們！』亞覺夫 然地笑了。『好心腸的傻子們！你們可憐他麼？但你們可知道他是誰，他是那些吮吸你們血的人之中的一個。』

『已經夠了，尼可加．馬特菲亞支！』他們對亞覺夫這樣喊着。於是大家都講起話來，誰也不再去注意他了。福瑪為他的朋友感覺那般難過，以至他也不見罪於他。他 見那些為他辯護使不受亞覺夫攻擊的人們 此時都故意地疏忽那雜錄記者，他也明白，這種態度如果亞覺夫留意着了，定會使他痛苦。為要解使他的朋友免除一些可能的不快，他以肘輕觸他身傍，好意地一笑說：

『啊，你這個發怨言的人，我們是喝一杯呢，抑或現在就回家去？』

『回家？』一個在人類中沒有位置的人，那兒是他的家呢？』亞覺夫這樣問後，又喊叫說：『同志們！』

誰也不曾回答他，他的叫喚聲沈入衆人的喃喃聲中去了。他遂垂下頭將廲瑪

『我們離開這兒走罷。』

『走罷。就是再多坐一會我也不在乎。這兒很有趣的。他們的舉動很是高尚，惡魔們。』

『我再也受不下去了。冷得很。我悶死了。』

『好罷，那末，來呀。』

廲瑪站起身來，將帽子取下，向那些排字工人點了點頭，又　聲而愉快地說。

『各位，多謝你們，多謝你們的款待！再見！』

他們馬上將他圍住，激烈地對他說：

『留在這兒罷！你到什麼地方去呢？我們可以大家一路唱歌，唉？』

『不能，我必須要走，因爲我的朋友獨自一人走，是很不好的。我送他走。我盼望你們有一個愉快的酒宴！』

『唉，你應當稍待一會！』那健壯漢子說，隨後他低聲說：

『隨便那個人將他送回去！』

那有肺病的人也小聲說：

『你留在這兒。我們將他送進城去，再爲他叫一輛轎車就行了！』

福瑪覺得很想留下，但同時又有點懼怕什麼東西。亞覺夫立起身來，抓住他的外套袖子嗫嚅道：

『來罷，別管他們！』

『各位，下次再見！我走了！！』福瑪說着，卽在衆人有禮的惋惜聲中別去了。

『哈，哈，哈！』亞覺夫走得離燉火有二十來步遠時，這樣大聲笑起來了。『他們爲甚麽地送我們走，但他們實是歡喜我走開。因爲我阻礙了他們，不能像獸似的遊戲。』

『那到是眞的，你實在滋擾了他們，』福瑪說。『你爲什麽演講那些話呢？人們出來是要娛樂他們自己的，但你却侵入他們中間去了。那便使他們受不住！』

『不要講罷！你懂得什麽！』亞覺夫粗暴地說。『你以爲我喫醉了麽？只是我的肉體醉了，但我的心靈是清醒的，它時常都是清醒的；它什麽都感覺得到。哦！世間上眞有多少卑鄙事情，眞有多少愚昧和不幸的事！而且人們——這些愚笨而可憐的人們。』

亞覺夫將話語停住了，他兩手抱住自己的頭，站了一會便向前踹跚着。

『不錯！』福瑪囁嚅着。『他們實在有些特別。這些人他們是多麽有禮貌，好像紳士一樣。他們也思考得很正確。他們有主見。然而他們只不過是勞働者而已。』

在他們背後的黑暗中，人們開始了一個強而有力的合唱曲。最初音調很不諧和，但它漸漸地高而大了起來，直到成了一股大而有力的波浪，由那荒涼原野之上的爽朗夜氣中漂過。

『我的天！』亞覺夫愁慘低聲地說，一面又嘆了一口氣。『我們依據什麽來生存下去呢？我們的心靈繫於何處呢？誰能醫愈它對於友誼，同胞愛，愛，以及純潔而神聖的勞働　抱的那種飢渴呢？』

『這些單純的人們，』福瑪沒傾耳於他同伴的說話，只洸於自己的思想中，一面緩慢而悲切地這樣說。『假使人有心注意這些人，他們並不怎麽壞！那並且是很——那是有趣的。農人，勞働者，假使我們明白地觀看他們，他們正像馬一樣。他們背負重担，他們喘氣。』

『他們將我們的生活負在他們背上，』亞覺夫與奮地喊着。『他們像馬一樣地負着，溫順而愚笨地，他們的這種溫順，便是我們的不幸，我們的咒詛！』

恍惚於自己的思索中去了的福瑪爭辯說：

『他們背負重擔，他們勤勞一生，而所得極微。有時突然地他們講出話來，那些話竟是我們心中一世紀也想不出來的。所以很明白的，他們也有感覺。不錯，與他們一路是很有趣的。』

亞覺夫蹣跚着走了好一會都不會發言，突然之間他將手在空中揮動，開始用一種低沉而窒息的聲音朗誦起來，這種聲音響得宛如由他腹中發出來似的：

『生活殘酷地欺騙了我，

我已受盡了千辛萬苦。』

『兄弟，這些是我自己的詩，』他說着站住了脚，愁慘地搖着頭。『它們是怎樣續下去的？我記不清了。其中有些論到夢，論到在我胸中被生命之泡影所抑壓的神聖而純潔的渴望。哦！』

『我胸中已埋葬了的幻夢

永不會甦生。』

『兄弟，你比我幸福，因爲你很愚笨，然而我——』

『不要粗暴無禮！』福瑪憤怒地說。『你不如聽聽他們唱得如何罷。』

『我不要傾聽別人唱的歌曲，』亞歷夫將頭搖了一搖說。『我有我自己的，這是一個被生活撕爲碎片的靈魂的歌曲。』

他開始用一種狂暴的聲音哀號道：

『我胸中已埋葬了的幻夢

永不會甦生……

它們的數目，何其多也！』

『曾有一整座花園那樣多的光明而活躍的幻夢與希望。它們死滅了，凋殘了，死滅了。死已在我心中。我幻夢的遺骸在那兒腐爛。哦，哦！』

亞覺夫淌下眼淚，像女人似的哀泣起來了。福瑪可憐他。覺得與他在一處很不舒適。於是他不耐性地急推着亞覺夫的肩頭說：

『不要哭罷！兄弟，你好軟弱呀！』

把頭抱於兩手中，亞覺夫將他那彎曲的身幹站直，鼓了一口勁，又開始悲切狂放地唱起來了：

『它們的數目，何其多也！
它們的墳墓，何其深也！
我爲它們穿上韻律的錦綾，
我時時在它們之上，
歌着悲哀莊肅之調！』

『哦，天哪！』福瑪絕望地歎息了。『看耶穌的面上，不要唱了罷！天哪，好愁慘呀！』

遠遠的那一方，高聲的合唱曲在黑暗與靜寂中漂蕩。有一個人和着歌曲的節拍用唇在吹嘯，這個刺耳的尖銳聲，追在那些強而有力的聲浪之前了。福瑪向着那方眺望，他看見了那高而黑的森林之壁，照耀於其上的燎火的火點，以及圍繞燎火四周的模糊的人影。森林之壁宛如胸膛一樣，燎火則好像其中的血污的創傷。看起來，那胸部因血成了一股一股燃燒的急流向下奔湧而起了戰抖。由四面八方包入那厚密的昏暗中的人們，在森林的背境上現得如小孩子一樣；而且他們被燎火的火光照耀着，也現得在焚燒似的。這些人揮着手高聲而有力地唱他們的歌曲。

亞覺夫站在福瑪傍邊與奮地說：

『你這個硬心腸的傢伯！你爲何拒絕我？你應當傾聽着這個要死的心靈的歌曲，要爲它哀哭，因爲它是爲何受的創傷，它爲何要死？你從我這兒走開罷，走罷！你以爲我喫醉了麼？我是受了毒，走開！』

兩眼仍不離開那在黑暗中現得非常美麗的森林與燎火，羅瑪由亞覺夫身傍走開了幾步，對他低聲說：

『不要裝傻。你爲何任意駡我呢？』

『我不要人煩擾我，我要將我的歌唱完。』

他蹣跚着也由羅瑪身傍移開了。過了幾秒鐘後，他又以呻吟的聲音喊道：

『我的歌已終曲！

我再永不煩擾它們的死之睡眠，

哦，主呀，哦，主呀，賜我靈魂以安息！

它已因我們傷祀忍，

哦，主呀，賜我靈魂以安息。』

羅瑪因這種憂鬱的哀號聲戰慄了，於是他向着亞覺夫追去；但他還沒追上他時，那矮小雜錄記者發出了一聲歇斯的里克的呼嘆，便仆倒在地上，如病孩似的低聲而哀切地嗚咽起來了。

『尼可拉！』福瑪說着，一面拉住他的肩臂將他扶起。『不要哭了，這是爲什麼呢？哦，天哪。尼可拉！已經夠了，難道你不知害羞麼？』

然而尼可拉並不害羞；他在地上掙扎，像一尾剛由水中撈起的魚一樣。當福瑪將他扶得站起時，他遂緊緊靠在福瑪胸膛上用他那一雙細臂膀抱福瑪的腰，又繼續嗚咽起來了。

『唯，夠了罷！』福瑪才關咬得緊緊地說。『夠了，伙計。』

因這個爲生活狹窄而受了傷的人的痛苦與奮起來了，又因這人的綠故心中充滿了憤怒，他於是將臉轉向爲城市燈光所照耀的那方半明半暗之處，且又發洩憤怒的憂愁，用大而沉重的聲音喊道：

『他媽的！該咒詛的！暫且等一等。你也要窒息！該咒詛的！』

十一

『祿賀福克！』一日馬亞會由交易所中囘來這樣說，『妳今天晚上裝飾一下。我要爲妳引一位新郎囘來！妳爲我們預備一餐好好稱心的晚飯。盡量地將我們舊日的那些銀器都擺出來，並且把水果盤子也擺出來，使他因我們的食桌驚倒！讓他看看，我們所有的一切，都是貴重東西！』

祿賀福正坐於窗前織補她父親的襪子，她的頭低垂於工作上。

『這一切是爲什麼呢，爸爸？』她激怒而不滿地問。

『爲什麼嗎，爲醬油，爲滋味。而且是爲當然的秩序。因爲一個女子並不是一匹馬，沒有裝具是不能打發她去的。』

因怒而滿臉漲得通紅，祿寶福神經質地傷起頭來，一面將手工拋開，向他父親瞥了一瞥；又將襪子拿起，頭則在手工上益發垂下了。老頭子在室內來回地慢步着，焦慮地扒着頤鬚；兩眼凝視着遠方，無疑的他是耽於什麼大而複雜的思想中去了。那女兒明白他決不會傾聽她的言辭，也決不願了解他的話語是如何屈辱了她。她的對於一位能與她一路唸着有益的書，能幫助她在她的混亂希求中尋獲她自己的友伴丈夫，一位受了教育的人的浪漫幻夢，都被她父親要將她嫁給斯莫林的頑固決心殺滅了。這些幻夢被殺滅了，且又變得解了體，好像苦的洸澱物洸於她心靈中了。她常時將她自己看得比商人階級的一般女子，那些除了裝飾以外什麼也不想，而且幾乎總是依照父母的打算，很少合乎自己的自由意志而結婚的空虛而愚昧的女子，要好些高尚些。然而現在她自己所以要結婚，只不過因為時期到了，並且又因為她父親需要一個女婿承繼他的事業。她父親以為她自己爲難引起一個男子的注意，因此就要用銀子來裝飾她。

因為激怒起來了，她神經質地工作着，一時刺着了手指頭，一時又刺斷了針，但是她仍然默而不言，因爲她心中很明白，無論她說什麼，她父親是不會聽的。

老頭子繼續在室內來回地慢步着，一時低聲唱着讚美歌，一時又諄諄地教導她的女兒怎樣待遇那位新女婿。隨後他又用指頭計算了一會，皺了皺眉頭又笑起來了。

「嗯！不錯！試驗我，哦，主哪，裁判我。救我脫離不公正與欺騙人的人的手。是的。把妳母親的翡翠戴上，祿寶福。」

「夠了，爸爸！」那女兒憂愁地喊着。「請你不要打擾我。」

「不要這樣不耐煩！妳好好聽着我對妳講的話。」

如此說着，他瞬了瞬他那一對綠眼睛，將手指頭在眼前移動着，又耽於他的計算中去了。

「那就成了百分之三十五。嗯！那個傢伙是一個聰明人。主啊？求你賜下你的光明與眞理。」

「爸爸！」祿寶福憂愁而帶恐怖地喊着。

「什麼事？」

『你——你很歡喜他麽？』

『歡喜誰？』

『斯莫林。』

『斯莫林麽？不錯，他是一個聰明人，他很有手腕，是一個了不得的商人！啊，我現在就要出去了。妳自己好好準備罷。』

蘇寶福剩得獨自一人時，她遂把手工拋在一傍，將身子靠於椅子背上，緊緊地合上了兩眼。她的一雙握得牢固的手放於膝頭上，手指是痙攣着的。心中充滿了傷着自尊心的悲哀，她對於未來感着恐怖，於是他默然地禱告說：

『我的上帝！哦，主呀！惟願他是一個仁慈的人！求你使他仁慈而忠實。哦，主呀！一個陌生人來了，要觀察我，要我永年永月地和他在一路，這是多麽可恥，多麽可怕的事呀。哦，主呀，我的上帝！我只要能夠逃走就好了，如有一個人指導我怎樣行也好了！他是誰？我怎能明白他呢？我毫沒有辦法！我曾思慮過，唉，我想過了多少！我曾看過書。我看書有什麽用處呢？我爲何要知道可以另一樣地過活，而使我自己反不能過活下去了呢？或者，如果我不曾看過那些書，我的生活采較爲容易，較爲簡單。這一切是多麼痛苦呀。我真是一個悲慘而不幸的人！我一個人孤零零的。要是有搭拉斯在這兒也好了。』

一想起了她的哥哥，她便覺得更憂愁，更爲自己難過。她已經寫了一封長而歡躍的信給搭拉斯，信中寫明，她對於他的愛，對於他的希望；懇求他盡所能的趕忙回來看望他的父親，她又講明了，他們一路居住的計劃，並且向搭拉斯保證，他們的父親極端地聰明，什麼事都懂得；她談到她父親的孤零，他對於生活然的熱烈，但同時關於老頭子對於她的態度，也說了幾句抱怨的話。

她急躁地等回信等了兩星期之久。當她接着而閱讀過時，她又因歡喜與幻滅放聲嗚咽起來了。搭拉斯的回信，冷淡而簡短；信中說明，在一個月之內，他因有事要到伏爾加河上來，而且如若老頭子真沒反對之意，他決不會忘却來看他。此信冷得有如一塊冰似的；她含淚地讀了又讀，讀了又讀，並將它弄縐，捏成圓團，但信不但不因此變得更溫暖，它反被揉濕了。從那張由一隻大而強固的手寫上了字的記錄簿的硬紙上，彷彿有一個打了皺，懷疑地蹙着額，瘦而像她父親似的三角形的臉在望着她。

對於亞可夫・搭拉斯維丈，他兒子的信，却有了另一種不同的印象。一旦得悉了搭拉斯回信的內容時，老頭子跳起來，慌忙精神百倍地轉向他女兒那方，臉上帶一種特別的微笑說：

『啊，給我看看！妳指給我看看！嘻，嘻！讓我們來讀讀賢人們是怎樣寫信。我的眼鏡在那兒？嗯！是寫的「親愛的妹妹！」麼。不錯。』

老頭子沈默起來了；他將兒子的信讀完後，便放於桌上，又將肩毛揚起，臉上浮出驚異的表情，默然地在室內回來踱方步。隨便地把信又讀了一次，深思地用手指頭輕敲桌面，一面說道：

『這封信並不壞——很老實，一個廢字也沒有。啊？恐怕他在那寒冷地方老實長堅強了。在那邊冷得異常。等他來，我們看看他的面容罷。這是很有趣的。是的。在大衛的詩篇中論到他兒子的玄妙說：「神使我的仇敵踏回時」——我不記得下文是什麼了。「我仇敵的武器終於變鈍了，他的記憶在號哭中消滅了。」啊，我們要和和平平地與他談話。」

老頭子努力想鎮定地講話，並想裝出一種輕蔑的微笑來，然而微笑總浮不上臉來；他臉上的縐紋激怒地戰慄着，一對小眼睛帶一種特別的光亮。

「妳再寫一封信給他，祿寶福克。妳給他寫明「回來！不要怕回來！」」

祿寶福又寫了一信給塔拉斯，但這一次的信簡短而更落着，她現在天天等着回信，努力自己幻想她這位神祕的哥哥是怎樣的一個人。以往她每想到他時，便心中難過，並抱有一種信徒想到殉教者，想到過正直生活的人們時所懷抱的那種嚴格的尊敬之感；但現在她畏懼他，因為他由悲痛苦難的代價，與毀於流刑中去了的青春的犧牲，已獲得了裁判人與生活的權利。他來到時，定會問她：

「妳是出於妳自由意志因愛而結婚，是的麼？」

這末一來，她將對他怎樣講呢？他能原諒她心中的懦弱嗎？而且她為什麼要結婚呢？未必這就是她要改變生活，所能做到的一切事嗎？

在那女子的頭腦中，憂鬱的思想一個復一個地湧了上來，使她困惑而苦惱。雖然她的心神不寧而帶神經質，雖然她幾乎忍不住眼淚，已經瀕於絕望之境，但她依然，雖是半意識地，好好遵照她父親的吩咐作事；將桌上擺滿了古時的銀器與貴重的精製水晶器等，自己穿上了一件鐵色的綢衣，並又坐於鏡臺前，將大的翡翠戴於耳上。這翡翠是古勒金司基伯爵家的家寶，與其他的許多貴重物品一同押在馬亞金手中的。

在鏡中望見自己的興奮的面容——豐滿紅潤的嘴唇襯着蒼白的兩頰，益發現得紅了，一面又審視那緊緊裹於綢衣中的華美的上身，她覺得自己已具有引起任何男子注意的美貌與價值。在她耳上閃光的綠色寶石好像是多餘的東西，令她很不悅，並且她又覺得，那寶石的閃光落在頰上，成了一種細的黃色影子。於是她從耳上將翡翠取下，又戴上了一對小的紅寶石，同時並想到斯莫林是怎樣的一個人。他的性質如何？嗜好如何？他也看書麼？

隨後，她有些不歡喜眼睛四周的黑圈，她遂開始來很小心地在黑圈上塗粉，但沒有一分鐘不想到爲一個女人的不幸，且又責備自己缺乏意志。當眼睛四周的黑圈已隱於一層白粉下時，祿寶爾又覺得，她的眼睛因此便喪失了它們的光明，她遂將粉拭去了。鏡中最後的一瞥，使她確定了，她已非常美麗，宛如松樹因強壯與堅實現得美一樣。這種愉快的自覺，使她興奮的心情，稍稍安靜了一些，她遂擺出一個知道自身價值的富裕新娘的穩重步伐走入餐室去了。

她父親與斯莫林早已來到了。

祿寶福在門閾上稍站了一下，嫵媚地眯了眯眼，傲然地抿了抿嘴唇。斯莫林由椅上站起來，向着她走了一步恭敬地鞠了一躬。她很滿意這個低而有禮貌的鞠躬，同時也很滿意與斯莫林的恭敬有禮的身軀十分相合的那件貴價的常禮服。他並沒有大改變——依然是個頭髮剪得很短，臉上長有雀斑的紅髮青年；只不過他的口髭長了些，眼睛現着長得更大了。

「現在他長改變了，唉？」馬亞金指着新郎這樣對他女兒說。斯莫林則微笑着與她握手，一面用一種很響亮的上低音說：

「我想妳尚不曾忘記妳舊日的朋友吧？」

「那些事你們以後再談罷，」老頭子用眼睛過細凝視他的女兒這樣說。「祿寶羯，我們還有幾句話談，妳就在這兒預備擺飯罷。啊，亞弗利肯•米特利其，你解釋給我聽罷。』

『很對不住妳的，祿寶福。亞可夫利弗納。』斯莫林文雅地說。

『請不必客氣，』祿寶福說。

「他有禮貌又聰明，」她心中這樣想，於是一面由桌前走至碗廚前在室內去來地走動，一面留心傾聽着斯莫林的談話。他柔和而帶自信地講，話語中含的那種率直處，令人感覺得出他對於談話對手的謙遜態度。

『四年之久，我用心研究俄國皮革在外國市場中的情形。那種情形眞是憂愁而可怕的。約在十年前，我國皮革在外而被人認爲標準的物品，但現在別國對於我國皮革的需要，不斷地在減低，而且價格的低落當然是與這相並而行。但這是十分自然的事。因爲缺乏資本與智識，那些小本造革人不能將他們的出品提高到相當的標準，而且同時更減低價格。他們的製品極端惡劣，價格又高。將俄國是最上等的鞣皮產者的名譽毀壞了的，完全應歸他們負責。總之，那些小生產者，因爲缺乏技術上的智識又缺乏資本，所以便立於不能依據技術的發達而改良出品的地位了。這種生產者，乃是國家的不幸，乃是國家貿易中的寄生物。』

『嗯！』老頭子一隻眼望着客人，一隻眼望着他的女兒，口中這樣哼着。『那末現在你的意見是要建築那麽一個極大的工廠，至其他的人都要破滅嗎？』

『哦，不是！』斯莫林說着，用手稍稍搖了一搖以打斷老頭子的話語。『爲什麽要侵害旁人呢？我有什麽權利這樣作？我的目的，是要提高俄國皮革在國外的重要與價値，因爲在這一點上，我已修養得有關於製造的智識，所以我打算建築一個模範工廠，使市場上充滿了模範製品。這是國家的商業上的榮譽！』

『需要很大的資本嗎，你說？』馬亞金深思地問。

『大約要三十萬。』

『父親不要給我這多嫁奩，』祿寶福心中這樣想。

『我的工廠中也要製造革品貨物，例如皮箱，皮鞋，馬具，皮帶以及其他種種。』

『你以爲能有百分之幾的利益呢？』

『我並不是以爲，我乃是根據俄國現狀下的一切確實的可能所計算，』斯莫林深刻地說。『生產應當如製造機器的技師一樣，嚴格地實際化。如果人要眞而目地做一件眞而目的事，就是最小的螺旋上的磨擦力也要計算進去。我可以將我根據對於俄國牧畜業與肉的需要的我個人的研究所積成的一本小手記給你看看。』

『啊，有那種事情！』馬亞佥笑了。『把那手記簿帶來我看看，那是有趣的事！看起來，你並不會在西歐浪費你的時間。呀，現在讓我們來依俄國式吃點什麼罷。』

『妳平常的生活如何，祿寶福．亞可夫利弗納？』斯莫林將刀叉拿在手中時這樣問。

『她在這兒與我一路很是寂寞的，』馬亞佥代他的女兒回答了。『她替我管家，我的一切家務都在她兩肩上，所以她沒有時間去自己享樂。』

『我應當加上一句，而且又沒有地方，』祿寶福說。『我又不歡喜商人們那些跳舞與茶話會等。』

『豈不是還有劇場嗎？』斯莫林問。

『我很少去。而且又沒有一個與我同去的人。』

『劇場！』老頭子說。『請教，現在常時將商人演爲一個野蠻的獃子，這是何故呢？雖然演來很有趣，但令人難解，因爲那是不眞實的－假如我是市會的會長，又是商界的巨頭，而且也是那個劇場的所有主，那末我仍是一個獃子麼？我看舞臺上演的商人，毫與事實不相符合－當然，在他們演什麼歷史的東西，例如：伴有歌曲與舞蹈的「獻給沙皇的生命」，或是「漢姆列德(Hamlet)」，「女巫」，或「法斯利沙」等時，眞實的表演是不需要的，因爲它們是過去的事而與我們無關。無論眞與不眞，只要演得好就無旁的問題了，但表演近代物時，就不能不眞實－要將人依實情表現出來。』

斯莫林唇上浮着貪得的微笑傾聽老頭子的談話，一面又向着祿寶福投射一種視線，好似請她駁斥她父親一樣。她稍感有幾分困惑說道：

『但是，爸爸，商人階級中的大部份的人，豈不都是沒受教育而又野蠻嗎。』

『不錯，』斯莫林惋惜地說，一面又肯定地頰了頰頭，『那就是其中可悲的實情。』

『例如福瑪，』女子繼續說下去。

『哦！』馬亞金喊道。『你們是年輕人，你們可以手中拿着書看。』

『妳不曾參加任何社交團體麽？』斯莫林問祿寶福。『本地很有不少的社交團體。』

『是的，很有不少社交團體，』祿寶福說着嘆了一口氣，『但我幾乎是隔開一切在過活。』

『管理家務！』父親從中插嘴說。『我們有這麽許多各種各類的東西，一切都必須要整理清潔，有秩序，又要當心看管。』

老頭子現出一種自滿的神情，首先望着那擺設有精製的水晶器與銀器皿等的食桌，後又轉向那裝架被各種器皿的重量幾乎要壓斷了，而又令人想起商店飾窗內之陳列的碗廚，點了點頭。斯莫林看出了這一切，一種譏刺的微笑開始浮於他的唇上。他望着祿寶福臉上瞥了一瞥；在他的視線中，她看取了有幾分對於她友愛而同情之意。

一種輕微的紅潤浮上她的兩頰，她帶着膽怯的歡悅內心中自己獨語道：

「感謝上帝！」

沈重的青銅燈上的火光，照在水晶花瓶的四周，現在現得照的更輝煌，而且室內也變得更明亮。

「我歡喜我們這個親愛的古城！」斯莫林臉上浮着好意的微笑望着那女子這樣說，「它是這般美麗，這般有生氣；它有些引起人要工作的歡愉之處。在其中，人彷彿是過的一種確勇的生活。人感覺得要多作工並且要下力作工。而且它又是一個見多識廣的城市。只看我們這兒所發行的新聞是多麼實際呀。我們打算收買這種新聞。」

「你說的你們是指誰？」馬亞金問。

「我，仵爾芳則夫，和希廚金——」

「那是可稱揚的事！」老頭子用手急拍着桌子說。「那是非常有用的事！要塞住他們的口，現在正是其時，好久以前都應當趕急這樣辦的！特別是那個亞覺夫；他好像一把尖齒的鋸子。你們只要收拾收拾他！而且還要辦得好！」

斯莫林又向祿賓福投射了一綫微笑的目光，她的心再一度地因快樂顫慄起來了。她羞得滿面通紅對他父親說，但內心中她是向新郎講話：

『依我所能理解的，亞弗利肯，德米特里維支，決不是如你老所說要塞住人的嘴，才收買新聞。』

『那末，是爲什麼呢！』老頭子問着聳：聳肩。『新聞中除了空談與煽惑而外，什麼也沒有。當然，如果實務上的人，商人自身來執筆的話——』

『一種新聞的發行，』斯莫林打斷老頭子的語話，開始訓誨似的說，『單由商業的見地來看，或者是一件很有利的事業。然而在這之外，新聞還有另一項重要的目的——卽是保障個人的權利以及實業與商業上的利益。』

『那正如我所說的，如果商人自身來辦新聞，那末一來，新聞就有用了。』

『爸爸，請你原諒我，』祿寶福說。

她開始感覺得有在斯莫林面前表白自己的必要，她要使他相信，她明白他話語中的意義，她並不是一個只留心裝飾與跳舞的普通商家的女兒。斯莫林令她很滿意。

這是她第一次得見一個商人，在國外住了許久，思索得這般深刻，舉止有禮，穿戴整齊，且又對她的父親——城中最聰明的人——以一種大人對小孩講話似的低就口調講話。

「結婚後，我要請求他帶我到國外去走走，」祿寶福突然這樣想，於是因這個思想心中困惑起來，她竟將她打算與她父親講的話忘掉了。滿臉漲得通紅，她緘默了幾秒鐘，被一種生怕斯莫林將她這種緘默會意得與她不利的恐怖攫住了。

『你老談話談上了勁，竟忘記了敬客人一杯酒，』她在數秒鐘痛苦的沈默後，說出了一句話。

『那是妳的事情。妳是女主人？，』老頭子這樣反駁着。

『哦，請不必麻煩！』斯莫林激動地說。『我差不多一點酒也不飲的。』

『眞的嗎？』馬亞金問。

『完全是眞的！有時我在疲乏了和有病時，也飲一兩杯酒。但爲飲酒取樂，那種事我理解不透。對於一個有教養的人，此外尙有許多有價值的娛樂。』

『我想，你是指女人吧？』老頭子瞬了瞬眼說。

斯莫林的兩頰與頸項都因躍於他臉上的顏色變紅了。眼中帶着乞宥的神情，他向祿寶福望了望，便淡然地對她父親說。

『我是指戲劇，書籍，與音樂而言。』

祿寶福聽着這兩句話，滿面映出了歡喜的神色。

老頭子側目望着這有價值的青年，鋒銳地微笑後，又突然亂言道：

『唉，人生都向前進展了！從前，狗子總歡喜啃麵麭皮的，但現在，連小狗都覺乳酪太淡；請原諒我這種酸辣的評言，但這說來十分相襯。這並不是正指你，我是就一般而言。』

祿寶福臉色變得蒼白，非常驚懼地望着斯莫林。但他却態度鎮靜，正在審視一個嵌有瑤瑯細工的舊式鹽盒子，一面又撚着口髭，彷彿不曾聽着老人的話語似的。然而他的眼睛變得更黑，嘴唇緊緊地振住，削剃清爽的頤頑強地向前突出。

『啊，我的未來的領袖製造者，』馬亞金宛如無事地這樣說，『有了三十萬慮布，你的事業就會像一樣煥發起來麽？」

「而且在一年半之內，我就要將人們所切望的第一批製品運出去，」斯莫林簡單而帶着不可搖動的自信說，他的眼睛則含着冷然與穩靜的神情望着老頭子。

「惟願這樣；就是斯莫林與馬亞金公司，此外再無傍的什麽嗎？只是現在圖企一種新事業，對於我，未免有些太晚之慨。我敢說墳墓老早已爲我預備下了；你的意見如何呢？」

在應答話之際，斯莫林却發出了一種豐富，漠然，而冷淡的笑聲。隨後他說道：

「哦，不要講那些話。」

老頭子因他這一笑毛髮悚然，恐怖得向後一退，但身子的震動微弱得幾乎是眼睛看不出來的。「必須要想到那些事。我是不能不想到的。」他揚起頭來，將他的女兒和新郎嚴密地眺望了一會，便由椅上立起身來，嚴肅而梗直地說：「我暫時要到我小書房裏去一會。我想，沒有我，你們决不會感覺寂寞的。」

於是他彎着背垂着頭，以沈重的步伐走出去了。

剩下的這一對青年男女，彼此交換了一兩句無意義的話，而且他們也顯然地明白這只不過幫助他們兩人更互相遠離起來，於是他們保持着一種苦重，拙劣，好似期待什麼的沈默。祿寶福拿起一個蜜柑來，開始像煞有介事地剝着皮，斯莫林則兩眼下俯，審視他用左手小心撫摸的口髭，既而又玩弄着小刀，但突然間他將聲音放低問女子說：

「請原諒我輕率無禮。很可以看得出來，妳與令尊住在一路，對於妳眞是非常困難的，祿寶福·亞耳夫利弗納。令尊是一位抱有舊觀點的人，而且，請原諒我，他又很頑固！」

祿寶福戰慄了她眼中浮着感激的目光望了望那紅髮男子說：

「是不很容易，但我已經過慣了。然而他也有他的好點。」

「哦，那當然的！但對於妳這樣美麗，年輕，又受了教育，而且妳又抱有妳自己的觀點的人！妳知道嗎，關於妳的事，我已稍稍知道一些。」

他的微笑那般和藹而有同情，他的聲音又是那般柔和，一種慰人心靈的溫暖充滿了室內。在女子心中，對於尋求幸福，以及對於由獨孤的嚴密俘虜中解放出來的膽怯的希望，燃得益發益發輝煌了起來。

十二

一層濃密的灰色霧飄浮於河面，一隻不時發出一聲低沈的汽笛聲的汽船，緩慢地溯流而前。帶一種單調蒼白色的濕而冷的雲彩，由四面八方把汽船包住，壓倒了一切的聲響，將它們消融於那混亂的潮濕中。作信號的軋軋震耳的吼叫聲，成了含糊而淒慘的翕翕聲，而且汽笛中迸出時又異樣地短促。這種聲音彷彿在那浸滿了沈重濕氣中尋不出地盤，於是潮濕而窒息地向下沈落。汽船舵輪的擊水聲，變得那般古怪低沈，彷彿它並不是由近處，船的兩邊，發出的，而乃是由深處的什麼地方，河的黑底上發出來似的。由汽船上，人不但看不見水，也看不見岸，也看不見天；一種深灰的黑暗從四方包圍着它；無影，又單調得可怕的這種黑暗，是靜止不動的，它以不可計算的重量壓着汽船，使它的行動弛緩，而且看起來，好像它正準備着像吞聲音似的，將汽船也吞了下去。雖然汽船的外輪在水上擊出了一種不甚明亮的響聲，雖然船身也在按時間地搖動，但看起來，宛如汽船是在一個地方痛苦地掙扎着，在苦悶中窒息着，像一個神話故事中的怪人行最後一次的呼吸似的發出嘶嘶之聲，在死底劇痛中咆哮，在死底恐怖中痛苦地咆哮着一樣。

汽船上的燈光毫無生氣。桅杆上的燈的四周，形成了一塊黃色的死沈處了。這盞燈全無光輝，懸在汽船上的濃霧中，除了灰色的霧層外，什麼也沒照耀出來。右舷上的紅色燈光，好像被人將眼珠打出來了的一隻大眼睛，瞎了，到處都染有血痕。由船上窗中射出來的暗淡光線，落於濃霧中，但只點染了它在船上面的冷而凄然的領域——船已由四面八方被死寂而令人窒息的溼氣之塊包圍住了。

煙突中放出的煙向下落，與霧的碎片一同穿入甲板上的一切罅隙中，甲板上的三等乘客，正默然地將他們自己裹在他們的襤褸中，大家像羊子似地結成一羣一羣。由船機器的附近，漂浮出低沈而緊張的呻吟聲，銅鈴的玎璫聲，和機器師的不相連貫的字句與命令的低沈聲音：

『對的——開慢—對的——半速度—』

在船艄上堆滿了醃魚桶的一隅上，一個小電燈光下，聚有一羣人。這些都是很嚴肅，穿得整齊而溫暖的鄉下人。一個人面朝下地躺在一條凳上；另一個坐在他的脚頭，更有一個背靠着桶站着，還有兩個則平坐於甲板上。他們的深思而謹厚的面孔，都向着一個穿一件褪成了黃色的短袈裟，戴一頂破皮帽的圓肩臂的人望着。這人坐於幾口箱子上，彎着背，用一種低而自信的聲音說：

『上帝的長期的忍耐終會完結，那時他就要向人們大發烈怒。我們在他面前好像蟲一樣，我們怎能停息他的忿怒，我們如何能向他哀求慈悲呢？』

福瑪因爲抑鬱不過，已經由他房中走下甲板上來了，並且他在那些蓋有油布的貨物蔭處已站了好一會，傾聽着那說教者的訓誨柔和的聲音。因他在甲板上散步時當見了這一羣人，那香客的樣子又引起了他的興趣，所以他便在附近停住了脚。他那高大強壯的身體，嚴肅的黑面孔，和那一對大而冷靜的眼睛，福瑪看來覺得有些而普之處。由頭巾處向下披落的灰色鬈形頭髮，成厚密的環圈形紛披着的蓬亂而如叢林的髯鬚，彎如鈎形的長鼻，尖耳朵，厚嘴唇等——這一切，福瑪都已曾經看見過，只是他想不出是在何時與何地。

「不錯，在上帝面前我們都是罪惡深重的！」一個鄉下人深深嘆了一口氣說。

「我們必須要祈禱，」躺在凳子上的那個鄉下人用一種幾乎聽不分明的聲音喃喃着。

「未必你能夠用祈禱的言辭將你靈魂上的罪惡刮除嗎？」一個人大聲這樣喊着，聲音中幾乎含有失望之音。

團於香客四周的那一羣人，誰也沒因這個聲音掉過頭來望望，只是將他們的頭益發低垂於胸膛上，大家好一會都沒動彈，也無聲響。

那香客的一雙藍眼睛帶一種嚴肅而默想的視線將他的聽衆打量了一回，便低聲說道：

「敍利亞人埃弗利姆說過：「以靈魂作爲思想的中心，用欲脫離罪惡的渴望激動自己。」』

如此說後，他又將頭垂下，慢慢用手指數着玫瑰念珠。

『那卽是要我們用思想，』鄉下人中之一人這樣說；『但一個人在世間上過活着，那有閒時間來思想呢？』

『我們四周都是混亂無次序的。』

『我們必須要逃到沙漠中去，』躺在凳子上的鄉下人說。

『那决不是每個人都做得到的事。』

鄉下人們談講一會後，又都默然了。一聲尖銳的汽笛聲響了，機器傍一個小銅鈴開始發出玎瑺之聲。一個人的高呼聲喊道：

『啊，唯；去量水呀。』

『哦，上帝—哦，天上的皇后—』——一聲深長的嘆息聲響了。隨卽一種低沈半窒息的聲音喊道：

『九—九—』

一團一團的濃霧向甲板上衝來，好像冷的灰色的煙浮於甲板上。

『啊，善人們，請你們聽聽大衞王的聖言，』香客說着，搖了搖頭，遂清晰地唸道：

『「上帝阿，求你因我的仇敵，憑你的公義引領我；使你的道路在我面前正直。因爲他們的口中沒有誠實；他們的心裏滿有邪惡；他們的喉嚨，是敞開的墳墓；他們用舌頭諂媚人。上帝阿，求你定他們的罪，使他們因自己的計謀跌倒。」

『八—七—』這些喊聲像哀哭聲似的在遠處響了起來。

於是汽船開始忿怒地發出綷縩綷縩的聲音，速度也弛緩了。汽船上的綷縩綷縩之聲壓倒了香客的話語聲，福瑪只看得見他的嘴唇在動。

『起來！』一個大而憤怒的喊聲說。『這是我的位子！』

『你的在這兒！』

『你的麽？』

『我要敲掉你的牙床；你就會尋着你的位子的。好一位紳士老爺呀！』

『走開！』

繼續着便是一陣吵鬧聲。傾耳於香客的那些鄉下人，都將頭掉向喧嚷那方，香客嘆了一口氣遂默然了。機器近傍，一陣高聲活躍的爭鬧燃燒了起來，宛如乾枝投於將熄滅的爝火上，着了火焰一般。

『惡魔們，我來把給你們！你們兩個都走開。』

『把他們帶到船長那裏去。』

『哈！哈！哈！那對於你們，才是一個好辦法！』

『他在頸上打的一掌眞不錯！』

『水手們都是一些滑頭東西。』

『八！九！』那個拿着最水竿的人喊着。

『是的，增加速度！』機器匠的高喊聲響起來了。

福瑪因爲汽船的震動，他的身子也搖動起來了，於是他靠在汕布上，注意傾聽他四周的一切聲響。所有的一切，都混合成了他所熟悉的一幅畫景。

穿過濃霧與狐疑，四周都圍的是目光看不透的陰暗，人的生命在緩慢而苦重地向着什麼地方移動。人們因他們的罪惡憂愁，深深地嘆息，又爲一個溫暖的地方爭鬬，而且互相詢問擁有這地方的理由，也被那些欲在生活中維持秩序的人鞭打。他們怯然地尋求一條達到目的的自由之路。

『九一八一』

哀號的喊聲柔和地漂過船面。香客的祈禱被人生的騷音沈下去了。沒有方法解除憂愁，那些想到自己的命運的人，也毫得不着快樂。

福瑪覺得很想與這個香客談話，他那低聲說出的話語中，響有對於上帝的誠實恐怖，以及在神面前人所有的一切懼怯，那香客的和柔而帶訓誨的聲音中有一種特別的力量，迫使福瑪傾耳於他的低沈的聲調。

「我很想問一問他是住在什麼地方的，」福瑪一眼不眨地注視那個腰屈背的大漢子心中這樣想。「我以前是在什麼地方看見過的呢？他的面貌與我的什麼熟人有些相似呢？」

突然間，一個念頭特別活躍地打動了福瑪的心，他覺得，那個說教者就是老頭子亞納尼・夏廚洛夫的兒子。因這種猜測心慌起來，他遂走至香客面前，在他傍邊坐了下來，坦然地問道：

「神甫，你是由伊爾意誌地方來的麼？」

香客抬起頭來，緩慢而苦重地將臉轉向着福瑪凝視了一會，便用鎮定而柔和的聲音說：

「我也是住在伊爾意誌地方的。」

「你是那地方的人麼？」

「不是。」

「你這一次是由那地方來的麼？」

「不是，我是由聖・約提汾地方來的。」

談話至此中斷了。福瑪沒有勇氣詢問他是否夏廚洛夫的兒子。

「因爲霧的關係，我們會遲到，」一個人說。

『遲到，我們又有什麼辦法呢！』

大家都不言語地看着福瑪。年輕，美貌，穿得整齊而華美的他突然出現於他們之中，引起了旁觀者的好奇心。福瑪覺得這種奇心，也明白他們都在候他發言，要懂得他何以到他們中間來了的，這一切都令他困惑令他惱怒。

『神甫，我覺得，我以前在什麼地方會見過你的，』他終於這樣說了。

於是香客槃也不望他一下答道：

『或者是會見過的。』

『我很想與你談談，』福瑪低聲怯然地說。

『好罷，那末，談罷。』

『你隨我一路來。』

『到那裏去？』

『到我房間裏去。』

香客在福瑪臉上，沉默了一會後便答應說：

『去罷。』

起身走的時候，福瑪覺得那些鄉下人都目送着他的背影，現在他很高興知道他們都注意他。

在房間內，福瑪低聲問道：

『你想喫點什麼嗎？告訴我。我可以吩咐人拿來。』

『我什麼也不喫。你有什麼事呢？』

這個穿一件因年歲過久變成了紅色並且滿是補綴的袈裟的雕瓿而衣衫襤褸的人，用一種哀求的目光觀察着室內，當他在那裏有絲絨的沙發上坐下時，他將袈裟上的裙拉起，好像怕被絲絨染污了一樣。

『請問神甫的尊姓大名？』福瑪注視那香客臉上的哀求神色這樣問：

『米浪。』

『不是米克哈麽？』

『何以是米克哈呢？』那香客問。

『在我們城裏，有一個商人夏廚洛夫的兒子，他也是跑到伊爾息誌去了。他的名字，叫米克哈。』

福瑪說時一眼不移地釘住米浪；然而他却鎮定得似一個又聾又啞的人。

『我從來沒會見這樣的一個人。我記不得，我從來沒會見過他，』他深思地說。

『那末，你是要詢問他的事。』

『是的。』

『但我從來不曾會見過米克哈，夏廚洛夫。啊，請你看耶穌面上，原諒我能！』

香客由沙發上立起身來，向福瑪行了一鞠躬禮，即向着房門處走去了。

『但請等一等，坐下來，我們稍稍談談罷！』福瑪不安地趕上香客這樣喊着。香客搜索地凝視着他，也就在沙發上坐下了。

由遠處送來了宛如深長鳴咽聲的一種低沈的聲音，這種聲音過後，立時便是汽船的信號笛帶恐怖地上福瑪和那客人頭上，拖長地響了起來。遠方又傳來了一聲現得更遠的答聲，於是頭上的汽笛再一度地發出了斷斷續續而怯然的響聲。福瑪將窗打開了。透過濃霧，離他們的汽船不遠，有點東西發出沈重的聲音向前移動；點點的奇異燈光由傍邊飄過，霧層被激動了，但馬上旋又歸於死一樣的沈寂。

『好可怕呀！』福瑪將窗關上說。

『有什麼可怕的？』香客問。

『你看！不是白晝，也不是黑夜，沒有黑暗，也沒有光明！我們什麼也看不見，我們不明白是向那兒駛去，我們在河上迷失了路。』

『只要你心中有內在的火，只要你靈魂中光明，你就能看得淸一切了，』香客嚴肅而訓誨地說。

福瑪很不歡喜這幾句冷然的話，他側目望了望那香客。那人垂着頭靜靜地坐着，彷彿在沈思與祈禱中呆住了，玫瑰念珠在他手中發出輕微的沙沙之聲。

香客的態度使福瑪胸中馬上有了勇氣，於是他說道：

『神甫米浪，請你告訴我像你這樣有完全的自由，工作，無親眷，獨自一人流浪地過活，是很好的事麼？』

神甫米浪抬起頭來，像小孩子的愛撫的笑似的柔和地笑了。他那因風與日光曬紅了的滿個面孔，都因內在的歡喜煥發起來，而閃着和平的快樂之光。他用手觸着福瑪的膝頭，用一種誠懇的聲調說：

『將一切世俗之事拋開，因爲其中毫無快樂。我是向你講的正對的話——離開邪惡。想你記得詩篇上所說的：「不從惡人的計議，不站罪人的道路，這人是有福的。」拋開世俗，在孤寂中休憩你的靈魂，使你心中充滿了懷想上帝的念頭。因爲只有想念他，才能救你的靈魂脫離邪惡。』

『那並不是我的意思！』福瑪說。『我沒有做到得救的需要。未必我犯了很多罪嗎？你看看旁的人我所想望的，是要明白事物。』

『倘若你拋開世俗，你就會明白的。走上自由之道，走到曠野，草原，山上去。走去由遠方，由你的自中來觀看世俗。』

『那才是對的！』福瑪說。『那正是我所想的。人由旁邊才能看得更清楚！』

米浪毫不注意福瑪所說的話，他只自己低聲講着，好像是在講述只有他，香客一人知道的什麽大神祕一樣。

『圍繞你四周的那假寐的密森林，要開始發出可愛的沙沙之聲講到上帝的智慧；上帝的小鳥也要在你面前歌唱神的神聖光榮，而且草原上的草也要向聖母焚香。』一香客的聲音，一時提高了，因過於情感而顫抖，一時又沈爲一種神祕的喃喃聲。他彷彿變年輕了；他的眼睛那般自信而明亮地閃着光，他臉上煥發出一種幸福的微笑，這種微是人的快樂尋着了表現，而正在傾吐時所發出的。

『上帝的心在每一個葉片上怔忡；空中地上的一切蟲類，都呼吸上帝的聖靈。上帝，主，耶穌基督無所不在！地上是多麽美麗呀，那原野中，那森林內！你曾到過克爾鍛質麽？那兒有一種無可比擬的寂靜降臨着，那兒樹林花草眞像樂園中的一樣。』

福瑪傾聽着，他的幻想被這種靜默而有魔力的敍述擒住了，在他眼前描繪出了那充滿美與安慰靈魂的寂靜的廣大原野與稠密的森林。

『你躺在一個小叢林下望一望天空，便向着你下降彷彿渴望着要擁抱你一樣。你的心靈是溫暖的，充滿了安靜的快樂，你對什麽也不希求，對什麽也不猜忌。並且你眞實地感覺得，地上只有你與上帝而已。』

香客說着，他的聲音和他那單調的話語，令福瑪想起了安妮霞姑母的那些不可思議的神話故事。他感覺得，彷彿是在個炎熱的天日，行了一段長路後，飲着森林溪流中的透明的冷水，這水中含有它所沖浴過的草與花的芳香。並且這些幻像在他眼前逐漸地愈展愈寬了；這兒有小徑穿過那厚密而假寐的森林；美好的陽光透射過樹枝，在空中和漂泊者的脚下閃動着。腐爛的樹葉與菌的香味；花的甜美的馥郁，松樹的濃重氣味成一股溫暖豐富之流不可見地昇到空中穿過人的胸膛，一切皆是默然的；只有鳥兒在鳴，這種寂靜是這般不可思議，使人感覺得，就是那些鳥兒也彷彿是在自己胸中歌唱一樣。人悠悠和和地走着，人的生活宛如一夢。但在此地，一切都被包於灰色死沈的霧中，人們愚笨地在其中掙扎，渴望着自由與光明。那兒在下面，他們已開始用幾乎難以聽明的聲音歌唱；半是祈禱，半是歌曲。一個人又喊叫怒駡起來了。他們依然在尋找道途：

『七零二分之一。七！』

『而且你毫無罣慮，』香客說着，他的聲音像溪水似的喃喃着『任何人能給你一些麵包皮；此外在你的自由中你還需要什麼呢？在俗世上，罣慮落在心靈上好似桎梏一樣。』

『你講得很好，』福瑪說着嘆了一氣。

『我親愛的兄弟！』香客低聲說着，更向福瑪這方移近了一些。『既然靈魂已經醒來了，既然它渴望自由，那就不要用強力催它睡眠，你要傾聽它的聲音。世間上雖然有誘惑，但它毫無美麗與神聖之處，如此，何以要服從世間上的規律呢？在約翰克利沙士湯姆中有話說：「眞正的西倩納即是人！」西倩納是一個希伯來字，它的意義是聖者之聖。因之——』

汽笛的一聲拖長的尖銳刺耳的嗚喚將他的聲音壓倒了。他傾聽着，急忙由沙發上站起來說道：

『我們快到岸了。這是剛才的一聲汽笛所報告的。我必須要下去！啊，再會，兄弟！惟願上帝賜你力量與毅力，使你依照你靈魂的意志行事！再會，我親愛的青年！」

他向福瑪深深地行了一鞠躬禮。他的告別話語與鞠躬中，有些女性的，愛撫的，與溫柔的地方。福瑪也向他深深回了一鞠躬，隨後他垂着頭，手恐於棹上站着，呆若木雞了。

『你在城裏的時候，請來玩玩，』福瑪對香客這樣說，此時他已慌忙地在扭房門的把手了。

『我來！我要來的！再會！上帝保佑你！』

汽船的邊端接近碼頭時，福瑪跑到甲板上來開始向下面的霧中眺望。人們正由汽船上走下跳板去，但福瑪在那包於濃暗中那些黑色姿影中，分辨不出那香客來。那一切離開汽船的人們，看來都是同樣的模糊不淸，他們都是迅速地消於視線之外，彷彿在那灰色濕氣中融化了一樣。人看不見岸，也看不見什麼堅實的東西；跳板因汽船的震動而搖盪；上面那燈光黃色點搖來搖去；人們的脚步聲和騷嚷低而不明。

汽船離了陸慢慢地向暗中駛去。香客，碼頭，人聲的喧嘩——這一切好似一夢地都突然消逝了，那兒依然只有濃霧與在其中笨重地轉動着的汽船。福瑪凝視他面前的霧之死海，心中想着那藍色，無雲而溫暖得令人感着愛撫的天空——這天空在何處呢？

次日約在中午的時候，福瑪坐於亞覺夫的小房內，傾聽着由他朋友口中講出的地方新聞。亞覺夫爬到那報紙堆集如山的桌上，一面將脚搖擺着，一面口中講道：

『選舉戰已開始。商人們都推你的教父爲市長——那個老惡魔。眞像惡魔一樣，他簡直成了不死之身，他現在恐怕已經有一百五十歲了。他把他的姑娘嫁給斯莫林。想你還記得那個紅髮男子。人們說他是一個很好的人，但如今速滑頭光棍，人們都說是很好的人，因爲現在沒有什麼人物了！亞弗利肯西克裝做思想進步的人，而且他已經想法加入智識階級中去了，他對某種事業上捐助點什麼，於是馬上便成了人所注目的人物。由他的面孔看來，他是一個最高等的滑頭，但他也要演很重要的一役，因爲他明白如何適應環境。不錯，朋友，亞弗利肯西克是一個自由主義者。一個自由主義的商人，乃是狼與豬的混血兒。』

「不管那些東西的事罷！」福瑪漠然地搖着手說。「我與他們有什麼關係？你自己這樣——你依然在繼續飲酒嗎？」

「是的！我爲什麼不飲酒呢？」

半身穿着衣服頭髮蓬亂的亞覺夫，看起來好像一個剛剛鬥過而尚沒從鬥爭的興奮中回復過來的鬥雞一樣。

「我飲酒，是因爲我時時要用酒來澆熄我受了傷的心中之火。但你，你這根潮濕的殘幹，你漸漸要燒完了呢？」

「我必須要到老頭子那兒去一去，」福瑪蹙着額說。

「大膽地去罷！」

「我覺得不願意去。他又要開口來教訓我。」

「那末，不去好了！」

「但我不能不去。」

「那末，去好了！」

『你爲什麼總是裝丑角？』福瑪很不悅地說，『眞好像你實在是很快活』

『對你講，我實在感覺很快活！』亞覺夫由椅上跑下來說。『我昨天在報紙上將一位紳士眞嘲弄得痛快極了。而且——我又聽着一段絕妙的珍聞：一羣人坐在海岸上終久講到人生論上來了。於是一個猶太人對衆人說道：「諸位，你們何以採用那許許多多的話語呢？我馬上用一句話就能向你們講明了：我們的生活一文錢都不值，正像這個風暴的海一樣！」』

『唉，你眞是……！』福瑪說『再見。我走了。』

『走罷！我今天的心情非常好，我不會與你一路悲歎的，所以你更是不要悲歎，好好地呻吟好了。』

福瑪走後，剩得亞覺夫盡量高聲地唱着：

「擊着大鼓而且不用怕罷。」

「大鼓麼？你自己就是一方大鼓，」福瑪慢慢地走出街頭心中憤憤地這樣想。

到了馬亞金家中，他會見了祿寶。她興奮而活潑地突然走到他面前急促地說：

『是你麽？我的天！你的臉色好蒼白呀！你長得多瘦呀！看起來，你只怕是過的一種很不錯的生活。』

她的面容隨卽因恐怖變得扭曲着，她用一種幾乎是耳話的低聲驚呼道：

『唉，福瑪。你不知道。你聽着沒有？有人在按門鈴。恐怕這就是他。』

她由室內衝了出去，剩下了那在在卆響着的她的綢裙的沙沙之聲，和那還沒來得及問她父親的所在的喫驚的福瑪。亞可夫。搭拉數維支在家中。他身穿一件出客的常禮服，胸上掛着獎章，站在門閾處兩手伸出抓住門柱。他的一對綠色小眼睛注視着福瑪。福瑪感覺待視線是落在自己身上，遂將頭揚了起來，於是兩人的目光便對着了。

『你好嗎，我的了不起的老爺？』老頭子非難地搖着頭說。『請問你是由什麽貴地方來的？誰人將你的脂肪都吸去了？莫非眞是豬尋找泥水潭，而福瑪所找尋的地方。却比這更髒嗎？』

『難道你除了這些話，再無旁的話對我講了？』福瑪的兩眼筆直釘在老頭子臉上兇狠地這樣問。突然間，他看出了他的教父戰慄了，他的兩腿發抖。眼睛慌忙地瞬了又瞬，手則用力地抓着門柱。福瑪以爲老頭子發了病，遂向着他那方趕了上去，但亞可夫。搭拉數支繼用一種低而怒的聲音說道：

『站開些。讓路。』

他的面孔上又囘復了平時的表情。

福瑪向後退了幾步，發現了他身傍站有一個矮而強壯的人。這人向馬亞金點着頭嗄聲地說：

『你好嗎，爸爸？』

『你好麼，搭拉斯。亞可夫里支，你好麼？』老頭子點着頭神經錯亂地微笑着說，他的手依然攀着門柱。

福瑪困惑地讓於一傍，在一把靠椅上坐下了。他驚異得呆頭呆腦地大張着眼望着這父子的會合。

站於門口的父親搖盪着他那輭弱的身體，一面兩手遐於門柱上，頭垂在一邊半閉着眼默然地注視他的兒子。兒子立於隔他三步遠的地方，揚起的頭已經灰白了：他皺着眉頭，張着法大而黑的眼睛望着他父親。他的楔形的黑色小頤鬚與小口髭，在那長有與他父親相似的軟骨質的鼻的憔悴而孔上，顫抖着。並且握在他手中的帽子也在顫動。在他肩頭後面，福瑪看見了祿寶的驚恐而愉快的蒼白面容——她帶着懇求的神情望着他父親，好像馬上就要哭起來似的。數分鐘之內，大家無言語也無動靜，都被這過大的感動壓倒了。終久還是亞可夫。搭拉數維支的低但是鈍而戰抖的聲音打破這種沈寂：

「搭拉斯，你已老起來了。」

兒子望着父親臉上默然地笑了，並且用迅速的視線將他由頭至脚打量了一回。

父親把手離開了門柱，向着兒子那方前進了一步，但突然間他眉頭一蹙又將脚停下了。隨後搭拉斯。馬亞金大踏一步走到他父親面前將手給他了。

「啊，我們來互相親吻罷，」父親柔聲提議說。

於是兩個上了年紀的人癡蠻地彼此擁抱着交換了溫暖的吻從才分開了。老頭子臉上的皺紋起了戰抖，中年人的瘦削面孔寂然不動，幾乎現出了兇狠的表情。這種吻對於這一幕的外表上毫無改變，只有祿資福喜的嗚咽起來了，福瑪不知所措地在椅上轉動着，覺得氣都喘不過來。

『唉，孩子們，你們是心中的創傷，並不是它的歡樂，』亞可夫。搭拉數維支用戰抖的聲音這樣抱怨着、而且很明顯的，他這幾句話中含有好幾層意思，因爲他說後卽變得很愉快，而更有精神，並且活潑地對他女兒說：

『呀，莫非妳竟歡喜得融化了嗎？妳不如去爲我們預備點什麼——茶和其他的東西。我們要款待款待這浪子。我的小老人，我想你一定忘車了你父親是怎樣的一個人吧？『

搭拉斯。馬亞金用他那人睜睛內的沈着目光凝視他父親微笑了。身着黑服而默然無言的他，頭與頤上的灰白毛益發明顯地將他的年紀顯示出來。

『啊，坐下罷。你告訴我——你是怎樣在過活，作了一些什麼？你的眼睛望什麼？呀！那是我是教子。伊格拉。哥蒂耶夫的兒子福瑪。你還記得伊格拉麼？』

『我什麼都記得，』搭拉斯說。

『哦！如果你不是講的誇大話，那是很好的。但，你結了婚沒有？』

『我已是一個鰥夫。』

『你有小孩子麼？』

『他們已死了。我曾有過兩個。』

『那可惜得很。不然，我已有孫子了。』

『我可以吸煙麼？』搭拉斯問。

『你吸罷。只看一看，你是吸的雪茄咧。』

『你不歡喜雪茄麼？』

『我嗎？那些對於我都是一樣的。我是說吸雪茄，看起來有些像貴族似的。』

『何以我們要將我們自身看得比貴族低些呢？』搭拉斯笑着說。

『未必我將我們自己看得低什麼！』老頭子贬着。『我說那句話，只不過因爲這樣一個莊重有年紀的人，鬍子剃成外國式，嘴裏含一支雪茄，我覺得未免有些好笑。這樣一個人是誰呢，是我的兒子——嘻，嘻，嘻！』老頭子輕輕拍了拍搭拉斯的肩頭，便跑開了，彷彿怕歡喜得太早，怕這並不是待遇那個半老人的正對方法。他搜索而疑慮地注視他兒子的那四周而有黃色浮腫的大眼睛。

搭拉斯向他父親臉上和藹而溫暖地笑着，又深思地說：

『這正是我所以記得你的地方——快活而生氣。看起來，彷彿在這多年中，你一點也沒改變似的。』

老頭子昂然地將身子挺直，用拳頭擊着胸說：

『我永不會改變，因爲一個明白自己的價値的人，生活對於他是毫無辦法的。你說是不是？』

『哦！你眞是多傲然呀！』

『我一定是與兒子相似，』老頭子做了一個狡滑的佯笑。『你知道嗎，我的兒子因爲傲然原故，十七年之久音信毫無。』

『那是因爲他父海不願聽他所說的話，』搭拉斯提醒他說。

『現在什麽事都沒有了。過去的事不管了罷。只有上帝明白是誰人不對。公平的神。他會告訴你的——等着罷！我決不說什麽。現在並不是我們討論那件事的時侯。你不如告訴我——在這多年之中，你做了這些什麽？你是怎樣混進了那個鄰打工場？你怎樣發展起來的？』

『故事長得很，』搭拉斯說着嘆了一口氣；於是由口中吹出了一股大煙輪，便慢慢地問口講道：『當我獲得了自由時，我就進了尼門祖夫家的金礦總經理的事務室內做事。』

『我知道；他們是很富足的。有三弟兄。他們三人，我都知道。一個是跛子，一個是傻子，第三個則是一個守財奴。你繼續講下去罷！』

『我在他手下做了兩年事。以後我娶了他的女兒爲妻，』搭拉斯叹聲彼逃着。

『總經理的女兒嗎？那幹得很不錯』

搭拉斯變得深思起來了，默然了好一會。老頭子留在他兒子身上，明白了他兒子的心事。

『於是你同你的妻子一路幸福地過活着，』老頭子說。『唉，但你又有什麼辦法呢？死者進了天國，活人必須要繼續過活下去。你倘不是十的上年紀的人。你妻子已死好久了？』

『這是第三年了。』

『啊？但你怎樣加入了這個磁打工場的呢？』

『那是我岳父開辦的。』

『啊哈！你的薪水多少呢？』

『差不多五千盧布。』

『嗯。那只不過是一點麵包而已。不錯，你那樣眞是一個好徒刑囚犯！』

塔拉斯狠狠地望着他父親無情地問道：

『但是，有什麼事使你想到我是一個徒刑囚犯？』

老頭子喫驚地望着他的兒子，但這種驚異馬上又改變爲歡喜了：

『唉！怎樣？你不是麼？他媽的！那末——究竟是怎樣？你不要動怒！我怎能知

道呢？他們說你在西伯利亞！既是西伯利亞，那便是懲役了！』

『我再總不要提到這件事了，』搭拉斯嚴厲而深切地說，一面用手叩着膝頭，『我現在就向你講明這一切事的經過。我被放逐至西伯利亞六年，在這六年的流刑中，我居住於里納礦山區域。在莫斯科，我坐了九個月的監。這便是全部的事！』

『如——如此！但那是什麽道理呢？』亞可夫。搭拉數維支昏惑而愉快地喃喃着。

『在此地他們散佈了這種荒誕的謠言。』

『對的——實在是荒誕極了！』老頭子悲痛地說。

『而且這種謠言有時還非常有害。』

『眞的麽？能有這種事嗎？』

『是眞的。我正準備來爲自己創立事業，但我的信用已經毀壞了，因爲——』

『呸！』亞可夫。搭拉數維支怒冲冲地吐了一口痰說。『哦，他媽的！啊，未必能有這種事嗎？』

這一會福瑪都是坐在他的一隅傾聽馬亞金父子的談話，一面困惑歡喜着眼注意觀察這新來者。想起了祿寶福對於他哥哥的態度，並且因她關於塔拉斯所講的那些故事稍受了幾分影響，他期望着搭拉斯身上能看出點特別的與普通人不同的地方。他曾以爲搭拉斯講起話來定是一種特別態度，他的服裝也是獨自特出的，總之他是與其他的人不相同的。然而現在坐在他眼前的，只是一個莊重而強壯的人，穿得整整齊齊，目光嚴肅，而孔與他父親一樣，惟一的不同處，就是兒子口中含有一支雪茄，嘴上長有黑鬍。他以事務的態度簡短地談論一些日常瑣事——他的特別處在什麼地方呢？他現在開始對他父親談到製蘇打的利息。他並不曾受過徒刑——祿寶福撒了謊！福瑪幻像着他將如何與祿寶福談論她哥哥的事時，心中感覺得很是高興。

在她父親與她哥哥交談中，祿寶福時時在門口出現了。她臉上幸福地煥發着。當她凝視那穿一件兩邊有口袋並釘有大鈕釦的特別厚的常禮服的搭拉斯的姿影時，她眼中閃出愉快之光。她用足尖顚着走，但不知何故却時常將頭伸向她哥哥那方探望。福瑪疑訝地望着她，但她時手中拿着碟與壺等由門口走過，並不曾留意福瑪。

祿寶福探頭入室內堅時，正值她哥哥對她父親講到徒刑的事。她停住脚呆立在那兒，伸出的手中握着一個托盤，毫無遺漏地傾聽着她哥哥所的講關於他自己所受的一切刑罰。她聽後慢慢兒走開了，並不曾看到福瑪的那種喫驚的諷刺的視線。爲搭拉斯的事想呆了的福瑪，因爲誰也不注意他——搭拉斯自從介紹與他一握手後，再也不曾睬他一眼——覺得稍稍有些惱怒，遂沒將馬亞金父子的談話繼續傾聽下去。突然間，他覺得有人抓住了他的肩頭，於是他一驚地站了起來，幾乎將那滿臉現出興奮神色的他的教父擂得跌下去了。

『啊——你看罷！那才是一個人！那就是一個馬亞金！人們將他煮過七次；人們把他榨出油來了！但他依然活着的！你懂得麼？沒藉誰的助力——獨自一人——他打出了他的道路而且尋着了他的位置，他是令人佩服的！那才是馬亞金！一個馬亞金，卽是將命運握於自己掌中的人！你看看他！你在一百個人之中，都尋不出像他這樣的一個人來；你必須要在一千個人中去尋。什麼？只要將這牢記在心中；人決不能將一個馬亞金鑄成一個惡魔，也不能將他鑄成一個天使。』

被這一陣騷動的突悖弄昏了的福瑪，變得困惑而不知如何回答這老頭子的高慢的放言。他看見塔拉斯嘴裏靜靜地吸着雪茄，眼睛望着他父親，嘴角上微笑得起了戳抖。他的面孔現得有些謙遜而帶滿足之意，全身的模樣很是貴族而高傲的。看起來，他因老頭子的歡喜，很覺有趣。

亞可夫。搭拉數維支用指頭輕敲着福瑪的胸膛說：

「我不明白他，我自己的兒子。他不曾對我暢開他的胸懷。或者在我們之間已有了，不但應子，就是惡魔自身也不能越過的隔膜。恐怕他的血液已過於沸騰了，因之其中連他父親的血液的氣味也沒有。然而他是一個馬亞金！我馬上就能感覺出來！我覺得且並說：「哦，主呀，求你今日赦免你的僕人！」」

老頭子狂喜得發抖，他立於福瑪面前幾乎是在手舞足蹈。

「你安靜下來罷，父親！」搭拉斯說着慢慢兒由椅上站起來向着他父親身邊走去。「何故要使這位青年煩惱呢？來，我們坐下去罷。」

他向着福瑪哂然地一笑，便挽着他父親的腕臂，將他伴至桌前去。

「我相信血，」亞可夫。搭拉數維支說；「相信遺傳的血。血中藏有一切力量！

我記得我的父親對我說：「亞匹克，你是我的眞正的血！」馬亞金家的血是濃厚的——它由一代傳一代，沒有女人能使它淡下去。我們來喝點香檳罷！來罷！你還講一些事給我聽——關於我自身的事。在西伯利亞時又是如何呢？」

老頭子又彷彿因什麼思想驚住了清醒起來，將他那一對搜索的目光又釘在他兒子身上去了。過了數分鐘後，他兒子的詳細而精粹的回答又引起了他的騷動的歡喜。福瑪靜靜地坐在自己位上，仍舊凝着傾聽着。

『採掘金礦，當然是一種堅實的事業，』搭拉斯鎮定而擺出了不起的樣子說，『然而却是一種冒險的事業，而且需要很大的資本。大地對於它內面所貯藏的東西决不吐露一言的。與外國人交易很有利益。你與他們交易，無論在什麼情形之下，都能得着非常大的利率。那眞是一種百發百中的事業。然而我們不得不承認，也是一種無趣味的事業。並不需要很大的腦力；一個了不起的人，一個具有大手腕的人，在這種事業中，毫無發展的餘地。』

祿寶福走進來請他們都到餐室裏去。當馬亞金父子踏出門外時，福瑪悄悄地拉了拉祿寶福的袖子。他們兩人在一路時，她便慌忙地問說：

『有什麼事？』

『沒有什麼？』福瑪說着笑了。『我要問妳，妳是不是很歡喜？』

『當然我是很歡喜！』祿寶福說。

『妳爲何歡喜呢？』

『你這是什麼意思？』

『只是這樣，問妳爲何歡喜？』

『你眞是一個奇怪的人！』祿寶福嗅惑地望着他。『你未必沒有看見麼？』

『什麼？』福瑪譏刺地問。

『你怎樣了？』祿寶福不安地看着他問。

『唉，妳！』福瑪帶着輕蔑的憐惜之意囁嚅着。『妳的父親，商人階級怎能生出什麼好東西來呢？怎能期望紅蘿蔔長出覆盆子來呢？妳向我撒謊。妳說搭拉斯是這樣，搭拉斯是那樣。究怎他是個什麼呢？是一個商人，與其他的商人是一樣的，他的肚腹也是一個眞正商人的肚腹。嘻！嘻！』他滿意了因爲他看見那女子因他的話語惱了起來，一時臉變得通，肚一時又轉爲蒼白了。

『你——你，福瑪，』她開始以窒息的聲音說，但驟然又頓足喊道：

『你敢對我講嗎！』

走近門閾處時，她將她那發怒的臉轉向着福瑪的聲用力地叫道：

『哦，你這個壞心腸的人！』

福瑪格格地笑起來了。他覺得不高興與那三個一路談得很快樂的人們一同喫喝。聽着了他們的愉快聲音，滿足的歡笑，杯盤的交錯聲，他明白了，他那樣心有重負的人，在他們之傍是無地位的。不但如此，而且無論在何處，他都無立足之地。他想，如果一切的人只要恨他，像祿寶福現在這樣恨他、在他們之中，他也定感覺得稍舒服。而且他也知道如何對待他們，也會尋點話與他們談談。但現在，他不能了解他們究竟是可憐他抑或是譏笑他，因爲他已迷失了路，他自己什麼也合不來。他獨自一人在房間中央站了一會，不知不覺地決定了要離開這間人們在歡樂而他却是多餘的房子。走到街上時，他覺得很惱怒馬亞金一家人，但總之，他們是世間上唯一與他稍近的人們。於是他眼前浮出了他教父的面孔，面孔上因夠猾而顫抖的皺紋，閃着歡喜之光的綠眼睛等，一並現得發出了燐光似的。

「就是一顆腐爛的樹幹在黑暗中也能顯露出來！」福瑪發橫地想着。他隨卽想起了搭拉斯的鎭定而莊嚴的面孔，此外還有忽忙地向着搭拉斯鞠躬的祿寶福的姿影。這些便引起了他的妒嫉與憂愁之感。

「有誰人像那樣望着我呢！決沒有一個那樣的人。」

福瑪由這種深思中回復過來，是在河岸的碼頭上，被勞働的騷音喚醒的。各種各類的貨品物件由人與貨車背負運載着向四面八方走去；人們忙碌地奔走着，焦慮而興奮地踢着馬剌，互相高聲呼喊，使街道上充滿了忙碌工作的分不淸的騷嘍與震人耳聾的鬧聲。他們將他們自身埋在那一條石頭鋪成的窄路中，路的一邊是建的高樓大廈，另一邊則被一個沿着河的懸崖了切斷。他們的沸騰的騷音令福瑪起了一種印家，覺得他們是在預備與這種處於泥淖，狹隘，與喧騷中的勞働中逃跑，——預備逃跑，而且現在是在盡力趕忙完成這不願释放他們的未完成的工作。泊於河岸傍，煙囪中透出煙輪的大汽船，正在等候他們。密密地塞滿了船隻的河中的騷動了的水，柔和而悲哀地濺擊河岸，宛如在懇求暫時的休息與睡眠一樣。

『老爺！』一種噴聲的叫喚在福瑪耳朵近傍響了起來，『求你對那房子表示慶祝，施捨一點白蘭地！』

福瑪漠然地望了望那乞求者；那是一個身材高大長有鬍鬚的人，他赤着脚，穿一件撕破了的襯衫，浮腫的臉上還有傷痕。

『走開！』福瑪這樣低聲說着將臉掉過去了。

『商人！你死時，是不能將錢帶去的。你給我幾文喝一杯白蘭地罷，莫非你懶得將手伸入你衣袋中去麽？』

福瑪向着那乞求者又望了一眼，那人身上所染的泥濘比他所穿的衣服還多，他醉昏昏地發着抖頑固等着，將他那帶血而腫的眼凝視福瑪。

『向人乞討，豈是那樣的嗎？』福瑪問。

『應怎樣要呢？莫非你我爲十個哥貝咯而向你跪下嗎？』那跣足的人大膽地問。

『拿去！』福瑪給了他一個貨幣。

『多謝！十五個哥貝咯。多謝！如果你還給我十五個哥貝咯，我就要用四肢在地下爬到酒店中去。你要不要我這樣做？』跣足的人這樣提議着。

『走開，不可擾我！』福瑪說着，一面搖手叫他走開。

『一個人有錢時不願意施捨，到他願意時，又什麽也沒有了，』跣足人說着便走開了。

福瑪目送着他走，自已心中却想到：

「那是一個破滅了的人，但他却多麽大膽呀。他向人乞求彷彿是要債一樣。這種人是由那兒得來的這樣的胆量呢？」

深深地嘆了一口氣，他又自己答覆說：

「是從自由來的。那個人並沒受着梏桎。他有什麽是應當悔恨的呢？他懼怕什麽？我懼怕什麽？我有什麽是應當悔恨的呢？」

這兩個問題彷彿打着了福瑪的心，喚起了他的一種不明晰的困惑。他凝視着那些勞働者動作，心中依然想着：他悔恨什麼？他懼怕什麼？

「獨自一人用我自己的力量，無疑義地我永不會達到什麼地方。像傻子一樣，我將繼續地在人羣中漂泊，被一切的人痛恨譏笑。只要他們將我擠在一傍也好了；只要他們恨我，那末——那末——我就會走入這寬闊的世界中去！無論我願意與否，我定必須要去！」

由一個碼頭上，那愉快的「多賓納西克」（「多賓納西克」亦名「椽木棒」，是俄國勞働者中流行的歌曲）老早已打在空氣中了。脚夫們正作一件需做推動作的勞働，他們採用了此歌曲與發何等。

「酒店中坐着許多人
暢飲美酒，」

領頭的人用朗吟調這樣歌着。衆人一致同聲合唱道：

「哦，椽木棒，唉——喝！」

於是最低音大聲地向空中抛去：

『唉——喝，喝——。』

男高音又返覆道：

『唉——喝，唉——喝。』

福瑪傾聽着這歌曲，遂將脚步向那邊的碼頭上移去。他在那兒看清楚了，脚夫們列成兩行，由汽船的船艙中將大桶大桶的醃魚拖上來。這些身着骯髒的紅色工衣，領口敞開着，手上戴着無指手套，臂膀裸至肘節處的勞働者們，站於船艙上互相歡樂地嬉戲着，因爲用力勞働，面孔上都現着生氣勃勃的，他們與所唱的歌曲合着調子，大家一致地拉着繩索。由船艙中響出了那看不見的領頭人的高而含笑的聲音：

『然而我們這些農人的咽喉上

這Vodka也沒有。』

於是那一陣人像一對非常大的肺一樣，大家同音地高聲吼道：

『哦，榥木棒，唉——喝　』

福瑪望着這諧和得好似音樂的勞働，他覺得又歡喜又豔羨。那些脚夫的骯髒面孔上都現着微笑，工作很容易，而且也進行得順暢，歌曲的領頭人眞是高興極了。福瑪想着，要是能這樣與很好的伙伴們一路合着愉快的歌曲勞働着，疲倦了下來，飲一杯Vodka，並喫着伙伴們的強壯而有精神的主婦所預備下的油多的菜湯，那眞是多麽好呀。

『趕快，伙計們，趕快！』他傍邊的一個人的不愉快的嗄聲這樣喊叫了起來。福瑪將頭掉了過去。一個大肚皮的粗壯漢子，用他的手杖敲着跳板的板子，一面他那一對小眼睛釘着脚夫們口中喊道：

『少叫喊些趕快工作。』

這人的臉與頭上滿都是汗；他不時用左手將汗拭去，呼吸得很困難，好像他在爬山一樣。

福瑪怒目向他望一望心中想道：

「別人勞働而他流汗。但我比他更不如。我好如籬笆上的一隻烏鴉，毫無用場。」

每一個印象都馬上在他心中喚起了他對於生活無能的那種痛苦的感想。凡引起他注意的一切，都含有令他不悅的什麼東西，而且這些東西像磚一樣落於他的胸上。在他一邊，靠近秤貨物的磅傍，站有兩個水手，其中一個紅面孔方形身幹的水手對另一個水手說：

『呀，伙計，他們向我衝上來時，那不是容易對付的事！他們共有四個——我只獨自一人！但我决不讓步，因爲我明白他們會將我打死的！就是將一隻羯羊活的放了，它也要蹴入追趕人哩。我是用了多大的氣力，才由他們手中逃出來了呀！他們都向四面八方飛跑了。』

『但你依然被他們飽打了一頓？』另一個水手問。

『當然咧！我揹住了。我挨了五拳頭。但這算得什麼？他們不曾殺死我。啊，感謝上帝！』

『當然！』

『到船艄上去，惡魔們，我告訴你們到船艄上去！』那個流汗的人對兩個在甲板上滾着一桶魚的脚夫這樣兒狠地吼着。

『你喊些什麼？』被那吼聲驚着了的福瑪向他厲聲說。

『那關你什麼事？』流汗的人望了福瑪一眼這樣問。

『那就是我的事！別人勞働，你的脂肪在消融。所以，你以爲你應當向着他們吼？』福瑪吼嚇地問着，並緊與他走近了一些。

『你——你頂好不要發脾氣。』

流汗的人突然衝開跑囘他的辦公室去了。福瑪目送着他也離開了碼頭，心中充滿了一種慾望要詬罵人，或者是作點什麼，以排遣他的思想，至少一會兒也好。然而他的思想將他抓往得更牢固了。

「那個水手逃脫了，而且他還是平安而健全的！然而我——」

傍晚時，他又跑到馬亞金家中去了。老頭子不在家，餐室中祿寶福與她哥哥正坐着在喫茶。走到門口時，福瑪聽着了塔拉斯的嗄聲音：

『父親何故要煩惱呢？』

一旦當 ⋯了福瑪，塔拉斯便將話語停住，帶着嚴重而搜索的目光凝視他臉上，薩實福也很明顯地現出了一種激動了的表情，她不滿而同時求恕似的說道：

『呀！是你麼？』

「他們在講論我，」福瑪在桌前坐下時，心中這樣想。塔拉斯將視線離開他，身體則更沈入籐椅中了。室內暫時起了一種拙笨難堪的沈默，這種沈默令福瑪感覺很舒快。

『你打算去赴宴會麼？』

『什麼宴會？』

『你不知道嗎？可洛洛夫的新汽船製成功了，要舉行感謝的祈禱，隨後他們要溯伏爾加河而上。』

『我沒有被請，』福瑪說。

『誰也沒有被請。他只不過在交易所中聲明過：「凡願意屈駕光臨的，都在被歡迎之列！」』

「我不高興去。」

「但定會有一陣盛大的猜拳行令的事，」祿寶福說着側目望了望福瑪。

「假使我要飲酒，我自己可以花錢去飲」

「那我明白，」祿寶福含有意義地頷首說。

搭拉斯玩弄着他的茶匙，將它挾於指頭之間轉動着，一面又側目望着福瑪與祿寶福兩人。

「我的教父到什麼地方去了？」福瑪問。

「他到銀行裏去了。今天開經理委員會，並要選舉職員。」

「他們又會選他。」

「當然咧。」

談話又中斷了。福瑪開始凝視着那兄妹。搭拉斯已將茶匙拋開，慢慢地大口大口地將茶飲乾，默然將杯子遞給他妹妹，並向她笑了。她也愉快而幸福地笑着將杯接過手來，用心洗漱着。隨後，她臉上現出了一種緊張表情，好像準備作什麼似的，低聲而且幾乎是虔敬地問她哥哥說：

「我們再從頭談起嗎？」

「隨妳的便，」塔拉斯簡短地回答。

「你講的事情，我不懂得。那究竟是什麼事呢？我問過：假若這一切，像你所說的，是烏托邦，假若那是不可能的，是空想，那末一個對於生活不滿意的人怎樣辦呢？」

女子全身都凭向她哥哥那方，眼中含着緊張的期待停在她哥哥的鎮定的臉上。他厭煩似的望着她，身體在椅中移動着，又把頭低下，鎮靜而深切地說：

「我們應當由這種對於生活不滿的來源處着手。我覺得，第一，這是由於對於工作的無能力；對於工作缺乏尊敬之念。第二，是由於對於自身的力量的觀念有了錯誤。多數人的不幸，都是因爲他們的信念超過了他們實際上的能力。然而所要求於人的並不多；人應當選擇一種與他的能力相適合的事業，而盡其心力盡地做好。人應當愛他所作的，然後來勞動，無論工作是如何粗笨，總要使它達到最高的藝術點，有愛而作成的一把椅子，永久都是一把好的，美麗的，牢實的椅子。關於一切事件，都是這樣。讀讀施米爾斯。妳唸過他的書沒有？那是很有益的書。是一部健全的書。也讀讀納寶[illegible]的書。總而言之，妳應記着，英國人是最合於勞働的國民，在實業上與商業上，都證明了他們的驚人的成功。對於他們。勞働簡直是神聖的。文化程度的高低，無論何時都是和對於勞働的愛的深淺有直接關係。文化愈高，人的要求愈滿足，而且在人的要求之將來的發展的途上障礙也愈少。幸福是可能的——即是要求得以完全滿足。事情便是這樣。而且正如妳所明白的，人的幸福，是依據他對於勞働的態度而決定。」

塔拉斯。馬亞金講得緩慢而[illegible]力，好像講話對於他是不愉快而討厭的事。祿寶福則蹙着眉頭，身子凭向她哥哥那方，眼中含着迫切的注意．準備將一切都接受下去；吸入自己心靈中去似的傾聽着。

『啊，但是，假若一個人覺得一切都討厭怎樣呢？』福瑪驟然重聲地說了這一句話，並向塔拉斯臉上望了一眼。

『但什麽事是他特別討厭的呢？』馬亞金不望着福瑪鎮定地這樣問。

福瑪垂下頭，臂膀憑着桌子，好像一隻牡牛的樣子繼續將自己的意見發表出來：

『什麽也不能令他歡喜——事業，勞働，一切的人與一切的事。假使我覺得一切全都是欺詐，事業並不是什麽事業，只不過是一個塞子，我們用以塞住我們靈魂的空虛罷了；而且有的人勞働，而其他的人只發命令流汗而已，並且所得的還要多些。這是什麽原故呢？嗳？』

『我不了解你的意思，』福瑪覺着了祿賓福的輕蔑而惱怒的視線落在自己臉上，遂將話語中止時，塔拉斯這樣聲明着。

『你不懂得麽？』福瑪問着，望在塔拉斯臉上一笑。『那末，我就這樣說罷：一個人乘一隻船在河上駛行。船或者是好的，但船下面總是有一個深淵。雖然船不致於壞事，但那個人察覺了，船底下的黑暗深淵時，無論怎樣的船，也不能將他由不安中解救出來。』

塔拉斯漠然而穩靜地望着福瑪。他只默然地望着，用手指頭輕輕敲着桌邊。祿賓福瑪不自在地在椅中轉動着。鐘內的擺宛如發出鈍的嘆息聲似的報着秒時。福瑪的心臟痛楚而緩慢地鼓動着，彷彿很明白在這兒誰也不會對於它的痛切苦惱說一句溫暖的話。

『勞働對於人，並不是全部的事，』福瑪這樣講着，但與其說他是向着這些對於他話語的眞誠毫無信仰的人講話，不如說他是對他自己在講。『如說勞働中存有人生的意義，那是不對的。有許多人一生中完全不勞働，然而他們過活得比那些勞働的人還要好得多。這是何故呢？而且那些勞働者——他們只不過是不幸的馬而已！別人騎在他們身上，而他們則只有受痛苦罷了。但他們在上帝面前是有理由可說的。上帝要問他們：「你們活着有什麽用處呢？」於是他們就要答道：「我們毫無時間想到這件事。我們一生都在勞働。」至於我——我有什麽理由可說呢？還有那些呼三喝四只吩咐人的——他們又將如何爲他們自己辯正呢？他們活着有什麽用處？我的意思，以爲每個人必須要知道，要確實地知道他是活着做什麽的。』

他暫時默然了。隨後他將頭揚起來，用很沉重的聲音講道：

。「未必一個人生下來，就只不過是勞働，積蓄錢，建一所房子，生小孩子，然後——死去麽？不是的，人生定還有意義。一個人生下來，活着，然後死去。這爲的是什麽呢？所以我們一切的人都必須要考慮，我們活着是做什麽的？我們的生活毫無意義。一點意義也沒有——而且一切的事又不是平等的，這種情形馬上都能看得出來。有的人很富足——他們所有的可以夠一千個人用，並且他們平日閒散地過活着。其他的人一生中都是彎着背勞働，並且他們連一文錢都沒有。這些人之中的差異少得很。有些連褲子都沒有穿的人，他們思考着宛如穿綢擺緞的人一般。」

完全沉於自己的思想中去了的福瑪，本還要繼續講下去，但塔拉斯把他坐的籐椅由桌前拖開，站起身來，嘆了一口氣低聲說：

「算了罷，謝謝你，我再不要聽了。」

福瑪馬上中止了他的談話，聳着肩望着蘇寶福笑了一笑。

「你是在什麽地方拾起來的這種哲學？」她疑訝而冷淡地問。

「那並不是哲學。只不過是痛苦罷了——」福瑪小聲說。「張開妳的眼睛來細看：

切，妳自己也會這樣想的。」

「但是，祿賓，妳應當注意到這件事實，」塔拉斯背朝着桌子，一面注視鏡，一面開始這樣說，「盎格羅・薩克森人完全沒有厭世主義。至於斯衛夫特（Swift）與拜倫（Byron）之所謂厭世主義，只不過是對於生活與人類的缺點之一種燃燒的辛辣的抗議而已。妳在他們中間尋不出那冷靜的，有理智的，與被動的厭世主義。」

隨後彷彿突然記起了羅瑪似的，他將臉掉向羅瑪，兩手扭在背後，一面閃着大腿一面說：

「你提出了很重要的問題，但如果你對於這些問題是真而目地感着趣味，你就非看書不可。在書中，你可以尋獲許多關於生活之意義的有價值的意見。你怎樣——你也看書麽？」

「沒有看！」羅瑪簡短地回答。

「啊！」

「我不歡喜書。」

『啊哈！但或者它們總能幫助你一些，』塔拉斯說着，一輪微笑由他唇上閃過。

『書麽？在我的思想上，既然人都不能爲力，書當然於我是沒有用處的，』馮瑪面現慍色地說。

他開始感覺得與這個冷淡的人一路很困窘而厭煩。他很想跑開，但同時又要在祿寶福面前說幾句侮辱她哥哥的話，所以他等着，候塔拉斯離開這間房。祿寶福洗着杯盤；她的面容緊張而深思，手則懶懶地動着。塔拉斯在室內踱方步，有時在那擺放銀器的碗廚前停住脚，有時口中吹嘯着，或是用手指輕敲着玻璃窗，或是將眼睛半閉着審視一切的器皿。鐘的擺在那匣子的玻璃門下閃着光，好像一個正在冷笑的寬臉，並且單調地報着秒時。當福瑪看出了祿寶福好幾次地含着懷疑，期待而仇視的目光望着他時，他明白了自己妨礙了她，而且她是焦切地希望他走開。

『我打算今晚在此過夜，』他說時一笑。『我必須要與我的教父講話，而且我一個人在我家裏也太冷靜了。』

『那末，你去叫馬福霞在角屋裏替你將床鋪好，』祿寶福慌忙地指導他。

『我就去罷。』

他站起來走出了餐室。但馬上他聽着塔拉斯低聲訊問了他妹妹什麼事。「我來聽聽聰明人講些什麼罷。」

「是論到我的事——」他心中想。於是這種壞念頭由他心中閃過：

他輕輕地笑了，遂用足尖頂着不出聲響地走到也是與餐房相隣接的另一室內去了。這間室內沒有燈光，只有由餐房內透過那沒關上的門，射在黑暗地板上的一條光線。薾瑪抱着沉痛的心境，臉上浮着惡意的微笑，輕悄悄地走至門前便將脚步停住了。

『他是一個笨東西，』塔拉斯說。

隨後便是薾瑪的低聲而急促的議論開始了：

『他一年到頭都在飲酒。他的行爲壞極了！但他是突然變得這樣的。他最初所作的一件事，便是在俱樂部內鞭打副知事的女婿。爸爸爲消滅這件敗名的事，眞不知費了多少氣力，幸好那副知事的女婿是一個名譽不好的人。他是一個賭博的痞棍，總之是一個人格醜惡的人，但依然花去了父親的兩千多盧布。而且父親正在爲這件敗名的事奔走不暇時，甌瑪幾乎在伏爾加河上淹死了一大羣人。』

『哈！哈！好奇怪呀！依然是這個人，他要埋頭研究人生的意義。』

『另有一次，他們許多同他自己相似的人在一隻汽船上飲酒。驟然間，他對衆人說：「你們祈禱呀！我要將你們每個人都扔到河裏去！」他又弄得个人可怕。當衆人都喊叫起來時，他又說：「我要爲國家服務。我要將世間上的下賤人都掃除淨盡。」』

『眞的麼？實在高妙極了！』

『他是一個可怕的人！在這幾年之中，他作了多少亂暴的惡戲！他浪費了多少金錢！』

『妳告訴我，父親管理他的事務有怎樣的條件？你知道不知道？』

『不，我不知道。但他手中有很好的委任狀。你爲何要問？』

『只是問問而已。這是一件堅實的事業。當然是完全依俄國式來辦理；換言之，即是辦理得很討厭的。然而這也是一件了不起的事業，如果處理得法，也是一個最有利的金礦。」

「福瑪簡直是絕對地一點事不作。一切都在父親掌中。」

「是這樣嗎？那很好。」

「你知道麽，有時我想到，以他那種深思的性質——即是他所講的那些話如果是誠意的，他能成功一個很不錯的人。但我不能夠將他那種搗亂的生活與他的話語以及議論相調和起來，無論在什麽情形之下，我都辦不到！」

「而且也不須得那樣做。少年懶惰者，他總要講出他所以懶惰的理由。」

「不是的。你知道麽？有時，他眞像一個小孩子。特別在以往的時候他是這樣。」

「那正是我所說的：他是一個少年。一個願意作野蠻人與文盲，而且也不隱藏這種事實的人，他口中談到野蠻人與文盲有什麽價值呢？他正像寓言中的熊將槍柄弄彎似的思考事物。」

「哥哥眞是嚴厲得很。」

『不錯，我是很嚴厲！人需要這樣。我們俄國人都太過於散放了。幸而人生是這樣安排的，不論我們願意與否，我們都要慢慢地緊張起來。空想只是少男少女的事，認眞的人有認眞的事業。』

『有時我爲福瑪感覺很難過的。他將來會成爲怎樣呢？』

『那不關我的事。我相信不會有什麽特別的事發生——不會好，也不會壞。那無趣味的人，將浪盡他的金錢而破產。此外還有什麽呢？唉，任他怎樣罷！像他那樣的人今日少得很。現在商人們都明白教育的力量。但他，你那位乳兄弟將會破滅。』

『說得對！』福瑪說着將門推開出現於門閾上了。

臉色蒼白，眉頭深鎖，嘴唇顫抖着的福瑪筆直釘在塔拉斯臉上，用一種很鈍的聲音說：『對的！我將要破滅——阿門！愈早愈好！』

祿寶福臉上現出恐怖的神色由椅上跳起來向他哥哥那邊跑去。塔拉斯正兩手伸入衣袋內鎮定地站在房間中央。

『福瑪！哦！可恥得很！你在竊聽呀。哦，福瑪！』她狠狽地說。

『不要作聲罷，牝山羊！』福瑪對她說。

『不錯，竊聽是不對的事！』塔拉斯的輕蔑視線依然釘在福瑪身上，口中慢吞吞地這樣說。

『讓它不對好了！』福瑪說着將手一搖。『眞實的事只有竊聽才能聽得着，未必這是我的錯麼？』

『走開，福瑪，請你走罷！』祿寶福緊緊靠着她哥哥這樣懇求着。

『或者你還有什麼話要與我說麼？』塔拉斯冷靜地問。

『我麼？』福瑪喊着。『我能說什麼？我什麼也不能說。只有你——我相信，你知道一切。』

『那末，你沒有什麼與我討論了嗎？』塔拉斯又問。

『沒有。』

『那好極了。』

他將身子的側面轉過來對着福瑪，一面問祿寶福說。

「妳想怎樣——父親馬上就會囘應？」

福瑪望了望他，對於這個男子起了一種近乎尊敬之感，於是他稍傾地走出了這家。他覺得不願意囘到他自己的，那每走一步即引起重的足音反響的大而空洞的房子中去，所以便踏上了包於晚秋愁慘的灰色暮靄中的街道上去了。他想到塔拉斯。馬亞金。

「他真是多嚴格呀。他與他父親相似，不過沒有他那股浮躁。我覺得，他也是一個滑頭傢伙，但祿寶福却將他看如聖人一般。那個傻女子！他對我唸了好一篇訓辭呀！眞像一個裁判官。然而她——她對於我還懷好意。」

但這一切念頭都引不起他的任何情感——不但對於塔拉斯無很意，而且對祿寶福也無同情。他懷抱着一種痛苦，不舒服，他不明白，而且在他胸中滋和生長的什麼東西，依他看來，好似他的心臟腫起，有膿瘡在咬痛一樣。他傾聽着這無休止又難以遏止的疼痛，覺得此痛苦時時都在加劇，而且因爲不知如何制止它，他只有等待它發展。

不久他教父的急行之馬由他身邊經過。福瑪看清了馬車中的亞可夫。馬亞金的矮小姿影，但連這也引不起他的情感。一個點燈夫跑着，追過了福瑪，將梯子靠着燈柱便往上面攀登。但梯子在他的重壓之下突然滑脫了，於是那人抱着燈柱發怒地大聲叫駡。一個手挾小包的女子擁着了福瑪身邊說道：

「請原諒。」

他向她望了一望什麼也沒說。隨後天空中開始下着濛濛的細雨——一種細微，幾乎目不可見的濕氣細點將燈光與商店中的玻璃窗上罩滿上一層灰色霧靄。這種霧靄令他呼吸困難。

「我到亞覺夫那兒去過夜好麼？我還可同他一路飲酒，」福瑪這樣想着，雖然毫無要去看看這雜錄記者或同他一路飲酒的欲求，他依然向着亞覺夫家中走去了。

到了亞覺夫家中，他看見那沙發上坐有一個毛髮蓬鬆的人。這人穿的是一件工衣與灰色褲子。他的面孔黑得像燻了烟似的，一對大眼睛怒沖沖的寂然不動，很厚的上嘴唇上，滿都是像硬毛的兵士髭。他坐於沙發上，兩脚抱於他的粗大腕臂中，頤則擱在膝頭上。亞覺夫橫着坐於椅子上，兩腿吊在椅背上。桌上因書與報紙之中，立有一瓶 Vodka，屋內並有一種鹹氣味。

『你何故到處漂泊？』亞覺夫問福瑪，並向他點了點頭對沙發上的那人說：『是哥蒂耶夫！』

福瑪自己在沙發的一隅上坐下來對亞覺夫說：

『我到這兒來過夜的。』

『啊？請下來罷，法斯里。』

那人橫目望了望福瑪，用一種輾軋似的聲音繼續說道：

『依我的意見，你們白白攻擊那些愚笨東西。馬商尼埃羅是一個傻子，但必須要辦的事已經用最善的方法幹了。而且那個文咯爾利德自然也是一個傻子，並且如果他不曾用帝國的槍刺他自己，那定歸瑞士人遭打了。世間上像那樣的傻子不很多麼？然而他們是英雄。滑頭人才是膽小的人。當他們對於那障礙物應用全力一擊時，他們却停下來考慮着：「如此幹後，將有怎樣的結果呢？恐怕我們會白白犧牲？」並且他對像棒柱似的立在那兒直到最後。傻子才是勇敢的！他頭當先地向牆壁上撞去——嘭的一聲！假使他的頭顱撞破了——那又怎樣？牘的頭並不是貴重東西。如果他在壁上撞出了一個洞，狡猾人就會將它開成一個門，鑽出去而作爲他們的榮譽。不，尼可拉。馬特菲鷄文，勇敢是一件好事，雖然沒有智慧……』

『法斯里，你在講廢話！』亞覺夫說着將手向着他那方伸去。

『啊，當然的！』法斯里同意說。『我怎能用草鞋吸茶湯呢？而且我又不瞎。我看得淸楚。智慧灸着哩，但毫無用處。當聰明人正在思索考慮怎樣進行方爲最善時，傻子們將要打倒他們。就是這樣罷了。』

『你稍等一等！』亞覺夫說。

『我不能！我今天值日。現在都已晚了。我明日再來——可以麼？』

『你明天來罷！我要好好談諷一回！』

『那正是你的事情。』

法斯里慢慢地整頓着由沙發上立起身來，將亞覺夫的瘦而小的黄色手握在他的大而粗糙的手爪中說。

『再見！』

他隨卽向福瑪點了點頭便側着身子走出門外去了。

『你看見麼？』亞覺夫的手指着門口這樣問福瑪，門外尙響着那沉重的脚步聲。

『他是怎樣的一個人？』

『一個機械技師的助手，法斯加●克拉司洛西雀可夫。我們可以取他爲一個好榜樣；在十五歲的時候，他才開始讀書，學習唸書寫字，到了二十八歲，他已唸了不知其數的那多好書，並且將兩國的語言完全學到了手。現在他是預備到外國去。』

『去作什麼呢？』

『去研究。去看人們在那些地方怎樣生活，但你在這兒頹唐着做什麼呢？』

『他講傻子的事講得好極了，』福瑪深思地說。

『我不知道，因爲我不是一個傻子。』

『那眞講得不錯。愚笨人應當馬上幹起來。衝上前去推倒一切。』

『他那些地方太放肆了！』『亞覺夫說。『你不如告訴我，究竟馬亞金的兒子確實是回來了麼？』

『是的。』

『啊……！』

『你爲什麼問？』

『沒有什麼。』

『我由你的臉色看起來，一定是有什麼事。』

『我們知道他兒子的一切；我們聽人講過的。』

『但我已親眼看見過他。』

『呀？他是怎樣的一個人？』

『天曉得！我與他有什麼關係？』

『他像他父親麼？』

「他比他父親強壯些，胖些；有些非常認真之處；人很冷然不講感情的。」

「那末看來，他比亞西克還要更壞。啊，朋友，現在你要當心防禦了，不然，他們定會將你吸乾。」

「好嗎，隨他，幹罷！」

「他們要刼掠你。你將變成一個窮人。那個塔拉斯在亞加特林保刼掠他的岳父，是幹的多麼高妙。」

「假使他願意，讓他也來刼掠我罷。我除了「感謝」二字外，不會向他多說一句話。」

「你依然在唱那種老調麼？」

「不錯。」

「你要自由。」

「對的。」

「算了罷！你要自由有什麼用呢？你拿着自由怎樣辦？未必你不知道麼，你什麼都不合於幹，你無學識，而且當然也劈不開一株木料！啊，我只要能夠由欲 Vodka 與食麵麭的需要中解放出來就好了！』

亞當夫急忙站起來，停於福瑪面前，開始高聲好像演說似的講道：

「要將我這受了創傷的心靈的殘餘處收拾攏來與我的心血一路，我要正對着我們智識階級臉上將唾吐了去，他媽的！我要對他們說：「你們這些蟲類，你們乃是我國的精華，你們存在的事實，是由俄國人的幾代的血與淚所換來的。哦，你們這些頭卵！你們的國家為你們是花了重價的！你們作了些什麼報答它呢？未必你們將過去的眼淚已變為真珠了嗎？你們對於人生供獻了一些什麼？你們成功了什麼？你們甘願自身被人克服麼？你們甘受人的嘲笑……，」』

亞覺夫憤怒地頓着脚，咬着牙齒，用燃燒的怒眼釘住福瑪。他這種模樣，宛如一隻發怒的猛獸。

「我要對他們說：「你們！你們思慮得過多，但你們並不聰明，你們完全無能力，而且全都是膽小的人！你們心中充滿了道德與善良的意志，但那些東西溫軟得像鴨絨床舖一樣；創造的精神在其中靜而酣地睡覺了，而且你們的心臟並不是鼓動，它們只不過像搖藍一樣，慢吞吞地搖搖而已。」我要用我的手指擲進我心臟中的血，將我的咒詛印記塗在他們額上，他們那些精神上的貧困者，陷於自滿中的可憐人們將要受痛苦。哦，他們將會如何地痛苦呀！我的鞭打是厲害的，我的手掌是強固的！至於我憐惜人，那我愛得太深切了！他們將要受痛苦！現在他們所以無痛苦的，因爲他們已過多，過於頻繁，過於高聲地談講他們的痛苦了。他們撒謊！眞實的痛苦是默然的，眞實的熱情是無限制的！熱情，熱情！它們何時在人心中燃燒起來呢？我們都不幸，因爲我們無情。」

亞覺夫因爲喘不過氣來，咳嗽了好一會，這兒那兒地亂跳，搖着手像瘋子一樣。隨後他又臉色蒼白眼睛帶血地倚在福瑪而前了。他呼吸得很困難，嘴唇不時發抖，將他的小而尖的牙齒露了出來。頭髮蓬亂，滿頭都披的是短髮，他的樣子就像一隻剛從水中投出來的鱸魚。福瑪看見他鬧成這般模樣，現在並不是第一次，而且正如往日一樣，他也被他的興奮感染了。他一言不發地傾聽着這矮小人物的怒語，不想理解它們的意義，也不願知道那是向誰人發出的，只存下其中的力而已。亞覺夫的話語像開水似的沸騰着，溫暖了他的心靈。

『我要對他們，對那些可憐的懶漢們說：「你們看！人生向前推進，將你們拋棄在後了！」』

『唉——好極了！』福瑪狂喜地喊着，一面開始在沙發上移動。『你是一位英雄，厄可拉——哦——幹罷！往直向着他們臉上投去！』

然而亞覺夫卻不需要激勵，看起來，彷彿他毫未聽着福瑪的叫喊，依然繼續說：

『我明白我自己的力量。我知道他們要向着我喊：「閉住你的嘴罷！」他們要對我說：「不要作聲！」他們要巧妙而鎮定地說，要譏笑我，他們要大擺其威嚴地說。我明白我只不過是一隻小鳥，哦，我不是一隻夜鶯！與他們比較起來，我是一個無知的人，我只不過是一個雜錄記者，一個娛樂社會的人。讓他們向我呼喊，將我的聲音壓下，讓他們去幹罷——人將要掌我的頰，然而我的心依然要跳動！我要對他們說：

『「不錯，我是一個無知的人！但我的第一件比你們強的事，就是我不知道有任何書中的眞理比人還要貴重的！人就是宇宙，惟願那擔負全世界的人永生！至於你們，」我要說，「爲一個字的原故，而且那個字也並不時常含有你們所了解的意義，你們爲一個字的原故，時常互相打傷，爲一個字的原故，你們互相發怒，你們攻擊靈魂。爲這一切，請相信我，人生要嚴格地與你們算賬；一陣暴風雨要發作，它要將你們由地上掃除洗淨，正像風與雨掃除洗淨樹上的塵埃一樣！在人類的語言中，只有一個字，它的意義對於任何人都是淸晰而貴重的，這個字發音出來，是這樣響的：自由！」

「悉碎呀！」福瑪吼着，由沙發上跳起來抓住亞覺夫的肩頭。他將身子屈向亞覺夫那方，一對閃光的眼釘在他臉上，幾乎是因憂愁與痛疼而呻吟：「哦！尼可拉！我可憐的人，我眞爲你非常難過！我的難過，眞非言語所能形容得出的！」

「這是什麼？你怎樣了？」亞覺夫喊着將他推開了。他因福瑪的出乎意外的爆發與奇特的話語喫了驚，已移動了他的位置。

「哦，兄弟！」福瑪將聲音放低了說，於是顯得更深而更迫人。「哦，活靈魂，你何故自沈於破滅呢？』

『誰？我麼？我自沈？你撒謊！』

『我親愛的朋友！你不要對任何人講一句話！你沒有談話的對手！有誰傾聽你呢？只有我而已！』

『他媽的！』亞覺夫憤怒地喊着，好像受了火傷似的由福瑪面前跳開了。

但福瑪走到他面前，沉靜而含確信地說：

『講罷！對我講罷！我要將你的話語帶到適當的地方去。我了解你的話語。啊！我將要如何地燒痛人們哪！你只等着！我的機會要到的。』

『走開！』亞覺夫神經昏亂地喊叫着，他在福瑪的重壓之下，背已擠得靠着牆壁了。他困惱，被擠壓而憤怒地站立着，用力將福瑪伸向他那方的手擺開。同時門打開了，門闕處出現了一個全身着黑服的婦人。她的面色憤怒而興奮，頰上捆有一條手帕。她將頭向後顛動了一下，並向亞覺夫伸出一隻手來，用一種嘶而又尖得刺耳的聲音說：

『尼可拉．馬特菲維支！請原諒我，但這是不能行的事！這樣野獸般的咆哮怒吼。每天都有客人來往。警察都要來干涉了。我再也不能忍受下去！我是非常神經質的。請你明日搬家罷。你並不是居住在沙漠中，你的四周還有人哩。一個受了教育的人都像那樣！而且還是一位寫文章的人！大家都要求安欲。我還有牙痛的毛病。我請你明日搬走。我要貼告白出去，我要通知警察。』

她講得很急促，話語的大半都消失於她聲音的嚓嚓聲和呼嘯聲中去了；只有她用憎怒的調子使勁叫喚出來的幾句，才是清晰的。她手帕的稜角如小角似的向着她的頭髮辮出，而且牙床一動，那角也搖動起來。一瞥見了她那騷動而滑稽的姿態時，福瑪便慢慢地向沙發那方退去，亞覺夫則站着拂拭額頭上的汗珠，並一眼不眨地釘着她傾聽她的話語：

『我現在已通知你了！』她這樣喊着，並且走到門後，又說了一次：

『就是明天！　是胡鬧極了。』

『惡魔！』亞覺夫鈍目地望着門口囁嚅着。

『這樣的一個女人！好嚴厲呀！』福瑪自己在沙發上坐下，一面喫驚地眼看着亞覺夫這樣說。

亞覺夫聳起肩頭走至桌前，注了半茶杯Vodka喝乾後，卽垂着首在桌前坐下了。大家緘默了約有一分鐘。隨後福瑪膽怯而柔聲地說：

『這是怎麼一回事！我們還沒來得及瞬、瞬眼，突然間便有了這種結果。唉！』

『你！』亞覺夫把頭抬起來，憤慨而暴躁地望着福瑪低聲說。『不要作聲！你，他媽的。躺下睡覺罷！你這個怪物。夢魘。哦！』

他舉起拳頭來吼嚇福瑪。隨後，他在杯內傾上了更多的白蘭地，又將牠喝乾。數分鐘後，福瑪已脫了衣服躺在沙發上，用半睜半閉的眼守望着胡亂地坐於桌前的亞覺夫。他凝視着地板上，嘴唇迅速地動着。福瑪很希奇，想不透亞覺夫何以向他生氣。這決不會由於別人追他搬家，因爲是亞覺夫自身喊呼的。

『哦，惡魔！』亞覺夫喃喃着，咬緊牙關。

福瑪由枕上將頭靜靜地抬了起來。亞覺夫深長而嘩然地嘆着氣，又把手伸到酒瓶那方去了。於是福瑪低聲對他說：

「我們到旅館去住罷。現在尚不晚哩。」

亞覺夫望着他，用兩手擦着頭，開始奇特地笑起來。他由椅上立起身來簡短地對福瑪說：

「你將衣服穿上！」

眼見他那般拙笨而緩慢地在沙發上轉動着，亞覺夫不耐作而憤怒地喊道：

「唯，趕快一點！你這位笨拙的化身。你這個車杠。」

「不要咒罵！」福瑪說着和平地一笑。「難道因一個女人喋喋了幾句，便值得發怒麽？」

亞覺夫望了望他，吐了一口痰，粗暴地笑起來了。

十三

『都到了沒有？』以利亞・薩非莫維支・可洛洛夫立於他的新汽船的船頭上，用閃着光的眼察視來賓們這樣問。

『好像是都到了！』

可洛洛夫揚起他的強壯，紅色，幸爾似的面孔，向那已經站於船橋上的傳聲管之傍的船丰喊道：

『解纜呀，皮特魯哈！』

『知道了！』

船丰露出了他的大禿頭，眼望着天畫了一個十字，用手將他的黑色寬鬍鬚撫摸了一回，並咳嗽着清了清喉頭，卽發出命令說：

『後退！』

衆來賓默然而留心地注視船主的動作，並且爭先恐後地做效他的模樣，大家都開始畫十字，因而他們的帽子與高帽子像一羣黑鳥似的在空中閃過。

『哦，主呀，求你賜福我們！』可洛洛夫帶感激地喊着。

『放船尾呀！前進！』船主吩咐說。

大船『以利亞·梅洛邁茲』號雄壯地噗了一口氣，向着棧橋那方吐了很濃的一股白色蒸氣後，便如鴻鵠似的輕快地朝上水駛去了。

『看它出動呀，』一個高而瘦貌美的商業會議所的議員盧普·古利哥耶夫·列珍尼可夫這樣感嘆着。『簡直毫不搖盪！好像一位正在舞蹈的貴婦人！』

『半速度！』

『這並不是一隻船，乃是一條大鯨魚！』身爲聖室保管人又是城中第一名高利貸者的廢面曲背的托洛弗姆·朱保夫敬虔地噗了一口氣這樣喃喃着。

這是一個灰色天日。滿爲秋雲密佈的天空反映在河水上，照成了一種冶鉛色。因新漆而閃光的汽船，沿着那河的單調背景駛進，好像一塊大而明亮的斑點，它所吐出的黑色煙霧，則像重雲似的懸在天空。全體白色，蒸氣衣爲薔薇色，外車爲鮮紅色的汽船，以船頭輕快地切開水面，將水向兩岸逐去。舷側的間窗與甲板室中的窗戶玻璃，都明亮地閃着光，彷彿是在自滿而勝利地發出微笑。

『各位尊貴的來賓！』可洛洛夫脫下帽子，向來客們深深地一鞠躬說。『正如我們現在將屬於上帝的東西歸給上帝一樣，想各位來賓定允許樂隊將屬於皇上的東西歸給皇上的？』

不等來客們作答，他就用手掌作話筒喊道：

『音樂隊！請奏「頌榮光！」』

機器後的音樂隊便奏起行進曲來了。

於是商業銀行的開辦人兼委員的馬克爾•保布洛夫用手指頭在他的便便大腹上打着拍子，口中開始用一種愉快的低聲唱道：

『願榮光，願榮光，歸於我們的沙皇——托拉——拉——塔——捧——』

『各位，都請去坐席呀——請呀——只是便飯而已，嘻嘻！我非請各位動駕呀，』可洛洛夫自己由那稠密的一羣來賓中衝擠過去，一面這樣說

大約共有三十個來賓，每個都是很莊嚴的人，都是地方商業界中的翹楚。其中禿頭白髮的老年人們，穿的是舊式的常禮服，俄國帽，長統靴，但這種人却佔少數；大部份都是戴的絲的高帽子，穿的鞋子與流行的大衣，這些人本都擁擠在船頭上，但順從可洛洛夫的招請，也都慢慢地向着那鋪上帆布擺有酒肴食桌的船尾上移動起來了。盧普•列珍尼可夫和亞可夫•馬亞金手挽手地走着，前者並且伏在他耳上不知囁嚅了一些什麼事，以至馬亞金聽着發笑了。被馬亞金規勸了好一會，終於伴同他來赴此筵宴的福瑪，在這些他所討厭的人們之中，尋不出一個伴侶來，因此他臉色蒼白而陰沈地獨自一人與衆人遠離着。在過去的兩天中，他是與亞覺夫一路放量地痛飲，所以他此時頭痛得非常厲害。在這一羣莊肅而又歡樂的人們之中，他感覺很不安；人聲的聲

鶯，音樂的鼓噪，汽船的騷音，這一切都令他憤惱。

他感着一種要假寐的迫切要求，並且又不休止地想到，他教父何故今日對他這般和善，何故要將他帶到城中第一流的商人們的隊伍中來。他何故那般熱心地勸誘他，而竟至懇求他來參加可洛洛夫的彌撒與酒宴呢？

「不要糊塗，去罷！」福瑪記起了他教父的勸誘，「你何故躲避人呢？人的性質是天生的，而且在財富上，有幾個人能高過你。你應當與其他的人站在同等的地位上。去罷！」

「你何時與我眞面目地談談呢，爸爸？」福瑪望着他教父的面孔與綠色眼睛翻弄時，曾這樣問過馬亞金。

「你是說，將你由事務中解放出來麼？哈，哈！我們要討論討論的，我的朋友！你眞是一個奇特人物。你將你的財產拋開後，是不是去進修道院呢？是不是要效法聖人們的榜樣？啊？」

「到那時我再決定！」福瑪回答說。

「咳。好罷，同時在你未進修道院以前，和我一路去罷。趕快預備好。你的面孔顯得很；拿點什麼濕東西擦擦罷。將你身上撒點香水，到祿爾福那兒去拿罷，要把這酒氣消散。你去拿罷！」

他們來到汽船上時，彌撒正在進行，福瑪在船邊站了一個位置，注視那些商人直到彌撒終了時。

他們立於嚴肅的沈默中；而孔上都有一種虔心虔意的表情；他們熱心地祈禱，深深地鞠躬，敬虔地將兩眼舉向天空。福瑪一時望望這個人，一時又望望那個人，並且想到他所知道的關於他們的事。

那兒是盧普。列珍尼可夫；他是以妓院主人出身　而且是突然富有起來的。人們說，他勒死了他的一位遊客，一個有錢的西伯利亞人。朱保夫青年時代的事業，是由農人處收買生絲。他曾經失敗過兩次。可洛洛夫二十年前因放火的事件經受過裁判，而且就是現今他仍被控告爲誘拐一個未成年的人。與他一路，「是因相類似的罪狀，赭哈爾。克利洛夫。魯伯斯托夫已被拉上公堂兩次了。魯伯斯托夫是一個長有圓臉，快活的詼眼的強壯而矮小的商人。這些人之中，幾乎沒有一個人，福瑪不知道他有些不名譽的事。

他也明白，他們定都妒嫉這個汽船的數目逐年加增的可洛洛夫。那些人在商業戰場中，誰對誰都是懷刀相向毫無寬赦的，而且大家也互相知道彼此的奸詐與醜惡的事。但此時當他們圍着這個勝利而幸福的可洛洛夫時，他們都混合成了一個厚黑塊，默然地專心一意地好如一個人似的站着呼吸着，並且被什麼着不見但是牢固的，被什麼使福瑪與他們遠離，而又引起了對於他們懷抱恐佈之念的東西闌繞住了。

「騙子們！」他心中這樣想着用以鼓勵自己。

衆人低聲咳嗽，嘆息，畫十字，行鞠躬禮，並又集成厚牆似的將牧師圍上，像大的黑岩石一樣寂然而穩定地站着。

「他們都在裝假！」福瑪心中喊着。他傍邊正站着那傴背獨眼的帕弗林·哥西金——這個人在不久以前，曾將他那神志不清的兄弟的孩子們，都逐到街上去作乞丐了——他站在那兒用他的一隻獨眼望着沈鬱的天空，深爲感動地喃喃着：

『哦，主呀！求你不要在你的盛怒中定我的罪，求你不要在你的忿恨中責罰我。』

福瑪覺得這個人是以最深與最堅固的信心在禱求神的慈悲。

『哦，主呀，我們父親的上帝呀，你曾吩咐你的僕人，諾亞，建造一隻方舟救此世界，』牧師的眼與手都向着天空，用一種極低音這樣祈禱，『求你也保護這一隻船，爲它降下一位平安與幸福的監護天使。求你保護那些乘坐此船的人……』

商人們一致寬闊地移動他們的膀臂畫十字，他們的臉上都現有一種表情——篤信祈禱的力量。這一切現象都在福瑪的記憶中生了根，喚起了他對於這些人的一種疑惑念頭。他不明白，何以這些這般強固地相信神的慈悲的人，對於人們却是那般殘酷。他執拗地望着他們，很想識破他們的欺騙，使自己確信他們的虛僞。

他們的嚴肅的鎮定態度，一致的自信，誇勝的面孔，高噪的話聲與歡笑，都使福瑪惱怒。衆人早已坐上了那擺滿肴宴的食桌，而且都在豔羨那滿撒上青菜與大盤的幾乎長及三碼的大鱘魚。托洛弗姆·朱保夫拿起一條飯巾繞着頸項繫起，用他的幸福而欲忍的半睜半閉的眼望着那大魚，一面對他傍邊的粉商岳納·俞西可夫說：

『岳納・尼幾浮利支！你瞧，這簡直是一個鯨魚吔！它大得，硬可以作爲裝你的棺材，哈，哈！你可以像脚伸入靴中似的爬進去，哈，哈！』

短小而肥壯的岳納，將他的短而小的手伸向盛有新鮮魚子醬的銀匣那方去，他貪慾似的啜着嘴，又睨視着他面前的瓶子，生怕自己會將它們觸倒了。

可洛洛夫對面的一個棚架上，載有由波蘭運來的半罎老 Vodka ；鍍銀的大貝殼內，則盛的是牡蠣，還有一個製成塔形的彩色糕餅，聳出於一切食品之上。

『各位！我請求你們！隨意用呀！』可洛洛夫這樣喊叫着。『我這兒爲適合任何人的口味，什麼都預備得有。有我們我國東西，也有外國的，都是現成的！這才是一種最好的辦法！有什麼人還想要旁的東西的？有人要蝸牛麼，或是要蟹呢？別人告訴我，它們都是由印度運來的呀。』

朱保夫　他的鄰人馬亞金說：

『「爲建造船舶」的祈禱文，並不合於拖船的小火輪與河中的汽船等，這並不是說完全不合，只是有些不足而已。一隻航行江河的汽船，乃是船員們的永久住家，因之應當將它看爲一個家。所以在船舶的祈禱文之外，必須要有「爲建造家屋」的祈禱。但你要飲什麼酒呢？』

『我是不大會飲酒的。你只爲我注一點茴香 Vodka 好了，』亞可夫．塔拉數維支回答說。

福瑪雜在幾個他不大熟識的膽怯與老實的人一路坐於桌子橫頭，但不時感覺得老頭子的鋒銳視線由他身上掠過。

「他定是害怕我會鬧出亂子來，』福瑪心中想。

『各位！』那強壯得令人害怕的造船主亞西廚洛夫嗄聲吼着，『我沒有青魚是不行的。我必須要由靑魚先動手，我的性質這樣。』

『音樂隊！請奏「波斯行進曲」呀！』

『稍等一會！不如奏「願榮光」罷！』

『請奏「願榮光」。』

機器的噴吹聲與船輪的轢軋聲，混同音樂隊的聲音在空中釀成了一種吹雪似的狂野曲調。笛筒的吹嘯，號角的震耳的悲鳴，低音絃樂器的沈重吼聲，小鼓的輕揣，大鼓的重擂，這一切都落在那鈍而單調的船輪上，它們劈開水面，叛逆地打入空中，壓倒了人聲的騷嚷，好像颶風似的追在汽船後面，使人們不得不用盡氣力來贓叫着講話。有時樂器中迸出了一聲憤怒似的蒸氣的嘶聲，當這種聲響在那重擂，吟呻，銳叫等的混亂聲中驟然迸出時，其中似乎含有一些激怒而輕侮的東西。

『我就是進了墳墓，也永不會忘掉，你不願爲我折息，』一個人用兇狠的聲音說。

『不要講罷！這豈是談賬的地方呢？』保布洛夫的低音響起來了。

『各位！我們必須要有幾句演說！』

『音樂隊，停止！』

『你到銀行裏去，我就要向你講明，我爲什麼沒爲你折息。』

『要演說了！請安靜！』

『音樂隊，請不要彈奏了！』

『請奏「在牧場中」。』

『不，「安哥兒夫人」。』

『已經夠了！亞可夫・搭拉數維支，我們請求你！』

『那名爲司搭斯傑饅頭。』

『我們請求你！我們請求你呀！』

『饅頭麽？那看起來，並不像哩，但我總是要嚐一嚐的。』

『搭拉數維支！你講呀。』

『各位，眞是快活咧！』

『唯，但在「美麗的葉勒娜」之中，她幾乎是赤祼祼地走了出來，』魯伯斯托夫的尖銳感動的聲音驟然突破了這鬧聲。

『常心！雅各些驪了以擀麽？啊哈！』

『我不能。我的舌不是一把鉋子，而且我已不是年輕的人了。』

『亞西！我們都要求你！』

「賞我們這點面子！」

「我們選你作市長！」

「塔拉數維支！不要反覆無常！」

「噺！安靜！各位！亞可夫·塔拉數維支要講幾句話！」

「噺！」

正當衆人的鬧聲靜止下去，不知什麼人的憤慨而高聲的嗝噅聲響起來了：

「她怎樣在揑我呀，臭屍。」

保布洛夫用他的很重的低音問道。

「她揑你什麼地方呢？」

於是大家都格格地大笑起來，但馬上又歸於寧靜了，因爲亞可夫·塔拉數維支·馬亞金已經站了起來，淸着喉頭，摸着他的禿腦天，並慰重地觀察商人們期待着他們的決意。

「啊，各位，請你們謹聽罷！」可洛洛夫滿意地說。

『商界的諸公！』馬亞金微笑着開始了。『在有教育與有學問的人的語言中，有一句外來語，那就是「文化」二字。我現在要在各位面前極力簡單地談談這兩個字。』

『啊，那就是他所瞄定的地方！』一個人的滿意的聲音說。

『噺！安靜！』

『親愛的諸君！』馬亞金提高嗓子喊着，『在新聞紙上，他們不斷地寫着，說我們商人不知道「文化」這兩個字，說我們不要它，不明白它。並且他們稱呼我們爲野蠻人，沒有文化的人。究竟文化是什麼呢？雖然我已有這大年紀，但聽着這些話，實在令我非常難過，所以一日我便下了决心，要查明這兩個字究竟含有什麼意義。』馬亞金默然了，用眼睛巡視聽衆談勝地一笑後，又繼續清晰地講道：

『依據我研究的結果，便判明了這兩個字的意義是崇拜，那卽是愛，卽是對於人生的秩序與事業的偉大的愛。「那才是對的！」我心中想，「那才是對的！」那卽是說，一個有文化的人，乃是一個愛秩序與事業，一個，簡言之，愛建設生活，愛生活，並明白他自己與人生的價値的人。好極了！』亞可夫・塔拉斯維支發抖了，他面孔上的皺紋，由他微笑的眼睛直到嘴唇邊好像光線似的鋪在他的臉上，他的光禿腦天宛如什麼黑星一樣。

商人們無言而留心地凝視他的嘴巴，大家的面孔上都因注意緊張起來了。人們依然保持着開始傾聽馬亞金演說時的姿勢，彷彿都已呆若木雞了。

『但如果那兩字完全是這樣解釋，而無旁義，如果是這麼一回事，那末，那些稱呼我們爲無文化的野蠻人的人，不得不是誹謗我們了！因爲他們不過只愛那兩個字，並不是愛它的意義，但我們却愛這二字的眞髓，愛它的眞意，我們愛動作。我們內面具有對於生活的眞正的崇敬，卽是具有生活崇拜之念；我們是這樣，並非他們！他們愛批判，我們愛事業。商界諸公，關於我們的文化，以及我們對於事業之愛，這兒有一個好例子。就取伏爾加河來講罷！它是我們自己的親愛的母親！以它的每一滴每一滴水，它能證實我們的名譽，而且能駁倒汚在我們身上的誹謗。諸公！自從彼得大帝允許駁船在此河上航行以來，至今不過只有一百年的光景，但現在數千隻汽船在這河中上下航駛。這些汽船是誰人製造的？是俄國農人，是一個完全目不識丁的人！這一切大汽船與駁船——它們都是誰人的？是我們的！誰人發明它們的？是我們！此處所有的一切都是我們的；此處的一切都是我們頭腦的果實，都是我們俄國人的聰明和對於事業所抱的偉大的愛的果實！我們在任何事上，都毫沒借助於他人！我們自己剿滅了伏爾加河上的海賊；我們是由自己腰包裏拿出錢來請的軍隊；我們不但只將海賊剿滅了，並且又使伏爾加河的幾千俄里的水程上，佈滿了數千數千隻汽船與各種各類的船舶。伏爾加的沿岸上，什麼城是最緊要的城市？即是商人最多的那個城市。城市中最好的房屋是誰的？商人的！誰人看管照料貧人的事最多？商人！商人們將錢一哥兩哥地集了起來，却是成百成千的盧布捐了出去。教堂是誰人建造的？是我們！誰人對於政府出的錢最多？商人！諸公！只有對於我們，事業因事業自身的原故，因爲我們的對於實生活建設之愛的原故，才是寶貴的。只有我們愛秩序與生活！至於那些談諦我們的人，只是談諦罷了，此外還有什麼？讓他們去談諦好了。風吹起時，柳樹便嗽嗽作響，風停息時，柳樹也默然了；柳樹不但不能作車扛，而且也不能作摇蔕；那是一種無用的樹！並且就是由這無用之中才發出了那種響聲。他們，我們的裁判者，完成了什麽呢，他們如何裝飾了人生？這些，我們一無所知。然而我們的事業却是明顯地擺在眼前的！商界諸公！我看見諸公之中有最先進的人，最勤勉而愛自己的勤勞的人，我看見諸公之中，有能夠完成而已經完成一切的人，所以我在此誠心誠意以對於諸公的敬與愛爲這光榮的，靈心強壯的，勤勉的俄國商界諸公，舉起我這滿溢的酒杯。敬祝諸公萬歲！敬祝諸公爲母親俄羅斯的光榮永生！喝哎！」

亞馬金的尖銳與戰慄的呼聲，引起了衆商人的一陣震人耳鼓與誇勝的狂吼。因酒和老頭子的話語所喚醒的這些粗大肥滿的肉體，一時都動搖起來，由他們胸中發生了那般一致而強大的吼聲，以至他們四周的一切好像都戰抖起來了。

『亞可夫！你是上帝的號筒！』朱保夫將酒杯向馬亞金舉起這樣喊着。

椅子擠倒了，棹子推翻了，因此使酒盤酒瓶倒的倒響的響，衆商人興奮狂喜着，有的淚珠掛在眼上，都把酒杯擎在手中向着馬亞金衝上來了。

『啊！你懂得剛才所講的嗎？』可洛洛夫抓着伊爾斯托夫的肩頭搖撼着說。

『我懂得！那是一篇了不起的演說！』

『亞可夫．塔拉歐維支！來呀，讓我們擁抱你！』

『我們將他抬起來罷！』

『奏樂呀。』

『奏一曲祝賀曲！一曲行進曲。「波斯行進曲」。』

『我們不要什麽音樂！停住罷！』

『這兒便是音樂！唉，亞可夫．塔拉歟維支！你眞是有智慧！』

『在我的弟兄中，我是很渺小的，但幸天賦我以智慧。』

『你撒謊，拉洛弗姆！……』

『亞可夫！你不久就要死去了。哦，這眞是可惜的事！我們的悲悼決非言語所能形容得出的！』

『但宋會有如何盛大的一回葬式呀！』

『各位！讓我們成立一種紀念亞馬金的基金！我捐一千盧布！』

『安靜！不要作聲！』

『諸公！』亞可夫•塔拉數維支又開始講起來，四肢都在發抖。『加之，我們是實生活中的最前列的人，是我們祖國的眞正的主人公，因爲我們是——農人！』

『對的！對極了！老爹爹！你這才配爲一位老前輩！』

『不要開口！讓他說完。』

『我們是俄式的俄國人，所以凡由我們出的一切，都是純粹俄國式的！因而便是最眞實最有用而不可缺的。』

『這種話與二二得四一樣眞實！』

『而且又容易了解。』

『他眞像蛇一樣聰明！』

『並且又溫馴得像——』

『像一隻兀鷹。哈，哈，哈！』

商人們聚成了一個密密的圓圈將他們的演說者圍住了。他們的油亮的眼睛凝視着他，大家都已那般興奮起來，以至再也不能鎮靜地傾聽他的話語。他的四周，人聲的喧嚷打在空中，與機器的響聲，以及舵輪擊打水面的聲音混合起來，釀成了一种聲音的旋風。將老頭子的顫聲全壓倒了。商人們的興奮逐漸逐漸地緊張了起來；衆人面孔上都閃着得勝之光，擎起酒杯的手都伸向馬亞金那方；商人們拍着他的肩頭，推搖他，吻他，含着熱情望在他臉上。有的人竟發狂似的叫道：

『是加馬潤斯基。是國鏵呀！』

『我們已完成了那一切！』亞可夫．塔拉數維支指着河上說。『那都是我們的！我們已經將生活建立起來了！』

突然間一種壓倒一切聲響的高聲吼叫響起來了：

『啊！你們已經將生活建立起來了麼？啊，你們。』

隨後馬上便是一句卑鄙的詈駡在空中響了，這是含有很深的仇意用一種低但是非常有刀的聲音清晰地發音出來的。衆人都聽着了這句詈駡，於是稍沉默了一會，大家都舉起眼睛來搜尋這咒罵他們的人。這一剎那中，除了機器的深長嘆息聲與鐵鏈的轆軋聲外，什麼聲響也聽不着。

『有什麼在怒喝？』可洛洛夫皺起眉頭問。

『唉！我們無爭鬧是過不成的！』列珍尼可夫痛恨地嘆了一口氣說。

『有什麼人在此地任意發誓？』

衆商人臉上都現出了恐怖，好奇，驚愕，與非難的神色，大家都開始拙笨地忙亂着。只有亞可夫．搭拉數維支一人是鎮定的，並且彷彿因所發生的事感覺很滿意似的。用足尖頂着站起，頸子長伸着，他凝視着桌子橫頭那方，眼中異樣地閃着光，好像他看出了那兒有點令他很歡喜的東西。

『是哥蒂耶夫，』岳納．俞西可夫低聲說。

於是衆人的頭都掉向亞可夫．搭拉數維支所凝視的那方去了。

在那兒正立着兩手支於桌上的福瑪。他的面孔怒得歪扭了起來，牙關咬得緊緊的，他正在用他那對大睜起的燃燒着的眼睛默然地觀察那些商人。他的下顎打戰，肩頭發抖，緊緊抓住桌邊的手指頭，痙攣地搔着桌布。瞥見了他這狠似的怒容與盛怒的姿勢，商人們又沈默下去了。

『你們張着眼睛望什麼？』福瑪問後，接着便是一句辛辣的惡罵。

『他喫醉了！』朱保夫搖了搖頭說。

『何以請了他的？』列珍尼可夫低聲囁嚅着。

『福瑪・伊格拉蘇維支！』可洛洛夫莊重地說，『你不能鬧什麼亂子的。如若你頭暈——那就平平穩穩去安靜靜走到船室中去躺下！躺下，並且……』

『你不要開口！』福瑪吼着將視線轉向他身上。『不要向我多言！我並沒喫醉酒。我比你們這兒的任何人都要清醒些！你懂得麼？』

『但你等一等！是什麼人請你到這兒來的了』可洛洛夫問着，而孔已經怒得發紅了。

『是我帶他來的！』馬亞金的聲音這樣喊着。

『啊！那是當然的。請原諒我，福瑪・伊格拉蘇維支。但既然你將他帶了，亞可夫，你必須要收服他。不然就很不好看的。』

福瑪緘默着微笑了。商人望着他，也都默然無言。

『唉，福瑪！』馬亞金開口了。『你又來丟我這大年紀的人的臉。』

『教父！』他說着，將牙齒露了出來，『我還不曾作什麼，你現在教訓我未免太早了。我並不是喝醉了，我什麼都不曾喝，但我一切都已聽着了。商界諸君！請允我演說幾句！你們這般尊敬的我的教父已經演說過了。現在請聽聽他的教子講罷。』

『什麼——演說？』列珍尼可夫說：『何故要這些說教呢？我們是來大家一路享樂的。』

『唯，你不如算了罷，福瑪•伊格拉蟋維支。』

『頂好喫點酒罷。』

『啊，我們來痛飲罷！唯，福瑪，你父親是一個很有面子的人咧！』

福瑪由桌前退開來。將身體伸直不斷地微笑着傾聽這些親切的忠告的言語。在這些莊肅的人們之中，他是一個最年輕而最漂亮的人。他那姿態很好的身體，穿着一件尺寸合身的常禮服，在那些便便大腹的人羣中，現得非常出衆。生有一對大眼睛的微黑面容，比較那些立於他面前抱着驚愕與期待的打了皺或者是赭色面孔的人們，要端正得多，而且更有生氣。他將胸部挺出，牙關咬緊，並把常禮服的下擺散開，兩手則插入衣袋中。

『你們現在用阿諛與愛撫是塞不住我的嘴的！』他恐嚇而鎮定地說。『無論你們聽與不聽，我總是要講的。你們不能將我由此處趕走。』

他一面搖着頭聳着肩，一面聲明說：

『你們之中，如有一個人就是用一個指頭觸着了我，我就要將他殺死！我敢憑神起誓。我要盡量地來多少殺多少！』

站在他對面的一羣人竟像風搖着叢林似的都向後倒退。他們開始不安靜地嘀嘀着。福瑪的面孔變得更黑，他的眼睛成了圓形。

『既然在這兒剛才已經講過，你們已來生活建立起來了，而且你們已做了最真實與適當的事。』

福瑪深深地嘆了一口氣，帶着難以名狀的憎惡之情觀察他的聽衆們的那驟然變得奇特地脹了起來宛如浮腫着的面孔。商人們默然無聲，彼此擠貼得更緊密了起來。有一個站在後列的人喃喃着：

『他在講些什麼？啊！是照紙上朗讀，抑是在背誦？』

『哦，你們這些孬根！』福瑪喊着將頭一搖。『你們作成了什麼？你們所作成的並不是生活，只不過是一座監獄。你們並不曾建立秩序，你們乃是在人身上製造了鎖鏈。其中窒息得很，狹窄得很，簡直沒有一個活靈魂可以轉身的餘步。人已經要滅亡了！你們都是殺人犯！你們明白不明白，只因人須有忍耐，你們今日才能生存着？』

『那是什麼意思？』列珍尼可夫悲怒而憎恨地將手緊握着問。『以利亞·橫弗姆，這是什麼？我聽不來這些話。』

『哥蒂耶夫！』朱保夫喊着。『當心，你說了不謹慎的話呀。』

『因爲這些話，你將要——哦，哦，哦！』朱保夫諷示地說。

『安靜！』福瑪吼着，眼睛中已滿現爲血色。『你們叫喚什麽……』

『諸公！』馬亞金的鎭定而懷惡意的聲音像一個滑刦刀搔在鐵上似的響了起來。『不要觸着了他！我誠懇地請求你們不要阻擱他。讓他怒吼罷。讓他開一開心。他的話語不會傷着你們的。』

『啊，不，我多謝你！』俞西可夫喊着。

緊緊立於福瑪身傍的斯莫林向他耳朵上囁嚅道：

『住口罷，朋友！你怎樣了？你發狂了麽？他們要對於你——！』

『走開！』福瑪鎭靜地說着，用怒眼望了望他。『你到馬亞金那兒去諂媚他，或者你總可以獲得點什麽！』

斯莫林由牙縫間吹嘯着便走開了。衆商人也都開始一個一個地散開。這種情形益發激怒了福瑪，他想他能夠用自己的話語將他們緊在他們所站立的地方。但他尋不出這種有力的話語來。

『你們已將生活建立起來了！』他吼着。『你們是誰？是痞子，是強盜。』

有兩三個人好像福瑪喊住他們似的，已轉向他這方來了。

『可洛洛夫！爲那個小姑娘，他們不久就要審問你麽？他們要判你的徒刑。再會，以利亞！你造汽船，是白白費力。他們要將你用政府的船舶送到西伯利亞去。』

可洛洛夫沈入椅中去了，血液躍上他的面部，他默然地握着拳頭作恫嚇勢。福瑪啞聲說着：

『啊，很好。我不會將這件事忘掉。』

福瑪看見了他那嘴唇發抖的歪扭着的面孔，他心中明白了應用什麽武器才能猛烈地攻擊這些人。

『哈，哈，哈！生活建立者！哥西金，你賙濟你的那些小姪兒姪女麽？你至少應每天給他們一哥貝喀。因爲你竊取了他們六萬七千盧布的財產。保布洛夫！你何故關於你那位姘婦撒謊，說她騙了你的錢財，而將她送到獄牢裏去呢？假使你對她生厭了，你可以將她給把你的兒子。因爲你的兒子已經與你的另一姘婦在通奸。未必你不知道這回事麽？唉，你這個肥豬，哈，哈！至於你，盧普，你可以再開一個妓院並像以前那樣刼掠你的客人。後來惡魔便要刼掠你，哈，哈！有你那樣一副虔敬的面孔而作惡漢眞好極了！你殺死的是什麼人，盧普？」

福瑪說着，時時在話語間挾以怨憤的嘲笑，他看出了他的話語在這些人身上已起了影響。先一刻，當他對他們全體講論時，衆人都把臉掉過去，走開，淡成一羣一羣的由遠處含着憎恨與輕蔑的神情眺望着他。他看見他們臉上露有微笑，他覺得他們一切舉動中，都含有侮辱之意，而且也明白了，他的話語激怒了他們，他們愈不如他所希望的停立在那兒。這一切已使他的憤怒冷淡下來了，他的內心中早已起了一種，自己對於他們所下的攻擊會失敗的苦痛的自覺。然而當他一旦開始來一個一個地分開講時，馬上他的聽衆對於他的關係便有了一種迅速而特別的改變。

當可洛洛夫好似受不住福瑪的那些辛辣話語的重壓而笨重地沈入椅中時，福瑪看見有些商人臉上閃出了譏刺而懷惡意的微笑。他聽着一個人的驚歎而讚賞的喁喁聲說：

「這瞄準得好極了！」

這一聲喝嚼壯了福瑪的膽，於是他自信而激烈地將咒駡譏笑侮辱向着凡停於他眼瞼中的人身上拋去。望着自己的話語已奏了效，他愉快地大聲吼着。人們都無言而留心地傾聽着，有幾人竟益發向他這方擠來了。

不時也可以聽得出幾句反抗的話，但都是低聲而簡短的，並且每當福瑪喊出一個人的名字時，大家便默然地傾聽着，向着那被告的伙伴那方投射以詭譎與懷惡意的視線。

保布洛夫困惑地笑了，但他的一對小眼睛像錐子似的釘在福瑪臉上。盧普．列珍尼可夫搖着手，笨拙地亂跳着氣都喘不過來了，他口中說道：

『你們爲我作證人。這是什麼？不，我決不寬恕這回事！我要到法庭裏去。那是什麼？』突然間，他把手伸向着福瑪，用尖銳的聲音叫着：

『把他捆起來！』

福瑪高聲笑了。

『你們不能將眞理捆起來，你們做不到！就是捆起，眞理也不會默然！』

『好……的！』可洛洛夫用一種鈍而斷斷續續的音聲拖長着說。『啊，商界諸公！』馬亞金的聲音響起來了。『我請你們看他作什麼吧，他就是那樣的一種人！』

商人們漸漸都擁上福瑪面前來了，他看見他們臉上露有憤怒，好奇，惡意的滿足之情，以及恐怖等等表情。與福瑪坐在一路的那些老實人之中有一個向他囁嚅說：

『向着他們幹去罷。上帝祝福你。向前！那是與你有好處的。』

『魯布斯宅夫！』福瑪喊着。『你在笑什麼？有什麼使你這般歡喜？你也要處徒刑的。』

『將他送上岸去！』魯布斯茫夫驟然站起來吼着。

於是可洛洛夫向着船長喊道：

『開倖去！到城裏去！到知事那裏去。』

一個人以因與奮而顫慄的聲音拳承似的說：

『那是一種串同謀騙的勾當。那是有意做出來的。他是受了人的唆使，爲增勇氣而嗅醉的。」

「不，這是一種叛逆！」

「將他捆起來！只要捆起來就行了！」

福瑪抓着一個香檳瓶，將它在空中揮舞着。

「來嗎！看起來你們將要不得不聽我講咧。」

懷着新的憤怒，又因着見這些人在他話語的攻擊之下畏縮着戰抖着而狂喜起來了的福瑪，又開始呼着人的姓名喊出下賤的咒語，於是那劇烈的騷噪再一度地停息下去了。福瑪所不認識的那些人，懷着迫切的好奇心與贊同之意眺望着他，有的人竟露出了愉快的驚愕神情。他們之中的一個長有薔薇色而頰與小鼠眼睛灰色頭髮的矮小的老頭子，突然將臉掉向福瑪所辱罵的那些商人，柔聲地說：

「那些都是由良心中發出來的話語，並無什麼壞意！我們應當耐心聽着。這乃是預言者的譴責。我們都是罪惡深重的人。講老實話，我們都是非常——」

衆人都發出了「嘶」「嘶」的聲音，朱保夫竟推擅着他的肩頭。那人深深地一鞠躬，便消失於人羣中去了。

『朱保夫！』福瑪喊道。『共有多少人被你刦掠了而變成了乞丐？你曾經想到過那個因你的原故而將自己勒死了的伊仿．皮特洛．米金尼可夫麼？每次彌撒時，你便在會堂裏的賽錢箱中盜取十盧布，這事眞麼？』

朱保夫不曾想到會來這一打擊，他的一隻手舉起來呆若木雞了。但他趕急跳起來，馬上開始用震耳的聲音喊道：

『唉！你也攻起我來了？你也攻擊我麼？』

他的兩頰突然膨脹了起來，他一面尖聲叫喊着，一面開始搖着拳頭叱嚇福瑪：

『傻子心裏說沒有上帝！我要到主教那兒去說！不信神的東西。你將要處徒刑！』

汽船的騷嚷益發增大了。福瑪望着他所侮辱的這些忿怒而莫可奈何的人們，他感覺得他自己是神話故事中的打死怪物的勇士了。人們到處忙亂着，搖着手膀，互相談論——有的氣紅了臉，有的面色發青，對於制止他所浴於他們身上的譏刺，大家都是同樣無力。

『把水手們叫到這兒來！』列珍尼可夫拉住可洛洛夫的肩頭說。『你怎樣了，以利亞？啊？未必你將我們請來受嘲弄的麼？』

『對付一隻小狗，』朱保夫喊。

一羣人已聚集在亞可夫。搭拉數維支。馬亞金的四周，含怒地傾聽他那冷靜的言辭，並又贊成地點着頭。

『幹罷，亞可夫！』魯布斯托夫高聲說。『我們都是證人。幹罷！』

在衆人的喧聲之上，福瑪的高而責難的聲音響起來了。

『你們所建立的並不是生活——你們乃是造成功了一個汚水坑！你們以你們的行爲滋生了朽腐與骯髒！你們有良心麼？你們記得上帝？金錢——就是你們的上帝！你們已將你們的良心追走了！你們將它追到什麼地方去了呢？吸血鬼！你們靠別人的力量生存着。你們用他人的手來勞働！這一切，你們將來都要淸償的！你們死後，必要被喚去算淸一切！算淸一切，就是一滴淚水也要計算的，有多少人因爲你們的那些偉大事業而流血？依照你們的所爲，就是將來你們降入地獄，也都對你們太好了，惡漢們。你們並不是在火中，乃是要在沸騰的爛泥中被煮，你們的痛苦幾世紀都不會完結。惡魔們要將你們投在一個油鍋內……哈，哈，哈！他們並要澆上……哈，哈，哈！尊榮的商界諸君！生活的建立者。哦，你們這些惡魔！』

福瑪格格地大笑起來，並且棒着腹，頭揚起地蹣跚着。

正在這一刹那，幾個人迅速地交換了視線，同時衝上福瑪而前用力將他壓倒了。馬上便發出了一陣雜聲。

『現在你被捕着了！』一個人的窒息的聲音喊着。

『唉！你們是這樣幹的麼？』福瑪嗄聲說。

沒過好一會功夫，黑黝黝的一大堆人都在一個地方忙亂着，重重地頓着足，發出了低沈的叫喊：

『把他拋在地上！』

『拉住他的手，他的手！哦！』

『靠頭鬚這兒麼？』

『拿茶巾來，用茶巾將他縛上。』

『你要咬麼，你敢咬？』

『啊！怎樣？啊哈！』

『不要打！敢打。』

『好了！』

『他眞強壯得很！』

『把他帶到舷側上去。』

『露在外面空氣中，哈，哈！』

他們把福瑪拖至舷側上，將他靠着船長室的牆壁放下後，便整理服裝，拭着額頭上的汗點走開了。掙扎得精疲力盡，又加上因敗北的恥辱而頹喪的福瑪，靜靜他躺在那兒，衣服扯破而汚髒，手脚都被茶巾與毛布牢牢地捆住了。他那一對圓而充血的眼睛望着天空；它們已是暗淡無光，好像一木偶的眼睛一樣，他的胸部困難而不勻整也起伏着。

現在就是他們來譏刺他的時候了，首先便是朱保夫。他走至福瑪面前，用腳踢了踢他的脅腹，全身因復仇的歡喜發着抖低聲問道：

『啊，像雷一樣的預言者，怎麼樣？現在你可以嚐一嚐巴比倫的囚徒滋味，嘻，嘻，嘻！』

『等着，』福瑪哽聲說，也不望望他。『等我休息好。你們並不曾縛住我的舌頭。』

雖然口中這樣說，福瑪已明白了他再不能作什麼，也不能說什麼了。這並不是因爲人們捆住了他，只是因爲他心中有點什麼已燃盡了，他的靈魂已變成黑暗與空虛了。

列珍尼可夫馬上加入了朱保夫的隊伍，隨後其餘的人們也一個又一個地走了攏來。保布洛夫，可洛洛夫與另外兩三個人由亞可夫，馬亞金領着頭都向甲板室中走去，一面不安地低聲討論着什麼。

汽船開足了馬力向城中航行。桌上的酒瓶頸搖着因汽船的震動軋軋作響，福瑪總着這種軋轢而悲傷的聲音比一切更爲淸晰。他的近傍站有一羣人，說着懷惡意而令人生厭的事。

然而福瑪望着他們好如透過了一層霧似的，他們的話語也不能打動他的心。他的心靈深處，現在湧起了一種大而苦重的感情；他追着它成長的蹤跡；雖然他不明白這種感情，但他業已經驗着了一些愁鬱屈辱的事。

『你這個說大話的，你只想想！你已對於你自身作了什麽？』列珍尼可夫說。『現在對於你，有什麽生活是可能的呢？你知道不知道，我們之中的人就是在你身上吐唾，也無人高興幹了？』

『我作了什麽呢？』福瑪努力想明白。衆商人立於他四周成了一個厚密的黑塊。

『啊，』亞西廚洛夫說，『現在，福瑪加，你的工作完畢了。』

『等着罷，我們要將你，』朱保夫低聲牛鳴着。

『讓我自由罷！』福瑪說。

『啊，不行！我們深深感謝你！』

『不要捆住我。』

『那有什麽關係！你依然可以那樣躺着。』

『請將我的教父喊來。』

亞可夫。搭拉斂維支這時正走上前來了。他在福瑪身傍停住脚、用眼睛嚴肅地望着他教子的直挺挺身體，深長地嘆了一口氣。

『啊，福瑪，』他開口了。

『請你吩咐他們將我解了罷，』福瑪悲楚地柔聲懇求着。

『使你又好騷動起來麽？不行，不行，你不如就這樣躺着罷，』他教父回答着。

『我再一個字也不說。我憑上帝起誓！將我解了罷。我害羞不過！看耶穌的面上。你看我並沒有喫醉。你們不解開我的手也可以。』

『你發誓你不再搗亂了麽！』馬亞金問。

『哦，上帝！我决不，我决不，』福瑪這樣呻吟着。

他們解了他兩脚、但手依然縛住的。當他站起時，他望着他們衆人淒楚地一笑柔聲說：

『你們得勝了。』

『我們總是得勝的！』他教父冷然地微笑着回答。

福瑪的兩手綁於背後，彎着腰誰也不望地靜靜向桌前走去。他看來彷彿矮了些瘦了些。他的蓬亂的頭髮散在額頭與顳顬上；那扯破與揉皺的襯衣胸部由他的馬甲中聳出，衣領則遮住了他的嘴唇。將頭轉動着，他想把衣領推至頷下，但他沒做成功。於是那灰白頭髮的矮小老頭子走至他面前，依必要的將他的衣服整理好後，並帶笑地望入他睛中說：

『你必須要忍受。』

現在當着馬亞金面前，那些侮辱福瑪的人都默然無聲，只懷着好奇與期待之意疑難地望着老頭子。他鎮定的，但眼睛中的閃光，與此時機毫不相合，是滿意而愉快的。

『給點 Vodka 我喝罷，』福瑪在桌前坐下，胸膛靠住桌邊，這樣乞求着，他那縐着的身體看家很是可憐而無辦法的。在他四周，人們喃喃地談論着，留心地這兒那兒走動着。大家都一時望望福瑪，一時望望坐於他對面的馬亞金。老頭子並不曾馬上將 Vo.ka 給把福瑪。他最初定睛地觀察他，隨後方慢慢地注了一酒杯 Vodka ，終久一言不發地端至福瑪唇邊了。福瑪將 Vodka 飲下，又請求說：

『還要一點』

『已經夠了！』馬亞金回答說。

這一幕之後，馬上便是一會寂靜得令人痛楚的時刻。人們一聲也不響地用足尖顛着走至桌前，當他們逼近時，便都伸長頸子來望福瑪。

『啊，福瑪加，你現在明白不明白你已做了什麽？』馬亞金這樣問。雖然他講的聲音很低，但誰都聽着了他的訊問。

福瑪搖了搖頭，依然默而不言。

『你這是毫無容赦的！』馬亞金斷然地說着，將嗓子更提高了。『雖然我們都是基督徒，但我們不能饒恕你。你只明白這件事罷。』

福瑪揚起頭來淒涼地說：

『教父，我將你的事完全忘掉了。你不曾聽着我所講的話罷。』

『對了！』馬亞金喊着，辛辣地指着他的教子。『你們看？』

一種鈍而不明的非難聲暴發出來了。

『唉，橫豎都是一樣！』福瑪說着嘆了一口氣。『橫豎都是一樣！沒有什麼——無論如何，沒有什麼好處出來的。』

他的頭又垂於桌上去了。

『你要怎樣呢？』馬亞金兇狠地問。

『我要怎樣麼？』福瑪揚起頭來，望着衆商人微笑了。『我要……』

『醉漢！無廉恥的匪徒！』

『我並沒有喝醉！』福瑪兇暴地反駁着。『我只喝了兩杯。我是十分清醒的。』

『由此看來，』朱保夫說，『你是對的，亞可夫。搭拉數維支，他是瘋狂了。』

『我麼？』福瑪叫喚着。

但人們誰也不睬他。列珍尼可夫，朱保夫與保布洛夫等都凭向馬亞金這方，開始低聲說講着。

『「監護之職……』福瑪的耳朵聽着了這一個字。

『「我是神志清醒的！』他說着，便向後靠在椅背上，以不安的目光凝視衆商人。

『我明白我所要的是什麽。我要說明眞理。我要告發你們。』

他又與猹起來了，突然用兩手急扯着想將束縛拉脫。

『啊！且慢！』保布洛夫將他的肩頭抓着喊着。『將他按住呀。』

『好罷，按住我罷！』福瑪憂鬱而痛苦地說。『按住我，——你們要我有什麽用呢？』

『好好坐下！』馬亞金兇狠地喊着。

福瑪默然了。現在他明白了他所作的一切都是無用的，他的話語並不曾搖動那些商人。他們繞着他站成一個密圈，他不能對他們作什麽。他們是鎮定而有把握，他將作爲一個醉漢與暴徒待理，並且想法陷害他。他覺得他自己可憐而渺小，被那黑魆魆的一羣狠心腸狡猾而莊嚴的人壓倒了。他覺得，自從他責駡他們以後，已過了很長的一個時期，此時期是這般長久，以至他自身彷彿成了另一個人，完全不能了解他對這些人作了什麼，而且是因何故作的。他甚至在心內經驗了一種宛如自己對不住自己似的憤怒之感。他的咽喉處有些着癢，他感覺得胸中有什麼外來物，好似有塵埃或灰土滯在心上，心臟遂不勻整而困難地鼓動起來了。因想對自己解釋自身的行動，他遂誰也不睬地緩慢而深思地說：

『我要說明眞理。未必這算得是生活麼？』

『傻東西！』馬亞金輕蔑地說。『你能說出什麼眞理？你懂得什麼呢？』

『我的心受了傷，這我是懂得的！你們在上帝眼前有什麼可說的理由呢？你們活着有什麼用處？是的，我感覺着——我感覺着眞理！』

『他在懺悔！』列珍尼可夫說着譏刺地一笑。

『讓他去罷！』保布洛夫輕蔑地說。

另一個人加上一句道：

『由他所說的話看來，他明明是瘋狂了。』

『說明眞理，豈是任何人都作得到的事嗎！』理可夫。搭拉數維支將一隻手豎起嚴厲而教訓似的說。抓住眞理的，並不是心；乃是頭腦，你懂得不懂得？至於你所感覺的，完全是些無意義的事！就是一匹牝牛，當它的尾把被捻時，它也感覺得到咧。然而你必須要懂得，懂得一切的事！也要懂得你的仇敵。甚至於連你敵人夢中的事，也要推想得到，那末、向前罷！』

依照他的習慣，馬亞金又是講述自己的哲學忘了形，但他剛來得及明悟過來，對於一個被征服了的人，是不宜教以戰術的，於是他閉口不言了。福瑪漠然地向他望了望，又奇特地搖着頭。

『小綿羊！』馬亞金說：

『不要管我！』福瑪淒苦地請求着。『都是你的！你還要什麼呢？唉，你們制服了我，毆打了我，開心罷！我是誰？哦，天哪！』

大家注意地傾聽他的話，但這種注意之中含有偏見與惡念。

『我已生活過來，』福瑪以沉重的聲音說。『我已觀察過。我已思考過；我的心因思考已負傷了。並且在這兒——贓腑暴裂了。現在我完全無力！好像我的血已經流盡了。我一直活到今日，依然以爲現在我要說出眞理。啊，我已經說出來了。』

他單調而無表情地說着，他的話語好似一個發狂的人說的。

『我已經說出來了，我不過只將我自己傾吐了罷了。我的話語一點痕跡也不曾留下。什麼都沒有傷着。我內面有點東西燃了起來；它已燒盡了，什麼也沒有了。我現在還有什麼希望呢？一切依然如舊。』

亞可夫．搭拉數維支辛辣地高聲笑起來了。

『呀，那末，你以爲用你的舌頭，將山都能舐去嗎？你用惡意武裝起來，本只足以與臭蟲宣戰，但你却來向熊挑撥，對麼？瘋子！要是你父親現在看見了你這樣……唉！』

『然而，』福瑪突然抱有確信地高聲這樣說，眼中又閃起光來了，『然而這都是你們的錯！是你們將生活弄壞了的！是你們把一切都壓迫着。我們窒息，是因爲你們的原故！雖然我反對你們的眞理不很有力，但總之是眞理！你們都是背教的匪徒！惟願你們都被咒咀！』

他在椅中轉動着，意欲扭脫手上的束縛，於是兇暴地閃着兩眼喊道：

『將我的手解開！』

人們向着他走近了些；衆商人臉上變得更兇殘了，列珍尼可夫威脈地對他說：

『不要鬧得終，不要麻煩人！我們馬上就要到岸，不要羞辱你自己，也不要羞辱我們。我們並不是由碼頭上將你直接送到瘋人院去。』

『呀！』福瑪叫喊着。『你們是打算將我送進瘋人院麼？』

誰也沒回答他。他望了望衆人的臉，將頭垂上去了。

『不要鬧！我們或者會替你解開！』有一個人這樣說。

『不必！』福瑪低聲說：『橫豎都是一樣。什麼也不會發生。』

他的話語又有些囈語似的了。

『我已完了，我自己明白！只是這並不是因爲你們的力量，乃是因爲我自己的輭弱。是的！在上帝眼前，你們也都不過是蟲而已。但，等着。你們將要窒息。我是由於盲目而完了的。我看得太少，所以我變得像梟似的盲目了。我記得，我還是孩子的時候，我在一個谷中追逐一隻梟。它飛着到處撞着東西。太陽使它盲目了。它全身受了傷，遂消逝不見了。那時我父親對我說：「人也是夠這一樣的；有的人這兒那兒奔走，傷着了他自己，使他疲乏了下來，於是他將身子隨便投到一個地方，只爲得點休息。」唯，將我的手解開。』

他的面孔變得蒼白，兩眼緊閉，肩頭也顫抖了起來。衣衫被扯破而揉皺了，他在椅中搖盪着，用胸膛撞擊桌邊，口中也開始喃喃起來了。

商人們互相交換着含有意義的目光。有的人輕觸着其他的人的脅腹默然地望着福瑪領了領首。亞可夫。馬亞金的面孔黑而寂然不動，彷彿是石雕成的一樣。

『我們要不要將他的手解開呢？』保布洛布低聲問。

『等我們快攏岸時再解罷。』

『不，沒有解既的必要，』馬亞金嘀嚅着。『我們將他留在這兒。打發一個人去喊一輛馬車來，將他直接送到瘋人院去。』

『我到那兒去休息呢？』福瑪又喃喃起來了。『我將我自己投到那兒去呢？』如此說後，他又頹喪而不舒適地呆住了，臉上扭曲着現有痛苦的表情。

馬亞金由椅上立起身來走入甲板室去，一面低聲說：

『你們留心望着他，恐怕他會跳下河去的。』

『我替這靑年人很難過的，』保布洛夫目送着亞可夫。搭拉數維支這樣說

『他的瘋狂不能歸咎於誰，』列珍尼可夫含怒說。

『至於亞可夫，』朱保夫看着馬亞金的後影點了點頭這樣囁嚅着。

『亞可夫怎麼呢？他並不因此有何損失。』

『不錯，但現在他將要，哈，哈！』

『他將要作福瑪的保護人，哈，哈，哈！』

人們的低沈笑聲與囁嚅聲混和着機器的嘆息聲似乎都不會達到福瑪的耳鼓。他以模糊的目光靜靜地凝視着他眼前的遙遙的遠方，只有他的嘴唇稍有幾分顫動。

「他的兒子已經回來了，」保布洛夫低聲說。

「我認識他的兒子，」亞西尉洛夫說：「我在帕門地方曾見過他的。」

「他是怎樣的一個人？」

「他是一個商務上很有手腕的人。」

「呀？」

「他在鄔蘇里經營得有很大的商務。」

「因此亞可夫便不需要這一個了。不錯。當然是這樣。」

「你看，他在哭呀！」

「哦？」

福瑪靠於椅背上坐着，頭已垂於肩頭上去了。他的雙眼緊閉，眼淚像斷線珠似的由眼瞼下直往下落。它們流過兩頰，落到他的口髭中。福瑪的嘴唇痙攣地顫抖着，淚珠由口髭中滴到胸膛上去了。他默然地毫無動靜，只有他的胸膛困難而不勻整地起伏着。衆商人望了望他那因痛楚而削瘦下來，嘴角向下垂的淚痕滿面的蒼白面孔，便都寂然無聲地走開了。

於是福瑪獨自一人，兩手縛於背後，坐在那滿載的是骯髒的杯盞與酒宴的各種剩肴的桌前。有時他傻傻地睜開他的重而腫的眼瞼，他的眼睛則透過眼淚，朦朧而愁慘地望着那一切皆是骯髒，無次序，而毀壞了的食桌上。

☆　☆　☆　☆　☆　☆

已是三年後的事了。

大約在一年以前，亞可夫。塔拉數維支。馬亞金死了。他死時，意識極其明白，而且對他自己是忠實的；在他死時幾句鐘以前，他對他的兒子，女兒，與女婿說道：

「啊，孩子們，你們富裕地過活下去罷！亞可夫什麼都已嚐遍了，現在是他當去的時候了。你們看，我要死了，但我依然不絕望，上帝會垂鑒我的。我除了戲言以外，從來不曾以呻吟與怨言煩擾慈悲最深的上帝！哦，主呀！我很歡喜，因爲你的慈悲使我明白地度過了一生。再會，孩子們。望你們和睦地過下去，不要太過於思索了。你們要明白這件事，躲開罪惡而靜靜地躺着決不是聖人。小膽子是不能保護你們脫離罪惡的——關於才能的寓言也是這樣說。但凡要達到人生目的的人，是不怕罪惡的。上帝會將那作為一件過失而赦免他。上帝指定人的未償之債，也不會催督得太嚴。上帝是神聖而最有慈悲的。』

他在一陣短促而非常痛苦的苦悶之後，就死去了。

亞覺夫不知何故，在汽船上的那件事發生後不久，便由城中被放逐了。城中在『搭拉斯．馬亞金與亞弗利肯．斯莫林』的公司名義之下，建築了一座很大的商場。

在這三年之中，毫沒聽着福瑪的消息。外面謠傳說，他由病院中出來後，馬亞金已將他送到烏拉地方他母親的什麼親戚處去了。

不久以前，福瑪又出現於城中的街道上了。他的神情疲憊，衣衫襤褸，頭腦昏瞶。時常都是沈醉的他，有時眉頭深鎖，頭垂於胸膛上，現得非常沈鬱，有時又好像一個傻愚的顛狂者陰鬱而凄涼地微笑着。有時他又兇狠起來，但這是極少有的事。他住在他的乳姊妹祿寶福的庭院中的一個傍屋內。商人與市民中的那些認識他的人時常譏笑他。福瑪在街上走着時，突然一個人向他喊道：

『唯，豫言者，到這兒來呀！』

然而福瑪很少到這些呼喚他的人面前去；他迴避人們，不高興同他們講話。有時他走近他們身傍時，他們便對他說：

『啊，你將末日的事講些給我們聽罷。哈，哈，哈！豫言者！』

（完）

版權所有

中華民國三十五年七月一版
中華民國三十八年一月二版

膽怯的人
高爾基選集

原著者 高爾基
譯述者 李蘭
發行者 張靜廬

發行所 上海雜誌公司
上海 中正東路廿九號
漢口 交通路
長沙 府正街
昆明 武成路

No. 404 A. 34 S.1000—2000